mainbook

Das Buch

Ilka Maurer aus Schweinfurt hat alles, was sie sich gewünscht hat: eine eigene Wohnung und einen Vertrag als freie Übersetzerin. Doch über Nacht gerät ihre Welt aus den Fugen. Ihr Vater fällt nach einem Unfall ins Koma und Ilka entdeckt, dass der Mann, der sie großgezogen hat, gar nicht ihr leiblicher Vater ist. Ihr bisheriges Leben war eine Lüge ...
Doch das lässt Ilka keine Ruhe. Sie forscht nach ihren Wurzeln, die Spur führt nach Bad Kissingen und zur Familie von Hohenbach. Bald muss sie erkennen, dass ihre Recherchen nicht nur boykottiert, sondern immer gefährlicher werden. Jemand ist offenbar wild entschlossen, dunkle Familiengeheimnisse zu bewahren und schreckt auch vor Mord nicht zurück. Ilka begegnet dem charismatischen Arzt Dr. Paul Lindwasser, der sie bei ihrer Suche unterstützt. Doch welche Rolle spielt er wirklich und kann sie ihm, kann sie überhaupt noch jemandem trauen?

Die Autorin

Renate Eckert, 1946 in Schweinfurt geboren, war von 1977 bis 1987 Journalistin beim Schweinfurter Tagblatt, von 1987 bis 2005 Pressereferentin im Landratsamt Schweinfurt, arbeitet seit 2005 als freie Autorin und hat sich dem psychologischen Krimi/Thriller verschrieben. Ihr Roman „Hungrige Schatten“ ist im Heyne-Verlag, „Novemberfeuer“ 2016 im mainbook-Verlag, Frankfurt, erschienen. Die Autorin ist verheiratet, hat eine Tochter und eine Enkelin und lebt in der Nähe Schweinfurts.

Renate Eckert

Brunnenkind

Roman

ISBN 978-3-946413-84-4

Lektorat: Gerd Fischer
Covergestaltung: Olaf Tischer
Covermotiv: © Architektur-Bildarchiv, Thomas Robbin

Auf der Verlagshomepage finden Sie weitere spannende Bücher:
www.mainbook.de

Für meine Tochter Kerstin

Prolog

1934

Ein weiterer strahlender Frühlingstag bahnte sich an, schon der siebte in einer Reihe ungewöhnlich warmer Tage für Mitte April. Das frische Grün, gesprenkelt mit Löwenzahn in sattem Gelb, hatte sich über Nacht der Wiesen bemächtigt, als hätte es nie einen Winter mit modrigem, abgestorbenem Gras gegeben. Michael Weißmann stieg von seinem Fahrrad und ließ den Blick über die verschwenderisch ausgestattete Natur gleiten. Waren nicht gestern noch braune Flecken in den grünenden Feldern zu sehen gewesen? Er mochte dieser brachialen Wucht neuen Werdens nicht so ganz trauen. Fast spürte er schon den Reif, der in die Blüten fallen und sie morgen die Köpfe hängen lassen konnte.

Er schüttelte den Kopf über seine Gedanken. *Carpe diem,* befahl er sich. Heute war heute – ein fast überirdisch schöner Tag, kein noch so winziges Wölkchen am Himmel, nur strahlendes Blau.

Das schmiedeeiserne Tor vor der Ulmenallee, die zum Eingang des Herrenhauses führte, stand offen. Die Sonne musste auch den Gärtner schon früh aus dem Haus gelockt haben.

Die Ulmen zeigten erste Knospen, vorsichtig, wie es Michael schien, als wollten sie noch abwarten. Er erinnerte sich, dass ihr Laubwerk im vergangenen Sommer frühzeitig verdorrt war und wünschte, dass sie in diesem Jahr von dieser rätselhaften Krankheit verschont blieben.

Er schob sein Fahrrad über den Weg, widerspenstig knirschte der Kies unter seinen Schritten. Neben dem Weg entdeckte er einen kleinen Haufen Löwenzahn, den der Gärtner bereits ausgestochen hatte. Der Rasen, der sich in makellosem Grün präsentierte, machte ihn auf eigentümliche Weise traurig. Wie viel lebendiger hatten die Wiesen vor dem Tor gewirkt, wo keine regulierende Hand eingegriffen hatte, um das Unkraut auszumerzen.

Ihn erschreckte die Willkür, die hinter dieser vermeintlichen Ordnung stand. Wer konnte sich anmaßen zu entscheiden, wie Ordnung auszusehen hatte?

Vor dem Haus polierte Wilhelm, der Chauffeur des Barons, die Lampen des roten Automobils, die ihn wie die Augen eines überdimensionalen Käfers anschauten. Wilhelm nahm seine Mütze ab und wischte sich den Schweiß von der Stirne. Als er Michael sah, hob er die Hand zu einem stummen Morgengruß.

Vor dem blühenden Kirschbaum blieb er stehen. Hummeln und Bienen summten um ihn herum und unter seinen ausladenden Zweigen wetteiferten die frisch lackierten Gartenmöbel mit den Blüten um das strahlendere Weiß. Die schwelgerische Blütenpracht an den dunklen, knorrigen Ästen erinnerte an die Malerei einer chinesischen Lackschachtel, die er im Salon der Baronin gesehen und für kitschig befunden hatte. Das Bild, das sich ihm bot, war allerdings echt, und er konnte sich nicht mit dem Verweis auf Kitsch an seinen Gefühlen vorbeimogeln. Michael überlegte, was wohl bei seinen beiden Schülern Karl und Eugen herauskäme, würde er ihnen die Aufgabe stellen, diesen Baum zu beschreiben.

Aus einem offenen Fenster im ersten Stock drang Klaviermusik. Michael erkannte das kraftvolle und dennoch sensible Spiel der Baronin und lauschte der Musik von Mozarts Zauberflöte. Ihr Spiel brach ab und Michael hoffte einen Augenblick, dass sie aus dem Fenster sehen würde. Die Luft schien zu vibrieren, und er stellte fest, dass seine Jacke viel zu warm war. Er zog sie aus und schlug die Manschetten seines weißen Hemdes zurück. Wilde Hoffnung erfüllte ihn, der Wunsch, das pralle Leben, das sich ihm von überall her aufdrängte, zu ergreifen. Ihm folgte augenblicklich ein scharf konturierter Schmerz, der aus dem Bewusstsein der Unmöglichkeit entsprang.

Im Treppenhaus begegnete ihm Luzie mit einem Staubwedel in der Hand. Michael konnte nicht umhin, die offenen Knöpfe ihrer weißen Bluse zu bemerken, die ihre drallen Formen eng umschloss und bei jedem Atemzug zu sprengen drohte. Sie lächelte keck und winkte ihn zu sich. Er fühlte sich befangen, als ihm aufging, dass ihre offenherzige Aufmachung weniger dem Frühling als ihm galt.

„Wenn der Herr Lehrer noch ein bisschen Zeit erübrigen könnte, hätte ich noch eine Tasse frischen Kaffee“, sagte sie neckisch.

„Die beiden Junker sind ohnehin noch im Frühstückszimmer, um sich von ihrem Vater zu verabschieden. Der Baron fährt nämlich nach Berlin. Wilhelm hat den Koffer schon ins Automobil getragen – Ausreden gelten also nicht."

Etwas Lauerndes huschte über ihre Züge und Michael wusste, dass er dieses Mal keine Chance hatte, der Anbiederung des Mädchens zu entgehen.

„Die Gnädige spielt ihm ihr Abschiedsständchen", plapperte Luzie weiter. „Ich glaube nicht, dass sie ihn mit ihrem Geklimper beeindrucken kann – Der Baron bräuchte eine kernigere Frau, nicht dieses schwindsüchtige Geschöpf, wenn Sie mich fragen."

„Meinst du nicht, dass uns das nichts angeht?", gab Michael zurück und haderte einmal mehr mit seinem Status als Hauslehrer, der ihn einerseits zum intellektuellen Gesprächspartner der Herrschaft machte, wenn es dieser beliebte, und ihn andererseits den Dienstboten zuordnete.

„Ach kommen Sie, das haben Sie doch sicher auch schon lange bemerkt, dass die Gnädige Luft ist für den Baron. Würde mich nicht wundern, wenn er in Berlin nicht nur seinen Geschäften nachginge." Sie ließ den letzten Satz wie einen schlechten Geruch in der Luft hängen, während sie listig lächelte.

Michael hatte genug von ihren plumpen Vertraulichkeiten. Er bedankte sich für den Kaffee und ging die Treppe hinauf zum Studierzimmer.

Karl und Eugen erwarteten ihn bereits. Bei seinem Eintritt erhoben sie sich mit einem formvollendeten Morgengruß von ihren Plätzen. Wortlos zeigten beide ihre Hausarbeiten. Wie immer zeichnete sich das Heft des achtjährigen Eugen durch besondere Akkuratesse aus, während der zehnjährige Karl meist mit seiner schriftlichen Arbeit hinter seinen mündlichen Beiträgen zurückblieb.

„Es fehlen hier noch einige Angaben, Karl", begann Michael stirnrunzelnd, bewusst das strahlende Lächeln seines Schülers übersehend. Heute würde er sich nicht von Karls Charme einwickeln lassen und sich eine fantasievolle Entschuldigung anhören. Er durfte dem Jungen nichts mehr durchgehen lassen, schließlich sollte er noch in diesem Jahr ins Internat zum Besuch des Gymnasiums gehen. Karl, der die strahlend blauen Augen und die blonden Haare seiner Mutter, gleichzeitig jedoch die aristokratische Haltung seines Vaters geerbt hatte, war schon heute der geborene Verführer. Michael achtete darauf, dass der ernsthafte und genaue Eugen, dem es allerdings manchmal an Kreativität fehlte, durch seinen Bruder nicht an die Wand gespielt wurde.

„Ich habe mit meinem Vater zusammen in der Bibliothek über Karl-August von Hardenberg nachgelesen", berichtete Karl jetzt mit seiner schmeichelnden Stimme. „Die Fragen, die Sie beantwortet haben wollten, schließen nicht die Leistung Hardenbergs zur Gleichberechtigung der Juden ein. Mein Vater meinte, Sie würden dieses in der heutigen Stunde sicher ergänzen."

„Nun – da magst du recht haben ..." Michael fühlte einen Kloß im Hals. Er durfte diese Stellung hier nicht durch subjektive Empfindungen gefährden, auch wenn gerade Karl August von Hardenberg mit seinem Juden-Edikt den hoffnungsvollen Ideen der Aufklärung aus Michaels heutiger Sicht den Dolchstoß versetzt hatte. „... Aber die aufgegebenen Fragen werden von dem, was im Unterricht noch folgen soll, doch nicht berührt, oder?"

„Es tut mir leid, dann habe ich etwas falsch verstanden." Der Junge wirkte ehrlich zerknirscht, und Michael ließ den Vorfall auf sich beruhen.

Er mühte sich um einen guten Unterricht, auch wenn ihn das ferne Klavierspiel der Baronin irritierte. In seine Ausführungen schoben sich Bilder ihrer Hände, ihren Grübchen, wenn sie lachte, oder der Art, wie sie sich auf den Klavierstuhl setzte und sich gestikulierend umdrehte.

Die ungewohnte Wärme schien die Jungen schläfrig zu machen, vor allem Eugen gähnte mehr oder weniger unverhohlen und Michael beendete den Unterricht etwas früher. Er musste nachdenken und versuchen, in irgendeiner Form auf den versteckten Vorwurf, den der Baron über seinen Jungen übermittelt hatte, einzugehen und ihn überzeugend zu entkräften.

Das Klavierspiel der Baronin war verstummt, mit zögernden Schritten ging Michael die Treppe hinunter. Aus der Küche hörte er Geschirrklappern und Gelächter. Die Abwesenheit des Hausherrn teilte sich also auch dem Gesinde mit. Schnell ging er vorbei, sein Bedarf an Klatsch war für heute mehr als gedeckt. Er holte sein Fahrrad und ging um das Haus. Als er aufsitzen wollte, hielt ihn die Stimme der Baronin zurück: „Sie werden sich doch nicht ohne einen kleinen Gruß davonstehlen wollen? – Kommen Sie, trinken Sie eine Tasse Tee mit mir und berichten Sie von den schulischen Fortschritten meiner Söhne."

Michael wandte sich um und sah sie unter dem Kirschbaum sitzen. Zwei Sekunden lang war er wie geblendet von der vollkommenen Anmut der Szene. Auf ihrem blonden Haar, das in der Sonne leuchtete, lagen einige Blütenblätter, und sie fuhr mit der Hand darüber. Das Gold ihres Eherings funkelte, bevor sie ihm winkte.

Michael ging zu ihr. „Baronin", sagte er, während er sich verbeugte. Einen Augenblick lang war die Frau vor ihm nur Gefühl, ebenso unausweichlich und natürlich wie ein Atemzug.

„Nun seien Sie doch nicht so untertänig, lieber Freund – setzen Sie sich zu mir!" Sie griff nach einer Tasse auf dem Tablett und schenkte ihm Tee ein. „Zucker?"

„Ja, gerne – vielen Dank, aber Sie sollten mich nicht bedienen." Michael griff nach der Zuckerdose, bevor sie es tun konnte. „Ihre Söhne schienen etwas müde heute", begann er, ungeschickt nach Worten suchend, „die plötzliche Wärme, deshalb habe ich den Unterricht früher beendet."

„Das kann ich mir denken ...", ihr Lachen flog zu ihm hin, „... aber mit der Wärme hat dies nichts zu tun. Ihr Vater hat für den heutigen Tag ein Reitverbot ausgesprochen, warum tut nichts zur Sache. Die beiden glauben, ich wüsste nicht, wie sie dieses Verbot umgehen, aber natürlich weiß ich es. Sie stehen schon um vier Uhr auf und reiten in der Dämmerung – nun, bei Tag reiten sie ja tatsächlich nicht."

Michael lächelte höflich und ein Schatten huschte über ihr Gesicht.

„Bin ich zu nachgiebig?", fragte sie ängstlich. „Sagen Sie mir, was Sie denken."

„Das steht mir nicht zu, Baronin."

„Baronin", wiederholte sie grollend, „wie ich diese Förmlichkeit hasse."

„Und dennoch gibt es keine Brücke, keinen anderen Weg", gab Michael mit fester Stimme zurück, „aus tausend Gründen, wie Frau Baronin sehr genau wissen."

„Ist das der gleiche Mann, der seine Leidenschaft nicht verbergen kann, wenn er über die Werke unserer Klassiker diskutiert, der in ihrer Kunst atmet und denkt, der mir meinen Horizont auf so mannigfaltige Weise erweitert hat?", fragte sie anklagend. „Schließt Ihre Zuwendung nicht ein wenig auch persönliche Sorgen ein?

Michael stand auf. „Darf ich jetzt gehen?"

„Nein", antwortete sie bestimmt. „Ich dulde keine Feigheit, nicht von Ihnen, nicht, nachdem wir uns erst vor wenigen Tagen über Goethes Wilhelm Meister ausgetauscht haben." Sie lächelte. „Waren wir uns nicht einig, dass ein reifer Mensch den Konflikt zwischen seiner individuellen Selbstverwirklichung und gesellschaftlich verordneter Notwendigkeit durch humanistisch-ganzheitliche Bildung überwinden kann?"

Sie atmete tief ein und legte ihre Hand auf die seine. „Ich kenne niemanden, der humanistischer gebildet ist und im besten Sinne menschlicher denkt als Sie, teurer Freund – Hätte ich Ihnen sonst die Erziehung meiner Söhne anvertraut?"

Michael fühlte sein Herz hämmern und sich hin- und hergerissen zwischen Wunsch und Wirklichkeit. Sie trennte viel mehr als Klassenschranken. Langsam entzog er ihr seine Hand.

„Sie allein wissen, hochverehrte Baronin", begann er, „dass Goethes aufklärerische Philosophien längst von der Wirklichkeit eingeholt sind. Sie kennen mein Sehnen und Bemühen, Sie wissen auch um das Streben meiner Familie – und dennoch werden wir nie dazugehören. Trotz Moses Mendelssohn, Marx und Spinoza. Es hat sich nichts verändert. Wir bleiben Ausgestoßene der Gesellschaft." Michael stand auf und ging ein paar Schritte, bevor er zurückkehrte. „Wie wollen Sie auch verstehen, wie ich mich fühle. Es ist so, als würde uns die Gesellschaft ausschließen, weil wir eine ansteckende Krankheit haben. Wenn wir aber ein Attest vorlegen, dass dem nicht so ist, wendet sie sich ab und sagt uns: Leider sind Sie aber so in den Unterlagen registriert."

„Oh nein", antwortete sie wild. „Sie dürfen mir nicht vorwerfen, dass ich in Ihnen jemals etwas anderes als einen hochgebildeten und gleichwertigen Menschen – und nie etwas Anderes – gesehen habe."

„Dafür danke ich Ihnen, Baronin." Michael verbeugte sich erneut. „Aber erlauben Sie mir dennoch die Frage, warum Sie Ihrem

Gatten verschwiegen haben, dass ich Jude bin, nachdem mich mein Name nicht eindeutig als solchen ausweist."

Sie wurde blass und Michael bemerkte den Schmerz in ihrem Blick. Er wandte sich ab und ging, es war zu spät für irgendwelche Beschwichtigungen. Er hatte sie verletzt und wollte sie doch nur glücklich sehen. Sie hatte ihn herausgefordert und all sein Zwiespalt war aus ihm herausgebrochen. *Sei ein Mann und trage die Verantwortung für dein Tun,* befahl er sich, aber er wusste, dass es ihm niemals gelingen würde, sich diese hoffnungslose Liebe aus dem Herzen zu reißen.

2016

Die Menschen drängten sich in Schweinfurts Stadtgalerie, in der kaum ein Durchkommen war. War denn die ganze Stadt auf den Beinen? Ilka Maurer hastete durch die lange Einkaufsmeile - nein, nach ihrem Besuch im Wäschegeschäft heute kein Abstecher zu Thalia – und fand sich endlich bei Tegut am anderen Ende. Sie griff sich einen Einkaufswagen und schlängelte sich durch den Andrang zur Feinkosttheke. Die finsteren Blicke, die ihr Durchmarsch hervorrief, bewogen sie beinahe, wieder kehrtzumachen. Aber nein – sie hatte für ihr Abendessen mit Ben Wildlachs geplant und würde ihn auch kaufen.

Das Preisschild schockierte sie. Der Lachs kostete ein Vermögen, aber der heutige Tag war es wert. Ihr Geld würde gerade noch für ein Sträußchen frischer Petersilie reichen, kalkulierte sie, also zurück zur Gemüseabteilung. Sie dirigierte ihren Einkaufswagen zum Aufzug, stellte ihn auf dem Parkdeck ab und ging schwer beladen zum Kassenautomaten. Auch hier wartete eine Schlange, was ihr allerdings die Möglichkeit gab, in aller Ruhe ihr Ticket zu suchen. Welches Naturgesetz lag wohl der Tatsache zugrunde, dass man das Wesentliche immer erst am Ende einer Suchaktion fand? Immerhin hatte sie sich ziemlich genau gemerkt, wo ihr Auto stand, durchaus auch keine Selbstverständlichkeit.

„Ein Wagen hätte mindestens noch Platz gehabt, wenn Sie innerhalb der Linien geparkt hätten."

Ilka stieß mit dem Kopf an die geöffnete Kofferraumtür, als sie sich aufrichtete und der Stimme zuwandte, die sie beim Verstauen ihrer Einkäufe störte. Sie sah sich der weiblichen Hälfte eines älteren Paares gegenüber. Die Frau richtete den Zeigefinger auf die weiße Parklinie; ihre Augen funkelten durch die Brille. „Außerdem kann hier doch kein Mensch vernünftig einsteigen." Zustimmung fordernd drehte sie sich zu ihrem Begleiter herum, der Lebensmittel für die Dauer einer längeren Belagerung mit sich herumschleppte. Er reichte seiner Frau nur bis zum Kinn. Ilka hatte ihn bisher nur als Schemen am Rande ihres Gesichtsfeldes wahrgenommen.

Wenn sie seinen Gesichtsausdruck richtig deutete, war er sich dieser Tatsache durchaus bewusst.

„Gehen Sie zur Seite, dass ich losfahren kann!“ Ilka legte ihren ganzen Ärger in das Zuschlagen des Kofferraums. Der kleine Clio bebte. Natürlich war der Sportwagen, der bei der Ankunft neben ihrem Auto zu viel Platz beansprucht hatte, längst abgefahren. Langsam zählte sie von zehn rückwärts und stieg ein. Sie bezwang den Impuls, beiden den Stinkefinger zu zeigen und trat dafür etwas stärker aufs Gaspedal.

Im Rückspiegel sah sie die Frau gestikulierend auf ihren Mann einreden. Durch jedes ihrer Worte schien er mehr zu schrumpfen. Ilkas Mitleid hielt sich in Grenzen, schließlich hatte ihn niemand in diese Beziehung gezwungen.

Zweimal schaltete die Ampel auf Grün, bevor sie sich endlich in die Schlange Richtung Stadtmitte einreihen konnte. Eigentlich hatte sie geplant, sich gleich auf den Heimweg zu machen, aber als sie an der Heilig-Geist-Kirche vorbeifuhr, deren mächtige neuromanische Fassade in der Abendsonne aufleuchtete, entschied sie sich – fast wie auf Autopilot – anders. Sie bog links ab, checkte die Parkplatzmöglichkeiten vor der Kirche und fuhr mit einem Schulterzucken am Parkplatz der Kreissparkasse vorbei in die Siebenbrückleinsgasse zur Tiefgarage Postplatz. Zwar hieß der Platz schon seit längerem Georg-Wichtermann-Platz, aber für die Schweinfurter blieb er der Postplatz. Vor dem Lavazza waren fast alle Stühle besetzt und Ilka war stark versucht, einen Latte in ihren knappen Zeitplan einzubauen und fragte sich einmal mehr, welche Fehlfunktion ihrer Synapsen dafür verantwortlich war, dass sie oft das genaue Gegenteil von dem tat, was sie sich eigentlich vorgenommen hatte.

Sie parkte in der Tiefgarage, widerstand der neuen Dekoration im Schaufenster von H&M und ließ sich mitziehen von dem abendlichen Gewimmel all der Menschen, die zum zentralen Busbahnhof am Rossmarkt unter seinem avantgardistischen Glasdach strebten. Sie warf einen Blick in die Buchhandlung Vogel, sah Franka Bickel, wie immer eine beeindruckende Erscheinung in ihrem knappen schwarzen Blazer und ebenso schwarzem Kurzhaarschnitt, hinter der Kasse telefonieren und ging zurück.

Während sie sich durch die schmale Kesslergasse – wer hatte einmal behauptet, sie wäre die älteste Fußgängerzone Deutschlands? – zum Markplatz drängte, dachte sie über ihre schon fast symbiotische Beziehung zu Schweinfurts Buchhandlungen nach und beschloss, Katharina Hess vom Collibri zu einem Kaffee am Marktplatz zu überreden. Sie musste einfach irgendjemandem von ihrem Erfolg erzählen. Eigentlich wäre ein Dinner im Rossino eine angemessene Form zu feiern gewesen, dachte sie bedauernd, aber dazu wäre Benedikt nicht bereit gewesen. Nun, jetzt hatte sie ja auch den Wildlachs gekauft.

Einen Kaffee und viele Glückwünsche später parkte sie ihren Clio am Kornmarkt, zupfte nach einem Blick in den Make-up-Spiegel die Strähnen des noch ungewohnten Stufenschnitts in Form und stieg aus. Sie zog einen Parkschein, der bis zum nächsten Morgen galt, holte die Tüten aus dem Kofferraum und erreichte nach wenigen Schritten ihre Wohnung in der Oberen Straße. Wie würde wohl Benedikts Reaktion ausfallen?

Liebevoll strich sie ihre Handtasche mit dem noch druckfrischen Arbeitsvertrag glatt. Heute Morgen erst hatte sie ihn unterschrieben. Sie schloss die Haustür auf und freute sich auf Bens überraschte Miene. Wenn schon nicht das Rossino, ein Candle-Light-Dinner zu Hause wäre auch ein perfekter Abschluss für diesen Tag. Sie würde den frischen Wildlachs mit Sahnesoße in den Ofen schieben. Vielleicht könnte sie Ben einen winzigen Blick auf ihre neu erworbenen Dessous‘ gönnen. Einen Blick nur, nahm sie sich vor und ein kleines Lächeln stahl sich in ihre Mundwinkel. Sie hatte nicht die Absicht, das Abendessen verkohlen zu lassen.

Benedikt hatte sich in seinem Arbeitszimmer verschanzt. Er telefonierte und seine Stimme behauptete sich souverän gegen das Hämmern des Techno-Sounds. Er bemerkte sie nicht, und dies war ihr heute gerade recht. Sie stellte den Chablis in den blauen Nostalgie-Kühlschrank, Bens ganzer Stolz und einziger Beitrag zu ihrem gemeinsamen Hausstand. Sehr leise schloss sie die Tür und schlich sich mit ihren Schätzen ins Schlafzimmer.

Im hellen Tageslicht erschien ihr die schwarze Spitzenwäsche nun doch etwas frivol. Auch wenn der verkaufsfördernd verführerische Lichtschimmer in der Umkleidekabine des Wäschegeschäftes ihren Mut vielleicht zu sehr aufgepeppt hatte, jetzt würde sie nicht mehr kneifen. Sie musterte sich kritisch im langen Wandspiegel. Der Kurzhaarschnitt reichte in Abstufungen immer noch bis auf die Schulter und die kupferfarbenen Strähnen glänzten wie helle Lichter in ihrem braunen Haar. Außerdem gab die Frisur ihrem Gesicht ein bisschen mehr Würde als die mädchenhaft langen Haare. Schön war sie sicher nicht, stellte sie wieder einmal fest. Ihre Stupsnase passte irgendwie nicht zu der Form ihres Gesichts und den mandelförmigen Augen. Aber als apart konnte sie mit gutem Willen durchgehen.

Dankbar war sie für ihre Figur und ihre langen Beine. Aus langer Gewohnheit zog sie den Bauch ein. Nun – davon bekam sie auch nicht mehr Taille. Sie hörte die Tür zu Bens Arbeitszimmer klappen und schlüpfte in Jeans und T-Shirt. Sie hob den schon leicht angegrauten BH vom Boden auf und warf ihn in den Wäschekorb.

Ben stand in seiner ganzen, schlaksigen Länge mit dem Rücken zu ihr in der Küche. Mit einer Hand hielt er die Tür des Kühlschranks offen, mit der anderen trank er aus einer Cola-Dose und verschluckte sich, als Ilka die Küchentür schloss. Seine Brille hing schief, außerdem musste er mal wieder zum Friseur, stellte sie in Bruchteilen von Sekunden fest, als er zu ihr herumfuhr.

„Was hast du mit deinen Haaren gemacht", presste er zwischen lautem Husten hervor und Ilka klopfte seinen Rücken.

„Gefallen sie dir nicht?"

„Wenn es so wäre, könntest du sie jetzt auch nicht mehr verlängern." Der Logik dieser Aussage war nichts hinzuzufügen.

„Nun sei doch nicht so festgefahren!" Ilka stellte sich auf Zehenspitzen und legte ihre Arme um seinen Hals. „Die lange Mähne passte zu Studienzeiten, jetzt bin ich eine Business-Lady. Außerdem habe ich frischen Wildlachs gekauft", murmelte sie und knabberte an seinem Ohrläppchen. Sie wartete auf Bens instinktsicheren Griff unter ihr T-Shirt, aber er befreite sich unmissverständlich aus ihrer Umarmung.

„Das passt mir aber heute überhaupt nicht." Ben schob die Brille auf die Nasenwurzel und zerzauste sich mit einer verlegenen Geste das Haar, das nur noch entfernt an den ursprünglichen Bürstenschnitt erinnerte.

„Ich hatte an einen Abend zu zweit gedacht."

„Das tut mir wirklich leid, aber irgendwie haben wir Koordinationsschwierigkeiten. Du hättest doch anrufen können, jetzt habe ich mich mit Thomas verabredet." Mit jedem Satz wurde Bens Stimme strenger, bis Ilka sich fast schuldig fühlte.

„Könntest du nicht absagen? Schließlich triffst du dich fast täglich mit Thomas." Verdammt, sie hörte sich schon an wie eine nörgelnde Ehefrau.

„Schau, Mücke, er bringt einen Freund mit, der mir den Auftrag für die Website und die Vernetzung einer Möbelfirma verschaffen wird. So eine Chance darf ich mir wirklich nicht entgehen lassen."

Ilka hätte ihm gerne von ihrem eigenen Vertrag erzählt, aber nicht so, nicht zwischen Tür und Angel. Sie fühlte ihre Enttäuschung zu einem sauren Kloß im Magen gerinnen.

„Kannst du den Lachs nicht ins Gefrierfach legen bis morgen Abend?", fragte er halbherzig, während er seine Jeans-Jacke von der Garderobe nahm. Ilka wandte sich ab und sein Abschiedskuss landete in der Luft. Sie hatte keine Lust, die Verständnisvolle zu spielen. Feingefühl mochte ja der Kitt einer Beziehung sein, aber irgendwo gab es Grenzen.

Das Zuschlagen der Wohnungstür riss sie aus ihrer Beziehungs-Meditation und trieb sie an. Sie stellte einen Teller mit Resten von Tomatensoße und das benutzte Geschirr vom Frühstück in die Spülmaschine, wischte den Küchentisch ab und öffnete das Fenster im Wohnzimmer. Auf dem Tisch waren noch Glasränder vom Vorabend und die untergehende Sonne beleuchtete die Staubschicht auf dem Fernsehschirm. Auf dem Weg zu ihrem Arbeitszimmer, das inzwischen Bens Domizil war, fand sie zwei von seinen Socken und eine Boxershorts. *Mein Gott, Ben war doch den ganzen Tag zu Hause. Sie war es doch, die gegenüber im Café Vorndran kellnern musste, damit sie über die Runden kamen. Sah er denn diesen Verhau nicht?* In ihrem Arbeitszimmer standen drei Computer, die er schon seit Wochen reparieren wollte. Auf der Tastatur ihres gerade mal zwei Wochen alten Notebooks fand sie Aschereste, ein gut gefüllter Aschenbecher stand direkt daneben. Ilka fühlte ihre Wut als pulsierendes Klopfen in den Ohren. Sie musste an sich halten, das benutzte Glas auf dem Schreibtisch nicht mitten in einen der Monitore zu werfen, die sich rings um den Schreibtisch angesammelt hatten und sie aus vielen reglosen Augen anzustarren schienen.

Kabel zogen sich von ihrem Laptop zu Bens Stereoanlage und den Lautsprechern.

Sie zog alle Kabel heraus, schlug ihr Notebook zu und verstaute es im Koffer. Den Inhalt des Aschenbechers kippte sie mitten auf den Schreibtisch vor Bens Stuhl. Jetzt ging es ihr besser.

Entschlossen nahm sie den Chablis aus dem Kühlschrank, entkorkte die Flasche und setzte sich mit einem Glas ins Wohnzimmer. Ilka schluckte und fühlte, dass sich ein paar Tränen verselbständigten. Diesen Abend hatte sie sich anders vorgestellt. Sie könnten es so schön haben zusammen.

Aber sie durfte nicht ungerecht werden. Ben stand unter Druck. Er hatte sich endlich einen dicken Auftrag verdient, schließlich war er ein fähiger Informatiker. Ein kleiner Erfolg schon würde ihm großen Auftrieb geben. Ilka seufzte und stand auf. Auf dem Weg ins Bad beschloss sie, sich nicht mehr um das längst fällige Gespräch mit Ben zu drücken. Sie mussten ihr gemeinsames Leben umstrukturieren. Vielleicht half es ja, wenn sie ab jetzt öfter zu Hause war. Sie wurde schließlich nicht für ihre Anwesenheit, sondern für Ergebnisse bezahlt. Wofür hatte sie ein helles und freundliches Arbeitszimmer?

Sie legte ihren Vertrag auf den Wohnzimmertisch. An die Folie hatte sie eine Notiz geheftet. Sie enthielt Hintergrundmaterial über die junge französische Autorin, das ihr noch während ihres Praktikums in der Übersetzer-Agentur „Freeword" zufällig in die Hände gefallen war. Der Auftrag für die Übersetzung des Debütromans der jungen französischen Autorin Odile Mossaz war damals vom Verlag zurückgezogen worden mit der Anmerkung ‚beobachten'. Ilka war von dem Stoff fasziniert gewesen und hatte das Original gerne gelesen. Sie hätte sich zu dieser Zeit nicht träumen lassen, dass ihre erste ernstzunehmende Arbeit als Freelance-Übersetzerin der zweite Roman dieser Autorin sein würde. Sie war gespannt auf deren neues Werk. Allerdings – zunächst musste sie den Roman einmal lesen. Das Manuskript war unhandlich mit seinen fast 500 DIN-A-4-Seiten und im Bett wahrscheinlich schwierig zu lesen. Trotzdem würde es heute ihre Nachtlektüre werden. Ilka packte die restlichen Schriftstücke wieder in ihre Tasche, als das Telefon schrillte. Hatte Ben tatsächlich einen Abschluss geschafft? Mit drei großen Schritten war sie am Telefon.

„Maurer ..."

„Hier ist das Leopoldina-Krankenhaus, Schwester Margot", meldete sich eine resolute weibliche Stimme. Sind Sie Ilka Maurer, die Tochter von Herrn Robert Maurer, Kreuzstraße 10?"

„Was ist mit meinem Vater?", schrie Ilka auf.

„Bitte beruhigen Sie sich", antwortete Schwester Margot. „Ihr Vater hatte einen Unfall. Er wird noch heute Abend operiert. Könnten Sie vielleicht kommen? Notfallambulanz, zweiter Stock." Die Frau räusperte sich und fügte hinzu: „Es wäre sicher vernünftiger, ein Taxi zu nehmen, als selbst zu fahren."

****

Das „Leo", ein nüchterner Glas- und Betonbau, lag auf einer kleinen Anhöhe. Das kühle Licht, das durch die vielen Fenster strahlte, erinnerte an ein Versuchslabor und Ilka fragte sich bang, ob der Eindruck von Geschäftigkeit, den der helle Bau im Kontrast zum Nachthimmel vermittelte, ein positives Omen war.

Das Taxi hielt vor dem Haupteingang und Ilka atmete tief aus. Ihr schien es, als hätte sie die ganze Fahrt über den Atem angehalten. Ihre Hände waren eiskalt und zitterten, als sie den Taxifahrer bezahlte. Sie hatte keine Augen für die ansprechende Brunnenanlage vor dem Eingang und huschte durch das Drehkreuz.

Der Kiosk auf der linken Seite war um diese Nachtzeit ebenso verwaist wie die anheimelnde Eingangshalle, die eher dem Foyer eines Hotels glich. Über eine Rauchglaswand plätscherte Wasser, davor und dahinter waren kleine Sessel und Tischchen arrangiert. Hinter der Rezeption auf der rechten Seite saß eine Frau mittleren Alters vor einem Computer. Ihr professionelles „*Wie kann ich Ihnen helfen*" täuschte Ilka ebenso wenig wie das geschmackvolle Ambiente. Sie war hier nicht in einem Fünf-Sterne-Hotel. Der unverwechselbare Geruch, ein Gemisch aus Desinfektionsmitteln und menschlichen Ausdünstungen, verriet nur allzu deutlich das Krankenhaus.

„Wie komme ich am schnellsten in die Notambulanz?", fragte Ilka und hörte aus der ausführlichen Beschreibung nur die Worte „zentrale Notaufnahme im ersten Untergeschoss" heraus, bevor sie sich in Bewegung setzte. Die Stimme der Frau am Empfang rief sie zurück. „Halt!“, hörte sie gerade noch, als sich die Aufzugtür schon wieder schließen wollte. „Der Pfeil zeigt nach oben – Sie müssen nach unten fahren!“

Vor der Rezeption der Notaufnahme hatte sich ein Stau gebildet, ein kleiner Junge weinte auf dem Schoß seiner Mutter leise vor sich hin. Sein rechter Arm steckte in einem blutdurchtränkten Verband, mit dem linken umschloss er ein Stofftier. Seine Mutter, eine Muslima mit Kopftuch, redete in einer für Ilka unverständlichen Sprache auf ihn ein. Sein Vater, so schätzte sie, und mindestens drei weitere männliche Verwandte des Jungen diskutierten offenbar den Unglücksfall. Dabei verstopften sie den Ausgang zum Parkplatz, in dem gerade ein rot gekleideter Sanitäter den Weg freiwinkte für eine Krankentrage mit einem Verletzten.

Ilka drängte sich nach vorne an die Rezeption und fragte nach Schwester Margot.

„Ich bin Ilka Maurer, sie hat mich angerufen, mein Vater – Alfred Maurer – hatte einen Unfall.“ Ihre Stimme klang schrill und der Pfleger runzelte die Stirn.

„Weiß jemand Bescheid über einen Herrn Maurer?“, rief er in die Ambulanz, die inzwischen den kleinen Jungen samt seiner beträchtlichen Familie aufgesogen hatte.

„Ist im CT“, klang es aus einem Zimmer, bevor sich eine Krankenschwester Ilkas annahm. „Schwester Margot ist auf der Intensivstation, doch bevor Ihr Vater dort ankommt, rate ich Ihnen, oben im Eingangsbereich zu warten. Dort gibt es auch einen Kaffee-Automaten. Eine halbe Stunde müssen Sie sich bestimmt noch gedulden. Die Intensivstation ist im 1. Obergeschoss.“ Sie warf Ilka einen mitleidigen Blick zu und verschwand wieder im Sprechzimmer.

Der erste Stock war menschenleer und Ilka fühlte sich flüchtig in das Vakuum des Weltalls katapultiert. Das große Aquarium sollte wohl beruhigend wirken, aber sein bläuliches Licht und eine greifbare Stille drängten sie zu schnellster Flucht. Ein paar Sessel, ein Tischchen mit zerschlissenen Magazinen luden zwar zum Verweilen ein, aber Ilka war viel zu nervös, um sich hinzusetzen. Vor einer verschlossenen Tür fand sie einen Klingelknopf, den sie energisch drückte. Überrascht bemerkte sie, dass fast zeitgleich ein

Summer zu hören war und eine Schwester mit dicken Brillengläsern in der Türöffnung auftauchte.

„Mein Name ist Ilka Maurer, Schwester Margot hat mich angerufen, mein Vater soll einen Unfall gehabt haben. Bin ich hier bei Ihnen richtig?"

„Ja, schon", antwortete die Schwester, „aber Sie müssen sich noch ein bisschen gedulden. Ihr Vater ist gerade bei der Computer-Tomographie. Wenn Sie noch einen Augenblick Platz nehmen wollen. Wir rufen Sie herein, wenn er zurück ist." Die Tür schloss sich wieder.

Ilka setzte sich in einen Sessel. Langsam spürte sie den Schock aus ihren Gliedern weichen. Immerhin lebte ihr Vater noch und wenn er erst noch untersucht wurde, konnte seine Verletzung nicht akut lebensgefährlich sein, sonst befände er sich doch sicher im Operationssaal. Ihr Blick fiel auf das Aquarium. Die quicklebendigen Fische durchdrangen die dicken Schichten von Angst und Trauer, die sich in diesem kleinen Warteraum festgesetzt zu haben schienen und die Ilka beinahe körperlich wahrnahm. Ihre Augen füllten sich mit Tränen. Sie ließen sich nicht wegblinzeln, und Ilka fand in den Taschen ihrer Jeans ein gebrauchtes Papiertaschentuch. Warum musste sie hier ganz allein sitzen, wo war Ben, wenn sie ihn einmal wirklich brauchte? Sie stand auf und ging ein paar Schritte. Das fehlte noch, dass sie hier in Selbstmitleid versank.

Sie hörte Geräusche hinter der geschlossenen Tür. Angespannt lauschte sie. Brachte man ihren Vater zurück? Die Tür ging auf und eine kleine, zierliche Frau in weißem Kittel fragte nach ihrem Namen. Sie war ungefähr in Ilkas Alter und sah ebenso erschöpft aus, wie Ilka sich fühlte. Ihr Wuschelkopf mit dicken, dunklen Locken sah zerzaust aus und ihre nackten Füße steckten in weißen Sandalen.

„Sind Sie Schwester Margot?"

„Nein", lachte das Wuschelmädchen und streckte Ilka die Hand hin. „Ich bin Dr. Förster." Sie setzte sich neben Ilka auf die Ledercouch. „Hat Sie schon jemand aufgeklärt?", fragte sie und fuhr auf Ilkas Kopfschütteln hin fort: „Ihr Vater hatte einen Unfall. Er ist offensichtlich beim Aussteigen aus dem Stadtbus von einem Lieferwagen erfasst worden."

„Ist er schwer verletzt?“

„Er hat einen Schädelbruch und liegt im Koma.“ Ilkas eiskalte Hände begannen unkontrolliert zu zittern und Dr. Förster hielt sie beruhigend fest. „Bei einem Sturz auf den Kopf können die Schädelknochen brechen. Auf Grund der Nähe zum Gehirn sind dabei Verletzungen des Gehirns nicht unwahrscheinlich. Allerdings können wir zum jetzigen Zeitpunkt überhaupt nichts Genaueres sagen. Im Augenblick können wir nur den Gehirndruck überwachen. Erst die nächsten 24 Stunden geben genauen Aufschluss über den Grad seiner Verletzung.“

„Kann ich ihn sehen?“, fragte Ilka und kämpfte mit den Tränen.

„Aber sicher – kommen Sie mit.“

Sie folgte Dr. Förster in einen gekachelten Raum. „Warten Sie“, gebot ihr die Ärztin mit einer Handbewegung. „Sie müssen erst Schutzkleidung anziehen.“ Durch eine Flügeltür kam ein Pfleger mit einem Silberknopf im linken Ohr und fast kahl geschorenem Kopf. Auf der Straße hätte ihn Ilka sicher nicht sehr vertrauenerweckend eingeschätzt. Sein Lächeln war jedoch warmherzig und offen. Er wies Ilka an, einen grünen Kittel und eine Haube anzuziehen und gab ihr ein Paar blaue Plastikschuhe. „Drüberziehen reicht“, sagte er, als sie sich anschickte, ihre Schuhe auszuziehen.

Ihr Vater lag in einer Einzelkabine, die mit weißen Vorhängen von den übrigen Intensiv-Patienten abgeteilt war. Sie erschrak. Sein Kopf war fast vollständig unter weißen Verbänden verschwunden. Aus seiner Nase führte ein Schlauch und auf einem Monitor hinter dem Kopfende seines Bettes zeigten verschiedene Kurven seine Atmung und seinen Herzschlag. Wäre nicht das gleichförmige Piepen gewesen, das zumindest elektronisch davon zeugte, dass noch Leben in ihm stecken musste, Ilka hätte ihn für tot gehalten. Seine Augenhöhlen waren blau von Blutergüssen, doch letztlich waren es die feinen Bartstoppeln auf der unnatürlich weißen Haut, die Ilka zusammenbrechen ließen. Sie ließ ihren Tränen freien Lauf.

Erst jetzt bemerkte Ilka eine Schwester, die aus dem Schatten hinter ihr hervortrat. Auf ihrem ausladenden Busen ruhte ein Kreuz, das Haar war verdeckt von einer Haube.

„Sie dürfen ruhig mit ihm sprechen.“ Ihre Stimme war erstaunlich sanft, während sie am Schalter der Infusionslösung, die zum

Arm ihres Vaters führte, drehte. „Wir wissen nicht, wie viele Patienten im Koma hören können – ich bin Schwester Margot."

„Endlich – ich habe Sie so gesucht. Was ist denn mit meinem Vater geschehen?" Ilka hätte sich am liebsten an Schwester Margot geklammert und sich trösten lassen. Sie vermisste schmerzlich ihre Mutter, nicht zum ersten Mal seit deren Tod.

„Kommen Sie!" Schwester Margot schien ihre Stimmung wahrzunehmen. „Setzen Sie sich!" Sie deutete auf zwei Stühle, die in einer Ecke der Intensiv-Station standen und setzte sich Ilka gegenüber.

„Wir wissen nur, was die Helfer von den Johannitern berichtet haben. Demnach hat Ihr Vater vor der Stadtgalerie die Ernst-Sachs-Straße überquert und wurde von einem Lieferwagen erfasst. Passanten haben dann den Notarzt-Wagen und die Polizei gerufen ..."

„Aber das ist doch total gefährlich, wie konnte er da die Straße überqueren ...?" Ilka schlug die Hände vors Gesicht. „Wie sind Sie überhaupt auf mich gekommen?"

„In der Brieftasche Ihres Vaters war ein Zettel mit Ihrer Telefonnummer und Ihrer Adresse", sagte Schwester Margot, während sie aufstand und aus einem Schrank in einer abgeteilten Ecke, die wohl als Schwesternzimmer gedacht war, die Brieftasche nahm und sie Ilka gab.

„Es ist vielleicht besser, wenn Sie seine Wertsachen bei sich behalten." Schwester Margot warf einen Blick auf die Uhr. „Vielleicht ist es vernünftiger, wenn Sie jetzt erst einmal nach Hause gehen. Sie können hier ohnehin nichts tun. Wir müssen abwarten."

„Können Sie mir jetzt schon sagen ...", begann Ilka, doch Schwester Margot unterbrach sie. „Nein, es ist noch viel zu früh für irgendwelche Prognosen. Sie sollten versuchen, noch ein bisschen Schlaf zu bekommen."

„Ich danke Ihnen sehr." Ilka stand auf und ging zum Bett ihres Vaters. Vorsichtig strich sie ihm über die Hand, bevor sie sich zum Gehen wandte.

„Halt, warten Sie!" Schwester Margot kam mit einem Formular und einem Kugelschreiber. „Die Einverständniserklärung müssten Sie uns noch unterschreiben. Falls wir Ihren Vater schnell operieren müssen."

Ilka überflog den Text, ohne dass ihr der Sinn aufging, und unterschrieb.

„Wir haben ja Ihre Telefon-Nummer, wenn sich der Zustand Ihres Vaters verschlechtern sollte." Schwester Margot nahm ihr Kittel, Haube und Leinenschuhe ab und warf sie in einen Korb.

„Ich wünsche Ihnen eine gute Nacht, viel ist ja nicht mehr davon übrig", sagte sie, als sie Ilka die Tür öffnete.

Es war weit nach Mitternacht und Ilka fröstelte, als sie vor ihrer Wohnung aus dem Taxi stieg. Sie warf einen Blick nach oben und sah, dass noch Licht brannte. Ben war also schon zu Hause. Der Geruch von schalem Bier drang ihr entgegen, als sie in die Wohnung kam. Auf dem Sofa im Wohnzimmer lag Thomas, zugedeckt mit seinem Anorak. Ein fast volles Glas Bier stand auf dem Tisch. Wundersamerweise waren die dazugehörigen Flaschen und die unvermeidlich vollen Aschenbecher aufgeräumt. Ilka war gerührt. Also war Benedikt doch zurückgekommen, um sie nicht allein zu lassen, mit Thomas zwar, aber immerhin. Ilka zog ihre Schuhe aus und stellte fest, dass ihre Jeans kniff, bis ihr aufging, dass das Kneifen von dem schwarzen Tanga kam, den sie – abends – zu einem ganz anderen Zweck angezogen hatte.

Auf Zehenspitzen ging sie ins Schlafzimmer. Sie wollte Benedikt nicht wecken, die Kraft für ein ernsthaftes Gespräch hatte sie heute einfach nicht mehr.

****

„Benedikt – kannst du nicht die Musik etwas leiser drehen? Ich telefoniere!" Ilka hielt die Hörmuschel zu, während sie durch die Wohnung rief. Sie erhielt keine Antwort, immerhin senkte sich der Geräuschpegel, Benedikt musste sie also gehört haben.

„Sparkasse Schweinfurt, Martin Aschauer, was kann ich für Sie tun?"

Die wahrscheinlich in zahlreichen Service-Seminaren getrimmte Bariton-Stimme legte nahe, ihm auf der Stelle sein Herz auszuschütten. Ilka ging dieses Pseudo-Verständnis gegen den Strich und sie musste sich regelrecht zur Höflichkeit zwingen.

„Hier ist Ilka Maurer, ich habe in der Brieftasche meines Vaters einen Brief Ihrer Bank gefunden, in dem Sie dringend um einen

Gesprächstermin bitten. Mein Vater hatte einen Unfall, er liegt im Krankenhaus.“ In kurzen Worten schilderte sie den Zustand ihres Vaters. „Ich fürchte, es wird noch eine ganze Weile dauern, bis er selbst kommen kann. Hat Ihr Anliegen so lange Zeit?“

„Ich fürchte, nein. Ihr Vater hat wohl einen Zahlungstermin übersehen ...“ Der Kundenberater dehnte seine Worte und Ilkas Herz sank.

„Um welche Zahlung handelt es sich denn?“

„Ich denke nicht, dass wir das Thema am Telefon behandeln sollten. Wären Sie bereit zu einem Gespräch bei uns? – Augenblick ...“ Ilka hörte Papier rascheln. „Ich schaue gerade, ob Ihr Vater eine Vollmacht hinterlegt hat. Ilka Maurer, sagten Sie, ist Ihr Name.“ Die Verbindlichkeit des Kundenberaters erhielt einen Kratzer. Nun – Ilka konnte ihm nicht helfen. Sie konnte sich auch Vergnüglicheres vorstellen, als sich um Zahlungsaufforderungen ihres Vaters zu kümmern.

„Ja – ich bin seine einzige Tochter.“

„Ich werde das mit der Vollmacht noch überprüfen. Vielleicht kommen Sie einfach mal, heute – um 14 Uhr?“

„Wenn es sein muss ...“

„Es ist dringend, glauben Sie mir. Und bringen Sie am besten auch gleich den Schlüssel für seinen Banksafe mit.“

Wie betäubt legte Ilka den Hörer auf. Benedikt kam barfuß aus dem Badezimmer, nur mit einem Badetuch umwickelt und drückte ihr einen verschlafenen Kuss aufs Haar. „Was sind denn das für Sitten?“, grummelte er, „statt eines liebevollen Morgenkusses einen Rüffel. Ich komme halt nun mal mit Musik am besten auf Vordermann.“

„Ach, Ben“, seufzte Ilka, überwältigt von all den Problemen, die darauf warteten, gelöst zu werden. Selbst die Aufgabe, Ben zu informieren, zehrte an ihrer Kraft.

„Was wolltest du mir denn gestern unbedingt erzählen? Wo warst du überhaupt? Ich habe mit Thomas endlos lange auf deine Rückkehr gewartet.“ Ben zog sein Badetuch fester um die Hüften und öffnete die Wohnzimmertür.

„Thomas war schon gegangen, als ich aufgestanden bin“, kam Ilka seiner nächsten Frage zuvor. „Willst du nicht erst einen Kaffee trinken, dann versuche ich deine Fragen zu beantworten.“ Warum eigentlich behandelte sie Ben so schonend? Sollte sie nicht selbst etwas Unterstützung erwarten können? „Aber zieh dich erst mal an, ich friere ja, wenn ich dich sehe ..."

Ben hielt seinen Kaffeepott mit beiden Händen umfasst und unterbrach Ilka kein einziges Mal, während sie ihn auf den neuesten Informationsstand brachte. Die Nachricht von ihrem Vertrag ging unter in der Fülle von Hiobsbotschaften. Ilka war sich gar nicht sicher, ob Ben sie überhaupt erfasst hatte, kommentiert hatte er ihren Erfolg jedenfalls nicht.

„Und was wirst du jetzt tun?" *Du – nicht wir!* – Ilka registrierte sehr wohl die feine Nuance.

„Wenn ich nur etwas tun könnte. Es ist das Warten, das mich so fusselig macht. Und ständig dreht sich das Gedankenkarussell."

„Ich dachte eher an die Bank."

„Ja – das kommt dazu. Ob mein Vater Schulden hat? Aber ich kann mir beim besten Willen nicht vorstellen, dass mein pflichtbewusster Vater in finanziellen Schwierigkeiten steckt ..."

„Da hast du recht." Ben setzte die Kaffeetasse ab, stand auf und streichelte Ilka übers Haar. „Die Bankleute machen immer gleich ein riesen Bohei. Warte erst mal ab, was die eigentlich wollen." Ben blickte sie eine Weile an. „Möchtest du, dass ich mitkomme?"

Obwohl Ilka sein Zögern wahrgenommen hatte, wurde ihr warm ums Herz. Er war ja doch da, wenn sie ihn brauchte.

„Nein – das schaffe ich schon." Schämte sie sich etwa vor Ben? Nein – aber er würde zu viel von ihrer Aufmerksamkeit beanspruchen. Sie konnte sich nicht auch noch um ihn kümmern.

****

Abgestandene Luft drang Ilka entgegen, als sie die Tür zur Wohnung ihres Vaters, ihrem ehemaligen Zuhause, aufschloss. Es war eine merkwürdige Mischung aus schalen Essensdünsten, einem schwachen Geruch von Reinigungsmittel und undefinierbaren Medikamenten. Hatte es hier immer so gerochen? Als ihre Mutter noch lebte, sicher nicht. Ilka riss die Fenster auf. Das alte Dielenbrett, das sie immer verraten hatte, wenn sie zu spät heimkam, knarrte noch immer. Das Quietschen der Küchentüre war neu.

Aus purer Gewohnheit ging sie in ihr Zimmer. Das ‚Take That'-Poster hing immer noch an der Wand und die Stofftiere ihrer Kindheit wachten über dem Bett mit der dicken Decke aus Teddy-Stoff. Sie setzte sich darauf und ihr Blick fiel auf den Schreibtisch mit den Tintenflecken aus ihrer Schulzeit. Ihr Vater hatte nichts verändert. Auf dem CD-Player, der auf der Konsole stand, lag eine feine Staubschicht und Ilka beschlich leise Wehmut. Ihr Zimmer bot ihr keine Zuflucht mehr, sie war wohl wirklich aus dieser kindlichen Enge herausgewachsen. Seufzend stand sie auf und setzte sich im Wohnzimmer an den Schreibtisch.

Hier – endlich – hatte sie den Mut, die Brieftasche, die ihr Schwester Margot in die Hand gedrückt hatte, genauer zu inspizieren. Sie fand einen Brief, ihre eigene Adresse stand in der unverwechselbaren Handschrift ihres Vaters auf dem Umschlag. Er enthielt eine Geldscheinkarte, in der 50 € steckten. In altmodischen, goldenen Lettern stand: „Für einen persönlichen Wunsch" darauf und ihr Vater hatte *Ich bin stolz auf Dich* hinzugefügt. Also hatte er den Tag ihrer Vertragsunterzeichnung nicht vergessen und vorausgesetzt, dass sie keine Absage erhalten würde. Er war auf dem Weg zu ihr gewesen, um ihr zu gratulieren.

Jetzt erst gestattete sie sich, der Trauer, die sich wie ein grauer Schleier über sie gelegt hatte, Raum zu geben. Sie wusste nicht, wie lange sie dagesessen hatte, reglos an die Wand starrend, als sie die Sirene eines Rettungswagens in die Wirklichkeit zurückholte. Die Ironie des Augenblicks – ausgerechnet eine Krankenwagen-Sirene – gab ihr den notwendigen Ruck. Sie war jetzt gefordert, eine unaufschiebbare Mission wartete auf sie.

Die Rolltür des Schreibtischs war abgeschlossen. Stirnrunzelnd suchte Ilka unter den alten Tageszeitungen nach dem Schlüssel. Absicht oder Versehen? Hatte ihr Vater einen Grund, den Schreibtischschlüssel zu verstecken? Sie kramte in den Schubladen des Wohnzimmerschranks, zwischen uralten Handarbeits-Prospekten ihrer Mutter und wurde nervös. Ilka hatte zwar davon gehört, dass Menschen mit zunehmendem Alter misstrauisch wurden, hatte aber bislang noch keine Anzeichen davon bei ihrem Vater entdeckt. Ein Blick auf die Wohnzimmeruhr sagte ihr, dass sie den Vormittag bald vertrödelt haben würde, und sie entschloss sich zu einer Radikalmaßnahme. Mit einiger Anstrengung und einem Brieföffner knackte sie das Schloss. Die Rolltür sauste nach unten.

Ilka wischte sich den Schweiß von der Stirn und holte sich ein Glas Mineralwasser. Im Kühlschrank fand sie einen Rest Spaghettisoße, auf dem ein pelziger Belag von beträchtlichem Alter zeugte. Angewidert schloss sie die Tür. Eine Anwandlung von schlechtem Gewissen ließ sie diese wieder öffnen. Sie hatte sich wohl doch zu wenig um die Einsamkeit ihres Vaters gekümmert. Sie kippte die Soße in den Biomüll und stellte die Schüssel in die Spüle. Jetzt war nicht der richtige Zeitpunkt für einen Wohnungsputz. Solche Aktionen mussten warten.

Entschieden wandte sie sich wieder dem Schreibtisch zu. Sie fand ein blaues Sparbuch, dessen gestanzte Löcher darauf verwiesen, dass es wertlos war, und sonst keine Anhaltspunkte für weitere Barschaften. Fieberhaft suchte Ilka nach dem Schlüssel für einen Banksafe und fand nichts. Ihre letzte Hoffnung ruhte auf einem dicken, braunen Umschlag, der akribisch mit Tesafilm verklebt war. Er ließ sich kaum mit dem Brieföffner öffnen. Ohne großes Nachdenken schnitt sie ihn auf, griff nach seinem Inhalt und fühlte Metall. Auf einem Schlüssel waren die Signatur Sparkasse und die Nummer 34 geprägt. Tief atmete sie aus und fühlte erst jetzt die Anspannung der letzten Stunden.

Ilka entleerte den Umschlag auf der Schreibtischfläche. Es gab kein weiteres Sparbuch. Stattdessen griffen ihre Finger in eine Fülle von Papierabschnitten. Von der NKL, der Süddeutschen Klassenlotterie und zahlreichen Wettabschnitten der Rennbahn Iffezheim fand sie alles, was nach Glücksspiel aussah. Die Erkenntnis traf sie wie eine im Nebenzimmer gezündete Bombe: Ihr Vater war ein Spieler.

****

Im ersten Stock der Sparkasse war die Ausstellung einer hiesigen Künstlerin zu bewundern. Abstrakte Gemälde, deren leuchtende Farben die abgründige Botschaft, die ihnen innewohnte, eher noch betonten, waren mit Spots angestrahlt. Ilka blieb stehen, auf seltsame Weise von den Gemälden fasziniert, obwohl sie die Bilder im Innersten verwirrten.

Martin Aschauer erwies sich als schmächtiger Mann mit Hamsterbäckchen und einem Schnurrbart. Maximal 1,65 m groß, schätzte Ilka, als er sie mit einem schlaffen Händedruck begrüßte und ihr einen Platz vor seinem Schreibtisch zuwies. Sein Gesichtsausdruck legte nahe, dass er sich verpflichtet fühlte, alle Sorgen seiner säumigen Kunden im Kopf zu behalten. Das winzige Büro hatte ein Fenster auf den Eingangsbereich der Sparkasse. In Kübeln wuchsen Pflanzen, die in herbstlichen Farben prangten. Er zog seinen Krawattenknoten gerade, bevor er sich setzte und Ilka mit traurigen Augen ansah.

„Es tut mir sehr leid, Frau Maurer", begann er, „dass wir Sie in dieser belastenden Situation mit den finanziellen Schwierigkeiten Ihres Herrn Vaters behelligen müssen." Er faltete die Hände an den Fingerspitzen. „Um es gleich vorweg zu nehmen, ich habe keine Vollmacht auf Ihren Namen gefunden. Wir wären Ihnen deshalb sehr verbunden, wenn wir eine Kopie Ihres Personalausweises zu den Akten legen könnten." Seine Stimme wurde mit jedem Wort fester. Ilka vermutete, dass er sich im Sitzen wohler fühlte. Sie reichte Aschauer ihren Personalausweis. Er telefonierte kurz und drückte ihn dann wortlos einer jungen Frau mit Minirock, die nur wenige Sekunden später auftauchte, in die Hand.

„In den letzten beiden Jahren hat Herr Maurer sukzessive alle seine Sparkonten abgehoben. Diese Tatsache allein würde uns nicht beunruhigen." Aschauer griff nach einer Kontenaufstellung, die vor ihm auf dem Schreibtisch lag. „Wenn er nicht auch in den vergangenen beiden Monaten sein Girokonto überzogen hätte."

„Wie hoch sind denn seine Schulden?", warf Ilka ein.

„Hier – sehen Sie!" Die Spitze seines Kugelschreibers deutete auf einen rot unterstrichenen Betrag. „Die Verbindlichkeiten Ihres Vaters belaufen sich derzeit auf rund fünftausend Euro." Aschauer räusperte sich. „Wir sehen uns deshalb gezwungen, sein Girokonto zu sperren, zumal aller Voraussicht nach, ja nur mit der eingehenden Rente zu rechnen ist." Sein Gesichtsausdruck wurde noch eine Spur trauriger. „Es sei denn, Sie sind gewillt, die Schulden Ihres Vaters zu begleichen."

„Dazu bin ich augenblicklich nicht in der Lage ..." Es klopfte und die junge Frau brachte Ilkas Ausweis zurück. Sie verstaute ihn wieder in ihrer Tasche. „Vielleicht gibt es ja noch verborgene Geldquellen in seinem Bankschließfach ..."

„Haben Sie denn den Schlüssel gefunden? Dann können wir gleich nachsehen."

In angespanntem Schweigen stieg Ilka hinter Aschauer die schmale Treppe zum Keller hinunter, in dem sich die Schließfächer befanden. Sie hatte keine Lust auf Small-talk. Die eigenartigsten Gefühle stritten in ihr. Was würde der Safe an neuen Erschütterungen bereithalten und – überhaupt – was hatte ihren Vater bewogen, einen Banksafe zu mieten? Bis heute Morgen hatte sie ihn für einen soliden Mann gehalten, mit einem berechenbaren und vertrauenswürdigen Charakter.

Der Raum war nüchtern ausgestattet. Das kühle Licht der Neonleuchte an der Decke spiegelte sich im Metall der Schließfächer. Neben einer Sitzbank stand ein Stehpult, ein Kugelschreiber mit der Gravur „Sparkasse" baumelte an einer Kette.

Die Safes enthielten jeweils zwei Schlüssellöcher. In das oberste von Nummer 34 steckte Aschauer den Schlüssel der Bank. Ilka stand schweigend neben ihm. Sie fühlte sich befangen bei dem Gedanken, dass Martin Aschauer sie beobachten könnte.

„Wir brauchen zusätzlich Ihren Schlüssel", forderte er sie auf, „sonst lässt sich das Schließfach nicht öffnen. Reine Sicherheitsmaßnahme im Interesse unserer Kunden." Ilka drehte nach Aschauer den Schlüssel, und die Tür sprang auf.

„Ich lasse Sie jetzt allein ..." Der Bankkaufmann zögerte und Ilka bemerkte, wie er sie prüfend musterte. „Wenn Sie mich brauchen, wissen Sie ja, wo sie mich finden."

Aschauers Schritte auf der Treppe verklangen, eine Tür schlug zu. Ilka war allein.

Sie setzte sich, die Blechkassette auf dem Schoß, auf die Bank und wagte es nicht, den Deckel zu öffnen. In ihrem Kopf implodierten die kreisenden Gedanken zu umfassender Leere. Etwas Düsteres, Bedrohendes ging von dem kleinen Blechkasten aus und blockierte jede Aktivität. Sie musste sehr lange so gesessen haben, als sie Stimmen auf dem Treppenabsatz hörte. Die Tür wurde aufgerissen, lachend schoben sich ein anderer Bankangestellter mit einem Kunden herein, um ein Schließfach zu öffnen. Die beiden tauschten witzige Bonmots, die offenbar nur sie selbst verstanden, und verbreiteten einen Aktionismus, der Ilka aus ihrer Betäubung riss. Sie öffnete den Deckel.

In der Kassette befanden sich lediglich ein brauner Umschlag und eine kleine Schmuckschachtel. Auf weißer Watte lag ein Goldkreuz mit vielen kleinen Brillanten und einer schweren Goldkette. Ilka wog das Schmuckstück in den Händen und ließ es langsam wieder in seine Schachtel zurückgleiten. Was bedeutete ihrem Vater dieses kleine Kreuz? Ein Andenken – an wen? Sie hatte den Schmuck jedenfalls nie am Hals ihrer Mutter gesehen. Führte ihr Vater zusätzlich zu seiner Spielerneigung ein Doppelleben?

Sie griff nach dem Umschlag. Er enthielt ein Dokument auf Englisch, das auf einen Fonds bei der Niederlassung der „Kanam-Bank“ in Zürich verwies. Es trug die Nummer 1.798.376, die bei allen Rückfragen anzugeben sei. Ilka stieß einen Seufzer aus. Vielleicht enthielt dieser Fonds ja noch genügend Geld, um die Schulden ihres Vaters zu begleichen. Erst einmal erleichtert, schob sie das Dokument wieder zurück in den Umschlag. Dabei stieß sie auf Widerstand. Ihre Finger förderten ein Schreiben zutage, eigentlich nur den Durchschlag eines Schreibens, wie sie vor Jahrzehnten noch benutzt wurden. In verwischter Schrift, auf dünnem Seidenpapier, stand da die knappe Mitteilung eines Notars, Dr. Fritz Halbhuber aus Bad Kissingen, an die Bank in Zürich, dass Ilka Maurer auch nach ihrer Adoption im Jahre 1988 die rechtmäßige Eigentümerin dieses Fonds bleibe. Eine knappe Mitteilung setzte ihren Vater von dem „Vorgang in Kenntnis“.

Ilka fühlte, wie sich von ihrem Bauch aus eine große Hitze bis in die Fingerspitzen und in die Fußsohlen ausbreitete, die Sekunden später einer eisigen Kälte wich. Das Gemurmel der beiden anderen Besucher des Schließfach-Raumes schwoll zu einem ohrenbetäubenden Lärm an. Er ging in ein Rauschen in ihren Ohren über, bis Ilka gar nichts mehr hörte.

Sie wachte von einem Klaps auf ihre Wange auf, das besorgte Gesicht eines Mannes über sich, von dem sie nur eine große Warze neben seiner Oberlippe wahrnahm.

„Sollen wir einen Arzt rufen?“, fragte er und Ilka fand die Kraft, den Kopf zu schütteln.

„Nein – danke, es geht wieder, ich habe das öfter“, log sie und ließ sich auf die Bank helfen. Hilfsbereit drückte ihr der Mann die Kassette, die auf den Boden gefallen war, wieder in die Hand.

„Vielleicht sollten Sie an die frische Luft gehen. Die Luft hier unten ist gar nicht gut“, mischte sich jetzt auch der Bankangestellte ein.

„Es reicht wirklich, wenn ich hier noch einige Minuten sitzen kann ...“ Die beiden sollten sie nur endlich allein lassen. Sie musste lediglich mit dem Schock fertig werden, dass ihr ganzes Leben eine Lüge gewesen war.

****

Die Tachonadel zeigte 70 km/h, gleichmäßig rollte der Clio in Richtung Niederwerrn. Ilka sah die Rockfabrik auf der rechten Seite und gestattete sich einen nostalgischen Rückblick auf ihre erste Begegnung mit Ben. Wie viel hatte sich seitdem verändert. Zum ersten Mal seit Tagen konnte sie ihre innere Rastlosigkeit kanalisieren. Der Entschluss war richtig, sagte sie sich. Sie würde in Bad Kissingen ihrer Vergangenheit nachspüren und – nein – sie hatte nicht vor, abends zu Ben heimzukommen. Die räumliche Trennung würde auch ihnen beiden guttun. Seit dem Unfall ihres Vaters hatte sie sich wie ein im Wind wirbelndes Blatt gefühlt. Die Aussicht, nun aktiv etwas unternehmen zu können, brachte ihr zwar nicht unbedingt Frieden, aber doch eine Art Waffenruhe im Kampf gegen die Tatsachen ihres neuen Lebens. Über Nacht war alle Sicherheit, auf die sie sich bisher stützen konnte, zusammengebrochen wie ein schlampig aufgeschichteter Holzstapel. An die Stelle eindeutigen Selbstverständnisses war Chaos getreten. Die Frage: *Wer bin ich, wenn nicht die Tochter meiner Eltern?* beherrschte ihr ganzes Denken.

Nun, ihren Vater konnte sie nicht fragen. Auch nach seiner Operation dämmerte er weiter im Koma – und kein Mensch wusste, ob er daraus jemals aufwachen würde. Sie quälten keine Gewissensbisse, weil sie der Bank gestattet hatte, seine Einkünfte auf dem Giro-Konto einzuziehen. Er würde in nächster Zeit ohnehin kein Geld benötigen. Auch ihr eigenes Sparkonto hatte sie ohne Reue geplündert, Ben würde jetzt für sich selbst sorgen müssen.

Gedankenverloren folgte sie dem Wegweiser A 71 – Hammelburg – Bad Kissingen und fragte sich, ob sie nicht einen gewaltigen Umweg fuhr. Wäre die direkte Strecke nicht die über Maibach gewesen? So oft war sie noch nicht in Bad Kissingen gewesen. Sicher, es war ein Bad von Weltrang mit bekannten Heilquellen. Hatten da nicht schon Bismarck und sogar Kaiserin Sissi gekurt? Aber für sie haftete dem Bad ein bisschen verstaubter Glanz an, attraktiv für Senioren vielleicht. Sie würde sich gern eines Besseren belehren lassen.

B 303 stand auf dem Wegweiser. Stimmte das denn? Nach Bad Kissingen führte doch die B 19. Kurz darauf stellte sie aufatmend fest, dass sie rechts abbiegen musste. Sie fuhr weiter auf der Strecke, ließ Poppenhausen links liegen und bog nach etwa acht Kilometern ab nach Oerlenbach. In Arnshausen lockte ein Schild „Körners Wirtschaft", und Ilka ließ sich verführen. War sie etwa noch gar nicht bereit für eine Begegnung mit ihrer Geschichte? Sie fand einen Parkplatz, entdeckte einen lauschigen Biergarten unter Bäumen und ein Schild: Geöffnet ab 17 Uhr. Soviel zu ihrer Verzögerungstaktik.

Kurzentschlossen folgte Ilka dem Hinweisschild „Bahnhof". Ihre Hoffnung auf einen Parkplatz dort bestätigte sich und Ilka stieg aus. Über eine Treppe gelangte Ilka auf die Kurhausstraße und ging Richtung Zentrum. Als sie die Wandelhalle erreichte, schälte sich die Sonne aus dem spätsommerlichen Dunst, als hätte ein metaphysischer Dirigent den Taktstock gehoben, um das Gesamtkunstwerk Kurpark mit seinen imposanten Bauten in magisches Licht zu tauchen.

Der Eindruck von Transzendenz verstärkte sich, als Ilka in die Halle eintrat. Durch das farbig bleiverglaste Dach fiel die Sonne aus neun Metern Höhe in den Raum und Ilka brauchte nicht viel Fantasie, um sich reifberockte Damen samt ihren devoten Kavalieren in diesem Ambiente vorzustellen.

Ilka griff nach einem Prospekt, um sich diesen atemberaubenden Bau näher erklären zu lassen und erfuhr, dass er im Jahre 1910/1911 in nur achtmonatiger Bauzeit von dem Münchner Architekten Max Littmann in der Form einer dreischiffigen Basilika errichtet worden war.

Mit 90 Metern Länge und 3240 Quadratmetern Fläche kann die Bad Kissinger Wandelhalle einen Superlativ für sich in Anspruch nehmen: Sie ist die größte in Europa. Aber nicht nur ihre Länge, Höhe, Breite und schöne Architektur erregen Aufsehen und Bewunderung, auch die Zierbrunnen und das Blühen und Grünen darin. Die von der Galerie herabhängenden Pflanzen erwecken den Eindruck, als wäre jede Ranke einzeln drapiert worden. Jede einzelne ist echt.

Der Wandelhalle ist ein 70 Meter langer Querbau vorgelagert, der zur Saale hin die Quellen Rakoczy und Pandur schützt. Die Brunnenhalle löste den eisernen Pavillon aus der Zeit des Biedermeiers ab, mit dem Friedrich von Gärtner eine weltweit beachtete Attraktion errichtet hatte, durch die allerdings der Wind pfiff.

Seit Mai 1991 muss niemand mehr „mit dem Krug zum Wasser" gehen, wo bis dahin das Heilwasser von Hand mit der Kelle geschöpft wurde. Das Wasser der Quellen wird seitdem in ein hell wie Gold schimmerndes Röhrenwerk aus Phosphorbronze gepumpt. An den Zapfstellen füllen die Brunnenfrauen die Gläser. Heute wie ehedem tragen die Brunnenfrauen fränkische Tracht, obwohl bei der Einweihung der Brunnen- und Wandelhalle ein Frankfurter Kurgast monierte, „dass die ländliche Tracht nicht mehr zu all dem Luxus passt". Doch in Bad Kissingen hält man an der Tradition fest. So stülpte man auch nach der Sanierung der Brunnen Rakoczy und Pandur 1973/74 wieder die Abdeckhauben mit der Königskrone auf die Quellen.

Ilka verstaute den Prospekt in ihrer Handtasche und ging weiter zum Kurpark, in dem Zinnien, Dahlien und Astern in prächtigen Rabatten rund um den Rasen arrangiert waren.

Beherrscht wurde der Kurpark vom Regentenbau, dem eigentlichen Wahrzeichen Bad Kissingens, der ebenfalls von Max Littmann errichtet worden war.

Den Regentenbau kannte Ilka, einmal hatte sie dort ein hochkarätiges Symphoniekonzert im Rahmen des Kissinger Sommers besucht, zu einem sündhaft teuren Eintrittspreis, wie sie sich erinnerte. Sie blätterte erneut im Prospekt und erfuhr, dass der Regentenbau mit dem 200 m langen Arkadenbau als das prachtvollste und repräsentativste Gebäude Bad Kissingens im klassizistischen Jugendstil galt.

Fast fühlte sie sich ein bisschen eingeschüchtert ob all der Pracht, als sie die Ludwigsstraße überquerte und sich bald auf dem

Marktplatz wiederfand, der sie mit all seiner morgendlichen Geschäftigkeit empfing.

L'Alternativa hieß ein italienisches Café/Bistro, so ganz sicher konnte Ilka seine Identität nicht einordnen, aber es zog sie unwiderstehlich an. Auf dem Pflaster standen Stühle und Ilka griff nach der Speisekarte und bestellte einen Salat Nicoise bei einer gutgelaunten Bedienung.

„Kennen Sie vielleicht ein Notariat Dr. Halbhuber?", fragte sie kurz entschlossen, als die junge Frau den Salat brachte.

„Ach du liebe Zeit." Ihr Lachen offenbarte ein paar neckische Grübchen. „Sind Sie auch eine von diesen Altertumsforschern?"

„Wie kommen Sie denn darauf?" Ilka war irritiert.

„Na ja – wir haben da noch so einen Burschen. Der wühlt im Archiv für irgendeine Studiums-Arbeit. Den Dr. Halbhuber gibt es schon lange nicht mehr, der ist bestimmt schon vor zwanzig Jahren gestorben. Aber ich will Ihnen was sagen", sie drapierte geschickt Serviette und Besteck, „das war wenigstens noch ein Jurist. Mit seinem Tod hat Bad Kissingen einen versierten Notar verloren. Die Kanzlei stand ziemlich lange leer – und die beiden Versager mit ihren dunklen Anzügen, die sie später übernommen haben, können ihm das Wasser nicht reichen. Ich sag Ihnen was", verschwörerisch beugte sie sich zu Ilka hinunter, „wenn Sie einen Anwalt brauchen, gehen Sie nicht zu denen."

„Wie heißen die beiden denn – und wo befindet sich ihre Kanzlei?"

„Schmitt und Lammert – und die Kanzlei ist in der Bahnhofsstraße. Aber glauben Sie mir", ihr Ton war jetzt verstimmt, „die taugen nichts." Sie wandte Ilka den Rücken zu.

„Ich danke Ihnen sehr, Sie haben mir trotzdem geholfen." Ilka aß ihren Salat, der köstlich war, bezahlte und stand auf. Wie sollte sie jetzt weiter vorgehen? Sie brauchte vor allen Dingen erst einmal eine Bleibe. „Aber vielleicht können Sie mir noch einmal helfen", fragte sie die Bedienung, die jetzt am Nebentisch eine Bestellung aufnahm. „Wo finde ich denn die Tourist-Information?"

„Im Arkadenbau, folgen Sie einfach den Hinweisschildern." Ilka bedankte sich und ging. Das bunte Gewimmel auf dem Marktplatz sog sie auf und Ilka ließ sich mitziehen. Vor dem „Alten Rathaus", wie ein Täfelchen auf der Frontseite verkündete, blieb sie stehen.

Sie versuchte sich in einer Zuordnung des Baustils. Renaissance oder doch Barock? Der Bau vereinigte beide Elemente – vor allem aber diente er wohl nicht mehr als Rathaus. Sie änderte ihren Plan und fragte einen Passanten nach dem neuen Rathaus.

Der ältere Herr mit einem beeindruckenden Schnurrbart gab mit leuchtenden Augen Auskunft: „Wo einst Schlossherren residierten, arbeitet heute die Stadtverwaltung. Das ehemalige Lochner-Heußleinsche Schloss ist das jetzige Rathaus. Sogar Otto von Bismarck ging darin ein und aus. Sie finden es gleich, wenn Sie durch die kleine Gasse hier rechts gehen."

Ilka bedankte sich und fand sich kurze Zeit später vor einem Barockbau, vor dem Tische mit Sonnenschirmen standen, wieder. Sie trat durch ein großes Tor in einen Innenhof mit einer Treppe, ging hinauf und stieß mit einem riesigen Karton zusammen. Hinter dem Karton tauchte ein junger Mann auf und eine Flut von kleinen Reiseprospekten ergoss sich auf den Boden.

„Verdammte Scheiße", sagte er inbrünstig, stemmte die Arme in die Hüften und sah den Prospekten nach, die langsam die Treppe hinunterfielen.

„Gucken Sie eigentlich nie, bevor Sie losrennen", grummelte er und richtete seinen Blick auf Ilka. Ein intensives Augenspiel, stellte diese fest. Augen, schwarz wie Briketts unter buschigen Augenbrauen und einem Wust dunkler Locken, die ihm fast in die Stirn wuchsen, gaben ihm etwas Rasputin-Ähnliches. Je länger er Ilka ansah, desto heller schienen seine Augen zu werden, bis schließlich kleine Lichter übermütig in ihnen tanzten. Seine vollen Lippen verzogen sich zu einem breiten Lächeln, das Ilka nicht einordnen konnte. Machte er sich lustig über sie?

„Normalerweise haben die Menschen, denen ich begegne, kein Brett vorm Kopf und sehen, wo sie hintreten", gab sie zurück.

Er quittierte ihre Bemerkung mit einem lauten Lachen und streckte ihr die Hand hin.

„Friede ..." Ilka war überrascht von seinem festen Händedruck. „Außerdem mag ich schlagfertige Frauen. Ich bin Markus Götz ..." Er machte eine tiefe Verbeugung. „Und stehe Ihnen ab sofort zur bedingungslosen Verfügung."

„Vielleicht sollten Sie sich vorher erst noch um die vielen Flyer kümmern, die buchstäblich hier herumfliegen ..."

„Nein, lassen Sie", wehrte er ab, als Ilka sich bückte und anfing, die Prospekte aufzusammeln.

„Mitgegangen, mitgehangen", gab sie zurück, „sonst werfen Sie mir am Ende vor, ich würde Ihre Freundlichkeit ausnutzen ..."

„Nutzen Sie, nutzen Sie ...!" Mit theatralischer Geste hob er drei Finger hoch. „Ich verspreche feierlich, Ihnen jederzeit zu Diensten zu sein."

Die Prospekte waren eingesammelt. Fast bedauerte es Ilka, dass der überschwängliche junge Mann jetzt seiner Wege ziehen würde. Sie hatte sich seit langem nicht mehr so amüsiert.

„Und wenn ich gleich auf Ihr Angebot zurückgreife ..." Die Worte waren heraus, bevor Ilka nachdenken konnte. „Ich suche für ein paar Tage eine preisgünstige Bleibe. Können Sie mir etwas empfehlen?"

„Dafür bin ich nicht der richtige Ansprechpartner", entgegnete er, „aber wenn Sie mich begleiten, führe ich Sie zur Tourist-Information im Arkadenbau, da muss ich nämlich meine Flyer abgeben."

„Kennen Sie unser schönes Bad Kissingen?", fragte der junge Mann, während sie die Ludwigsstraße überquerten und Richtung Kurpark gingen. „Da direkt neben der Brücke liegt der Rosengarten mit seinem Springbrunnen ... Ich wäre gerne zu einer Führung bereit." Er blinzelte Ilka mit schiefem Grinsen zu. Eine Antwort schien er nicht zu erwarten, deshalb begnügte sich Ilka mit einem zustimmenden Nicken.

„Da sind wir auch schon", erklärte er, als sie im Kurgartencafé vorbei durch die Arkaden gingen und schließlich in der Tourist-Information landeten. Eine junge blonde Frau löste sich von ihrem Computer und ging mit ausgestreckten Händen auf Markus zu.

„Um Himmels willen, Markus – wo bleibst du denn? Der Oberbürgermeister hat gerade angerufen, er wartet mit einer Gäste-Delegation im Weißen Saal auf die Prospekte."

„Nichts kann so wichtig sein wie die Wünsche dieser jungen Dame, die mir gerade das Brett vom Kopf geschlagen hat", antwortete der seltsame junge Mann und stellte gelassen seinen Karton auf den Tresen. „Mir hat sie sich übrigens noch nicht vorgestellt – und ich werde meine Chance, dass sie's bei dir tut, auf keinen Fall verpassen. Und wenn der Herr Oberbürgermeister noch einmal anruft ..."

„Ich bin Katja Glasser", stellte sich die Blonde vor, doch sofort warf der junge Mann ein: „Die Allzweckwaffe der Stadtverwaltung."

„Und dieser renitente Mitarbeiter hier ist Markus Götz", fuhr Katja Glasser fort. „Und wenn Sie uns einen Gefallen tun wollen, versprechen Sie Markus bitte irgendetwas, damit er endlich geht, sonst kriegen wir alle einen Rüffel."

„Am besten warten Sie ganz einfach, bis ich wiederkomme", ließ sich Markus Götz verlauten, „es dauert maximal drei Minuten ... Biete unserem Gast doch einen Kaffee an, Katja ..." Er streifte Ilka mit gekonntem Welpenblick. „Warten Sie dann?"

„Okay, okay", lachte Ilka. „Aber vielleicht sollten Sie jetzt wirklich gehen."

„Er ist so ein Sunnyboy unser Markus." Katja Glassers Tonfall war der einer nachsichtigen Mama und Ilka spürt einen kleinen Stich. Also konnte Markus Götz seinen Charme an- und ausknipsen wie eine Taschenlampe, seine Freundlichkeit hatte nichts mit ihr zu tun. Der Gedanke war heilsam. Fast hätte er es geschafft, Ilka vergessen zu lassen, weshalb sie hier war.

„Ich brauche eine Bleibe für einige Tage."

„Haben Sie an ein Hotelzimmer gedacht?"

„Egal, es sollte nur nicht zu teuer sein. Ja, und ich bräuchte einen Computer-Anschluss mit Zugang zum Internet."

Katja Glasser strich ihr blondes Haar hinter die Ohren und tippte in ihren Computer. „Lassen Sie mich nachdenken. Aber Sie könnten auch unseren Computer hier im Lesesaal nutzen." Sie deutete auf einen Saal hinter sich. „Wenn Sie sich eine Gastkarte kaufen, ist der Zugang kostenfrei."

„Das wird nicht reichen", Ilka räusperte sich, „ich muss arbeiten."

„Schade ..." Katja Glasser war jetzt ganz Tourismus-Beauftragte. „Bad Kissingen bietet gerade jetzt im Herbst so viel Schönes zu entdecken. Wir haben hier herrliche Wanderwege, eine ausgezeichnete Gastronomie und mit der KissSalis-Therme ein ausgezeichnetes Wellness-Bad. Die Stadt hat sich ihren Weltbad-Ruf auch in der Gegenwart bewahrt."

„Vielleicht gefällt es mir ja so gut, dass ich bleiben möchte." Ilka stellte fest, dass sie sich dies durchaus vorstellen konnte. Vielleicht führte die Auszeit von Ben ja zu einem völlig neuen Lebensentwurf „Aber jetzt muss ich andere Prioritäten setzen."

Eilige Schritte in dem ruhigen Raum veranlassten Ilka sich umzudrehen.

„Habe ich Ihnen nicht drei Minuten versprochen ..." Markus Götz war zurück und brachte elektrisierende Geschäftigkeit mit sich. „Aber Sie haben ja immer noch keinen Kaffee, Katja, du lässt nach." Er verschwand irgendwo im Hintergrund und kam mit einem kleinen Tablett, auf dem zwei Tassen Kaffee, ein Milchkännchen und eine Zuckerdose standen, zurück."

„Wenn jeder an sich denkt, ist an alle gedacht", bemerkte Katja Glasser lapidar, „ich würde auch gerne einen Kaffee trinken, wenn du dich schon so hemmungslos bedienst." Markus holte eine dritte Tasse.

„Danke – wir haben hier ein kleines Problem." Katja runzelte die Stirn. „Frau ... Wie war noch Ihr Name?", wandte sie sich an Ilka.

„Ich heiße Ilka Maurer", stellte diese sich zögerlich vor und bemerkte erst jetzt, dass sie wohl Schwierigkeiten mit ihrem Namen hatte. Sie schluckte. Er war genauso eine Lüge wie ihr gesamtes Leben.

„Frau Maurer braucht eine kostengünstige Unterkunft mit Internet-Anschluss. Vielleicht weißt du ja Rat." Eine Bewegung ihres Kinns bezog Markus Götz mit ein.

„Aber setzen wir uns doch." Katja Glasser nahm das Tablett und steuerte einen der Tische im Lesesaal an.

„Sie könnte bei mir wohnen, ich habe eine freie Couch und Internet." Ein Kopfschütteln Katja Glassers brachte Markus zur Räson. „Na ja, vielleicht keine so gute Idee ..."

Langsam wurde Ilka nervös. Musste sie die Nacht etwa im Auto verbringen?

„Haben Sie denn wenigstens ein Hotelzimmer für eine oder zwei Nächte?"

„Ja, sicher – aber das wird kaum unser Problem lösen, nicht wahr?" Katja Glasser klang besorgt. „Wie lange haben Sie denn vor zu bleiben?"

„Hängt davon ab ... Aber Sie haben recht, ich buche erst einmal ein Hotelzimmer, vielleicht ist meine Mission schneller erledigt, als ich denke."

„Von schnellen Besuchen halten wir gar nichts, nicht wahr Katja", warf Markus ein.

„Aber – Moment mal – mir kommt da ein Gedanke." Mit einem Klirren setzte er seine Kaffeetasse auf den Unterteller. „Wir haben doch diese privaten Ferienhäuser am Stationsberg. Du weißt schon", sein Zeigefinger deutete auf Katja. „In einem wohnt schon den ganzen Sommer lang dieser seltsame Maler. Das Haus direkt daneben gehört Frau Dr. Erbach und sie benutzt es höchstens ein paar Tage. Seit ihr Mann tot ist, kommt sie praktisch immer nur an Allerheiligen an sein Grab ..." Gedankenverloren strich er über seinen Schnurrbart. „Vielleicht würde sie es ausnahmsweise vermieten."

„Das wäre eine Möglichkeit, ja – aber ich kenne die Dame kaum ...", zweifelte Katja Glasser.

„Aber ich!" Beifall heischend schaute er auf Ilka. „Wir haben das eine oder andere Mal Schach zusammen gespielt."

„Und ich dachte immer, deine Flirterei beschränke sich auf junge Frauen ..."

„Du kennst meine Qualitäten noch lange nicht ..."

„Dann beweise sie uns doch", lachte Katja, während sie aufstand und den Telefonhörer hinter ihrem Tresen aufnahm. „Du kannst gerne anrufen ..." Sie legte ihm das Telefonbuch hin und kam zurück zu Ilka.

„Er ist ja meistens eine Nervensäge, aber man kann ihm wirklich nicht böse sein", erklärte sie Ilka, während Markus Götz am Telefon alle Register seines Charmes zog.

„Geschafft!" Triumphierend kam er zurück. „Ich musste mich zwar mit Leib und Leben für Sie verbürgen, aber das habe ich gerne getan. Morgen können Sie einziehen. Das Häuschen muss nur noch hergerichtet werden. Und du ...", feixte er in Katjas Richtung, „musst unseren Reinigungsdienst aktivieren."

„Was würde denn das Ferienhaus kosten?" Ilka kamen Bedenken. Würde sie sich denn den Luxus eines ganzen Hauses leisten können?

„Da würde ich mir keine Sorgen machen. Frau Dr. Erbach hat lediglich von einem Unkostenbeitrag für Strom, Wasser und Reinigung gesprochen." Markus warf sich in die Brust. „Sie wären ausschließlich mir verpflichtet ..."

„Das würde ich mir aber sehr genau überlegen", seufzte Katja Glasser. „Aber lassen Sie uns doch erst einmal nach einem Zimmer für heute Nacht fragen."

Sie tippte in ihren Computer. „*Münchner Kindl* – gleich in der Fußgängerzone", gab sie Auskunft. „Die haben vernünftige Preise. Hier schauen Sie!" Katja Glasser zeigte auf den Bildschirm. „Gefällt es Ihnen?"

„Sehr schön, das nehme ich." Ilka hatte weniger die Ausstattung, als vielmehr die Preise im Blick und schon griff die Tourismus-Referentin zum Telefon. „Da müssen Sie sich aber telefonisch anmelden, sonst ist keiner da." Sie griff zu einem kleinen Notizblock.

****

Das Hotel „Münchner Kindl" hatte freundliche, helle Zimmer, allerdings hatte sich die Parkplatzsuche sehr schwierig gestaltet und Ilka musste auf ein Parkhaus ausweichen.

Als Ilka samt Reisetasche schließlich ihr Zimmer beziehen konnte, hatte sich die Hochstimmung des Tages verflüchtigt und sie fühlte nur noch bleierne Müdigkeit. Nach dem Geplänkel in der Tourist-Information, hatte sie noch eine Zeit lang die Straßen Bad Kissingens durchstreift und schließlich auch die Kanzlei Schmitt und Lammert gefunden. Es fehlte ihr jedoch der Mut, die beiden Anwälte aufzusuchen. Morgen ist auch noch ein Tag, sagte sie sich, als ihr aufging, dass sie den Schlusssatz aus *Vom Winde verweht* zitierte. Der Gedanke schien ihr wie ein böses Omen. Hatte nicht Scarlett am Ende alles verloren?

Das Zimmer war klein, aber hell und ansprechend. Auf den knarrenden Holzdielen lag ein zerschlissener Teppich. Immerhin war die Dusche geräumig und hell. Ilka öffnete weit das Fenster, aber das Gefühl von Beklemmung, das sie schon im Foyer überfallen hatte, ließ sich auch dadurch nicht vertreiben. Sie schleuderte ihre Schuhe von sich und warf sich aufs Bett.

Endlich hatte sie, was sie seit ihrer Entdeckung in dem düsteren Schließfach-Keller in der Bank vehement anstrebte: Zeit zum Nachdenken. Alles war ihr zu viel gewesen, die hoffnungslosen Besuche im Krankenhaus, Bens hilflose Tröstungsversuche und seine jungenhafte Unbekümmertheit. Ihr Blick wanderte zum Telefon auf dem Nachttisch. Nein ... Sie würde ihn jetzt nicht anrufen, später vielleicht. Auch die Reisetasche am Fußende des Bettes konnte sie nicht zu irgendeiner Aktivität bewegen. Die Erschöpfung des Tages forderte ihren Tribut und Ilka schlief ein.

Sie erwachte von lauten Stimmen unter ihrem Fenster, zwei Männer stritten sich und eine Frau lachte. An einem Seil waren aufgespannte Schirme angebracht, die wohl zu dem italienischen Lokal gehörten, das im Erdgeschoss der Pension beheimatet war. Ilkas Hände und Füße waren eisigkalt, außerdem meldete sich ihr Magen mit lautem Knurren. Bibbernd stand sie auf und schloss das Fenster. Ein Blick auf ihre Armbanduhr sagte ihr, dass sie über eine Stunde geschlafen hatte. Sie packte lediglich einen Schlafanzug und ihre Toilettensachen aus der Reisetasche und zog einen Blazer über T-Shirt und Jeans. Mit dem Kamm fuhr sie durch die Haare und spritzte sich frisches Wasser ins Gesicht. Sie würde irgendwo eine Kleinigkeit essen und früh ins Bett gehen.

Ilka ging ein paar Schritte und wurde von einem pittoresken Gebäude gleich gegenüber mit einem Erker, auf dem Schilde für verschiedene Brauereien warben, angezogen. Das „Bratwurstglöckle" war ein historisches Gebäude. Sie betrat einen Flur mit gewölbter Decke, dessen Wandverkachelung aussah, als wäre sie noch die ursprüngliche Ausstattung.

Der Gastraum war nur mäßig besucht und Ilka bewunderte die mannshohe Wandverkleidung aus Holz, auf deren Sims unzählige Bierkrüge arrangiert waren. Gleich rechts vom Eingang stand eine auffallende Registrierkasse aus der Jahrhundertwende und daneben ein Ständer mit Broschüren. Sie setzte sich an einen Zweiertisch, am Stammtisch in der Ecke spielten vier ältere Männer Karten und ein Paar mittleren Alters saß an einem anderen Tisch und schaute sich verliebt in die Augen. Aus der Küche erklang leise Radiomusik.

Die Bedienung brachte Ilka eine Speisekarte und ging zu dem Pärchen, das endlich den Blick voneinander ab- und der Speisekarte zuwandte.

Ilka bestellte stilgerecht fränkische Bratwürste und ein alkoholfreies Weißbier. Der Broschürenständer weckte ihre Aufmerksamkeit. Sie stand auf und nahm das Gästebuch mit. Beim Durchblättern stieß sie auf einen Eintrag des Orchesters „di Padova e del Veneto", das mit einer Operngala in Bad Kissingen gastiert hatte.

Das Kartenspieler-Quartett unterbrach kurz seine Unterhaltung. Sie spürte die musternden Blicke der alten Männer durch ein Prickeln im Nacken. Befangen setzte sie sich wieder an ihren Tisch. Was tat sie überhaupt hier? Sie hätte genauso gut in einer Kneipe auf dem Mond sitzen können, so fremd fühlte sie sich. Die Bedienung brachte mit einem routinierten *Guten Appetit* ihr Essen, von dem kleine Dampfwölkchen aufstiegen. Ilka nahm eine Gabel von dem heißen Sauerkraut, aber es konnte die Kälte in ihrem Innern nicht vertreiben. Sie fühlte sich unbehaglich und gestand sich ein, dass die Empfindung nicht allein das Resultat eines einsamen Mahls war, sondern dass eine dunkle Verlassenheit ihr ganzes Sein ausfüllte.

Wer war sie denn, wenn sie nicht Ilka Maurer war?

Die Tür ging auf. Ein hochgewachsener Mann von etwa Mitte dreißig trat ein und brachte einen Schwall kühler Luft mit sich. Er trug ein Tweed-Jackett mit Lederflicken an den Ärmeln, darunter einen grünen Rollkragen-Pullover und schwarze Jeans. Ilka konnte sich nicht entscheiden, ob sein kurzgeschnittenes, dichtes Haar blond oder doch eher braun war. Salz- und Pfeffer hätte man wohl die Farbe bei einem Kleidungsstück genannt. Seine scharf geschnittenen Gesichtszüge standen in auffälligem Gegensatz zu den warmen Augen. Er wählte einen Tisch Ilka gegenüber, der lächerlich klein wirkte vor den breiten Schultern und den langen, schlaksigen Beinen des Mannes, als er sich gesetzt hatte. Sie zwang sich, ihren Blick von dem zweifellos attraktiven Gast abzuwenden.

Ihr Teller war leer und Ilka stellte ihn zur Seite. Die Kellnerin, die mit baumelndem Zopf an ihrem Tisch vorüberging, bemerkte weder Ilka noch das Geschirr. Sie hatte nur Augen für den neuen Gast. Ilka richtete ihre Aufmerksamkeit auf die Radiosendung, konnte jedoch nicht umhin, die vertraute Selbstverständlichkeit, mit der die Bedienung die Wünsche des Mannes entgegennahm, zu registrieren. Sie fühlte sich ausgeschlossen und fremd. Mit einer heftigen Bewegung blätterte sie in einem achtlos zur Seite gelegten Magazin, ohne irgendetwas von Belang aufzunehmen.

Im Radio erklang der Gong für die Nachrichtensendung. *Es war soeben 21 Uhr* verkündete eine Frauenstimme, die Ilkas Aufmerksamkeit nur mäßig fesselte. Sie trank einen Schluck von dem süffigen Bier und dachte an den kommenden Tag und an das Unvorhersehbare, das er bringen mochte. Erst einmal hatte sie sich für 10 Uhr mit Katja Glasser verabredet, um von ihr die Schlüssel für ihr hoffentlich hergerichtetes Ferienhaus zu erhalten.

Die Polizei konnte den Täter letztlich überwältigen, bevor er Hand an sich selbst legen konnte. Ein zweijähriges Mädchen überlebte das Familiendrama, zwei Jungen im Alter von acht und zehn Jahren konnten nur noch tot geborgen werden, die 33-jährige Mutter starb noch am Tatort.

Nur noch diese beiden Sätze aus den Nachrichten drangen in Ilkas Bewusstsein, doch sie ließen ihr Blut gefrieren. Was würde mit dem kleinen Mädchen geschehen? Musste es in einem Waisenhaus aufwachsen, bis man es vielleicht adoptierte? Das Dunkel ihrer eigenen Vergangenheit nahm ihr plötzlich den Atem. Sie musste raus hier, weg von all der spießigen Betulichkeit, in die frische Luft. Unwirsch winkte sie der Bedienung. Auf das Wechselgeld wollte sie nicht warten. Im Hinausgehen sah sie den Blick des Mannes am Nebentisch prüfend auf sie gerichtet.

****

Ein ungebärdiger Wind zerrte an den Geranien in den Blumenkästen und hetzte faserige Wolken über den Himmel. Es schien, als ob die blasse Herbstsonne ihr Licht abwechselnd an- und ausknipste. Obwohl sie fröstelte, sog Ilka die belebend frische Luft in ihre Lunge, dankbar, das einsame Hotel verlassen zu können. Sie deponierte ihre Reisetasche im Auto, sie würde zu Fuß zur Tourist-Information gehen müssen. Auf dem Drehständer vor einem Bekleidungsmarkt hing bereits die neue Herbst-Kollektion und Ilka kaufte kurzentschlossen einen brombeerfarbenen Pulli mit Kapuze und zog ihn gleich an. Verständnisvoll entfernte die Verkäuferin die Etiketten und packte ihr getragenes T-Shirt in eine Tüte.

Wer rechnet denn im September schon mit so einer Kälte? Der Spontankauf vertrieb ihre düsteren Gedanken jedoch nur kurz. Fetzen eines Traums der vergangenen Nacht, in dem es um ein verschlossenes Zimmer und einen an einer Schnur baumelnden Schlüssel ging, den sie nicht erreichen konnte, schoben sich hartnäckig in ihren Kopf.

Vor Katjas Informations-Schalter drängte sich eine lärmende Gruppe Männer, die offenbar ein verlängertes Wochenende für einen Kegelausflug nutzen wollte. Katja machte einen angespannten Eindruck, doch als sie Ilka sah, huschte ein Lächeln über ihr Gesicht. „Einen Augenblick bitte ...", warf sie der Gruppe zu und kam zu Ilka. „Meine Lieblingsgäste", raunte sie und fügte hinzu: „Können Sie später noch einmal wiederkommen? Die Putzfrau ist noch nicht zurück. Es tut mir leid, aber heute Morgen verzögert sich alles."

„Macht überhaupt nichts. Ich komme gegen Mittag wieder. Wann machen Sie denn Mittagspause? Ich würde Sie gerne auf einen Kaffee einladen für all die Mühe."

„Um 12 Uhr, am Nachmittag bin ich dann allerdings im Rathaus, ich habe noch ein paar andere Aufgaben als Touristik ... Aber Sie müssen mich wirklich nicht einladen."

„Gut, dann also um kurz nach 12 – ich freue mich ..."

Etwas ziellos blieb Ilka auf den Treppenstufen zum Kurpark stehen, sie hatte fest damit gerechnet, den Vormittag mit Auspacken und dem Erkunden ihres Ferienhäuschens zu verbringen. Jetzt hatte sie genügend Muße, Ben anzurufen und sich im Krankenhaus nach dem Zustand ihres Vaters zu erkundigen. Sie schaltete ihr Handy ein und sah, dass Ben schon zweimal versucht hatte, sie zu erreichen. Mit schlechtem Gewissen verstaute sie das Telefon wieder in ihrer Handtasche. Wenn sie eingezogen war, entschied sie. Die Buchhandlung Schöningh gleich hinter dem alten Rathaus lachte sie an, und die Kombination mit dem einladenden Café gegenüber war geradezu unwiderstehlich, aber Ilka rief sich zur Ordnung.

Ihr Besuch in Bad Kissingen war schließlich kein Urlaub. Außerdem hatte sie sich bisher nicht für feige gehalten. Zwar hatte sie keinen Termin vereinbart, aber warum sollte sie nicht trotzdem die Kanzlei Schmitt und Lammert besuchen? Entschieden ging Ilka an Buchladen und Café vorbei und stand bald mit klopfendem Herzen vor der Kanzlei. Fast wünschte sie sich, abgewiesen zu werden, als sie im düsteren Treppenhaus stand. Das Büro der Rechtsanwälte lag im Erdgeschoss.

Auf ihr Klingeln öffnete ein erschreckend dünnes Mädchen mit einer gewaltigen schwarzen Lockenmähne, die zwei Kämme nur notdürftig bändigten. Sie trug eine weiße Bluse und einen Minirock und ihre Augen waren kohlschwarz umrandet. Sie schien zu verschmelzen mit der Ausstattung des Büros, denn Ilka war fast geblendet von dem vielen Weiß, das sich mit Glas und Anthrazit abwechselte.

„Haben Sie einen Termin?", fragte das Mädchen mit überraschend dunkler Stimme.

„Nein. Mein Name ist Ilka Maurer und ich habe eigentlich nur eine kurze Frage. Aber ich kann gerne zu einem anderen Zeitpunkt wiederkommen ..." bot sie an.

„Handelt es sich um ein strafrechtliches oder familiäres Problem?", fragte die Empfangsdame, während sie ihren Terminkalender konsultierte. „Herr Lammert ist unser Familienanwalt, Herr Schmitt macht Strafrecht."

„Es geht um eine Familienurkunde ...", zögerte Ilka, nicht bereit der jungen Frau ihr Herz auszuschütten. „Eigentlich geht es nur um einen Blick in Ihr Archiv."

In diesem Augenblick wurde eine Tür aufgerissen und ein stämmiger Mann von etwa 40 und rosiger Gesichtsfarbe lief mit eigentümlich kleinen Schritten zu seiner Mitarbeiterin. Seine beginnende Glatze hatte er kunstfertig mit den verbliebenen Haaren überdeckt. „Frau Lohmann, haben Sie die Akte gefunden?", fragte er und hielt inne, als er Ilka entdeckte.

„Haben wir einen Termin?" Er runzelte die Stirn, während er sie ausgiebig musterte.

„Nein – Herr Lammert. Ich bin gerade dabei, eine Möglichkeit für Frau Maurer herauszufinden."

„Vielleicht geht es ja ganz schnell", warf Ilka reaktionsschnell ein. „Wenn Sie fünf Minuten für mich hätten ..."

„Gut – kommen Sie rein!“ Er winkte Ilka zur offenen Tür seines Büros. Bevor er sich hinter seinen Schreibtisch setzte, zog er den Voile-Vorhang vor das Büro-Fenster und zog für Ilka einen Stuhl vor seinen Schreibtisch.

„Womit kann ich Ihnen dienen?“ Seine Geschäftigkeit, professionelle Intimität zu erzeugen, entlockte Ilka ein Lächeln. Da braucht es schon ein bisschen mehr, um glaubwürdig zu wirken, dachte sie.

Sie zog den Umschlag mit einer Kopie des Schreibens von Dr. Halbhuber aus dem Banksafe hervor und reichte dem Rechtsanwalt den Brief. Dabei lobte sie sich noch im Nachhinein für ihre Geistesgegenwart, trotz ihres Schwächeanfalls in der Bank, um eine Kopie gebeten zu haben. „Ich bin im Augenblick in einer Art finanziellen Klemme“, erklärte sie, „mein Vater liegt nach einem Unfall im Koma – und ich muss mich um einige Rückstande kümmern. Da ich ihn selbst nicht fragen kann, dachte ich, Ihr Büro könne mir Auskunft geben, um welche finanzielle Transaktion es sich bei dem Schreiben Ihres Vorgängers gehandelt hat ...“

„Du liebe Güte – das liegt ja schon fast dreißig Jahre zurück“, antwortete Lammert, während er mit wieselflinken Augen den Brief überflog. „Ich fürchte, das können wir doch nicht auf die Schnelle erledigen. Können Sie“, er schlug die Seiten eines ledergebundenen Terminkalenders um, „sagen wir, am Montagnachmittag wiederkommen? Heute muss ich unbedingt noch einen wichtigen Schriftsatz fertigstellen – und morgen bin ich im Gericht.“ Er stand auf und ging zur Tür. „Darf ich mir eine Kopie hiervon machen?“ Dabei zeigte er auf den Brief und wartete Ilkas Antwort nicht ab. „Ich danke Ihnen ... Frau Lohmann – eine Kopie bitte!“, wies er seine Mitarbeiterin an und streckte gleichzeitig Ilka die Hand hin. „Wir sehen uns dann am Montag.“

„Passt es Ihnen um 14 Uhr?“, fragte das dünne Mädchen und legte das Schreiben auf den Kopierer.

„Kann ich einrichten ... vielen Dank.“ Mit einem Kopfnicken verstaute Ilka den Umschlag wieder in der Handtasche und ging zur Tür. Sie fühlte sich überrumpelt, während sie langsam die Treppe hinunterstieg. Aber vielleicht war es so der beste Weg, dachte sie, gar nicht mehr sicher, ob sie das Geheimnis um ihre Herkunft überhaupt lüften wollte.

****

Katja Glasser wartete bereits vor den Arkaden. Ilka schaute erschrocken auf ihre Armbanduhr.

„Keine Sorge, Sie sind nicht zu spät“, erriet Katja Glasser ihre Gedanken. „Die Tür wird nur um 12 Uhr abgesperrt. Trinken wir einen Kaffee? Danach fahre ich mit Ihnen zum Ferienhaus. Ich bin nicht sicher, ob ich den Weg so gut beschreiben kann, dass Sie ihn finden.“ Sie zog den Reißverschluss ihres Anoraks zu und ging zielstrebig zu dem kleinen Café. „Oh – bevor ich es vergesse ...“ Sie griff in ihre Handtasche. „Hier ist Ihr Schlüssel.“

Das winzige Café Lavazza war voll besetzt und Ilka, die aus irgendeinem Grund kleine Tische und ein Pseudo-Chippendale erwartet hatte, war überrascht von der schnörkellosen Einrichtung. Ein großer Bar-Tresen in der Mitte beherrschte den Raum. Im Hintergrund fanden sich kleine Tische mit Sesselchen, die auch bei längerem Sitzen Behaglichkeit versprachen. Ein gemischtes Publikum aus Schülern im Jeans-Turnschuh-Einheitslook und typischen Mittagspausen-Gästen verbreitete Wohlfühl-Klima.

Eine junge Frau in kurzem Flanell-Rock mit Ringelstrümpfen winkte Katja Glasser zu, während sie mit ihrem Begleiter, einem kaum 20-jährigen Jungen in Anzug und Krawatte, vom Tisch aufstand.

„Wir zahlen an der Theke“, verkündete sie, „setzt euch, sonst ist der Platz gleich wieder vergeben.“

Katja hängte ihren Anorak über den Stuhl und räumte das gebrauchte Geschirr zur Seite. Ilka setzte sich ihr gegenüber.

„Um die Mittagspause hier einen Tisch zu ergattern, ist pure Glückssache“, seufzte Katja Glasser. „Das Lavazza ist eben eines der wenigen Cafés ohne kurende Senioren, wobei ich nicht lästern sollte ... Sie verschaffen schließlich Bad Kissingen seinen Ruf und sein Auskommen.“

Ein junger Mann mit gepiercten Augenbrauen und Pferdeschwanz fragte nach ihren Wünschen. Katja bestellte einen Cappuccino und Ilka ein Tomaten-Mozzarella-Baguette mit einem Glas Wasser.

„Was führt Sie denn nach Bad Kissingen?“, fragte Katja. „Sie gehören so überhaupt nicht in die Zielgruppe, die ich normalerweise anpeile. Ältere Ehepaare, wohlhabende Witwen oder Reha-Patienten verschlägt es schon eher hierher. Deswegen schalten wir unsere Anzeigen auch gerne in „Heim und Mode“ oder im „Gelben Blatt“. Ich kann mir nicht vorstellen, dass Sie so etwas lesen, genauso wenig, wie ich es freiwillig tun würde.“

Ilka lachte. „Zumindest eine Gemeinsamkeit haben wir also schon, außer, dass wir im gleichen Alter sein dürften. Ich werde im Dezember 27.“

„Und ich im Februar 28“, antwortete Katja. „Aber was haben Sie denn, habe ich etwas Falsches gesagt?“ Mit besorgtem Blick musterte sie Ilka, die wie aus heiterem Himmel feuchte Augen bekommen hatte.

„Nein ... Es ist nur ... ehrlich gesagt, seit ein paar Tagen weiß ich nicht mehr genau, ob ich tatsächlich im Dezember Geburtstag habe.“

„Wie bitte?“, erwiderte Katja. „Wie meinen Sie das?“

Ilka sollte sich später noch fragen, ob es Naivität war, die sie bewog, Katja ihr Herz auszuschütten, einer völlig Fremden. War es vielleicht genau dieser Umstand? Eine Fremde hatte keine Eigeninteressen, sie war neutral. Bei ihrem Gespräch mit Benedikt hatte sie die Angst herausgehört, dass sich irgendetwas verändern könnte.

In den nächsten Minuten berichtete sie Katja alles, was ihr in den letzten Tagen widerfahren war und verschwieg auch nicht ihre Bangigkeit davor, was ihre Recherchen ergeben mochten.

„Sehen Sie“, schloss sie ihren Bericht, „gestern Abend hat mich sogar eine Nachrichtenmeldung über einen Amokläufer, der seine Familie ausgelöscht hat, in Angst und Schrecken versetzt. Stamme ich auch aus einem solchen Milieu?“ Ilka räusperte sich. „Und mit welchen Genen muss ich mich herumschlagen?“

„Da würde ich mir jetzt aber keine Gedanken machen.“ Beruhigend legte Katja ihre Hand auf die von Ilka. „Kriminelle Energie bricht in der Regel schon in frühesten Lebensjahren aus.“ Ihre fürsorgliche Miene wich amüsiertem Lächeln. „Oder haben Sie als Kind aus purem Spaß Fliegen die Beine ausgerissen?“

„Nein – soweit ich mich erinnere und den Familienerinnerungen trauen kann – war ich ein recht liebes kleines Mädchen.“ Auch Ilka konnte jetzt erleichtert lachen.

„Übrigens – ich heiße Ilka.“ Einladend streckte sie Katja die Hand hin, „einer Duz-Freundin kann man seinen Seelenmüll doch gleich viel einfacher vor die Füße kippen.“

„Soll das eine Drohung sein?“, lachte Katja, „nein, nein – war nur Spaß“, sagte sie und schüttelte Ilkas Hand. „Ich bin Katja. Das Küssen können wir auf später verschieben.“ Sie hob ihre Kaffeetasse. „Auf eine gute Kameradschaft!“

„Da bin ich mir sicher“, antwortete Ilka, „ich fand dich auf den ersten Blick sympathisch. Du hast so etwas Vertrauenswürdiges, mir ist es noch nie passiert, dass ich jemandem gleich in der ersten Stunde mein Leben offenbare.“

„Mir ging es genauso, allerdings hätte ich nie gedacht, dass du solche Sorgen hast. Du wirkst so souverän ... Und deine Wirkung auf Männer konntest du ja bereits an Markus testen.

„Ich dachte, er verhält sich immer so ...“

„Zugegeben, er ist ein Charming-Boy, aber so von der Rolle habe ich ihn noch nie erlebt.“ Ilka fühlte Hitze von ihrem Hals hinter ihre Ohren aufsteigen. „Er hat dich ja mit seinen Blicken geradezu verschlungen.“

Katja trank einen Schluck Kaffee. „Puh, kalt! Aber das macht nichts, wir müssen auch gehen“, sie warf einen Blick ihre Uhr, „sonst stehe ich morgen ohne Job da.“

„Ein bisschen mehr Selbstsicherheit, bitte“, gab Ilka zurück. „Der Oberbürgermeister weiß sicher, was er an dir hat.“ Katja winkte dem Kellner, aber Ilka ging zur Theke und bezahlte.

„Stecke deine Geldbörse weg, ich habe dich eingeladen.“

„Hast du denn noch so viel Zeit, zum Ferienhaus mitzufahren?“, fragte Ilka, als sie gemeinsam über den Platz zu ihrem Auto gingen.

„Eben hast du noch mehr Selbstbewusstsein angemahnt“, spottete Katja.

„Solche Nettigkeiten gehören zum Service. Aber, vielleicht wäre es doch besser ...“ sie griff zu ihrem Handy und Ilka hörte, dass sie sich für die nächste Stunde entschuldigte.

„So – jetzt haben wir Zeit." Katja steckte das Handy in ihre Tasche und begleitete Ilka zum Parkhaus. Der Dschungel von Bad Kissingens Straßennetz war unter Katjas Leitung gleich viel besser zu bewältigen und nach wenigen Minuten Weg erreichten sie über ein Neubaugebiet am Hang den Waldrand. Ilka bog von der Hauptstraße ab in einen kleinen Seitenweg, der eher einem befestigten Wirtschaftsweg als einer Straße glich. Daneben fing dichter Laubwald an. Der Weg machte eine Kurve und Ilka musste bremsen. Mitten auf der Fahrbahn stand ein Bagger, der einen gefällten Baum auf einen Holzstoß am Wegrand balancierte. Nach der halsbrecherischen Aktion fuhr der Bagger zur Seite, und der Fahrer winkte sie grinsend weiter. Sie umfuhren mehrere, teils bereits verwitterte Holzstapel, die auf ihre Verwendung warteten. Der Weg mündete in eine Lichtung, von der Schotterwege zu verschiedenen Ferienhäusern führten.

Eine ziemlich abgeschiedene Anlage, dachte Ilka, und anscheinend unbewohnt. Zumindest konnte sie auf den ersten Blick keine Autos in den Einfahrten entdecken.

„Wir suchen Nr. 12 – siehst du es?" Katja sprang aus dem Auto und suchte beim ersten Haus an dem von wild wuchernden Kriechmispeln verdeckten Briefkasten.

„Hinter der nächsten Biegung müsste es liegen", stellte sie fest und zeigte mit dem Finger nach rechts.

Ilka fuhr über den geschotterten Weg und hielt vor einem Chalet, das fast vollständig von Bäumen verdeckt war.

Sie verliebte sich augenblicklich. Das kleine Haus hatte ein Pultdach und seine Vorderfront bestand aus Glas. Ilka presste ihre Nase an die Scheibe. Sie wandte sich zu Katja, die mit Ilkas Reisetasche auf sie zukam. „So etwas habe ich mir immer gewünscht", sagte sie mit leuchtenden Augen.

„Hoffen wir, dass es dir nach der ersten Nacht immer noch so gut gefällt."

Sie schaute sich prüfend um. „Ziemlich einsam hier."

„Das wird mich nicht stören. Ich habe in unserer Wohnung in Schweinfurt in letzter Zeit zuweilen an Klaustrophobie gelitten."

„Na ja, sollte es dir unheimlich werden, nicht nur Markus, auch ich habe eine Couch anzubieten." Katja klopfte Ilka auf die Schulter. „Schauen wir erst einmal hinein, und dann würde ich gerne

Markus anrufen, dass er mich abholt. Er brennt darauf zu erfahren, wie du das Häuschen findest."

Ein geschwungener Plattenweg führte zum Eingang, der auf der Hinterseite lag. Auf einer winzigen Rasenfläche davor stand eine hölzerne Sitzgruppe und in den Blumenkästen blühten violette Petunien, die erstaunlich frisch wirkten.

„Gießt denn jemand die Blumen?"

„Frau Dr. Erbach hat sicher ihre privaten Arrangements für solche Dinge", antwortete Katja, „aber da weiß Markus mehr. Er hat ja auch schon das eine oder andere für sie erledigt."

Wohlige Wärme umfing sie, als sie über einen kleinen Flur mit wenigen Garderobehaken und einem Schuhschrank das Wohnzimmer erreichten. Es umfasste fast den gesamten unteren Bereich. Eine Wendeltreppe führte auf eine Galerie mit zwei Türen. Katja stellte die Reisetasche ab und lief die Wendeltreppe hoch.

„Gottlob, die Betten sind bezogen und das Bad ist sauber", rief sie, über das Geländer gebeugt. „Willst du gleich heraufkommen?" Sie unterbrach sich, um eine Telefonnummer in ihr Handy zu tippen. „Nein – wahrscheinlich willst du alles in Ruhe erkunden, und ich muss jetzt wirklich los." Sie eilte die Treppe wieder herab und führte Ilka in eine Kochnische. „Sogar heißes Wasser." Sie drehte den Hahn über der kleinen Spüle wieder zu und öffnete eine Schranktür. „Du kannst dir auch gleich einen Tee kochen, Vorräte sind genügend da."

In der Einfahrt knirschte der Kies und Markus Götz schlug bereits die Tür des grünen Polos zu, auf dessen Wagentüren der Schriftzug *Stadt Bad Kissingen* stand.

„Er schafft es doch immer, sich einen Dienstwagen zu organisieren." Katja schüttelte den Kopf. „Mir gelingt das nie!"

„Gibt es wenigstens Champagner zum Einzug?" Wie ein Windstoß fegte Markus durch die Tür und ging zielstrebig an den Kühlschrank in der Küche. „Soll ich für Sie einkaufen?"; wandte er sich an Ilka. „Es gefällt Ihnen doch hier, oder?"

„Markus, benimm dich!", wies ihn Katja zurecht. „Außerdem müssen wir gehen."

Ilka fühlte sich ein wenig atemlos, als er so mit glänzenden Augen dastand und auf ihren Beifall wartete. „Er hat recht, Katja", antwortete sie, „warum vereinbaren wir nicht gleich eine richtige Einstandsparty?"

„Weil wir nicht dazu neigen, unsere Gäste gleich mit Haut und Haaren zu verschlingen. Keine Widerrede ...!", beschied sie Markus, bevor dieser antworten konnte. „Ilka kann gerne anrufen, wenn ihr nach einer Fete sein sollte. Und jetzt, komm ...!" Sie gab Ilka die Hand und zog entschlossen Markus mit sich fort, der es sich allerdings nicht nehmen ließ, Ilka eine Kusshand zuzuwerfen, bevor er einstieg.

Ein bisschen mutlos sah sie dem abfahrenden Auto nach.

Die Stille nach dem Abgang der beiden war umfassend. Ilka beobachtete ein Blatt, das auf der Terrasse vor der Fensterfront tanzte und sich geräuschlos auf den massiven Holzdielen niederließ. Sie wandte sich ab und ließ ihre Augen langsam über den Raum wandern. Beherrscht wurde er von einem aus Ziegelsteinen gemauerten Kamin, der sich nach oben verjüngte und direkt im Dach endete.

Eine Bank aus gleichen Steinen führte um ihn herum, einige Kissen lagen darauf. Auf dem Kaminsims standen eine Duftlampe, eine kleine Tonskulptur und mehrere Fotos. Sie zeigten eine attraktive Frau von Mitte 50 in Anorak und Gummistiefeln vor einem windgepeitschten Meer. Ein lachender Mann mit Bart legte einen Arm um ihre Taille und reckte seine andere Hand dem Fotografen entgegen. Auf einem anderen Bild dasselbe Paar mit einem Hund im Garten. Kinderfotos konnte Ilka nicht entdecken.

Die beiden hatten offensichtlich eine glückliche Ehe geführt. Frau Dr. Erbach musste ihr Leben als Witwe jetzt sicher neu ordnen. Nun, da war sie nicht allein.

Ihr Ferienhäuschen vermittelte Ilka zumindest einen Anflug von Heimat, das Gefühl, in dieser Atmosphäre ein wenig ihres Stehvermögens zurückgewinnen zu können. Die Bücher in den hellen Holzregalen waren liebevoll geordnet und Ilka entdeckte neben vielen Klassikern auch populäre Bestseller. Mittendrin, völlig unaufdringlich neben einem integrierten Sofa, eine Stereoanlage und ein Fernseher. Daneben fand sie eine CD-Sammlung mit vornehmlich klassischer Musik. Ilka legte Tschaikowskys *capriccio italien* auf und ließ sich tragen von den beschwingten Klängen.

Sie stieg die Treppe hinauf und fand ein Schlafzimmer mit schrägen Wänden, anheimelnd ausgestattet mit hellen Kiefermöbeln, ein erlesenes Bad mit viel Edelstahl und schwarz-weißen Kacheln. In einem minimalistischen Arbeitszimmer mit Ausblick auf ein Vogelhäuschen fand sie einen Schreibtisch mit Computer. Sie schaltete ihn ein, aber er ließ sich nur mit Passwort hochfahren. Ihre Freude erhielt einen Dämpfer. Hoffentlich ließ sich ihr Laptop anschließen. Eine Meise flog auf das Fensterbrett und lenkte Ilkas Blick nach draußen. Dabei entdeckte sie am Fenster ein rotes Kästchen, das auf einen LAN-Anschluss verwies. Ihr fiel ein Stein vom Herzen. Wenigstens war damit die Frage nach dem Internet-Zugang geklärt.

Der Gedanke brachte sie in die Wirklichkeit zurück und Ilka ging zum Auto, um ihr restliches Gepäck samt Notebook auszuladen. Es gab auch eine Garage, aber Ilka ließ ihren Clio in der Einfahrt stehen.

Die CD war abgelaufen und wieder umfing sie absolute Stille. Fast vermisste sie das laute Hämmern von Bens Dauerbeschallung.

Sollte sie ihn nicht endlich anrufen? Sie beschloss, erst einzuräumen und stellte ihre mitgebrachten Bücher an einen freien Platz im Regal. Jetzt musste sie nur noch einen Platz für ihren Laptop finden. Der Esstisch war zu hoch, die Couch zu niedrig und die Sessel schienen viel zu bequem für ernsthafte Arbeit. Notfalls musste sie eben den Computer im Arbeitszimmer zur Seite schieben.

Ilkas Magen meldete sich. Sie fand noch einen vergessenen Apfel in der Handtasche, aber sie würde heute noch einkaufen müssen. Die Aussicht, einen Supermarkt zu suchen, fand sie wenig verlockend und mit leisem Bedauern erinnerte sie sich an Markus' Angebot. Es half nichts, Ilka schlüpfte in ihre Jacke und ging los.

****

Etliche Stunden und ein warmes Bad später schob Ilka das Telefongespräch mit Ben immer noch vor sich her. Sie kuschelte sich in einem dicken Bademantel und warmen Socken auf dem Sofa und sah der untergehenden Sonne zu, deren funkelnde Strahlen durch die Äste tanzten. Der Klang von Maria Callas klagender

Stimme, die als Orpheus den Verlust von Eurydice betrauerte, trieb ihr die Tränen in die Augen. Auch sie hatte in nur wenigen Stunden alles verloren. Ob Ben sie vermisste? Der Gedanke brachte ihr keinen Trost. Mit erschreckender Klarheit wurde ihr stattdessen bewusst, dass sie von ihm gar nicht vermisst werden wollte. Wenn Ben ehrlich wäre, würde er bestimmt eingestehen, dass es ihm ähnlich ging. Zu viel Kleinigkeiten fielen Ilka auf einmal ein, die ihre Beziehung als pure Schablone entlarvten. Wann hatten sie sich verloren? Wo war der Esprit gemeinsamer Studienjahre geblieben? Es hatte wohl nur eines so aufrüttelnden Erlebnisses bedurft, ihr bewusst zu machen, dass Ben emotional schon lange auf ihre Kosten lebte, von der Tatsache einmal ganz abgesehen, dass sie den Löwenanteil zum Lebensunterhalt beitrug. Der Mann, den sie sich wünschte, wäre stark und zuverlässig und sicher würde er ihr zur Seite stehen bei all den Unwägbarkeiten, die ihre Zukunft jetzt mehr denn je bereithielt. Aber gab es so einen Partner überhaupt?

Ihr kam wieder der ominöse Brief ihres Vaters in den Sinn. Welche Überraschung würde wohl in der Kanzlei am Montag auf sie lauern? Momentan hatte sie genug von unvorhersehbaren Dingen.

Ilka hätte ebenso gut auf einem fernen Planeten sein können, so allein fühlte sie sich. Die Dämmerung war der Nacht gewichen und die Kühle des Herbstabends schien durch alle Ritzen zu kriechen. Sie fröstelte und stand auf, um die Heizung höher zu drehen. Ein Kaminfeuer wäre schön, aber Holz musste sie von draußen holen. Sie gestand sich ein, dass sie die Aussicht, in die lautlose Dunkelheit hinauszugehen, wenig verlockend fand. Sie schaltete den Fernseher ein, nur um irgendeine Stimme zu hören.

Die Nachrichtensendung war vorüber und sie erwischte nur noch die Wettervorhersage. Das konstante herbstliche Hoch würde von einem Nordseetief abgelöst werden. Auch gut, dann passte das Wetter wenigstens zu ihrer Stimmung.

Ilka breitete das Romanmanuskript auf dem Tisch aus und begann – lustlos zunächst – dann aber immer interessierter zu lesen. Dabei nahm sie sich vor, ihre kommenden Tage unnachgiebig zu strukturieren.

Sie musste gähnen und stellte verwundert fest, dass die Beschäftigung mit ihrer Arbeit die trüben Gedanken wenigstens teilweise vertrieben hatte. Sie streckte sich und rieb ihr kribbelndes Bein, offenbar beherrschte sie den Lotossitz nicht mehr, es war eingeschlafen. Humpelnd stand sie auf, um sich in der Küche eine Tasse Yogi-Tee zu kochen. Vielleicht würde sie heute besser schlafen können als in dem tristen Hotel. Das Geräusch des kochenden Wassers wirkte anheimelnd. Ilka überbrühte einen Teebeutel und warf einen Blick aus dem Fenster. Die Schwärze der Nacht war ebenso absolut wie das Fehlen irgendeines Lauts. Die Stille störte sie nicht mehr, sie hatte sich bereits daran gewöhnt. Sie nippte am Tee und verbrannte sich prompt den Mund, auch gut, dann musste der Tee eben warten.

Sie löschte das Licht in der Küche und wollte die Tasse mit in den Wohnraum nehmen, als sie das Rascheln von altem Laub vor dem Fenster wahrnahm. Schlich da etwa ein Fuchs herum? Nein, das musste ein größeres Tier sein, für einen Fuchs war das Geraschel zu laut. Ilka lauschte in die Dunkelheit und nahm das Pochen ihres Herzens wahr. Das fehlte noch, dass sie sich von irgendeinem Wildtier kopfscheu machen ließ. Es war sicher ein Igel. Hatte sie nicht einmal gehört, dass Igel einen ziemlichen Krach veranstalten konnten? Entschlossen ihr Herzklopfen ignorierend ging sie ins Wohnzimmer. Das Rascheln verstummte. Sollte sie noch etwas beruhigende Musik hören? Sie ging zum CD-Player und erstarrte. War das nicht der Schatten eines Mannes, der da um die Ecke verschwand? Oder spielte ihr die Spiegelung des Lichts im Fenster einen Streich? Wahrscheinlich hatte sie nur sich selbst gesehen. Langsam fing sie an, Gespenster zu sehen.

Ganz vorsichtig setzte sie sich wieder auf die Couch und trank einen kräftigen Schluck Tee. Sie griff nach ihrer Handtasche, holte das Handy heraus und schaltete es ein. Holte wieder das Manuskript hervor, doch als sie bemerkte, dass sie rein gar nichts von dem Gelesenen verstand, legte sie es wieder hin. In der Küchenschublade hatte sie doch eine Taschenlampe gesehen.

Sie war gerade auf dem Weg in die Küche, als ein Poltern wie ein Donnerschlag die Stille zerriss. Ilka stand bewegungslos, bevor ein weiteres Krachen ihre Lähmung aufhob. Sie fand die Taschenlampe und griff nach dem größten Messer im Messerblock. Leise schlich sie zurück und nahm mit zitternden Händen ihr Handy. Es polterte wieder. Das hörte sich ganz danach an, als stürzte der

Holzstoß vor der Türe ein. Inzwischen bebte sie am ganzen Körper. Sie würde nachschauen müssen, sonst käme sie gar nicht mehr zur Ruhe. Das Handy legte sie griffbereit auf den kleinen Schrank in der Diele und riss – bevor sie weiter nachdenken konnte – die Haustüre auf, in der einen Hand die helle Taschenlampe, in der anderen das Messer.

Am Holzstoß machte sich ein Mann zu schaffen, der erschrocken herumfuhr. Ilka blendete ihn mit der Lampe geradewegs in die Augen.

„Nehmen Sie Ihre verdammte Lampe weg", blaffte er und bedeckte mit dem Arm seine Augen. „Was machen Sie überhaupt hier?"

„Und was machen Sie an dem Holzstoß – Feuerholz stehlen?"

„Passen Sie auf, was Sie sagen! Ich habe im Gegensatz zu Ihnen jedes Recht, mich hier aufzuhalten."

„Das könnte ein Anruf bei der Besitzerin sehr schnell klären ..."

„Nur zu!", entgegnete er. „Frau Dr. Erbach hat mich nämlich gebeten, in ihrer Abwesenheit ihr Ferienhaus im Auge zu behalten. Wer also sind *Sie* und was machen *Sie* hier?"

„Ich heiße Ilka Maurer und habe das Ferienhaus gemietet."

Langsam ließ sie ihre Hand sinken. Im Licht der Außenlampe riskierte sie einen Blick auf den Fremden. Er war nicht groß, eher schmächtig, und trug einen farbverschmierten Overall. Sein Gesicht wurde fast völlig von einem wirren Bart verborgen. Was noch davon übrig blieb, war von Falten durchzogen. Tiefliegende Augen schauten sie kritisch an, und sein Kopf war mit einem ebenfalls verschmierten Leinenhut bedeckt. Ilka schätzte sein Alter auf Mitte 50, obwohl ihn der Bart auch älter machen konnte.

„Würden Sie vielleicht das verdammte Messer aus der Hand legen, dann könnten wir wie vernünftige Menschen miteinander reden. Ich bin nämlich weder ein Massenmörder noch ein Spanner ..."

Er hob einen Mundwinkel zu etwas, was nur mit gutem Willen als Lächeln zu deuten war, und strich sich über den Bart.

„Und um diesen peinlichen Auftritt zu beenden: ich bin Stefan Vierneisel, wohne im Nachbarhaus und das Holz gehört Frau Dr. Erbach und mir gemeinsam."

Ilka fühlte den Blick des Mannes auf sich gerichtet und zog instinktiv den Gürtel des Bademantels enger.

„Meine Güte, Mädchen, Sie zittern ja wie Espenlaub. Sie werden sich noch erkälten hier draußen. Ich schlage vor, dass wir eine eingehendere Vorstellungsrunde verschieben." Er schichtete das Holz in einen Korb und wischte sich die Hände an seiner Jeans ab. „Besuchen Sie mich doch morgen. Ich wohne gleich rechts um die Ecke. Überzeugen Sie sich selbst, dass hier ganz friedliche Leute leben."

Er gab ihr die Hand und Ilka bemerkte erst jetzt, dass sie tatsächlich eiskalte Füße hatte, während er mit seinem Korb im Dunkel verschwand.

****

Ilka erwachte von Vogelgezwitscher, das penetrant ausgeschlafen klang und in krassem Gegensatz zu ihrem Wunsch stand, sich gleich wieder die Decke über die Ohren zu ziehen. Sie folgte der deutlichen Aufforderung der Vögel und öffnete weit das Fenster. Der Wind hatte sich gelegt und die Sonne warf ein helles Fenster-Rechteck ins Zimmer. In dem klaren Licht des Morgens erschienen ihr die Ängste der vergangenen Nacht und ihr dramatischer Auftritt bei einem harmlosen Nachbarn lächerlich.

Sie musste ihr Gedanken- und Gefühlschaos in Ordnung bringen, wenn sie etwas über ihre Vergangenheit herausfinden wollte. Bei der geringsten Herausforderung wie ein verschrecktes Kaninchen zu reagieren, würde ihr wahrlich nicht helfen. Ihr Handy lag noch genauso auf dem Wohnzimmertisch, wie sie es am Vorabend hingelegt hatte. Es erschien ihr wie ein flammendes Menetekel. Sollte sie Ben anrufen? Die mahnenden Worte ihrer Mutter fielen ihr ein. *Je eher daran, desto eher davon* hatte sie gerne gesagt, wenn sie bei ihren Hausaufgaben trödelte. Sie entschied sich dennoch gegen einen Anruf, sie brauchte einen klaren Kopf. Eine Runde Laufen wäre dazu das beste Mittel – und danach würde man sehen ...

Der Waldboden war feucht vom Tau und zwischen den Zweigen glitzerte das filigrane Flechtwerk der Spinnweben. Ilka entdeckte erst auf den zweiten Blick mehrere Ferienhäuser wie das von Frau Dr. Erbach. Alle vermittelten den Eindruck völliger Einsamkeit, fast verschmolzen mit den Bäumen. Der Planer hatte eine perfekte Illusion elitärer Zurückgezogenheit geschaffen. Aus einem Haus, das ihrem Domizil am nächsten stand, quoll Rauch aus dem Kamin. Dort wohnte wahrscheinlich Stefan Vierneisel. Einen Augenblick spielte sie mit dem Gedanken, ihn gleich aufzusuchen, verschob es jedoch auf später.

Ihr Weg führte sie an einigen gepflegten Gärten vorbei. Am Wegrand stand ein Kombi mit geöffneter Kofferraumtür, aus dem eine Hacke und ein Rechen herausragten. Eine Frau mit Kopftuch schnitt Sonnenblumen und eine junge Frau in Shorts goss Blumenbeete. An den Bäumen leuchteten violette Pflaumen mit dem Grün des Laubs und dem blauen Himmel um die Wette. Samtrote Dahlien wechselten sich ab mit gelben und orangen Zinnien und currygelbem Zierkümmel. Das farbenprächtige Bild des Spätsommers erinnerte sie an ein kulminierendes Feuerwerk kurz vor dem endgültigen Verlöschen. Ganz unerwartet überfiel sie eine tiefe Melancholie. Bald würde alles vorüber sein und der Winter seine eisigen Finger ausstrecken.

Sie gelangte schließlich zum Rosengarten und auf der Saalepromenade zur Saline. Zahlreiche Spaziergänger waren unterwegs und verweilten vor dem Gradierwerk, um die prickelnd frische Luft der herab rieselnden Sole zu genießen. Sie lief weiter, bewunderte die schicken Apartmenthäuser auf ihrem Weg und erreichte schließlich einen Pfad. Er führte zu einem Steg über die Saale und leitete Ilkas Schritte zu einem Obstgarten, wo sie unter einem uralten Apfelbaum, dessen Zweige fast bis zum Boden reichten, eine von Regen und Wind verwitterte Bank fand. Es war inzwischen sehr warm geworden und Ilka knotete die Jacke um die Taille und krempelte ihre Hosenbeine hoch, bevor sie sich setzte und sich von der Sonne bescheinen ließ.

Der Baum trug schwer an der Last kleiner zartgrüner Äpfel, die wie im Schlaraffenland Ilka geradewegs in den Mund zu wachsen schienen. Ihr Blick fiel auf den Wiesenboden, der übersät war von heruntergefallenem Obst. Also waren die Äpfel bereits reif. Sie musste sich noch nicht einmal besonders strecken, um einen direkt vom Ast zu pflücken. Herzhaft biss sie hinein, er schmeckte unglaublich frisch und zart.

Sie genoss den säuerlichen Geschmack auf der Zunge, als ein jäher Schmerz sie durchzuckte. Sie spuckte den Apfel aus und entdeckte erst jetzt den Schwarm hungriger Wespen, der sich am Fallobst gütlich tat. Eine davon hatte sich ohne Zweifel in ihren Mund verirrt.

Sie fühlte ihre Zunge anschwellen und erschrak. Würde sie jetzt ersticken müssen? Und ihr Handy lag auf dem Wohnzimmertisch. Nach einer wie ihr schien unendlich langen Zeit, in der sie sich vom Schrecken gelähmt fühlte, gelang es ihr aufzustehen. Sie rannte los, zurück zur Stadtmitte. Sie brauchte jetzt dringend die nächste Arztpraxis. Flüchtig fragte sie sich, ob Laufen wirklich eine so gute Idee war und ihren Zustand vielleicht verschlimmerte, aber der Reflex war stärker.

Ihr T-Shirt war schweißgetränkt, als sie die Stadt erreichte. Sie fragte einen alten Mann, dessen Hund gerade sein Bein an einem Laternenpfahl hob, nach einer Arztpraxis und stellte fest, dass ihre Zunge schon so geschwollen war, dass sie sich nur schwer verständlich machen konnte. Der Mann schaute neugierig, wies aber auf das Ende der Straße. Ilka verstand gerade noch rechts an der Ecke und lief weiter, ohne den weiteren Ausführungen des Mannes Beachtung zu schenken. Fast hätte sie das altertümliche Messingschild, auf dem in geschwungenen Buchstaben Dr. Karl Schwinghammer, praktischer Arzt, stand, übersehen. Die Praxis lag im zweiten Stock – und natürlich war der Aufzug besetzt. Sie hastete die zwei Treppen hoch und fühlte ihr Herz hämmern, ob aus Angst oder vor Anstrengung, war ihr im Augenblick gleichgültig.

Vor dem Empfangstresen wartete eine kleine Schlange Patienten, die Versicherungskarten erwartungsvoll gezückt. Ilka durchfuhr es siedend heiß, sie hatte keine dabei. Ob man sie deshalb nicht behandeln würde? Die Angst ließ sie alle Höflichkeit vergessen. Sie drängte sich an den Wartenden vorbei und fiel der attraktiven, zierlichen Arzthelferin, die gerade 10 Euro aus einer kleinen Kasse über den Tresen reichte, ins Wort.

Ein vorwurfsvoller Blick aus leuchtend blauen Augen traf sie, während das Lächeln der rothaarigen jungen Frau schnell verblasste.

„Helfen Sie mir! ... Wespe, im Mund ... bitte!“, stieß Ilka hervor und hörte ihr eigenes Gestammel, als würde sie mit vollem Mund reden. Zur Ehrenrettung der Arzthelferin musste Ilka zugeben, dass sie schnell und effizient handelte. „Kommen Sie!“, sagte sie, eilte an den Patienten vorbei, während sie Ilka am Ellbogen fasste und über die Schulter in den Raum rief: „Angelika, hol schnell den Doktor und mach hier weiter, wir haben einen Notfall ...“

Sie führte Ilka in ein Behandlungszimmer und bat sie, ihren Oberkörper freizumachen und sich auf eine Liege zu legen. Mit geübtem Griff legte sie ihr eine Manschette an den Oberarm und maß Ilkas Blutdruck. „130 zu 80“, stellte sie fest, „völlig normal.“ Beruhigend strich sie über Ilkas Arm. „Sie müssen keine Angst haben, der Doktor ist gleich da. Die Formalitäten erledigen wir später, sagen Sie mir nur Ihren Namen und ob Sie schon einmal bei uns waren.“

„Ilka ... Maurer ... noch nie ... hier“, stammelte Ilka, deren Mund sich anfühlte, als drücke ein Kloß ihre Stimme ab. Leise öffnete sich die Tür und der Arzt, der hereinkam, entsprach so sehr dem Klischee des greisen Himmelsvaters, dass Ilka sich fragte, ob er nicht geradewegs aus irgendeinem religiösen Laienspiel gekommen war.

Sein rosiges Gesicht mit gütigen Augen krönte ein ebenso rosiger kahler Schädel mit einem Kranz schneeweißer Haare. Er war groß und stattlich und trug einen weißen Arztkittel, aus dessen Tasche ein Stethoskop ragte. Er musste weit über siebzig Jahre alt sein. „Ich bin Dr. Schwinghammer.“ Er gab Ilka die Hand. „Wo fehlt es denn?“ Seine Stimme war sanft und sein Händedruck fest.

„Frau Maurer wurde von einer Wespe in den Mund gestochen“, antwortete die Helferin, während sie dem Doktor einen Zettel mit den Blutdruckwerten zeigte. Ilka war dankbar, nicht sprechen zu müssen.

„Machen Sie bitte mal den Mund auf“, ordnete der Arzt an, während er Ilkas Hals abtastete. Er drückte mit einem Spatel auf ihre Zunge. „Die Wespe hat nur die Backentasche erwischt. Haben Sie Atemnot?“, fragte er und schob das Stethoskop in die Ohren. Ilka schüttelte den Kopf. „Können Sie sich bitte aufsetzen, damit ich Sie abhören kann? ... So, und jetzt atmen Sie bitte ganz tief ... und jetzt den Atem anhalten ... Sie machen das sehr gut.“ Er richtete sich auf. „Scheint alles in Ordnung zu sein ... Sie dürfen sich wieder anziehen.“

Er wandte sich taktvoll zur Seite, während Ilka ihr T-Shirt wieder über den Kopf streifte. „Da haben Sie noch einmal Glück gehabt“, sagte er ernst. „So ein Wespenstich kann böse Folgen haben. Allergisch sind Sie nicht gegen Wespen?“

„Nö“, antwortete sie und zuckte die Achseln.

„Trotzdem werden wir Ihnen etwas Cortison und ein Antihistaminikum spritzen ...“ Die Arzthelferin konnte offenbar längst seine Gedanken lesen, denn sie reichte ihm unaufgefordert ein Tablett mit zwei Spritzen. „Und dann sollten Sie noch eine Weile hier liegen bleiben. Kann Sie in etwa einer Stunde jemand abholen?“ Noch vor einer Woche wären ihr zu dieser Frage spontan ihr Vater oder Ben eingefallen. Beide Alternativen zählten jetzt gar nichts mehr. Einmal mehr wurde Ilka bewusst, wie allein sie war.

„Wird ... schon ... gehen ..., wenn ich nicht ersticke.“

„Die Gefahr besteht wirklich nicht.“ Dr. Schwinghammer gab ihr die Hand. „Sie sollten aber auf jeden Fall morgen noch einmal zum Nachschauen kommen“, schärfte er ihr ein, bevor er den Raum verließ.

„Können Sie mir vielleicht jetzt Ihr Kärtchen geben?“ Die Frage der Arzthelferin kleidete Ilkas ganze Misere unerbittlich in Worte.

„Ich habe es nicht mitgenommen“, stotterte sie über den Knödel im Mund hinweg, „ich war laufen und da habe ich es zu Hause gelassen, verstehen Sie?“ Der freundliche Blick der Helferin wurde um einige Nuancen kühler.

„Kann es jemand vorbeibringen?“

„Jetzt?“

„Na ja – wenn man Sie abholt, wäre es schon sinnvoll. Aber ... kommen Sie erst einmal mit mir. Wir suchen Ihnen einen ruhigen Platz zum Ausruhen. Dieses Zimmer hier brauchen wir nämlich ständig.“

Sie war tatsächlich etwas wackelig, stellte Ilka fest, als sie hinter dem agilen Rotschopf her trottete.

Die Patientenschlange am Tresen hatte sich aufgelöst, allein ein Mann stand in beeindruckender Selbstverständlichkeit davor. Das schönste Mädchen, das Ilka je gesehen hatte – lange blonde Mähne, ausdrucksstarke Augen und eine atemberaubende Figur trotz des weißen Kittels – himmelte ihn hemmungslos an, in der Hand irgendein Karteiblatt. Ilka erkannte in ihm ihren Tischnachbarn vom Bratwurstglöckle. Im hellen Licht des Tages fand sie ihn um Klassen attraktiver als in der schummerigen Gaststätte. Kein Wunder, dass er hier eine Sonderbehandlung erfuhr. Was tat er überhaupt hier, war er etwa *krank*? Als hätte ihn ihr Mustern angezogen, schaute er auf. Ein verwunderter und nachdenklicher Blick senkte sich in Ilkas Augen. Um ein Haar wäre sie gestolpert, als sie an ihm vorbeiging.

„Hier können Sie sich ein bisschen ausruhen ..." Die Helferin führte sie in ein Zimmer mit einer papierbespannten Liege und einem Fahrrad für Belastungs-EKG. „Hier oben liegt eine Klingel – melden Sie sich, wenn Sie etwas brauchen." Ein weiteres freundliches Lächeln und Ilka war allein. In dem Raum war es empfindlich kühl und sie fröstelte in ihrer vom Schwitzen nassen Kleidung.

Sie versuchte zu entspannen, aber ihre Gedanken rotierten. War sie durch den Wespenstich etwa ernstlich behindert? Was sollte sie tun, wenn sich ihr Zustand verschlimmerte, allein in diesem Ferienhaus? Ob sie Katja Glasser anrufen könnte? Sie konnte ihr doch nicht schon wieder zur Last fallen. Aber abholen würde sie sie sicher. Ilka schaute auf die Uhr. Katja hatte gleich Mittagspause – und wahrscheinlich hatte sie noch einen weiteren Schlüssel für das Ferienhaus. Vielleicht konnte sie dort vorbeifahren und ihren Geldbeutel samt Krankenkassenkarte mitbringen.

Ilka stand auf – sie würde hier doch keine Ruhe finden – und ging zum Empfangstresen. „Ich glaube, mir geht es wieder gut. Dürfte ich einmal telefonieren?"

„Ich weiß nicht, ob das eine so gute Idee ist ..." Das Model-Mädchen hatte jetzt den Platz des Rotschopfs eingenommen und schaute zweifelnd.

„Ich muss noch vor 12 eine Freundin erreichen. Haben Sie vielleicht auch ein Telefonbuch?"

„Hier bitte, wenn Sie meinen ..." Sie reichte Ilka Buch und Telefon und kurze Zeit später erlöste Katja sie aus ihrer Notlage.

****

„Einen schönen Eindruck musst du von Bad Kissingen bekommen haben." Katja saß ihr gegenüber und holte aus ihrer Handtasche zwei in Alufolie eingeschlagene Päckchen. „Normalerweise benehmen sich unsere Wespen Gästen gegenüber." Sie lachte. „Wenn es dich tröstet, die Bewohner sind nicht so aggressiv."

„Das wird sich noch herausstellen", antwortete Ilka mit schwerer Zunge „gestern Abend hatte ich vorübergehend einen anderen Eindruck." Sie berichtete von ihrem Erlebnis mit Stefan Vierneisel und über Katja Glassers Gesicht huschte ein Schatten. „Das war meine Schuld", gestand sie ein, ich hätte dir von ihm erzählen sollen, aber ich habe offen gestanden gar nicht daran gedacht, dass das Nachbarhaus bewohnt ist ... Hier." Sie hatte die Alufolie entfernt und reichte Ilka ein Schinken-Käse-Sandwich. „Zu zweit schmeckt es einfach besser."

Katja ist doch wirklich ein Schatz, dachte Ilka und erst jetzt wurde ihr bewusst, dass sie noch gar nicht gegessen hatte; und wie die berühmten Glöckchen bei Pawlows Hunden, löste allein der Anblick des Sandwichs ein vernehmbares Magenknurren bei ihr aus. „Danke! Ich stehe tief in deiner Schuld", sagte sie und biss herzhaft in das Brötchen. „Autsch!" Mit einem Schmerzensruf legte sie es sofort wieder zur Seite. „Gut gemeint und total lecker," sagte sie bedauernd, „aber ich werde fasten."

„Ich empfehle Haferschleim." Katja grinste. „Oder was anderes Flüssiges. Wahrscheinlich hast du nichts im Haus, oder?" Katja sprang auf, um in der Küche nachzusehen und Ilka folgte ihr.

„Lass mal! Milch mit Honig tut es auch fürs erste. Erzähl mir lieber etwas von diesem Stefan Vierneisel ... Hast du überhaupt noch Zeit?" Ilka warf einen Blick auf die Uhr, bevor sie sich mit einem Becher Milch in der Hand auf die Couch lümmelte.

„Zerbrich dir nicht meinen Kopf!", lachte Katja, „20 Minuten gehen schon noch. Aber darf ich mir die Schuhe ausziehen und die Beine kurz hochlegen?"

„Klar, du kannst dich auch hier auf die Couch legen, ich sitze gerne im Sessel." Kurzerhand kam Katja dieser Aufforderung nach und machte es sich bequem.

„Danke – ich muss noch ziemlich viel stehen bis zum Abend. Tja – also dieser Vierneisel, Künstler ist er, aber allzu viel weiß ich nicht über ihn. Er gilt als ziemlich öffentlichkeitsscheu, seit diesem Eklat damals mit seiner Ausstellung."

„Eklat – Ausstellung?" Fragend zog Ilka die Augenbrauen hoch.

„Entschuldigung, manchmal vergesse ich völlig, dass du erst gestern – war es wirklich erst gestern? – hier hereingeschneit kamst. Mir kommt es vor, als kenne ich dich seit Jahren."

Katja streckte die Beine lang und reckte die Zehen.

„Also ganz von vorne. Vierneisel und Lutz von Hohenbach, unser Oberbürgermeister, müssen in grauer Vorzeit einmal befreundet gewesen sein. Ich selbst kann mich daran gar nicht mehr erinnern, aber Frau Dr. Erbach hat mal so eine Bemerkung fallengelassen. Inzwischen ist es nämlich so, dass einer den Raum verlässt, wenn der andere ihn betritt. Aber bei öffentlichen Veranstaltungen lässt sich eben ein Zusammentreffen nicht immer vermeiden ... Ich schweife ab." Katja hatte inzwischen ihr Sandwich aufgegessen, faltete ordentlich die Alufolie zusammen und steckte sie in ihre Tasche.

„Stefan Vierneisel hat – das kannst du im Archiv der Zeitung nachlesen – beim Stadtrat einen Antrag für eine Ausstellung seiner Werke im Tattersall gestellt, während der Oberbürgermeister in Urlaub war. Nachdem Vierneisel offenbar in Kunstkreisen ziemlich bekannt ist, fühlten sich die Stadträte geehrt und genehmigten den Antrag. Wir von der Tourist-Information begannen schon eine Vernissage mit Pauken und Trompeten zu planen – so ein Event lässt sich ja wunderbar touristisch ausschlachten – als der OB nach seiner Rückkunft in einer Sondersitzung die Genehmigung wieder aufheben ließ. Bad Kissingen hatte seine Sensation und Vierneisel eine wunderbare PR. Zeitungsberichte und Leserbriefe überschlugen sich, zumal Vierneisel später mit seiner Ausstellung in Bad Bocklet einen Riesenerfolg hatte."

„Bad Bocklet ist doch gleich in der Nachbarschaft, nicht wahr?"

„10 km von hier, musst du dir anschauen. Sehenswert!"

„Und wie lange ist das alles her?"

„Warte mal, ich war erst kurz in der Stadtverwaltung, muss so vor 3 Jahren gewesen sein. Und jetzt ruft die Pflicht." Katja setzte sich auf und griff nach ihren Schuhen. „Du kannst Vierneisel ja selbst fragen, wenn er dir schon anbietet, ihn zu besuchen. Diese Einladung würde ich auf keinen Fall sausen lassen, Ilka. Es sind nicht allzu viele Leute, denen diese Ehre widerfährt, von Frau Dr. Erbach einmal abgesehen. Du musst ihn ziemlich beindruckt haben."

Katja nahm ihre Tasche an sich und war fast schon aus der Türe, als sie sich noch einmal umwandte: „Kommst du klar, Ilka, oder soll ich dir noch etwas einkaufen? Am besten, du gönnst dir noch etwas Ruhe, wie es der Herr Doktor verlangt hat ..."

„Ja, geht schon. Ich bin doch wegen eines Wespenstichs nicht invalide. Aber, warte ... noch eine Frage. Weißt du, wie alt Vierneisel ist?"

„Keine Ahnung, so an die fünfzig müsste er auf jeden Fall sein ... Ciao Bella, ich lasse mich heute Abend noch einmal bei dir sehen, bis dahin."

Mit raschen Schritten lief Katja zu ihrem Auto und kurz darauf hörte Ilka, wie der Motor startete und der Wagen losfuhr.

****

Sie ging zurück ins Wohnzimmer, um nachzudenken. Als erstes musste sie im gemeindlichen Geburtsregister nachforschen. Es half nichts, sich hier in dem unbestritten kuscheligen Ferienhaus zu verkriechen und die Welt auszusperren.

Ilka griff ihr Handy wie den berühmten Stier bei den Hörnern, ignorierte den Briefumschlag auf dem Display und wählte Bens Nummer. Sie wollte gar nicht erst seine vielen Nachrichten lesen. Die würden sie nur veranlassen, gleich wieder zu kneifen. Sie würde ihm kurz und knapp erklären, dass diese Geschichte nur ganz alleine sie etwas anging und durfte sich nicht von ihm beeinflussen lassen.

Das Telefon klingelte fünfmal, und Ilka wollte schon wieder auflegen, als sich Ben doch noch meldete.

„Schön von dir zu hören", sagte er sarkastisch und Ilka fühlte sich sofort in der Defensive. Sie bezwang ihren Impuls, ihm eine schnippische Antwort zu geben. Er hatte ja recht. Sie hätte wenigstens kurz anrufen können. Auf die Frage, warum sie es nicht getan hatte, mochte sie jetzt nicht eingehen.

„Es tut mir leid, aber ..."

„Das darf es auch. Du fährst einfach weg, ohne mir Bescheid zu geben, wo und wie du jetzt zu erreichen bist“, nörgelte er. „Ich verstehe dich nicht, Ilka. Wenn du so ein Verhalten unter einer Beziehung verstehst, dann weiß ich nicht mehr, was ich davon halten soll.“

„Hör mal Ben. ich habe keine Lust, mit dir zu streiten. Mein Leben ist aus den Fugen geraten und ich weiß auch ohne dein Genöle nicht mehr weiter.“

„Ach Ilka!“ Sein Ton war so resigniert, dass sie ein schlechtes Gewissen bekam. „Du spürst nicht einmal, wie du mich ausschließt.“

Und was tust du schon seit Wochen?

Ilka sprach es nicht aus, einen handfesten Streit am Telefon brauchte sie jetzt nicht.

„Sei mir bitte nicht böse, Ben, aber ich musste erst einmal eine Unterkunft suchen. Und dann hat mich eine Wespe in den Mund gestochen und ich war Stunden in dieser Arztpraxis.“

„Oh – du Arme!“, lenkte er ein. „Aber ich bin immer noch dagegen, dass du dich in diesen Plan verrennst.“

„Wir werden jetzt nicht darüber streiten, Ben“, sagte Ilka entschieden, „es ist *mein* Leben.“

„Wo wohnst du denn eigentlich und hast du wenigstens mit diesem Notar gesprochen und etwas herausgefunden?“, fragte er jetzt versöhnlicher.

Träumte er etwa von einer riesigen Erbschaft? Ilka schalt sich sofort für diesen bösen Gedanken. Konnte sie denn wirklich nicht mehr unbelastet mit Ben reden, was war nur mit ihr los?

„Der Notar lebt nicht mehr ... seine Nachfolger konnten mir so schnell keine Auskunft geben. Ich fürchte, die ganze Mission ist nicht in ein paar Tagen erledigt. Aber ich habe ein schönes Ferienhaus mieten können, das nicht allzu teuer ist.“

„Soll ich kommen?“, fragte er halbherzig.

„Nein, nein ... Ich muss das alleine bewältigen“, beeilte sich Ilka zu entgegnen.

„Hast du da keinen Festnetzanschluss? Wenn du dein Handy immer ausschaltest, kann ich dich ja nicht erreichen.“

„Ich bin ohnehin die meiste Zeit unterwegs ... Ich rufe dich wieder an, wenn ich mehr weiß." Ilka wusste, dass sie nicht ganz fair war, aber damit musste sich Ben zufriedengeben.

Sie legte das Telefon aus der Hand und strich sich den Schweiß von der Stirn, dennoch fühlte sie sich jetzt um Klassen besser. Sie ging in die Küche – jetzt hatte sie sich eine Tasse Kaffee verdient. Sie legte einen Filter in die Kaffeemaschine – nein – sie hatte beim Einkaufen den Kaffee vergessen. Das musste sie unbedingt nachholen, ohne frischgebrühten Kaffee konnte sie kaum existieren. Jetzt musste es eine Tasse Tee tun.

Sie suchte im Küchenschrank nach einem Staubtuch und staubte ohne große innere Überzeugung Regale ab, rückte Bücher von einer zur anderen Seite, legte eine CD in den Player, bis sie bemerkte, dass sie einer Fuge von Bach zuhörte. Bach hatte eine seltsame Wirkung auf sie, speziell seine Fugen krochen ihr unter die Haut und machten sie nervös. Sie stellte die Musik ab, ruhelos fühlte sie sich auch so. Ein Blick auf die Uhr sagte ihr, dass sie nahezu den ganzen Tag vertrödelt hatte, ohne einen Fortschritt erzielt zu haben. Für einen Besuch bei Markus im Archiv war es wohl schon zu spät – obwohl, Markus würde zumindest ihre Lebensgeister in Schwung bringen. Allerdings könnte sie auch Stefan Vierneisel besuchen.

Was hatte Katja nur damit gemeint, dass eine Einladung von ihm so außerordentlich sei? Sie hatte Vierneisel wirklich keinen Anlass gegeben, gerade zu ihr besonders freundlich zu sein. Sie unterbrach ihr rastloses Staubwischen und setzte sich in den Sessel.

Ein Gedanke formte sich in ihrem Kopf, so ungeheuerlich, dass sie kaum wagte, ihn zu Ende zu denken. Konnte Stefan ihr Vater sein? Nein, sie durfte jetzt nicht jeden Mann oder jede Frau im richtigen Alter als potenzielle Eltern betrachten. Aber vielleicht ergab sich ja die eine oder andere gezielte Frage aus einem zwanglosen Gespräch. Was brachte man einem Mann zu einem Antrittsbesuch mit? Blumen wohl kaum. Aber eine gute Flasche Wein, damit lag sie sicher nicht falsch. Allerdings gab es wohl originellere Geschenke. Wäre eine Flasche Whisky überzogen? Hm, sie würde sich vom Augenblick inspirieren lassen, wenn sie vor den Regalen stand.

Aber erst einmal musste sie sich etwas zivilisierter anziehen. Nach der ersten Begegnung im Bademantel wollte sie ihm jetzt keinesfalls in Jogginghose und T-Shirt gegenübertreten. Schwungvoll warf sie ihre Beine über die Sessellehne, als ein Laut sie in der Bewegung erstarren ließ.

Der Ton war langgezogen, hoch und schrill, und Ilka fühlte Gänsehaut. War es ein Schrei – oder ein Tier in der Falle? Sie konnte sich nicht erinnern, jemals einen solchen menschlichen Laut gehört zu haben. Der Schrei brach unvermittelt ab und setzte sich umso markerschütternder gleich wieder fort. Was sollte sie tun? Zumindest nachschauen musste sie. Wer oder was auch immer so gellend schrie, war in unmittelbarer Not. Sie griff zum zweiten Mal innerhalb zweier Tage zum Messer.

Leise öffnete sie die Terrassentür und schaute um die Ecke. Sie sah nichts und ging ein paar Schritte. Hinter einem Busch leuchtete das rot-blaue Muster eines Stofffetzens. Ilka ging weiter und sah einen Mann in einem bunten Holzfällerhemd in absoluter Bewegungslosigkeit auf dem Waldpfad stehen. Der Korb, den er getragen haben musste, lag umgestürzt neben ihm. Ein erneuter Schrei ließ sie zusammenzucken, aber Ilka konnte noch nicht erkennen, was den Mann so erschreckt hatte. Ihr sträubten sich die Nackenhaare, als sie langsam auf ihn zuging.

Was hatte er gefunden und ... würde er sich gleich auf sie stürzen?

Es war sicher vernünftiger, sie machte sich bemerkbar.

„Hallo!“, rief sie laut. „Kann ich Ihnen helfen?“

Der Mann drehte nicht einmal den Kopf um, als Ilka ihn erreichte. Sein Blick haftete starr auf den Waldboden. Zaghaft schaute sie nach unten, konnte aber nicht entdecken, was ihn so ängstigte. Sie griff nach seinem Arm, aber er zuckte unter ihrer Berührung und schleuderte mit einer heftigen Bewegung ihre Hand zurück. Aber zumindest hörte er auf zu schreien. „Ich kann hier absolut nichts sehen ...“, begann sie und erschrak fast, als er zu sprechen begann.

„Da, die Blätter ...“, stammelte er und deutete mit dem Finger auf einen kleinen Haufen abgefallenen bunten Laubs.

Und jetzt sah Ilka, was ihn so zu Tode erschreckt haben musste. „Haben Sie Angst vor dieser Blindschleiche?“, fragte sie ungläubig.

„Ja, Schlange, gefährlich", stieß er zusammenhanglos hervor, während er am ganzen Körper zitterte.

„Aber das ist doch Unsinn, es ist doch nur eine Blindschleiche und außerdem – sehen Sie nicht? – sie ist tot."

Jetzt erst wendete er Ilka sein Gesicht zu und sie erkannte, dass er mongoloide war beziehungsweise am Down-Syndrom litt, wie sie sich in Gedanken schnell verbesserte. Sein faltenloses Gesicht mit den schräggestellten Augen wirkte wie das eines Jungen, aber Ilka erkannte, dass seine streng nach hinten gekämmten Haare bereits von vielen grauen durchzogen waren. Also war er nicht mehr jung, auch wenn sich sein Alter schwer schätzen ließ. Er konnte genauso gut Mitte 50 wie nahe der 70 sein. Er trug eine verwaschene Jeans, und seine Füße steckten in groben Laufschuhen.

Entschlossen streckte Ilka ihm die Hand hin. „Ich heiße Ilka Maurer und wer sind Sie?"

„Ich bin nicht Sie", antwortete der seltsame Mann.

„Das weiß ich ... Ich möchte aber trotzdem gern Ihren Namen wissen", gab sie zurück, während sie ein hysterisches Lachen unterdrückte.

„Ich heiße Franz und alle sagen *Du* zu mir, niemand *Sie*." Jetzt verstand Ilka, und sie schämte sich ein bisschen.

„Also Franz, komm mit, wenn ich lieber Du sagen soll." Ilka hob seinen Korb auf und drückte ihn ihm in die Hand. „Wir gehen jetzt ins Haus, trinken eine Tasse Tee und du erzählst mir, warum du so entsetzliche Angst vor Schlangen hast." Sie fasste ihn behutsam am Arm und dirigierte ihn ins Haus.

„In der Hölle sind Schlangen", presste er hervor.

„Wer sagt das denn?"

„Rita Gerstmaier"

„Sie kann das genauso wenig wissen wie du oder ich"

„Oh ja! Sie kann mit dem lieben Gott reden."

„Das glaube ich nicht, Franz." Ilka schüttelte sich innerlich. Wer hatte ihm denn diese Horrorgeschichten erzählt? Und sie hatte geglaubt, die moderne Kirche würde nicht mehr mit all den mittelalterlichen Schauergeschichten operieren.

„Da wir hier ganz sicher nicht in der Hölle sind, Franz, musst du doch auch keine Angst haben. Wir sind hier in Bad Kissingen, und das Tier da auf dem Boden ist gar keine Schlange, sondern eine Blindschleiche ..." Sie hielt inne. Überforderte sie ihn mit dieser Erklärung? „Außerdem wollten wir doch einen Tee zusammen trinken und deinen Schrecken ganz schnell vergessen."

Kurz darauf waren sie im Haus. Ilka schaute in den Küchenschrank und fand eine Tüte mit Schokoladenpulver, das nur heiß aufgebrüht werden musste.

„Oder magst du lieber einen Kakao trinken?"

„Ja – Kakao und Nutellabrot ..." Er strahlte sie an wie ein Kind, das sein Geburtstagsgeschenk auspackt.

„Nutella habe ich nicht, aber magst du ein Stück Schokolade?"

Ilka schaute in ihre Handtasche. Sie hatte doch an der Tankstelle eine Schokolade als Reiseproviant gekauft und dann völlig vergessen. Hoffentlich war sie nicht geschmolzen. Na ja, die Form würde Franz sicher nicht stören. Er nahm die Schokolade, packte sie so vorsichtig aus, als wäre sie aus Meißener Porzellan und brach eine Rippe ab. Den Rest reichte er Ilka wieder über den Tisch.

„Du kannst die ganze Tafel behalten ..."

„Du bist ganz lieb." Seine Augen leuchteten, und Ilka wusste, dass sie einen Freund gewonnen hatte.

„Was wolltest du denn sammeln?", sagte sie mit einem Blick auf den Korb, der neben ihm stand.

„Brombeeren für Rita, aber das mache ich nicht mehr. Es gibt Schlangen im Wald."

Das war ganz allein seine Entscheidung, sie würde ihn jetzt sicher nicht vom Gegenteil überzeugen. Mochte diese Rita-wie-auch-immer das Ergebnis ihrer Höllenangst-Strategie selbst ausbaden.

„Möchtest du mit mir in die Stadt fahren? Ich muss noch mal ins Rathaus ..." Ilka beschloss kurzerhand, dass es für einen Besuch im Archiv noch nicht zu spät war. „Warte hier, ich muss mich umziehen", stoppte sie ihn, als er aufstand, um ihr zu folgen. „Du musst doch deine Tasse noch leertrinken."

Im Wagen war er ganz still und nestelte nervös an der Manschette seines Hemds. Warum hatte er Angst? Entweder war er Autofahren nicht gewöhnt oder er hatte keinen freundlichen Empfang zu erwarten, folgerte Ilka.

Sie fuhr den Stationsberg hinunter, bog vorschriftsmäßig rechts auf den Ostring ab und klopfte sich im Geist selbst auf die Schulter. Immerhin hatte sie gut aufgepasst, als Katja den Weg beschrieben hatte. Der Weg ins Zentrum führte über eine Linksabbiegespur und Ilka erreichte die Kapellenstraße.

„Wo soll ich anhalten, Franz?“, fragte sie fürsorglich und setzte hinzu, als sie seinen gehetzten Blick bemerkte: „Fährst du nicht gerne Auto? Wir sind gleich da.“

Er schüttelte heftig den Kopf, und Ilka konnte nicht einordnen, ob er ihr zustimmte.

„Da, da ... Ich zeige es dir“, rief er erregt und deutete auf eine Kirche, die hinter einer Mauer sichtbar wurde. „Halte, halte gleich hier“, bat er mit sich fast überschlagender Stimme.

Ilka fand tatsächlich einen Parkplatz in der langen Reihe und Franz zog sie mit sich fort, durch einen Torbogen hinter dem sich ein alter Friedhof mit denkmalgeschützten Grabsteinen, der als Park angelegt war, befand. Aufgeregt zog Franz das Kirchenportal auf und sie betraten eine prächtige Barockkirche.

Vor einem Seitenaltar brannten Kerzen und genau zu diesem Altar hin lenkte Franz seine Schritte, während er den Finger auf den Mund legte und ihr winkte, ihm zu folgen. Die prächtige Figur, die den Altar dominierte, zeigte die Jungfrau Maria als strahlende, sternenbekrönte Lichterscheinung auf einem von einer Schlange umwundenen Erdball.

„Siehst du es?“, flüsterte er.

Ilka begriff langsam, was er meinte. Der Künstler hatte ein Meisterwerk des Ausdrucks geschaffen. Gut und Böse standen in scharfem Kontrast – und nicht zum ersten Mal dachte Ilka über die Wirkung solcher Andachtsbilder auf den Betrachter nach. Es war ein nicht sehr frommer Gedanke, gestand sie sich ein, dennoch ein tröstlicher.

Die menschliche Natur braucht ihre Sensationen. Und waren die plastisch gemalten Schrecken in der Kirchenmalerei denn so viel anders als die Katastrophenbilder, die moderne Medien verbreiteten?

„Die Schlange, das ist die Hölle“, erklärte ihr Franz leise und nickte wissend.

„Ja, ich verstehe", flüsterte sie zurück, „aber darüber reden wir noch einmal. Gehen wir jetzt."

Sie wandte sich um, als sie eine Bewegung aus den Augenwinkeln wahrnahm. Vor dem Hochaltar erhob sich eine Gestalt, die gebeugt dort gekniet hatte, sodass Ilka und Franz sie nicht bemerkt hatten. Eine Frau verneigte sich so tief, dass ihre Stirn fast den Boden berührte und schlug ein Kreuzzeichen. Sie trug ein Kopftuch, eine dunkle Jacke, einen Tweedrock und klobige Schuhe.

Franz zerrte an Ilkas Ärmel und zog sie in die Ecke. „Das ist Rita", wisperte er, „sie darf mich nicht sehen, ich habe doch keine Brombeeren."

Aber die Frau war weit entfernt davon, irgendetwas zu sehen. Mit lang gefalteten Händen und verzücktem Gesichtsausdruck bewegte sie sich entschlossen auf den Ausgang zu, während ein glückliches Lächeln ihre Lippen umspielte.

****

Zielstrebig ging die Frau Richtung Stadtmitte. Auf dem Marktplatz verabschiedete sich Ilka von Franz und ging zum Rathaus. Wenn sie sich richtig erinnerte, würde sie am Nachmittag Katja hier finden. Vor dem Eingang standen Grüppchen von Menschen, die sich offenbar über eine Angelegenheit von besonderem Interesse unterhielten, wie sie ihren konzentrierten Mienen und aufgebrachten Gesten entnahm.

„Ungeheuerlich!", hörte sie einen Mann in einem grünen Overall und ein anderer mit leuchtender Glatze in Anzug mit Krawatte stimmte ihm zu: „Da kann Bad Kissingen sein neues Badebecken am KissSalis erst einmal vergessen."

Ilka stand einige Minuten unschlüssig herum, bis sie eine junge Frau im Teenie-Alter bemerkte, die mit einigen Mappen unter dem Arm hereinkam, und sich anschickte, die Treppe hinaufzugehen. Ihr T-Shirt gab freizügig Ausblick auf einen gepiercten Nabel und der kurze Rock betonte ihre rundlichen Hüften. Sie zeigte ihr Desinteresse an der gesamten Welt in einem gelangweilten Gesichtsausdruck.

„Entschuldigen Sie", stoppte sie Ilka, „können Sie mir sagen, wo ich Katja Glasser finde?" Immerhin wandte das Mädchen den

Kopf und hörte kurzzeitig auf, das Kaugummi in ihrem Mund zu malträtieren.

„Normalerweise im Standesamt oder ist sie jetzt in der Tourist-Information? Das weiß ich leider auch nicht so genau. Aber vielleicht ist sie ja auch noch in der Mittagspause.“ Mit diesen Worten ließ sie Ilka stehen und ging durch die Eingangstür.

Unentschieden, ob sie ihr folgen und offiziell am Empfang nach Katja fragen sollte, beschloss Ilka erst einmal einen Cappuccino zu trinken und fand Katja und Markus an einem Tisch vor dem Ratskeller. Beide hielten Kaffeetassen in der Hand und vor ihnen standen Teller mit appetitlichen Sandwiches. Ihr Gemurmel wurde von Katjas hellem Lachen unterbrochen, bevor sie herzhaft in ihr Sandwich biss.

„Das versteht Ihr also unter harter Arbeit“, sagte sie lachend. Beide sprangen auf als Ilka näherkam.

„Wo kommst du denn her? Ich dachte du liegst auf deiner Couch, vollgepumpt mit Antihistaminika.“ Katja gab ihr verwundert die Hand.

„Und bevor Sie weiterlästern“, mischte sich Markus Götz ein, „hier verbringen wir immer unsere Pause, zu der wir“, er sprach demonstrativ langsam und artikuliert, „ordnungsgemäß das Zeiterfassungsgerät betätigen müssen ... und Publikumsverkehr ist dabei nicht vorgesehen ...“ Ilka sah den Schalk in seinen Augen blitzen. „Aber wenn es nach mir ginge, würde ich sofort eine Ausnahmeregelung für Besucherinnen wie Sie erwirken ...“ Er griff nach Ilkas Hand, verbeugte sich und deutete einen Handkuss an.

Verlegen entzog sie ihm ihre Hand.

„Hör auf zu baggern! Dein Ruf als Charmeur ist unangefochten.“ Katjas Ton war scherzhaft, aber Ilka bemerkte einen Schatten über Markus’ Gesicht huschen. Vielleicht war er sensibler als seine Umwelt glauben mochte.

„Sie sind aber doch sicher nicht gekommen, um ein bisschen mit uns zu albern“, sagte er nun fast ablehnend. Eigenartigerweise begann Ilkas Herz gerade deshalb leicht zu stolpern. Sie wollte aber den Grund hierfür nicht näher erforschen.

„Vielleicht ist es ja heute schon etwas spät ...“, begann sie kleinlaut.

„Überhaupt nicht", warf Katja ein. „Wir arbeiten bis sechs und dann veranstalten wir drei eine After-Work-Party. Was haltet ihr davon?"

„Erst die Arbeit ...", Markus hatte seinen gewohnt leichten Ton wiedergefunden, „aber vom Grundsatz her klingt dein Vorschlag verdammt verführerisch."

„Stimmt! Aber ich bin eigentlich nicht in Urlaub hier bei euch. Ich vergesse das zuweilen", Ilka lächelte Katja zu, „was deine Qualitäten als Touristik-Fachfrau ja eindrucksvoll bestätigt."

„Ich weiß ja nicht, ob mein Anliegen so einfach zu erfüllen ist", sie wandte sich Markus zu und plötzlich schien sie sich seiner Unterstützung gar nicht mehr so sicher, „aber ich bräuchte Ihre Hilfe."

„Gehen wir hinein, unsere Pause ist ohnehin zu Ende", antwortete er ernsthaft.

Er führte sie an mehreren Damen an Computern, die etwas befremdet schauten, vorbei, in ein winziges Büro mit einem Tisch, auf dem ein Telefon, eine Colaflasche und ein halbvolles Glas standen. An der Wand hing ein Poster mit Salvatore Dalis zerlaufenden Uhren. Hinter einer offenen Tür befanden sich Metallschränke mit zahllosen Ordnern und ein Tisch, auf dem verschiedene Stapel von Unterlagen darauf warteten, in einen großen Fächer-Ordner abgelegt zu werden.

Katja, die ihnen gefolgt war, lehnte abwartend an der Tür. „Störe ich?", fragte sie höflich. „Ich warte nur auf eure Antwort wegen heute Abend ..."

„Warum nicht?" Ilka war überzeugt, dass ein netter Abend mit den beiden dem Alleinsein in ihrem Ferienhaus in jedem Fall vorzuziehen wäre, ganz gleich wie ihr Gemütszustand aussehen würde nach Abschluss ihrer Recherchen mit Markus. Sie schaute fragend zu Markus.

„Kommen Sie auch?"

Sein strahlendes Grinsen war Antwort genug, aber er entgegnete: „Diese Frage war wohl rein rhetorisch, oder?"

„Gut, dann wäre das also geklärt. Holt mich einfach ab, wenn ihr hier soweit seid." Katja wartete die Antwort nicht ab und war schon an der Tür, als das Telefon klingelte. Markus hob ab, lauschte kurz und winkte dann Katja zu sich her.

„Dein Azubi fragt ganz verzweifelt, ob ich dich gesehen hätte." Dabei deckte er mit der Hand die Sprechmuschel zu. „Auf dich wartet Arbeit. Willst du sie sprechen oder bist du schon weg?"

Katja winkte ab. „Nein, ich gehe gleich los, hier bin ich auf jeden Fall nicht mehr ..." Mit zwei Sätzen war sie draußen und vernehmlich knallte die Tür hinter ihr zu.

„Und jetzt zu Ihnen." Markus schob einen Stuhl aus der Zimmerecke vor seinen Tisch. „Wollen Sie sich nicht setzen und mir erzählen, wobei ich Ihnen helfen könnte."

Jetzt, da sie mit dem Sonnyboy alleine war und seine Augen voll ernster Anteilnahme auf sich gerichtet sah, fühlte Ilka eine merkwürdige Beklommenheit. Wollte sie ihm überhaupt die Geschichte ihres ganz persönlichen Weltuntergangs erzählen? Einen kurzen Augenblick wünschte sie sich die sachliche Distanz eines völlig Fremden hinter einem unpersönlichen Schalter. Und natürlich wäre sie gerade ihm gegenüber viel lieber souverän als bedürftig. Aber sie würde ihm wohl oder übel vertrauen müssen, ohne Einsicht in alte Aufzeichnungen kam sie keinen Schritt weiter.

„Hat Katja nichts erzählt?", begann sie vorsichtig.

„Katja erzählt nie etwas." Er lachte trocken. „Ganz im Gegensatz zu ihrem öffentlichkeitsorientierten Job ist sie privat verschlossen wie eine Auster ..."

„Ja – ich hatte sie gebeten, nicht darüber zu reden – aber fast wünschte ich, sie hätte es getan."

„Ich bin überrascht, Sie so gehemmt zu erleben, das passt nicht zu Ihnen. Außerdem machen Sie mein ganzes Selbstbild kaputt. Ich dachte immer, ich sei der Prototyp eines Beichtvaters ..." Unvermittelt hatte er wieder zu seinem gewohnt frotzelnden Ton zurückgefunden und Ilka konnte nicht umhin, seine Sensibilität zu bewundern. Mit diesem Ton konnte sie besser umgehen.

„Bis vor zwei Tagen dachte ich das auch noch, aber jetzt weiß ich nicht mehr, was ich von mir denken soll ..."

Bevor sie es sich wieder anders überlegen konnte, erzählte sie Markus ihre Geschichte. Während sie seinen Gesichtsausdruck beobachtete, der im Laufe ihrer Erzählung immer ernster wurde, musste Ilka schlucken, um nicht zu weinen.

„Und jetzt kann ich einfach nicht mehr weiterleben, wenn ich nicht weiß, wer ich wirklich bin und woher ich komme", schloss sie ihren Bericht.

„Sie müssten sich doch dafür interessieren ... von Berufs wegen, meine ich, als angehender Historiker. Sie müssten doch verstehen, dass ein Mensch seine Wurzeln kennen möchte, auch wenn dabei vielleicht etwas herauskommt, was man nicht wissen will."

„Das tue ich doch auch, Ilka – darf ich Sie Ilka nennen?" Er legte seine Hand auf die ihre. „Aber ich sehe hier vor mir nur das Ergebnis der Vergangenheit. Und dieses Ergebnis ist nicht nur ein Glücksfall, sondern der Hauptgewinn."

Ilka fühlte ihre Wangen heiß werden, während sie ihm ihre Hand entzog.

„Sie kennen mich doch kaum ..."

„Leider!" Er schmunzelte. „Aber lassen Sie mich ausreden. Ich sehe eine schöne junge Frau – und ich meine wirklich schön –, die nicht nur Verstand und Humor, sondern auch echte Klasse hat und verdammt viel Mut. Mehr bräuchte *ich* nicht wissen."

Ilka wandte die Augen ab von seinem intensiven Blick und ignorierte, dass plötzlich ihr Herz schneller schlug. Sie räusperte sich, dennoch klang ihre Stimme belegt, als sie antwortete: „Danke für das Kompliment, es ist lieb gemeint ... aber ..."

„Kein Aber. Außerdem ist es kein Kompliment, sondern die Wahrheit. Und kommen Sie mir jetzt bloß nicht mit einer Aufzählung all Ihrer körperlichen Unzulänglichkeiten und Charakterfehler. Dass Frauen immer so blind sein müssen für ihre Vorzüge."

„Sie müssen es ja wissen!" Ilka hörte selbst den beleidigten Unterton in ihrer Antwort und lenkte ein. „Es tut dennoch gut, dass Sie mich aufbauen wollen. Aber eine Frage an Sie: Würden Sie an meiner Stelle nicht wissen wollen, wer Ihre wirklichen Eltern sind?"

„Vermutlich schon. Aber mich würde der Gedanke an etwaige unschöne Dinge, die dabei zu Tage treten könnten, nicht belasten. Ja, ja", er hob die Hände in gespielter Abwehr, „ich weiß, dass ich leicht reden kann, weil es mich nicht betrifft. Ich sehe allerdings, dass Sie sich nicht abbringen lassen. Was also wollen Sie von mir wissen?"

„Ich dachte an einen Blick in die Standesamt-Aufzeichnungen von damals – oder haben Sie einen besseren Vorschlag?“

„Hmm ... Dazu bin ich eigentlich nicht berechtigt, da würde mir sogar Katja, die nicht nur Touristik-Referentin, sondern eigentlich Standesbeamtin ist, auf die Finger klopfen. Aber für Sie würde ich es wagen. Warten Sie, ich schaue mal, ob sie schon zurück ist.“ Er öffnete die Tür und zeigte auf einen verwaisten Schreibtisch. „Hier sitzt sie nämlich, wenn sie nicht im Arkadenbau ist. Also los, dann müssen wir uns aber beeilen.“

Er schloss die Tür und winkte Ilka in den Nebenraum.

„Wenn wir davon ausgehen, dass Ihr Geburtsdatum und Ihr Vorname stimmen, ist es eigentlich recht einfach. Ein Blick in das Geburtenregister – und Sie wissen, wer Ihre Eltern sind – oder waren. Aber – Ihre Eltern haben sich ja sicher nicht aus reiner Menschenliebe für ein kinderloses Ehepaar dazu entschlossen, Sie zur Adoption freizugeben. Die genauen Hintergründe könnten Sie für den Rest Ihres Lebens belasten. Sind Sie wirklich sicher, dass Sie es wissen wollen?“

„Unter allen Umständen“, gab Ilka entschlossen zurück.

„Also gut!“ Markus atmete tief ein und blies die Luft langsam aus, bevor er zögerlich aufstand. „Wann haben Sie Geburtstag?“ Als er Ilkas Zögern bemerkte, setzte er hinzu: „Keine Angst, ich plane keine Fete auf Ihre Kosten, obwohl ich es gerne täte. Aber irgendwo müssen wir schließlich anfangen ...“

„Ich bin am 17. Dezember 1990 geboren, obwohl das ja vielleicht auch nicht stimmt ...“

„Wir sind hier in Deutschland und nicht in irgendeiner Bananenrepublik, obwohl ich wegen letzterem zuweilen zweifle. Aber bei uns sind Geburten ordentlich registriert. Dann schauen wir doch mal nach 1990 ...“

Er ging aus dem Büro in das Archiv. Ilka wollte ihm folgen, fand aber keine Kraft in ihren Beinen, um aufzustehen. Stattdessen spürte sie ihr Herz stolpern, und hörte eine verräterische Stimme in ihrem Hinterkopf, die ihr suggerierte, aufzuhören mit all den Recherchen und nach Schweinfurt zurückzufahren, weil sie all dem Neuen nicht gewachsen wäre. Sie war bei weitem nicht so mutig, wie es für Markus Götz scheinen mochte.

„17. Dezember, sagten Sie ...“, hörte sie Markus zwischen den Regalen.

„Genau.“ Sie bemerkte, dass sie krächzte.

Markus Götz kam zurück, ein dickes, verstaubtes Buch in den Händen. Er blies den Staub vom Buchrücken, und die winzigen Staubflocken tanzten im schräg durch das Fenster fallenden Sonnenlicht.

„Das ist der Band 1985 bis 1993“, erklärte er. Sein Lächeln verlosch allerdings, als er Ilka anschaute. „Was haben Sie denn? Sie sind ja leichenblass. Ich kann das Buch auch gerne ungeöffnet wieder zurückbringen ...“

„Bloß nicht! Man wird doch in so einen Moment ein bisschen nervös sein dürfen“, sagte Ilka mit mehr Zuversicht, als sie empfand.

„Da schauen Sie mal“, sagte Markus und hielt beim Blättern inne, „so eine gestochene Schrift hat doch heute kein Mensch mehr. Wir schreiben nur noch auf dem Computer.“ Er blätterte weiter. „Also, hier haben wir den Dezember ...“ Ilkas Herz klopfte ihr bis zum Halse.

„Sehen Sie, der 14. Dezember war ein Freitag, Sie sind also an einem Montag geboren. Haben Sie das gewusst?“

„Nein, aber das ist mir jetzt eigentlich egal ...“

„Der Samstag ist leer – eigentlich klar, kein Mensch heiratet im Dezember, wenn er es vermeiden kann.“ Er schaute Ilka mit frivolem Lächeln an, „am Sonntag gibt es ohnehin keinen Eintrag und ...“ Markus stutzte. „Am Montag auch nicht.“

Ilka stand auf, riss ihm das Buch aus der Hand und überzeugte sich selbst. Der Montag fehlte komplett. Die Registereinträge gingen erst am Dienstag, dem 18. Dezember 1990, weiter.

„Offenbar sind Sie wirklich an einem anderen Tag geboren.“ Markus kratzte sich am Kopf. „Jetzt wird es schwierig.“

Wie vom Donner gerührt, ließ sich Ilka wieder auf den Stuhl sinken, unfähig eine Antwort zu geben, bis ihr ein ungeheuerlicher Gedanke kam.

„Hier stimmt etwas nicht“, sagte sie leise und blätterte vorwärts. „Schauen Sie selbst. Der korrekte Standesbeamte hat sich die Mühe gemacht, jedes Datum mit dem Vermerk *Kein Eintrag* hinzuschreiben. Nur der Montag fehlt. Hier steht nicht *Montag, 17. De-*

zember 1990 – kein Eintrag.“ Sie drückte die Seiten des Buches auseinander. „Und hier“, sie zeigte auf die Stelle „hier ist noch ein winziger Rest Papier. Jemand hat ganz akkurat die Seite entfernt.“

****

Katja Glasser öffnete das Fenster ihres Büros, dessen Aussicht zwar nur aus dem Innenhof des Rathauses bestand, aber gleichzeitig mit einem Schwall frischer Luft die letzten wärmenden Sonnenstrahlen des Tages in die muffige Enge ließ. Sie war noch als einzige hier, ihre Mitarbeiter hatten längst Feierabend gemacht und ihr auf einem kleinen Zettel notiert, dass der Oberbürgermeister sie noch brauche.

Sie zündete eine Zigarette an und inhalierte tief das tröstliche Nikotin. Was wollte denn der noch? Verdammt noch mal! Sie hatte eigentlich genug vom Arbeitstag. Andererseits hatte sie ein wenig die Zeit vergessen bei ihrer Flachserei mit Markus. Er hatte eine Art, bei der sie sich immer ein bisschen wie die betörende Frau vorkam, die sie sicher nicht war. Ilka dagegen war eine wirkliche Schönheit – diese Gesichtszüge, die sogar sie als Frau dazu verleiteten, sie beschützen zu wollen. Obwohl sie sicher war, dass in der neuen Freundin eine Kraft steckte, die keiner vermutete. Natürlich hatte sich Markus in Ilka verguckt, das war sozusagen Naturgesetz.

Seufzend ging sie zum Telefon. Vielleicht war es besser zum Oberbürgermeister zu gehen, statt hier herumzusitzen und sich mit Selbstvorwürfen zu quälen. Hoffentlich war seine Sekretärin noch da – Frau Höhn war unverheiratet und lebte für ihren Beruf.

Gerade als sie zum Telefonhörer greifen wollte, klingelte es. Na also – dachte sie.

„Katja Glasser ...“

„Mein Name ist Weigelt, Grüß Gott Frau Glaser, ich habe da eine Frage wegen des Herbstfestes im Reiterhof ...“

„Glasser, wie Wasser – mein Name hat nichts mit dem ehrenwerten Beruf des Glasers zu tun“, entgegnete Katja leicht gereizt. Was dachten die Leute nur? Längst war Dienstschluss, eigentlich sollte sie den Anrufer auf die offiziellen Sprechzeiten verweisen, aber natürlich war sie wieder zu gutmütig. Andererseits ...

„Worum geht es denn? Sie rufen außerhalb unserer Dienstzeit an ...“ Na immerhin ein Kompromiss zwischen ihrer eigentlichen Persönlichkeit und der toughen Leiterin eines Sachgebietes, die sie sein sollte.

„Oh, entschuldigen Sie! Ich habe gar nicht auf die Zeit geachtet ...“ *Darauf wäre ich nie gekommen.* „Sie können meine Bitte ja vielleicht auch gleich erfüllen. Inwieweit bezuschusst die Stadt jemanden, der gerne einen Stand aufstellen möchte. Immerhin ist es doch auch im öffentlichen Interesse, wenn die heimische Wirtschaft gut dasteht ...“ *Der Mann hatte Nerven.* „Ich bin Imker, wissen Sie und hatte an den Verkauf von Honig, Met und Kerzen aus echtem Wachs gedacht ...“

Katja atmete tief durch. „In diesem Fall gewährt die Stadt keine Zuschüsse. Die Standmieten sind so gering, dass Ihnen in jedem Fall ein beträchtlicher Gewinn sicher sein dürfte, wenn Sie sich zur Miete entschließen.“ Sie räusperte sich. „Wir haben ein Faltblatt vorbereitet, das über Größe und Miete eines Standes und die Auflagen, die Sie beachten müssen, unterrichtet. Kommen Sie doch am besten mal in der Tourist-Information im Arkadenbau vorbei, wir können Sie beraten, falls Sie noch Fragen haben.“

Der Mann bedankte sich mürrisch, offenbar hatte er mehr erwartet, aber Katja konnte ihm nicht helfen. Sie würde jetzt einfach ins Sekretariat gehen – wenn niemand mehr da war, hatte sie wenigstens alles versucht.

Sie warf einen Blick in den Spiegel, ein bisschen Lippenrot könnte nicht schaden. Gerade, als sie sich die Lippen nachzog, hörte sie die Tür zu ihrem Büro zuschlagen. Sie drehte sich um und sah sich Lutz von Hohenbach, Bad Kissingens Oberbürgermeister höchstpersönlich, Auge in Auge gegenüber.

„Störe ich?“, fragte er mit einem Lächeln in der Stimme.

Katja wurde sich schlagartig der ungespülten Tasse auf ihrem Schreibtisch bewusst und fühlte es heiß werden hinter ihren Ohren, als sie ein intensiver Blick aus seinen fast schwarzen Augen traf. Kein Wunder, der Oberbürgermeister war nicht nur ihr Chef, sondern auch ein höchst attraktiver Mann. Er war unbestritten ein Frauenschwarm mit seinen 1,90 m Größe und den dichten, schwarzen Haaren, die an den Schläfen schon grau zu werden begannen. Sein Gesicht war das eines römischen Patriziers und hätte als Prägung einer antiken Münze gut angestanden. Sie konnte sich vorstellen, dass er sich seines Aussehens bewusst war.

„Nein, überhaupt nicht ... äh, ich muss mich entschuldigen. Sie haben mich gesucht?", entgegnete sie verlegen. Was wollte er hier? Normalerweise ließ er doch seine Bediensteten bei sich antreten.

„Frau Glasser, ich habe ein Anliegen ..." Das verhieß Zusatzarbeit, wenn er schon eigens dafür in ihr Büro kam. Katja spürte ein unheilvolles Bauchgrummeln. Sie hatte nun – weiß Gott – keine Langeweile.

„Ich möchte mich bei dieser Gelegenheit auch einmal bedanken dafür, dass Sie neben Ihrer eigentlichen Arbeit auch für Bad Kissingens Fremdenverkehr einen tollen Job machen." *Das wurde ja immer schlimmer!*

„Sie haben da diese wunderbaren Flyer für den Herbstmarkt gestaltet", er lächelte gewinnend, „und mich überzeugt, dass Sie eine äußerst geschickte Feder führen."

„Vielen Dank", entgegnete sie lahm, „ich tue, was ich kann."

„Keine falsche Bescheidenheit, Sie können wirklich schreiben. Und da dachte ich mir, Sie wären genau die Richtige, hin und wieder eine Pressemitteilung zu verfassen. Unser Pressereferent könnte ein bisschen Unterstützung vertragen, außerdem geht er bald in Pension und wenn Sie sich bewähren ..."

„Aber ich bin mehr als ausgelastet ..."

„Lehnen Sie bitte nicht gleich ab, lassen Sie sich die Sache durch den Kopf gehen. Dieses Amt wäre weit besser dotiert als Ihre jetzige Stelle – und wir können doch für das Fremdenverkehrsreferat jemanden einstellen, der Sie entlastet ... Natürlich ist dieses Amt eine echte Vertrauensstellung. Sie erfahren dabei vieles, über das Sie Stillschweigen bewahren müssen. Aber ich habe keinen Grund an Ihrer Loyalität zu zweifeln, oder etwa doch?"

Sein Ton war ebenso werbend wie verschwörerisch und Katja wurde bewusst, wie geschickt er sein Charisma einsetzen konnte, um seine Ziele zu erreichen.

„Versprechen Sie mir nur, dass Sie darüber nachdenken." Er drückte ihre Hand. „Wir können uns ja morgen noch einmal unterhalten, wenn Sie die Sache überschlafen haben." Katja musste nicht nachdenken. Sie liebte ihre Aufgabe und wollte keine andere, aber sie fühlte sich bereits gefangen von dem Charme dieses Mannes. Wahrscheinlich würde sie einmal mehr nicht Nein sagen können.

Sie hörte Stimmen in der Wartezone vor dem Empfang und auch der Oberbürgermeister wandte sich um.

„Um diese Zeit ist doch kein Publikumsverkehr mehr?“, fragte er mit gerunzelter Stirn, bevor er nach draußen ging. Katja folgte ihm und sah Markus Götz zusammen mit Ilka. An die beiden hatte sie in den vergangenen Minuten überhaupt nicht mehr gedacht.

„Ach, unser angehender Herr Magister“, begrüßte Herr von Hohenbach Markus, „macht das Bad Kissinger Archiv Fortschritte?“ Markus’ Antwort wartete er nicht ab und richtete sein strahlendes Lächeln, das er offenbar an- und ausknipsen konnte wie eine Lampe, auf Ilka.

„Wollen Sie mir Ihre schöne Begleiterin nicht vorstellen, Herr Götz?“

Katja war überrascht, dass dem Oberbürgermeister der Name eines Praktikanten geläufig war, aber ein gutes Personengedächtnis gehörte wohl dazu, wenn man im öffentlichen Leben Karriere machen wollte.

„Ihre Freundin?“, fragte er Markus und Katja wunderte sich über den Stich, der sie bei dieser Frage durchfuhr. Sie war doch um Himmels willen nicht eifersüchtig auf Ilka. Markus war nur ein Freund.

„Nein“, entgegnete Markus ernsthaft. „Frau Maurer sucht in Bad Kissingen ihre Vergangenheit.“

„Vergangenheit?“ Katja bemerkte die Veränderung, die im Oberbürgermeister vorging. Sein strahlendes Lächeln verlöschte und sein Gesicht wirkte plötzlich maskenhaft verzerrt, als er sich an Ilka wandte.

„Sind Sie für solche großen Begriffe nicht noch ein bisschen jung? ... wie war Ihr Name noch einmal?“

„Ilka Maurer. Ich komme aus Schweinfurt“, entgegnete diese. „Ich habe eben erst erfahren, dass ich als Kind adoptiert wurde ...“

„Danke, aber Ihre Familienverhältnisse zählen nicht unbedingt zu meinen Prioritäten“, antwortete er barsch. „Frau Glasser ...“ Er wandte sich erneut an Katja. „Wir sehen uns morgen.“ Mit langen Schritten durchquerte er den Raum und ging, ohne sich noch einmal umzudrehen.

****

Die Geschäfte waren schon geschlossen und der Platz viel stiller als am Nachmittag, als Ilka das Rathaus verließ. Die Sonne war gerade am Untergehen und ihre letzten Strahlen ließen die Schatten der Oleander, die um die Tische vor dem Bistro aufgestellt waren, wie lange, knochige Finger in den Platz ragen. Die Stühle waren schon an die Tische gekettet, da es bereits jetzt empfindlich kühl war und wohl keiner der abendlichen Gäste noch draußen sitzen mochte. Ilka nahm nichts von alledem wahr. Sie fühlte sich wie betäubt. Ihr Auto, das sie beim Parken in eine enge Lücke auf der Straße vor der Marienkapelle gequetscht hatte, stand noch als einziges da.

Sie setzte sich hinter das Steuer und fühlte sich nicht in der Lage loszufahren, so durcheinander war sie. Grenzenlos enttäuscht war noch eine harmlose Beschreibung ihres Zustandes. Sie hatte überhaupt nichts herausgefunden, seit sie in Bad Kissingen war. Aber – was hatte sie sich denn gedacht? Hatte sie erwartet, dass sie hier anreiste und alle ihr den roten Teppich auslegten? Aber das war immer noch kein Grund für diesen eingebildeten Laffen von Oberbürgermeister, derart unhöflich zu sein. Konnte er es sich leisten, weil sie keine potenzielle Wählerin war? Noch selten in ihrem Leben war sie so brüskiert worden wie durch diesen Lutz von Hohenbach. Selbst Katja und Markus hatten wie vor den Kopf geschlagen ausgesehen. Und ihre lahmen Entschuldigungsversuche hatten erst recht Salz in Ilkas Wunden gestreut. Was half es ihr schließlich, dass die beiden den Oberbürgermeister noch nie so erlebt hatten?

Sie spürte, wie aufkeimender Zorn ihre Apathie vertrieb. Nein – so nicht, dachte sie und schlug wütend auf das Lenkrad. Jetzt erst recht. Sie würde hier nicht wanken und weichen, bevor sie aufgespürt hatte, was der Grund dafür war, sie zur Adoption freizugeben. Sie startete den Motor mit neuer Energie.

Das malerische Ferienhaus erschien ihr bedrohlich, als sie den Schlüssel in die Tür steckte. Sie hatte so gar kein Bedürfnis, einen Abend allein zu verbringen und ihre Wunden zu lecken. War ihre latente Angst vor dem Alleinsein der Grund, dass sie sich immer wieder mit Ben arrangierte?

Der Oberbürgermeister ließ sich nicht aus ihren Gedanken verdrängen. Was hatte ihn zu dieser Haltung bewogen? Dabei hatte er doch zunächst mit ihr geflirtet. Sie musste zugeben, dass ihr seine offensichtliche Bewunderung geschmeichelt hatte. Allerdings schien er über feine Antennen zu verfügen. Wie sonst käme er auf die Idee, dass sie Markus' Freundin sein könne? Widerwillig musste sie einräumen, dass dessen Flirtversuche ihr durchaus gefielen, auch wenn sie ein bisschen dick aufgetragen waren. Vielleicht hatte sie ja deshalb den Eindruck vermittelt, mit ihm liiert zu sein? Dieser verflixte Markus mit seiner geballten Charme-Offensive. Stopp, schalt sie sich. Stemple Markus nicht zum Sündenbock ab, du genießt sein unverhohlenes Werben.

Müde ließ sie sich in den Sessel fallen. Welch ein Durcheinander!

Sie zog einen kleinen Spiegel aus ihrer Handtasche und fand sich überhaupt nicht attraktiv mit den dunklen Schatten, die unter ihren Augen lagen. Angewidert streckte sie ihrem Spiegelbild die Zunge heraus und erschrak. Immer noch schien ihr Mund vom Wespenstich angeschwollen. Ob das normal war? Vielleicht sollte sie doch besser den Arzt noch einmal fragen. Sie würde morgen erneut in die Praxis dieses Dr. Schwinghammer gehen, danach eine Flasche Whisky kaufen und ihren Maler-Nachbarn besuchen. Vielleicht wusste der etwas. So leicht ließ sie sich nicht einschüchtern, weder von einem arroganten Oberbürgermeister noch von den offensichtlichen Unregelmäßigkeiten in seinem Standesamt.

****

Ulrike Redler schloss energisch die untere Flügeltür des Stalls. Ariston schnaubte, wartete wohl auf seinen abendlichen Apfel, aber diese kleine Aufmerksamkeit war Franz' Domäne. Wo steckte der nur? Sie hatte einige Aufträge von Lutz für ihn. Der braune Hengst schaute ihr nach und sie musste einmal mehr einräumen, dass er mit seinem glänzenden Fell und dem edlen Wuchs etwas Aristokratisches hatte. Dennoch, so ganz konnte sie Lutz' Passion für Pferde nicht teilen. Ehrlich gestand sie sich ein, dass ihr die majestätischen Tiere auch nach all den Jahren, die sie jetzt schon mit ihnen verbrachte, nicht ganz geheuer waren. Ihre Leidenschaft waren Menschen, herauszufinden, warum sie sich so und nicht anders verhielten, was sie geprägt hatte und wie sie ihr Leben bewältigten. Deshalb war sie schließlich Psychotherapeutin geworden, sie war keine ‚Pferdeflüsterin'.

Wehmütig erinnerte sie sich ihrer Pläne und ihrer Aufbruchsstimmung kurz nach dem Studium. Eine eigene Praxis hatte sie zwar, in bescheidenem Umfang für wenige Patienten, die eine befreundete Psychiaterin ihr schickte. Bad Kissingen war nun nicht gerade der Nabel der Welt für eine Psychotherapeutin und viele potenzielle Patienten waren wahrscheinlich auch gehemmt, der Lebensgefährtin des Oberbürgermeisters ihre Nöte anzuvertrauen. Aber sie war nicht die erste und würde nicht die letzte Frau sein, die der Liebe wegen Kompromisse schließen musste. Sie hatte die Hoffnung noch nicht aufgegeben und vertraute auf die in Aussicht gestellte Zusammenarbeit mit den kommenden Kurkliniken. Sie war jetzt 45 Jahre alt und noch keine Greisin, das Leben hielt noch viel für sie bereit und wenn Dr. Lindwasser erst die Praxis von Dr. Schwinghammer übernommen hätte, würde alles besser werden. Lindwasser war ein junger Arzt, der auch etwas Anderes gelten ließ als die ignorante Ausrede vieler Ärzte aus Dr. Schwinghammers Generation: *Wenn wir gar nicht mehr weiterwissen, tippen wir auf psychosomatische Probleme.*

Der alte Arzt war zweifellos eine Institution in Bad Kissingen und diese Meinung hatte auch ein Großteil seiner Patienten verinnerlicht.

Sie ging langsam von den Stallungen zu dem alten Herrenhaus, das nun schon zehn Jahre ihr Zuhause war. Aber war sie hier wirklich daheim? Der leise Zweifel, der sie seit vielen Jahren begleitete, regte sich. Sie liebte den attraktiven, stolzen Lutz von Hohenbach, keine Frage. Aber warum hatten sie beide es immer noch nicht auf die Reihe gebracht, ihre Beziehung zu legalisieren? Zu Beginn war sie sich nicht sicher gewesen, ob sie dauerhaft auf dem Lande leben wollte und – ja, sie hatte das Klinikum in der Stadt, in dem sie als Psychologin angestellt war, sehr vermisst. Aber diese Gefühle waren doch Vergangenheit. Irgendwie war das Thema Heiraten nie mehr auf die Agenda gesetzt worden, nachdem Lutz trotz seines „Verhältnisses" zum Oberbürgermeister gewählt worden war. Selbst in dem nur knapp 20.000 Einwohner zählenden Bad Kissingen war man heutzutage nicht mehr so kleinlich.

Die hölzerne Sitzgruppe unter der Weide, deren Äste wie Krallen in das Wasser des Sees griffen, war schon bedeckt von ersten gelben Blättern. War sie wegen des kommenden Herbstes so melancholisch? Sie atmete tief ein und setzte ihren Weg fort. Erst jetzt registrierte sie das geschäftige Treiben, das den komplexen Betrieb „Reiterhof" durchdrang wie das Summen in einem Bienenstock. Aus der Küche hörte sie das Klirren von Geschirr, aus dem Gästehaus drang Musik aus einem Transistorradio und das Gelächter der Zimmermädchen. Sie richteten wohl schon die Zimmer für die französische Jugend-Delegation her, die sie in wenigen Tagen erwarteten.

In der Rosen-Rabatte, die die vornehme Treppe vom Hauptportal zum See unterteilte, stritten sich zwei Amseln um einen fetten Wurm. Das wütende Kreischen einer Meise, die den Kürzeren gezogen hatte, zeugte von der ewig gleichen Empörung des Verlierers. Das Knirschen des Kiesweges lenkte Ulrikes Aufmerksamkeit auf das schmiedeeiserne Hoftor. Lutz fuhr seinen Mercedes in die Einfahrt. Sie war überrascht. Für seine Verhältnisse kam er heute sehr früh nach Hause. In seinem Windschatten sah sie Franz.

In gebückter Haltung, einen leeren Korb in der linken Hand, schlich er sich an ihr vorbei. Ulrike runzelte die Stirn. Was mochte den meist so fröhlichen, zutraulichen Franz bekümmern? Es war so gar nicht seine Art, sich ohne ein Wort vorbeizudrücken. Sie nahm sich vor, ihn später danach zu fragen.

„Na – einen schönen Tag gehabt?", riss Lutz' Stimme sie aus ihren Gedanken. Ohne ihre Antwort abzuwarten, drückte er ihr einen Kuss auf die Wange und ging zur Tür. „Essen wir heute zusammen?", wandte er sich noch einmal um und verschwand, als Ulrike nickte, im Haus.

Zusammen essen, bedeutete ein Abendessen mit ihrer „Schwiegermutter" Leni und deren Schwester Rita Gerstmaier, die sich mit ihr und Lutz das Herrenhaus teilten. Wie viel lieber hätte sie ein kleines, intimes Essen allein mit Lutz genossen, aber es gab im Leben nun einmal nicht nur die Kür, sondern viel häufiger die Pflicht. Allerdings überwog mehr und mehr die Pflicht in ihrer Beziehung, meldete sich mahnend eine Stimme in ihrem Hinterkopf. Sie würde sich damit abfinden müssen, dass sie im Leben des Mannes ihrer Wahl immer nur einen nachgeordneten Rang bekleidete. Er liebte sie, sicher liebte er sie, soweit es für ihn möglich war. Aber reichte ihr dies?

Es war natürlich nicht genug, aber gerade darin lag ja die Faszination Lutz von Hohenbachs. Oh ja, sie kannte ihre Macke. Sie hatte ja nicht umsonst 150 Therapiestunden Selbsterfahrung hinter sich gebracht. Zu wenig Liebe für sie, das war das Muster ihres Lebens. Darin kannte sie sich aus. Vielleicht schaffte sie es, begnadete Therapeutin, die sie war, irgendwann einmal in ihrem eigenen Leben Ordnung zu schaffen.

Sie lachte freudlos und folgte ihm.

****

Ilkas Fön streikte – der Überhitzungsschutz beendete ihre Bemühungen, den neuen Stufenschnitt zu bändigen. Sie fuhr mit den Fingern durch das Haar. Eigentlich war sie ganz zufrieden. So sah es natürlicher aus. Sie wickelte das Kabel auf und steckte den kleinen Reisefön in seine Tasche. Ein prüfender Blick in den Spiegel zeigte, dass sie die schwarzen Schatten unter den Augen – Ergebnis einer unruhigen Nacht – erfolgreich weggeschminkt hatte. Sie wollte heute gut aussehen. Immerhin würde sie nach dem Besuch beim Arzt Stefan Vierneisel überfallen. Nein, sie würde nicht vorher anrufen. Er hatte sie schließlich eingeladen. So sah außerdem ihre Stippvisite viel beiläufiger aus.

Sie hatte ihre obligatorischen Jeans heute gegen einen kurzen Rock und ein knappes Jäckchen getauscht. Leider hatte sie ihre neuen Stiefel nicht mitgenommen – andererseits war es auch noch viel zu warm für Stiefel, Ballerinas passten auch.

Das Wartezimmer der Arztpraxis war erstaunlich leer. Nur eine einzige Frau saß in einer Ecke und blätterte in einem Magazin. Sie hob den Kopf, als Ilka grüßte, und lächelte freundlich. Ilka griff nach der Süddeutschen Zeitung, legte sie aber wieder zurück und nahm die Saale-Zeitung. Sie schaute ins Impressum und stellte fest, dass es eine Redaktion in Bad Kissingen gab. Ob die dort auch ein Archiv hatten? Sie würde es auskundschaften. Ein solches Archiv wäre sicher eine reichhaltige Quelle für ihre Interessen. Auch eine Ausgabe der Ostthüringischen Zeitung lag auf dem Tischchen und Ilka griff interessiert danach.

Unauffällig musterte sie die Frau ihr gegenüber. Sie war auf dezente Art elegant, ein hellblauer Pulli, der verdächtig nach Kaschmir aussah, zu einer grauen Hose mit akkuraten Bügelfalten, kurzgeschnittene Nägel und eine Brille. Sie strich sich das Haar, das zu einem Bob geschnitten war, hinter die Ohren, und Ilka bemerkte, dass die glatte, dunkle Mähne schon von ein paar grauen Fäden durchzogen war. Offenbar fühlte sie, dass Ilka sie ansah, denn sie warf ihr einen kurzen Blick zu, bevor sie sich wieder in ihre Zeitung vergrub. Große, dunkle Augen, stellte Ilka fest, dezent geschminkt. Sie war völlig fasziniert von der Fremden und ihre Gedanken gingen spazieren. Ihre Mutter musste etwa in diesem Alter sein, Mitte bis Ende vierzig, dachte sie. Nein – gebot sie ihrer Phantasie Einhalt. Vielleicht war ihre Mutter ja eine unscheinbare, graue Maus und nicht annähernd so attraktiv wie ihr Gegenüber.

Ilka musste sich zusammennehmen, um die Frau nicht anzustarren, deshalb konzentrierte sie sich auf die „Ostthüringische Zeitung". *Rechtsextreme Gedanken allgegenwärtig* sprang ihr die Überschrift des Leitartikels entgegen und sie runzelte unwillkürlich die Stirn.

Nach einer Studie der Friedrich Ebert-Stiftung sind rechtsextreme Ideen weit verbreitet in Deutschland, in allen Parteien zu Hause und damit keine Randerscheinung. Das geht aus einer Befragung hervor, die gestern in Berlin vorgestellt wurde. Titel der Studie: „Vom Rand zur Mitte". Befragt wurden 3876 West- und 996 Ostdeutsche. Gefragt wurde nach der Sympathie für diktatorische Regierungen, Antisemitismus, Fremdenfeindlichkeit, sozialdarwinistischen Einstellungen oder nach einer Rechtfertigung des Nationalsozialismus.

Laut der Studie ist im Westen der Antisemitismus besonders ausgeprägt, im Osten die Ausländerfeindlichkeit. Jeder zweite Befragte in Brandenburg äußerte sich ausländerfeindlich. Zum Vergleich: in NRW 24,5 und in Bayern 42,4 Prozent.

Kurzinfo:

Neun Prozent halten eine Diktatur für die „unter Umständen bessere Staatsform", 15,2 Prozent sind für einen „Führer mit starker Hand", - 26 Prozent befürworten „eine einzige starke Partei", - 39,1 Prozent meinen dass Deutschland überfremdet wird, - 17,8 Prozent glauben, der Einfluss der Juden sei „zu groß", 14,8 Prozent meinen, die Deutschen seien anderen Völkern „von Natur aus" überlegen und 10,1 Prozent stimmen der These zu, es gebe „unwertes Leben."

Ilka warf die Zeitung zurück auf den Stapel anderer Magazine, als hätte sie sich verbrannt. *Unglaublich* – erst als die Frau ihr gegenüber den Kopf hob, merkte sie, dass sie laut gesprochen hatte.

„Meinen Sie die Studie der Friedrich-Ebert-Stiftung?", fragte sie mit einer warmen Alt-Stimme und ernstem Gesichtsausdruck. „Mir ging es heute Morgen beim Frühstück ähnlich wie Ihnen jetzt ... Es ist deprimierend."

„Vor allem, wenn man bedenkt, dass wir Deutschen eigentlich für alle Zeit in Scham versinken müssten wegen unserer speziellen Geschichte. Haben wir überhaupt nichts dazugelernt?" Ilka schüttelte den Kopf.

„Es ist allerdings schon bezeichnend, welche Schicht unserer Bevölkerung zu einer solchen Meinung tendiert. Offenbar braucht unsere menschliche Natur immer Sündenböcke für eigenes Unvermögen. Da geht es der ganzen Nation nicht anders als dem Individuum."

Ilka nickte zustimmend. „Deutschland bräuchte dringend Erfolgserlebnisse nach der Wiedervereinigung. Aber anstatt die Ärmel hochzukrempeln, verfallen wir in kollektives Jammern. Meine französischen Freunde lachen uns schon lange aus wegen dieser nationalen Weinerlichkeit. Und unsere verehrten Politiker tun das Ihrige, um die Demokratie unglaubwürdig zu machen. Das ganze Polit-Theater scheint doch nur noch ein Jahrmarkt der Eitelkeiten."

„Puhhh, ein abendfüllendes Thema, wenn wir es differenziert betrachten wollen." Lachend winkte die Frau ab.

„Sind Sie auf der Durchreise – oder machen Sie etwa Urlaub hier? Bad Kissingen ist nicht gerade das geeignete Pflaster für eine so junge Frau, wie Sie es sind? Eine Einheimische sind Sie aber auch nicht, denn Sie wären längst nicht nur mir aufgefallen."

Ilka zögerte mit der Antwort. Einerseits mochte sie eine so sympathische Frau nicht anlügen, andererseits einer Fremden aber auch nicht unbedingt die wahren Beweggründe für ihren Aufenthalt anvertrauen.

„Es war eher Zufall, dass ich hier gelandet bin. Ich bin Übersetzerin für französische Literatur ins Deutsche – und hier habe ich ein Plätzchen gefunden, das mir die nötige Muße und den Abstand von den alltäglichen Pflichten gewährleistet."

„Sie schickt der Himmel", rief die Frau aus, während sie aufsprang und Ilka ihre Hand hinstreckte. „Ich heiße Ulrike Redler. Wir betreiben einen Reiterhof am Ortsrand und erwarten nächste Woche französische Gäste. Ich habe mir schon Sorgen gemacht wegen meines mehr als eingerosteten Französisch – und mein Lebensgefährte spricht es überhaupt nicht. Darf ich Sie wenigstens zum Eröffnungsdinner einladen?" Sie hielt inne. „Entschuldigen Sie, wenn ich Sie so überfalle. Vielleicht wollen Sie ja gar nicht so lange bleiben."

„Nein, nein – ich komme gerne", beschwichtigte Ilka, nachdem sie sich vorgestellt hatte, „auch mir wird es guttun, wieder einmal französisch zu sprechen."

„Ich danke Ihnen sehr, Sie glauben gar nicht, welchen Gefallen Sie mir damit tun." Sie griff in ihre Geldbörse und gab Ilka eine Visitenkarte. „Hier können Sie mich erreichen, aber vielleicht geben Sie mir auch Ihre Handynummer, damit wir in Verbindung bleiben können."

Während Ilka die Nummer notierte, hörte sie einen unterdrückten Disput und sah, als sie in Richtung der Stimmen schaute, gestikulierende Schatten vor der Glastüre, die den Wartezimmerbereich von der Praxis trennten. Dann wurde diese aufgerissen.

„Mein Gott – Frau Redler – da sitzen Sie hier im Wartezimmer, als hätten Sie alle Zeit der Welt. Entschuldigen Sie – irgendwie ist es wohl untergegangen, dass ..."

Der Mann, der auf der Schwelle stand, brach seine Rede ab und die Bewegung, mit der er auf die Frau zugehen wollte, fror ein, als er Ilka sah.

Ilka erkannte in ihm den Unbekannten aus dem Restaurant im Hotel. Sie hatte ihn schon bei ihrem letzten Besuch hier in der Praxis gesehen, als ihn die Model-Sprechstundenhilfe anschmachtete. Unter seinem intensiven Blick fühlte sie eine verräterische Wärme ihren Hals und ihre Wangen fluten.

„Sie müssen sich nicht entschuldigen, Herr Dr. Lindwasser – das Warten hat sich gelohnt." Ein schneller Blick zu ihrer Gesprächspartnerin verriet Ilka, dass sie lächelte. „Ich hatte eine sehr fruchtbare Unterhaltung mit Frau Maurer."

Ilka verstand die Zusammenhänge nicht ganz. Sie war doch von einem anderen Arzt behandelt worden?

„Sie sollten sich übrigens auch einmal mit Frau Maurer unterhalten", hörte sie Frau Redler sagen. „Vielleicht können Sie sie für Ihr Projekt begeistern – sie spricht Französisch – wir werden ihre Hilfe dringend brauchen, wenn die Franzosen kommen ..."

„Mit größter Freude." Der Mann kam auf sie zu, streckte ihr die Hand hin, und Ilka fühlte ihre Knie weich werden, als sie aufstand.

„Ich heiße Paul Lindwasser und übernehme in Kürze die Praxis von Dr. Schwinghammer. Noch können Sie sich also den Arzt aussuchen, der Sie behandelt." Ilka wurde verlegen – wo blieb die geistreiche Antwort, die sie jetzt so gut hätte brauchen können? Wahrscheinlich fiel sie ihr ein, wenn sie schon auf dem Heimweg war.

„Ilka Maurer", stammelte sie stattdessen, während sie ihm die Hand gab.

„Darf ich Sie gleich in mein Sprechzimmer bitten?", fragte er höflich. „Ich muss nur kurz mit Frau Redler etwas besprechen, es dauert auch nicht lange" Mit einem kurzen Nicken folgte er der Frau und Ilka blieb verwirrt zurück. Von welchem Projekt sprachen die beiden? Und warum sollte er ausgerechnet mit ihr darüber reden? Allerdings würde sie sich bestimmt gerne beteiligen, schon allein wegen dieses imponierenden Mannes. Sie schüttelte den Kopf. Was war nur in sie gefahren? Erst flirtete sie mit Markus, dann war sie von dem jungen Arzt fasziniert – und außerdem war sie doch immer noch mit Ben liiert?

Sehr nachdenklich setzte sie sich wieder und nahm eine Zeitschrift, die mit dicken Lettern verkündete, dass Beyoncé schwanger sei. Niemals hätte sie sich so ein Blatt gekauft, dachte sie, bevor sie es dann doch interessiert durchblätterte. Sie legte das Magazin wieder zurück und gestand sich ein, dass sie sich ziemlich scheinheilig verhielt. War denn das Wartezimmer eines Arztes ein Ort, an dem man seine intellektuellen Werte an der Garderobe abgab? Offenbar ging es anderen Menschen aber ähnlich, nach dem abgegriffenen Zustand der Gazette zu schließen.

Das Klacken der Türklinke unterbrach ihre Betrachtungen. Im Türrahmen stand die Model-Arzthelferin, heute mit straff gekämmtem Haar wie eine Ballett-Tänzerin. „Frau Maurer." Sie lächelte süß und ein bisschen hinterhältig. „Kommen Sie bitte mit.“ Ihr Lächeln war professionell und hatte nichts von dem hinreißenden Strahlen, mit dem sie vor wenigen Tagen den jungen Arzt bedacht hatte. Ilka fühlte etwas Saures aus ihrem Innern aufsteigen, deshalb nickte sie nur, als sie aufstand.

Das Model öffnete die Tür zu einem Zimmer, in dem Ilka einen Schreibtisch, eine Liege und ein lebensgroßes Skelett erkennen konnte, und zeigte auf den Stuhl vor dem Schreibtisch.

Die Stimme der Helferin hinter dem Anmeldetresen ließ sie innehalten. „Nein – Monika“, sagte die energische Rothaarige und hielt die Sprechmuschel ihres Telefonhörers dabei zu. „Bring Frau Maurer in das andere Sprechzimmer, Dr. Lindwasser muss gleich weg zu einem dringenden Notfall.“ An Ilka gewandt fügte sie hinzu: „Sie waren ja bereits bei Herrn Dr. Schwinghammer, Frau Maurer. Es kann allerdings noch ein paar Minuten dauern.“

****

Sie fühlte sich eigenartig, als sie wieder auf der Straße stand.

Der Arzt hatte sie sehr nett, sehr väterlich behandelt. Warum war sie so enttäuscht? Ein bisschen ging es ihr so wie damals, als ihr der Prüfer nach der vermasselten Fahrprüfung erklärte, er könne ihr den Führerschein leider noch nicht geben, sie müsse noch ein paar Stunden nehmen.

Ilka spürte das Vibrieren ihres Handys in der Jackentasche. Mechanisch griff sie danach. Ein Blick auf das Display sagte ihr, dass eine SMS eingegangen war. Flüchtig dachte sie an Ben, drückte aber dennoch auf das Briefkuvert. *Treffen wir uns um kurz nach 12 Uhr L'Alternativa am Markt? Katja* stand da und Ilka schaute auf die Uhr. Wenn sie sich beeilte, schaffte sie den Termin noch. Sie tippte eine Zusage und beschleunigte ihre Schritte.

****

„Luise bringt uns gleich den Cappuccino – so geht es einfach schneller.“ Markus stellte zwei Teller mit Mozzarella-Sandwiches auf den kleinen Tisch und zog den Stuhl näher heran.

„Danke, Markus." Katja nickte ihm zu. „Ilka kommt auch gleich. Ich hoffe zumindest, dass sie es noch schafft, bevor unsere Mittagspause zu Ende ist." Markus' Augen leuchteten auf, wie im Reflex flog sein Kopf herum zur Tür. Mechanisch fischte sie ihre Zigaretten aus der Handtasche und schickte sich an, nach draußen zu gehen.

„So langsam solltest du wirklich das Rauchen aufgeben. Mich würde es stören, immer hinauszugehen."

„Zerbrich dir darüber nicht meinen Kopf", sagte sie knapp.

Markus runzelte die Stirn. „Du bist aber empfindlich, wo bleibt dein sprichwörtlicher Humor, der doch immer ..."

Katja sollte nicht mehr erfahren, was ihr Humor immer bewirkte, denn Markus brach ab, als Ilka an den Tisch kam. Katja registrierte Ilkas vom Wind gerötete Wangen, das knappe blaue Jäckchen über einem kurzen Rock, der ihre langen Beine endlos erscheinen ließ, ihr glänzendes Haar und kam sich vor wie ein Trampel.

„Wartet ihr schon lange?" Ilkas Stimme war ein wenig atemlos.

Markus erhob sich rasch. „Auf dich würde ich bis zum Jüngsten Tage warten." Fürsorglich rückte er ihr den Stuhl zurecht und Ilka errötete.

Dabei war es nur ein schwacher Trost, dass nicht nur Markus so auf Ilka reagierte. Katja bemerkte, dass noch mehr männliche Besucher des Bistros Ilka anstarrten. Sie fühlte sich plötzlich sehr allein. *Seit wann duzten sich die beiden? Irgendetwas war eindeutig an ihr vorbeigegangen.*

„Es ist einfach wunderbar, dass ich euch hier kennengelernt habe ..." Ilka wandte sich ausschließlich an sie und Katja spürte Gewissensbisse. Hatte Ilka ihre Reserviertheit bemerkt? Katja schluckte ihre eigenartigen Gefühle hinunter. Worüber ärgerte sie sich eigentlich? Dass Ilka eine auffallende Erscheinung war, fiel eben nicht nur ihr, sondern auch Markus auf. Und wenn sich die beiden verliebten, was kümmerte es sie? Außerdem mochte sie ihre neue Freundin sehr, auch wenn sie sie nur kurz kannte. Katja lächelte warm. „Wir freuen uns auch, Ilka – von mir selbst weiß ich dies ganz sicher." Sie schaute kurz zu Markus und sagte lachend: „und Markus brauchst du dir nur anzuschauen."

Ilka ging nicht auf ihren leichten Ton ein und vermied es, Markus anzuschauen. Er wiederum fraß sie fast auf mit Blicken – sehr seltsam, fand Katja.

„Ich habe heute im Wartezimmer von Dr. Schwinghammer eine faszinierende Frau kennengelernt“, begann Ilka und Markus unterbrach sie sofort: „Bist du krank?“

„Aber nein – ich wollte nur noch einmal meinen Wespenstich anschauen lassen. Ich würde gerne mehr über diese Frau wissen. Sie heißt Redler, ist dunkelhaarig und etwa Mitte bis Ende vierzig. Ist sie eine Einheimische?“

„Sie ist Psychologin und die Lebensgefährtin unseres Oberbürgermeisters“, schaltete sich Markus ein.

„Nein!“, brach es aus Ilka heraus, „diese sympathische Frau und dieser Widerling? Das geht doch gar nicht.“

„Doch“, Markus grinste, „die beiden haben einen Reiterhof an der Oberen Saline und leben dort mit seiner Mutter und deren Schwester – ja, du hast absolut recht, eine tolle Frau.“

„Mit der Mutter und der Tante meines Liebsten zu leben, klingt für mich nicht unbedingt nach reiner Idylle“, gab Ilka zurück. „Haben die beiden Kinder – und wie lange sind sie schon zusammen?“

In Ilkas Ton lag etwas Drängendes, fiel Katja auf. Ilka bekam langsam einen Tunnelblick. Sie würde doch hoffentlich nicht in den beiden potenzielle Eltern sehen, sie waren doch viel zu jung.

„Die beiden haben keine Kinder“, klärte sie Ilka deshalb auf, „und Ulrike Redler kommt aus Nürnberg. Sie lebt allerdings schon so lange ich mich erinnern kann mit dem Oberbürgermeister zusammen.“

Ilkas hoffnungsvoller Gesichtsausdruck fiel in sich zusammen. Also hatte sie richtig getippt.

„Sie sprach von einem Projekt, das sie zusammen mit dem jungen Arzt in der Praxis verfolge.“

„Hast du Paul Lindwasser kennengelernt – er übernimmt in Kürze die Praxis von Dr. Schwinghammer“, warf Markus ein. „Wir sind befreundet“, fügte er hinzu, als ob dieser Umstand alles erklärte.

Er ist doch eigentlich immer noch ein kleiner Junge, dachte Katja und fühlte einen kleinen Stich bei dem Eifer, den er an den Tag legte. *Würde er sich für mich auch so ins Zeug legen?* – der Gedanke stieg auf aus den Tiefen ihrer Seele, verselbständigte sich und ließ sich nicht verdrängen. Katja bemerkte erst durch Ilkas und Markus' Schweigen, dass sie offenbar eine Antwort erwarteten auf eine Frage, die sie nicht gehört hatte.

„Wo bist du denn mit deinen Gedanken?" Markus' Stimme holte Katja zurück. „Ich habe Ilka gerade von dem Projekt ‚Restaurierung Jüdischer Friedhof' erzählt, das Paul zusammen mit Ulrike Redler initiiert hat. Wann genau ist das Erntedankfest im Reiterhof, an dem die Franzosen kommen und die beiden ihre große Spendenkampagne starten wollen?"

„Erntedankfest?", hörte sie sich dümmlich wiederholen.

„Was ist denn mit dir, du hörst überhaupt nicht zu!" Markus legte ihr die Hand auf den Arm und die wärmende Berührung zusammen mit der echten Besorgnis in seiner Stimme lösten etwas in ihr aus, was sie so gar nicht einordnen konnte. *Was sollte diese Gefühlsduselei? War sie etwa in Markus verliebt? Das fehlte noch.*

Katja riss sich zusammen. „Das Erntedankfest im Reiterhof soll im Rahmen des Herbstmarktes stattfinden. Da sind eine Menge Aktivitäten geplant. Ilka, wenn du bei mir im Rathaus vorbeikommst, gebe ich dir einen Flyer."

„Geht es dir nicht gut, Katja?", fragte jetzt auch Ilka, doch die Bedienung des L'Alternativa, die mit der Rechnung in der Hand an ihren Tisch kam, enthob sie einer Antwort.

„Würde es euch etwas ausmachen zu bezahlen?", fragte sie. „Ich habe nämlich gleich Dienstschluss."

Alle drei kramten sie nach ihren Geldbörsen, doch Markus gab Luise einen 20-Euro-Schein. „Die Rechnung geht auf mich heute", verkündete er.

Irgendetwas in seiner Stimme hielt Katja von ihrem üblichen Protest ab. Sie wusste, heute würde sie ihn verletzen, wenn sie auf seine übliche Finanzflaute anspielte. Er gab der Kellnerin ein großzügiges Trinkgeld und steckte das Wechselgeld, ohne es nachzuzählen, in seine Jackentasche.

„Was hältst du davon", wandte er sich an Ilka, „wenn du uns einfach zur nächsten Besprechung des Friedhof-Projektes begleitest? Da triffst du dann Ulrike Redler, Dr. Paul Lindwasser und andere Größen Bad Kissingens und kannst dir selbst ein Bild machen."

„Kann ich denn da einfach mitkommen?"

Täuschte sich Katja oder wurde Ilka tatsächlich verlegen? Aber warum denn nur bei einer so harmlosen Einladung?

Markus schaute erst auf seine Armbanduhr und dann zögernd zu Katja.

„Ich denke, wir müssen uns auf den Weg machen", sagte er kleinlaut. Katja wunderte sich über seinen Tonfall, als ihr Handy vibrierte und gleichzeitig klingelte. Sie schaute auf das Display und erschrak – es zeigte die Durchwahlnummer des Oberbürgermeisters an. Waren sie denn schon zu spät?

„Glasser", meldete sie sich schon im Aufstehen, aber als sie den aufgebrachten Wortschwall des Oberbürgermeisters angehört hatte, musste sie sich wieder hinsetzen.

Ilka und Markus schauten sie verständnislos an.

„Was ist denn los, du siehst ja richtig erschüttert aus?", fragte Markus und Katja hörte sich sagen: „Ich muss zurück. Der Oberbürgermeister braucht eine Presseerklärung. Sie haben bei den Grabungsarbeiten zum neuen Becken am KissSalis die Leiche eines Kleinkindes gefunden."

****

Ein Bus, der gegenüber vom Landratsamt geparkt hatte, fuhr in dem Augenblick los, als Leni von Hohenbach ihren Fahrer anwies, sie aussteigen zu lassen. Sie mochte nicht in allen möglichen Seitenstraßen herumkutschiert werden, bis Rudolf endlich einen Parkplatz gefunden hätte. „Den Weg bis zum Pfarrhaus werde ich einigermaßen aufrecht schaffen können, den Rollator brauche ich heute nicht." Leni von Hohenbach war eine stolze Frau, die sich mit ihrer Arthrose nicht abfinden wollte – schon gar nicht in der Öffentlichkeit.

„Soll ich Sie nicht wenigstens bis vor den Eingang fahren?" Rudolf, seit Urzeiten Leni von Hohenbachs treu ergebener ‚Mann für alle Fälle', runzelte die Stirn und zögerte.

„Ich bin noch keine Greisin, Rudolf. Du kannst mich in etwa einer Stunde am Pfarrhaus abholen."

Rudolf schwieg, auch wenn er die Gehprobleme seiner Chefin vielleicht realistischer einschätzte als sie selbst. Er würde sich nicht noch eine Abfuhr abholen.

Er hielt am Straßenrand und hielt seiner Chefin die Fond-Tür auf, seine hilfreich ausgestreckte Hand verschmähte sie mit einer wegwerfenden Geste. Leni von Hohenbach rückte ihren Hut zurecht und wartete, bis Rudolf weggefahren war, in aufrechter, unbeugsamer Haltung. Um sich selbst zu beweisen, dass sie recht hatte, ging Leni ein paar Schritte in die Fußgängerzone und schaut auf das Rathaus, vor dessen Eingang gleich zwei Streifenwagen standen. Leni runzelte die Stirn. Irgendetwas musste vorgefallen sein, normalerweise parkte die Polizei nicht direkt vor dem Rathaus. Sie wandte sich ab, mühsam den Impuls beherrschend, ihrem Sohn sofort zur Seite zu stehen. Ihre Gelenke knackten vernehmlich, als sie die Straße überquerte, doch sie ignorierte die damit verbundenen Schmerzen und erwiderte lächelnd die respektvollen Grüße eines älteren Ehepaars.

Die engen Gassen, die vom Markplatz wegführten, lagen vollständig im Schatten, obwohl die Herbstsonne vom Himmel lachte. *Das Jahr neigt sich seinem Ende zu – genau wie mein Leben* fuhr es ihr durch den Kopf. *Aber es gibt noch vieles zu bereinigen, bevor es soweit sein darf.*

Nach wenigen Schritten erreichte sie das Pfarrhaus und drückte die Klingel. Pfarrer Alois Weigand öffnete selbst – er schien sie schon erwartet zu haben.

„Sie sind doch wohl nicht zu Fuß gekommen, Frau von Hohenbach?“, fragte er besorgt, während er ihr mit festem Druck die Hand gab.

„Nur das kurze Stück vom Marktplatz hierher. Ich muss mich schließlich manchmal herauswagen, sonst glauben die Bad Kissinger noch, ich sei schon tot.“ Das Lachen, das sie ihre Antwort begleitete, klang sogar für sie selbst nicht echt.

Pfarrer Weigand schien gealtert, seit sie ihn zum letzten Mal aus der Nähe gesehen hatte. Seine Augen verschwanden fast unter ausprägten Tränensäcken und um seine Nase hatten sich tiefe Falten eingegraben. Allein seine Glatze glänzte wie eh und je. Nun – wahrscheinlich glaubte der Pfarrer das gleiche von ihr und war genau wie sie zu höflich, es auszusprechen. Sie kannten sich schon fast 30 Jahre, ebenso lange wie Pfarrer Weigand in Bad Kissingen war.

Schwester Adelgund kam aus der Küche, wischte sich die Hände an ihrer Schürze ab und drückte mit einem Lächeln Leni von Hohenbach die Hand.

Sie war eigentlich im benachbarten Kloster zu Hause und dem Pfarrer für die Hausarbeit zugeteilt worden, nachdem sich keine Pfarrhaushälterin auf die zahllosen Anzeigen im Diözesanblatt gefunden hatte, als die Schwester von Pfarrer Weigand gestorben war.

„Machen Sie uns einen Tee, Schwester", ordnete der Pfarrer an. „Sie trinken doch einen Tee mit mir, Frau von Hohenbach?"

„Ja, gerne, wenn Sie so viel Zeit für mich erübrigen können."

„Für Sie nehme ich sie mir", antwortete der Pfarrer entschieden. Er führte sie in ein großes helles Wohnzimmer, das man von außen kaum in dem historischen Gebäude vermutet hätte. Es war – wie alle Räume – mit einem Marmorboden und Fußbodenheizung ausgestattet und wurde von einem großen, barocken Wandschrank beherrscht, der möglicherweise schon immer zu dem Haus gehört hatte.

Aus der Stereoanlage klang gerade das *Recordare* aus Verdis Requiem in einer gefühlvollen Aufnahme. Die weichen Frauenstimmen drangen Leni von Hohenbach geradewegs unter die Haut und sie verhielt unwillkürlich den Schritt.

Mit einem aufmerksamen Blick musterte sie der Pfarrer und ging wortlos zur Anlage und schaltete sie ab.

„Ich war gerade bei einer Beerdigungs-Predigt, und ...", setzte er zu einer Erklärung an, doch sie unterbrach ihn: „Sie müssen sich nicht entschuldigen, aber dennoch, ich danke Ihnen für Ihre Rücksicht."

Der Pfarrer rückte Leni einen Stuhl vor dem großen Refektoriumstisch in der Ecke zurecht und räumte den Schreibblock mit seinen Notizen zur Seite. „Sie ziehen doch sicher – genau wie ich – einen festen Stuhl einem Sessel vor", er lächelte sie an, „aus diesen wunderschönen Sitzecken ist das Aufstehen immer so beschwerlich."

„Da kann ich Ihnen nur zustimmen." Dankbar nahm sie Platz.

„Sie haben am Telefon so rätselhaft geklungen", begann der Pfarrer, „also spannen Sie mich nicht auf die Folter, was haben Sie denn ausgeheckt?"

„Gemach, gemach", unterbrach sie ihn, „erst werden wir den unangenehmen Teil erledigen."

Die Tür ging auf und Schwester Adelgund erschien mit einem Tablett, auf dem ein Stövchen mit einer Teekanne, Tassen und Gebäck stand. Sie deckte den Tisch, schenkte Tee ein und ging gleich wieder. Offenbar hatte sie genau registriert, dass der Pfarrer und Leni von Hohenbach in ihrer Unterhaltung stockten, als sie gekommen war.

„Sie haben mir bei unserer letzten Unterredung zugesichert, dass Sie wegen eines kirchlichen Zuschusses zur Renovierung des jüdischen Friedhofs in Bad Kissingen beim Bischöflichen Ordinariat vorsprechen wollten", nahm Leni unbeirrt den Faden wieder auf. „Haben Sie in dieser Angelegenheit etwas erreichen können?"

„Mmmmh ..." Der Pfarrer räusperte sich. „Zunächst lässt Generalvikar Hollmann Ihnen seine besten Wünsche ausrichten ..."

„Herzlichen Dank", unterbrach sie ihn, aber der Pfarrer achtete nicht auf ihren Einwurf und fuhr fort: „Und der Herr Generalvikar bedankt sich außerordentlich für Ihre engagierte Initiative."

„Die sich mit einem stattlichen kirchlichen Zuschuss sehr viel effizienter gestalten würde ...", warf Leni von Hohenbach mit einem Nicken ein, das ihre Worte begleitete.

„Nun", zögerte der Pfarrer, „Sie wissen doch sehr genau, dass die Baulast für diesen Friedhof bei der Stadt liegt, und dass die Katholische Kirche rein gar nichts mit der, ohne Zweifel lobenswerten, Renovierung zu schaffen hat."

„Das ist mir alles bewusst, allerdings habe ich gedacht, dass das Bischöfliche Ordinariat in dem speziellen Fall, der die Familie Hohenbach mit der Katholischen Kirche verbindet ..." Leni hielt inne, um ihre Worte wirken zu lassen. „... Über ihren aus historischen Ressentiments gewebten Schatten springen kann."

„Ich hätte es mir auch gewünscht", erwiderte der Pfarrer, „aber der Herr Generalvikar bedauert zutiefst, dass leider auch für Bad Kissingen kein Präzedenzfall geschaffen werden kann."

„Es war zu einem großen Teil die Haltung der Katholischen Kirche im Mittelalter, die den Grundstein zu dem verhängnisvollen

Antisemitismus in unserem Land gelegt hat, Herr Pfarrer, das wissen Sie so gut wie ich."

„Papst Johannes Paul II. hat in Jerusalem öffentlich um Verzeihung gebeten", rechtfertigte sich Pfarrer Weigand.

„Und es hätte der Kirche gut zu Gesicht gestanden, eine lebendige Geste der Versöhnung in Form eines Zuschusses bereitzustellen." Leni von Hohenbach trank einen Schluck Tee und setzte geräuschvoll die Tasse ab, bevor sie ihren Gedanken zu Ende formulierte: „Es hätte ja schon ein symbolischer Betrag den Stand des Oberbürgermeisters vor dem Stadtrat in der nächsten Sitzung erleichtern können." Sie verstummte und das angespannte Schweigen war fast mit Händen zu greifen, bevor Leni fortfuhr: „Ich nehme an, Sie sind auch nicht zu einer Kollekte am kommenden Sonntag bereit?"

Wortlos schüttelte der Pfarrer den Kopf.

„So viel zur angeblichem Ökumene ..." Leni machte keinen Hehl aus ihrer Verstimmung.

„Es tut mir selbst sehr leid, Frau von Hohenbach", sagte der Pfarrer unglücklich. „Ich kann Ihnen aber anbieten, dass ich die Tombola beim Sommerfest leiten werde – der Katholische Frauenbund wird sie ausrichten – und dass ich selbst die Spendenaktion unterstütze ..."

„Immerhin – dafür sollte ich Ihnen wohl dankbar sein", gab sie, nur halb versöhnt, zurück. „Mein Sohn wird vor diesem Hintergrund überhaupt nicht glücklich sein, seine Zustimmung zu einem Projekt gegeben zu haben, das einmal mehr der Pfarrei zugutekommt."

„Das Projekt, das Sie bereits am Telefon andeuteten?" Pfarrer Weigands Ton bekam etwas Begehrliches.

„Es geht um das Kloster St. Angela", begann Leni von Hohenbach, „Sie kennen die sehr persönliche Beziehung unserer Familie zu diesem Stift." Die erwartungsvolle Miene des Pfarrers verfiel, aber in ihrer Unterredung heute hatten Animositäten keinen Platz. Ungerührt fuhr sie deshalb fort: „Ich habe beschlossen, etwas für das Andenken meiner leider viel zu früh verstorbenen Schwester zu tun, die die Einrichtung maßgeblich mit aufgebaut hat."

„Ja, Schwester Regina hat in ihrer Zeit als Oberin sehr verdienstvoll gewirkt", räumte der Pfarrer ein.

„Und auch ihre soziale Leistung hat die Kirche lange nicht anerkannt. Gefallene Mädchen haben in ihr nicht die erste Priorität."

„Sie sagen das sehr zynisch, verehrte Frau von Hohenbach."

„Ich bin realistisch, Herr Pfarrer, nicht zynisch. Das Stift St. Angela heißt nicht umsonst noch heute im Volksmund *Heim für schwer erziehbare Mädchen*, obwohl wir beide wissen, wie ungerechtfertigt dieser Begriff ist. Nur eine völlig pervertierte Gesellschaft kann den von ihren eigenen Vätern missbrauchte Mädchen, die in ihrer Not zu Drogen greifen, auch noch abverlangen, sie müssten leicht erziehbar sein." Leni von Hohenbach schien die Worte auszuspucken.

„Es sind nicht nur sexuell missbrauchte Mädchen dort untergebracht", wandte der Pfarrer ein.

„Aber ihr Anteil liegt bei 60 Prozent, eine Tatsache, die immer gerne heruntergespielt wird. Mädchen aus allen Schichten der Gesellschaft, bis in die höchsten Kreise."

„Ja, aber der Orden Ihrer Schwester hat längst die Anerkennung des Vatikans und eine gute Reputation beim Bischof."

„Lange genug mussten die Schwestern darum kämpfen. Wie ich schon sagte, gestrauchelte Frauen hat die Kirche auch in der Vergangenheit gerne mit spitzen Fingern angefasst, ohne sich um das Warum zu kümmern." Leni von Hohenbach räusperte sich. „Wie auch immer, wir sind in einem sehr offenen Gespräch in unserer Familie übereingekommen, dass Reitstunden für Mädchen, die jedes Selbstwertgefühl verloren haben, eine sehr vernünftige Therapie darstellen. Das Stift muss doch auch trotz der staatlichen Zuschüsse jeden Pfennig umdrehen und könnte sich diesen Luxus sicher nicht leisten."

„Sie meinen, das würde die Sozialarbeit dort erleichtern?", fragte der Pfarrer zweifelnd.

„Es gibt ernstzunehmende Studien über den Erfolg solcher Therapien."

Leni von Hohenbach schickte sich an aufzustehen. „Mein Sohn würde seine Pferde kostenfrei für ein solches Konzept zur Verfügung stellen und Ulrike Redler wäre bereit, psychotherapeutische

Hilfe zu leisten. Dafür allerdings wären ein Finanzierungsplan und ein Honorarvertrag erforderlich."

„Ich bin Ihnen zu großem Dank verpflichtet, und auch der Herr Generalvikar."

„Gerade der Herr Generalvikar als ausgewiesener Pferdeliebhaber und ehemaliger Bad Kissinger weiß doch, was Pferde bewirken können", schnitt Leni ihm das Wort ab und ging zur Tür. „Mir geht es allein um die Mädchen dort. Danke, ich finde alleine hinaus", beschied sie Pfarrer Weigand, als er sie begleiten wollte.

Als sie aus der Türe trat, erklang aus dem offenen Fenster erneut das *Recordare*. Leni von Hohenbach wischte sich ein paar Tränen aus den Augenwinkeln, bevor sie gemessenen Schrittes die Treppen zu dem wartenden Rudolf hinunterging.

****

Die Bedienung des L'Alternativa ging mit einem Tablett durch die Tischreihen, als Ilka den Marktplatz überquerte. Sie winkte ihr. Spontan hob Ilka ebenfalls ihre Hand und hielt gleich darauf verlegen inne. Erinnerte die junge Frau sich tatsächlich an sie, obwohl sie erst wenige Male dort eingekehrt war? Offenbar fiel eine Fremde hier auf wie ein Goldfisch in einem Forellenteich. Sie wusste nicht was sie davon halten sollte. So wenig wie möglich auffallen, hatte sie sich doch vorgenommen.

Andererseits tat ihr die freundliche Geste gut nach dem Frust in der Anwaltskanzlei. Sie hatte so große Hoffnungen in die Anwälte gesetzt und war deshalb wie vor den Kopf geschlagen, als ihr Anwalt Lammert kurz und bündig erklärte, ohne eine entsprechende Vollmacht seien ihm die Hände gebunden. Sie könne leider keinerlei Akten einsehen, das würde sie doch verstehen, nicht wahr? Dabei war er bei ihrem ersten Besuch zumindest noch so zugänglich gewesen, einen Termin mit ihr zu vereinbaren. Irgendetwas hatte ihn seine Meinung ändern lassen. Ilka spürte, wie sich langsam Wut in ihr entwickelte. Wo auch immer sie nachfragte, erlebte sie eine Abfuhr, von der entfernten Seite im Standesamtsregister einmal völlig abgesehen. Sie musste eine bessere Strategie entwickeln, so trat sie auf der Stelle.

Und dann die eigenartige Mittagspause zusammen mit Katja und Markus.

Die beiden hatten sich benommen, als stände ein Fass Dynamit zwischen ihnen und Ilka hatte sich völlig ausgeschlossen gefühlt, trotz Markus' formvollendeter Galanterie. Ilka war es so vorgekommen, als sprächen Markus und Katja in einer Art Geheimsprache, deren Code sie nicht entschlüsseln konnte. Die Nachricht von der Kinderleiche hatte Katja doch erst ganz am Schluss erhalten. Sie diente nicht als Erklärung. Ilka fühlte sich einmal mehr erschüttert. Auch Bad Kissingen war keine Insel der Seligen, auch hier gab es offenbar Dinge, die sich hinter den Hochglanzfassaden abspielten und besser im Verborgenen blieben.

Sie beschloss, ihr bewährtes Rezept anzuwenden und einfach ein ausgedehntes Stück zu laufen, um ihre Gedanken zu ihrer weiteren Vorgehensweise zu ordnen. Ihr Spiegelbild in einem Schaufenster sagte ihr, dass sie dafür völlig falsch angezogen war, sie würde Turnschuhe und Jogginghose anziehen und die Umgebung erkunden.

In der Auslage des Schaufensters sah sie einige Bücher und ein Schild über der Eingangstür versprach „Bücher und Papier". Spontan trat sie ein und fand neben den neuesten Bestsellern Notizbücher, Briefpapier und die verschiedensten Schreibgeräte – keine richtige Buchhandlung zwar, aber ein eigentümlich anrührendes Sortiment. Sie kaufte ein kleines Notizbuch, auf dessen Titelseite ein Mark-Twain-Zitat stand: *Schreiben ist leicht, man muss nur die falschen Wörter weglassen,* las sie und musste schmunzeln. Sie kaufte das Buch und beschloss, darin ihre Fortschritte zu notieren.

In der richtigen Kleidung und mit Laufschuhen lief sie kurze Zeit später von ihrem Ferienhaus-Domizil los. Der Weg war nicht asphaltiert, aber sie sah von Ferne die Silhouette des Hotels Sonnenhügel, also musste sie früher oder später irgendwo in der Zivilisation wieder herauskommen. Umso besser, dachte sie, je weiter, desto schweißtreibender. Mit entschlossenen, raumgreifenden Schritten nahm sie ihr Ziel ins Visier.

Der Weg führte durch einen Wald mit dichtem Unterholz und wurde nach kurzer Zeit sehr steil. Ilka wischte sich den Schweiß von der Stirn und wünschte, sie hätte etwas zu trinken mitgenommen. Der Wald war auffallend still und niemand war ihr bis jetzt begegnet. Auch wenn sie noch keinen Wegweiser gesehen hatte, musste es sich doch um einen Wanderweg handeln.

Der Weg gabelte sich jetzt in viele kleine Trampelpfade. Ilka entschied sich für die steilste Variante, weil sie glaubte, an ihrem Ende mehr Licht auszumachen und jetzt sah sie auch schon Häuser hinter den Bäumen. Sie musste jetzt richtig klettern und hielt sich am niederen Gebüsch fest, um nicht auszugleiten. Ilka erreichte eine kleine Plattform und nutzte sie zum Verschnaufen. Sie hörte keinen einzigen Vogel singen. Waren die Vögel eigentlich im Herbst immer so stumm oder nur heute? Die Luft erschien ihr plötzlich drückend.

Ein Rascheln im Unterholz ließ sie zusammenzucken. Sie beeilte sich weiterzukommen. Dies war der ideale Lebensraum für Wildschweine und sie hatte nicht die geringste Lust, plötzlich einem Keiler gegenüberzustehen. Ein Wegweiser führte sie zur Ruine Botenlauben und Ilka fand diese auf dem Gipfel der Anhöhe. Schwitzend und schnaufend blieb sie stehen. Die Sonne strahlte ungehindert vom Himmel und beleuchtete eine Szenerie, die wie gemacht schien als Kulisse einer romantischen Oper. In der Mitte des kleinen Platzes, der nach einer Seite offen war und geradewegs in den blauen Himmel zu wachsen schien, stand eine mittelalterliche Burgruine. Um sie herum waren Sitzbänke gruppiert, bevölkert von Wanderern, die Bierkrüge vor sich stehen hatten. Auf einem Tisch verkündete ein kleiner Wimpel, dass die kleine Festivität vom Heimatverein Botenlauben veranstaltet wurde.

Sie stieß einen tiefen Seufzer der Erleichterung aus – Einsamkeit war ja gut und schön, um seine Mitte zu finden, aber zu viel davon brauchte sie von beidem nicht.

Außerdem hätte sie überhaupt nicht diesen steilen Anstieg nehmen müssen, offensichtlich führten viele Wege, auch einer von einem Parkplatz, auf dieses kleine Plateau. Ihre Muskeln zitterten noch immer, nur einen Augenblick noch Ruhe, gleich würde sie weitergehen und die Ruine besichtigen, ja – und ein Bier trinken, genau wie die Wanderer, mitten am helllichten Tag.

Plötzlich schien die Luft um sie herum zu vibrieren und Ilka spürte für den Bruchteil einer Sekunde, wie sich die Härchen auf ihrer Haut aufstellten, als von hinten eine Pranke auf ihre Schulter niedersauste. Ihr Herzschlag setzte aus – und sie verstand auf einmal die Redewendung *keinen Tropfen Blut geben können.*

„Ilka", sagte eine entfernt bekannte Stimme, dennoch brauchte sie ein paar Sekunden, bevor sie sich umwenden konnte.

„Willst du mich etwa umbringen?", stammelte sie. Vor ihr stand Franz und hielt einen gut gefüllten Korb mit Pilzen in der Hand. Seine strahlende Miene verdüsterte sich schlagartig, als Ilka hinzufügte. „Du hast mich erschreckt. Ich dachte ein Bär hätte sich hierher verirrt. Wo kommst du denn überhaupt her?" Ihr unsicheres Lachen zauberte die Fröhlichkeit in sein Gesicht zurück.

„Pilze sammeln." Sein suchender Blick irrte umher. „Hast du Rita gesehen?"

„Ich habe niemanden bemerkt, Franz. Aber ich habe Lust auf ein Bier. Leistest du mir Gesellschaft?"

„Ich darf kein Bier trinken, das darf Rita nicht sehen", sagte er bedauernd. „Aber ich habe eine bessere Idee. Ich zeige dir die Aussicht. Kommst du mit?"

Schon stapfte er voraus, der Korb schlenkerte verdächtig, und Ilka sah sich schon auf dem Boden herumkriechen und Pilze einsammeln. Franz stolperte, aber mit einer erstaunlich geschickten Bewegung rettete er den Korb samt Inhalt. Der Weg wurde zunehmend steinig, größere und kleinere Geröllbrocken wirkten wie von der Hand eines Titanen willkürlich zwischen die Flechten und Äste gestreut. Ilka schüttelte den Kopf, auf welche blumigen Vergleiche kam sie denn? Unbestreitbar hatte der Ort jedoch etwas Mystisches, dessen Zauber sie sich nicht entziehen konnte.

„Du musst ganz vorsichtig sein." Franz nahm sie bei der Hand und ging mit Bedacht vorwärts. Ilka begriff sehr schnell, warum. Sie erreichten eine Aussichtsplattform, die wie eine Kanzel in den blauen Himmel ragte. Fast senkrecht fielen die Felsen auf mindestens 20 Meter ab und Ilka war überrascht. Irgendwo im Süden hätte sie vielleicht einen solchen Abgrund ohne ein Geländer erwartet, aber doch nicht mitten in Deutschland. Sie atmete tief durch. Vor ihr lag Bad Kissingen in all seiner Pracht, man erkannte den Flusslauf der Saale, die durch die Kuranlagen mäanderte. Auf der gegenüberliegenden Seite erkannte Ilka die Hügel der Rhön mit dem Kreuzberg. Sie spürte einen fast unwiderstehlichen Impuls, die Arme auszubreiten und wie ein Vogel einfach loszufliegen.

„Es ist wunderschön hier, Franz. Vielen Dank, dass du mir diese herrliche Aussicht gezeigt hast." Sie ließ den Blick nach unten gleiten und ging unwillkürlich ein paar Schritte zurück. „Aber geh bitte einen Schritt zurück, dass du nicht abstürzt."

Franz schaute sie verständnislos an und Ilka erkannte, dass wieder einmal ihre Höhenangst mit ihr durchgegangen war. „Der Berg ist verflucht", antwortete er eifrig und Ilka lächelte. Franz und seine metaphysischen Erklärungen. „Wenn der Wind um die Burgruine pfeift, die Nacht mondlos und finster ist", fuhr er ernsthaft fort, und es klang, als hätte er die Erklärung auswendig gelernt, „dann ist manchmal das Klopfen zu hören vom ruhelosen Geist des ruchlosen Koches, der im Bauernkrieg 1525 die Burg und ihre Insassen verraten hatte. Die trutzige Burg widerstand allen Angriffen der Bauernhaufen, bis der Burgkoch nach einem Zeichen, dem Klopfen auf dem Küchenbrett, eine kleine Tür öffnete. Die Burg wurde erstürmt, ausgeplündert und angezündet."

„Was du alles weißt, Franz, ich bin beeindruckt", gab Ilka zurück und stellte fest, dass es stimmte. Was für ein fantasievoller, warmherziger Mann Franz doch war! Ilka gab sich das Versprechen, seine offensichtliche Zuneigung zu ihr nie zu enttäuschen.

In einträchtigem Schweigen bewunderten sie die Landschaft und Ilka vergaß für kurze Zeit ihre Sorgen.

War es das Geräusch eines knirschenden Steines oder der Anflug einer fremden Wärme in ihrem Nacken, der sie veranlasste, sich umzudrehen? Hinter ihr stand die Frau aus der Kirche und trotz ihrer in Andacht gefalteten Hände richtete sie einen durchdringenden Blick auf Ilka, der sie frösteln ließ. Hastig ging sie ein paar Schritte weg vom Abgrund.

„Du sollst doch niemand belästigen! Wie oft habe ich dir das schon gesagt?"

Beim Klang ihrer Stimme zuckte Franz zusammen und drehte sich um. „Ich habe", begann er zu stammeln, aber Ilka ging entschlossen auf die Frau zu. „Davon kann überhaupt nicht die Rede sein", sagte sie, „ohne Franz hätte ich diese wunderschöne Aussicht niemals entdeckt. Er hat mir eine große Freude gemacht." Rita Gerstmaier, denn um sie musste es sich zweifelsohne handeln, verzog ihren Mund zu einem schüchternen Lächeln und Ilka fragte sich, ob sie sich den stechenden Blick von vorhin nur eingebildet hatte. Sie sah wohl schon Gespenster.

„Ich heiße Ilka Maurer.“ Ihren Händedruck erwiderte die Frau fest. „Und ich habe Franz bereits kennengelernt. Er hat mich bestimmt nicht belästigt. Ich hatte gerade vor, ihn zu einem Bier einzuladen. Begleiten Sie uns?“

Ein Strahlen huschte über sein Gesicht und, noch bevor Rita Gerstmaier irgendetwas sagen konnte, war Franz davongeeilt. Er setzte sich an einen der Tische und stellte den Pilzekorb auf die Bank ihm gegenüber.

„Ich gehe gleich Bier holen.“ Ilka zwinkerte ihm zu, als sie ihn erreichte, aber er schüttelte den Kopf. „Eine Limonade ist besser“, gab er mit besorgtem Blick auf Rita Gerstmaier zurück, die ihnen nur zögernd folgte.

Ilka holte ihren Geldbeutel aus der Gürteltasche und ging zum Ausschank. Sie wollte vollendete Tatsachen schaffen und sich auf keine Diskussion mit seiner Schutzherrin einlassen. Rita Gerstmaier hatte sich ganz an den Rand der Bank gesetzt, als sie mit zwei gefüllten Bierkrügen und einer Limonade zurückkam. Ilka hatte kurz die Vision, dass die Frau mit der ganzen Bank umkippen würde, wenn sich die Gäste an deren anderen Ende erhoben. Sie erwischte sich dabei, dass sie dieser Gedanke amüsierte.

„Ich habe es dir doch gesagt, Ilka ist lieb“, wandte sich Franz an seine Begleiterin, die verkrampft dasaß mit gesenktem Kopf und im Schoß gefalteten Händen. Sie kam Ilka vor wie aus einem anderen Jahrhundert mit ihrem groben Leinenkittel, den sie in einen schwarzen Trachtenrock gestopft hatte. Ein fest um den Kopf gezurrtes Tuch verhüllte ihre Haare und Ilka schwankte in der Beurteilung der seltsamen Tracht dieser Frau zwischen Muslimin und Klosterfrau. Ilka stellte den Bierkrug vor sie auf den Tisch, und die Frau beäugte ihn wie ein gefährliches Reptil. Gleichzeitig huschte jedoch ein gieriger Ausdruck über ihr Gesicht.

„Sie müssen Rita sein“, begann Ilka. „Franz hat mir von Ihnen erzählt.

Die Frau schluckte und räusperte sich. „Rita Gerstmaier“, antwortete sie, „und Franz arbeitet bei uns auf dem Reiterhof. Verbringen Sie Ihren Urlaub in Bad Kissingen?“

„Urlaub ist vielleicht nicht der richtige Ausdruck ..." Ilka griff nach ihrem Bierkrug und prostete der Frau zu. „Aber lassen Sie uns erst einen Schluck trinken. Auf Bad Kissingen."

„Ilka wohnt im Wald bei Frau Dr. Erbach, das ist ein schönes Haus", mischte sich Franz ein, während er an seinem Strohhalm sog, „sie hat mich mitgenommen."

Rita bedachte ihn mit einem Stirnrunzeln und wischte sich den Schaum vom Mund.

„Das Bier ist sehr gut", lenkte Ilka ab, um Franz aus dem Fokus ihres Interesses zu nehmen.

„Klosterbier vom Kreuzberg", antwortete Rita andächtig und Ilka ging ein Licht auf. Offenbar entband diese Tatsache die Frau von allen Zweifeln.

In diesem Augenblick erhob sich ein Mann am Nebentisch, klopfte an seinen Bierkrug und begann zu reden. „Wie es dazu kam, dass Botenlauben nur noch eine Ruine ist, habe ich euch schon auf dem Herweg erklärt, aber die Geschichte geht noch weiter. Mauern, Tore und Türme wurden nach der Eroberung im Bauernkrieg dem Verfall preisgegeben, und die Bürger holten vom Berg die Steine und bauten damit im Tal Häuser. Fürstbischof Johann Philipp von Schönborn verbot dies zwar 1654, aber ohne Erfolg. Erst Ludwig I. gelang es 1827, die Steindiebe in Schach zu halten." Er holte tief Luft, bevor er fortfuhr: Die Bürger erkannten 1881, dass der ‚Trümmerhaufen der schönste Punkt oberhalb Kissingens ist', wie der Chronist berichtet. Sie sicherten die Mauerreste und machten die Ruine begehbar. Seitdem ist die Burg ein be liebtes Ausflugsziel, in dem jährlich am 3. Wochenende im September die Botenlauben-Festspiele mit Minnesang und Schwerterklang stattfinden.

Weder Bauherr noch Baujahr der Burg sind bekannt. Erstmals wurde 1004 ein Graf Bodo als Burgherr erwähnt. Von ihm hat die Burg auch den Namen. Die Nachsilbe ‚lauben' hieß leben. Ihre Glanzzeit hatte die Burg unter Otto von der Botenlaube aus dem Geschlecht der Henneberger. Der Ritter und Minnesänger lebte ab 1220 mit seiner Gemahlin Beatrix von Cortenay, die er während eines Kreuzzuges in Jerusalem kennengelernt hatte, ständig auf der Burg. Er wurde, wohl unter dem Einfluss seiner Frau, tief religiös. ‚Um sich ganz aus dem gefährlichen Treiben der Welt zurückzuziehen und dem besseren Jenseits zuwenden zu können‘, verkaufte er 1234 Burg und einige Güter ans Hochstift Würzburg. Mit dem Geld wurde im nahen Frauenroth ein Kloster gegründet.

Einer Sage zufolge verlief die Geschichte folgendermaßen: Der Wind entriss Gräfin Beatrix auf den Zinnen Burg Botenlaubens einen Schleier. Falls sie den Schleier je wiederfinden sollte, so beschloss sie, werde sie an dem Ort ein Kloster gründen. Der Schleier wurde weit über Kissingen hinweg in die Vorrhön getragen, im Dörfchen Frauenroth landete er. Dort gründeten Otto und Beatrix ein Kloster, in dessen Kirche die Grabstätte des Minnesängers und seiner Frau zu finden ist. Die einstigen Klostermauern sind im Pflaster rund um die Kirche zu sehen.“

Die Zuhörer spendeten Beifall, bevor sie ihre Krüge erhoben, um auf den Redner zu trinken.

„Es ist eine begnadete Gegend hier“, schloss sich auch Rita Gerstmaier an und nickte bekräftigend mit dem Kopf, „obwohl auch in Bad Kissingen Sünde und Unzucht Einzug gehalten haben.“ Missbilligend fiel ihr Blick auf das Pärchen am Nebentisch, das sich ungerührt von den Blicken ringsum hingebungsvoll küsste.

Ilka folgte ihrem Blick und spürte, wie sie ärgerlich wurde. Die Frau war nicht nur verschroben, sondern auch weltfremd. Sie konnte der Versuchung nicht widerstehen, in diesen Panzer aus Selbstgerechtigkeit eine Bresche zu schlagen.

„Offenbar wirkt die Gnade aber nicht für alle“, antwortete sie, „es gibt auch in Bad Kissingen Verbrechen. Oder wie erklären Sie sich sonst, dass hier eine vergrabene Kinderleiche gefunden wurde?“

Rita Gerstmaiers Miene versteinerte sich und Ilka beobachtete, wie der Frau feine Schweißtröpfchen unter dem Tuch hervor auf die Stirn traten.

„Sie verstehen überhaupt nichts“, presste sie hervor. „Gottes Wege sind unerforschlich.“ Mit diesem kryptischen Satz trank sie ihr Bier aus und verbeugte sich leicht. „Leider müssen wir gehen, wir haben uns ohnehin schon verspätet. Herzlichen Dank für das Bier.“ Sie stand auf, drehte sich um und ging. Franz trottete hinterher.

Bevor beide um eine Kurve verschwanden, schaute er noch einmal in Ilkas Richtung und winkte ihr zu.

****

Auf die bewährte Strategie war auch nur noch begrenzt Verlass, haderte Ilka mit sich selbst, als sie, frisch geduscht und einigermaßen ausgeglichen, vor ihrem Laptop saß. Zwar war die diffuse Unruhe verschwunden, aber sie wusste nicht recht, ob dieser Zustand auf ihren strammen Marsch oder eher auf den ungewohnten Bierkonsum zurückzuführen war. Allerdings hatte sie keine Klarheit für ihre Gedanken gefunden, im Gegenteil, sie fühlte sich konfuser denn je.

Auch ihrer Übersetzung fehlte der nötige Schwung, obwohl sie sich immerhin zu einer ganzen Seite gezwungen hatte. Sehr viel erfolgreicher hatte sie stattdessen ihren Score beim Candy-Crush verbessert – und inzwischen verwünschte sie die problemlose Internet-Verbindung. War sie denn von allen guten Geistern verlassen? Endlich hatte sie einen wasserdichten Vertrag und schon ließ sie ihre Arbeit schleifen. Selbstboykott nannte man dies wohl.

Sie legte den Laptop auf die Couch und stand auf. Das Angebot an CDs war wirklich sehr ansprechend, ihre Vermieterin hatte einen vielseitig orientierten Musikgeschmack. Ilka griff nach einer CD mit den *Greatest Hits* von Abba. Die Klänge von Dancing Queen brachten zweifellos Schwung, allerdings mehr Lust aufs Tanzen, denn auf Arbeit.

Ihr Handy klingelte. Ulrike Redler fragte nach, ob sie Zeit und Muße hätte, bei einer Tasse Kaffee die Details für den Besuch der französischen Gruppe zu besprechen. Ilka klappte auf der Stelle den Laptop zu. Sie hatte zwar weder Zeit noch Muße, war jedoch dankbar für jede Art von Ablenkung.

Sie erreichte den Reiterhof nach Ulrike Redlers Beschreibung ohne Probleme. Sie hatte das wuchtige Herrenhaus an der Oberen Saline schon bei ihrer Joggingrunde bemerkt, war jetzt aber doch beeindruckt. Vor dem Tor fand sie eine ausgedehnte Rasenfläche mit alten Bäumen und Bänken zum Verweilen. Ilka parkte ihr Auto vor einem der Nebengebäude und stieg aus. Neben dem Glasportal fand sie eine schlichte Klingel – ein Name stand nicht dabei, offenbar gab es keinen Zweifel, wer hier wohnte. Die Klingel schlug mit einem tiefen Gong an, so laut, dass sie im ganzen Haus zu hören war, und Ilka fühlte sich beklommen. Feste Schritte hallten im Gang wider, die Tür öffnete sich – und vor ihr stand Dr. Paul Lindwasser. So direkt aus der Nähe hatte sie ihn noch nie gesehen, er war noch viel attraktiver, als sie ihn in Erinnerung hatte. Sie bemerkte einige Sommersprossen auf seiner Nase und ein belustigtes Funkeln in seinen braunen Augen.

„Sie?" Ihre Stimme stockte, und über seine Züge breitete sich ein Lächeln aus, das Ilka in die Defensive drängte. Er hatte sie überrumpelt und sie hätte eigentlich ärgerlich sein müssen, doch Ärger war es eindeutig nicht, was sie empfand.

„Ich hoffe, Sie sind nicht enttäuscht, dass ich auch zu Ihrem Gespräch mit Frau Redler dazu gestoßen bin, es hat sich kurzfristig ergeben." Seine Stimme klang entschuldigend und Ilka wurde sich bewusst, dass ihre Reaktion auf ihn auch mit gutem Willen nicht als höflich bezeichnet werden konnte.

„Nein – um Gottes Willen", beeilte sie sich zu sagen, „ich hatte nur nicht mit Ihnen gerechnet."

„Das erleichtert mich", gab er zurück, „es tut mir leid, dass ich weggerufen wurde ... Aber kommen Sie doch herein, es dauert noch einen Augenblick, bis Frau Redler kommt. Sie hat unerwartet einen wichtigen Anruf bekommen. Wollen Sie mir Ihre Jacke geben?" Ilka zog sie aus und gab sie ihm, und er trug die einfache Jeansjacke zur Garderobe, als handele es sich um einen kostbaren Nerz.

Ein langer Flur führte zu einem lichten Zimmer, dessen große Rundbogenfenster den Park dahinter direkt in den Raum zu integrieren schienen. Das Parkett, mit dem er ausgelegt war, knackte unter ihren Schritten, und Ilka fragte sich, ob es noch der originale Bodenbelag war. Fast schien ihr dies nicht möglich, so edel wie es glänzte. Sie war berührt von der Harmonie, die das Zimmer ausstrahlte. Eines der bis auf den Boden reichenden Flügelfenster stand offen, die feinen, weißen Voilevorhänge bewegten sich in der leichten Brise. Auf der Terrasse davor standen Pflanzkübel, überbordend von bunten Blumen.

Die Stuckdecke musste an die vier Meter hoch sein, die Bücherwand reichte direkt an sie heran, eine schlichte Leiter stand davor.

Auf einem Glastisch warteten eine Teekanne mit drei Tassen und Gebäck, exklusive schwarze Sessel umrahmten ihn. In einer Ecke des Raums bewachte ein fast zwei Meter hoher Bananenbaum einen Konzertflügel, auf dem einige Familienfotos arrangiert waren.

„Nehmen Sie Platz, Frau Maurer." Dr. Lindwasser rückte ihr einen Sessel zurecht. „Hier haben Sie den schönsten Blick auf den Garten. Einen Tee?"

„Ja, gerne."

Er schenkte ihr formvollendet eine Tasse Tee ein und setzte sich in den Sessel ihr gegenüber. Ein bewundernder Blick streifte ihre Beine und, obwohl dies nur einen Sekundenbruchteil in Anspruch nahm, beschleunigte sich Ilkas Herzschlag.

Was bist du doch für eine Närrin, schalt sie sich, wieso sollte dieser Arzt deine Beine bewundern, interessiert vielleicht aus statistischen Gründen, aber mehr doch sicher nicht. Wenn jemand die menschliche Anatomie kennen dürfte, sie wahrscheinlich bis zum Überdruss beschreiben konnte, dann ein Arzt.

„Wir haben uns ein bisschen schuldig gefühlt wegen unseres forschen Vorgehens, Frau Redler und ich", begann er und lehnte sich leger zurück, die langen Beine übereinandergeschlagen. „Frau Redler hat mir von Ihrer spontanen Abneigung gegen die wieder aufflammenden antisemitischen Ansichten hier in Deutschland erzählt – und sie hat sich offenbar mitreißen lassen." Er strich sich mit einer verlegenen Geste durch seinen dichten Haarschopf. „Aber vielleicht beginne ich erst einmal ganz am Anfang. Sie können sich immer noch gerne entschließen, uns einen Korb zu geben. Wir hätten beide vollen Respekt vor Ihrer Entscheidung."

„Jetzt machen Sie mich aber neugierig. Um welche prekäre Aktion geht es denn?"

„Nein, nein – was wir vorhaben, ist weder besonders aufsehenerregend, noch einmalig. Es geht schlicht und einfach darum, dass wir den jüdischen Friedhof Bad Kissingens restaurieren wollen und der Stadtrat nicht bereit ist, die dafür erforderlichen Mittel bereitzustellen."

„Gibt es etwa reaktionäre Strömungen im Stadtrat?", fragte Ilka empört.

„Nicht mehr oder weniger als anderswo, denke ich. Es würde wohl keiner der Damen und Herren Stadträte seine wahre Meinung öffentlich sagen. Obwohl natürlich im hohen Rat inzwischen auch eine stattliche Anzahl Frauen vertreten sind." Er lächelte. „Die Menschen hier sind gottesfürchtig und konservativ."

„Und jüdische Friedhöfe zählen nicht zu den wesentlichen Dingen, um die man sich kümmern müsste."

„Das trifft den Nagel auf den Kopf." Er nickte anerkennend. „Wobei dies natürlich keiner zugeben würde. Und einen Anerkennungszuschuss bewilligt der Stadtrat ja auch. Allerdings hilft der uns nicht besonders weiter."

Er runzelte die Stirn und strich sich über ganz schwach sichtbare Bartstoppeln, eine Geste, die Ilka einen kleinen Jungen bei seinen Hausaufgaben denken ließ. Sie machte ihn sehr menschlich und Ilka fühlte sich berührt und gleichzeitig verwirrt. Mit der Respektsperson Dr. Lindwasser konnte sie besser umgehen.

„Aber kann es sich Bad Kissingen als Kurstadt denn überhaupt leisten, ein Kulturdenkmal wie einen jüdischen Friedhof zu vernachlässigen?"

„Natürlich nicht! Und im Vergleich zu anderen jüdischen Friedhöfen ist der in Bad Kissingen auch tatsächlich in einem guten Zustand, aber er kann durchaus etwas Politur vertragen ... wie auch immer ..." Dr. Lindwasser richtete sich auf. „Frau Redler und ich haben die Sache in die Hand genommen und wollen mit verschiedenen Aktivitäten versuchen, freiwillige Spenden aufzutreiben. Eine davon ist das Sommerfest, das eigentlich diesen Namen nicht mehr verdient ..." Er lachte. „Aber die Vorbereitungen haben viel zu lange gedauert, und jetzt haben wir schon Ende September und auch kalendarisch schon Herbst."

„Sind denn schon irgendwelche Plakate gedruckt? Sonst könnten wir doch noch einen anderen Namen finden", schlug Ilka vor.

„Nein, nein – das müssen wir sofort angehen, wenn die endgültigen Aufgaben verteilt sind. Wir haben für morgen Abend eine Versammlung im Tattersall angesetzt. Kommen Sie auch dazu?" Seine Frage klang bittend, zumindest mochte Ilka dies glauben.

„Gerne, wenn die Zusammenkunft öffentlich ist ..."

„Ehrlich gestanden ist sie nur für Akteure gedacht, aber Frau Redler hat mir erzählt, dass Sie für uns als Übersetzerin fungieren wollen, und damit erfüllen Sie doch eine wichtige Funktion. Der Besuch der französischen Jugendgruppe ist ein Aktivposten, den wir in Bad Kissingen natürlich entsprechend einbinden müssen ... Aber wir wollen Sie nicht überfahren, Frau Maurer", sagte er entschuldigend, „unsere Euphorie geht manchmal mit uns durch. Sie haben doch sicher andere Pläne für Ihren Aufenthalt hier."

Seine braunen Augen richteten sich prüfend auf Ilka, und sie spürte ihre Verlegenheit. Wusste dieser Arzt etwa, warum sie hier war? Das konnte eigentlich nicht sein. Sie hatte doch nur Katja und Markus eingeweiht. Sie fühlte sich hin- und hergerissen. Dieser Mann hatte etwas an sich, das in ihr den Wunsch hervorrief, sich wie ein Kind auf seinen Schoß zu kuscheln und alles Weitere ihm zu überlassen. Andererseits wollte sie sich auch gerne als souveräne Frau präsentieren, die ihre Probleme allein löst.

Eine Tür schlug zu und Ilka hörte Schritte. Etwas atemlos kam Ulrike Redler herein. „Ich sehe, Sie haben es sich schon gemütlich gemacht, das erleichtert mich." Sie drückte erst Ilka, dann Dr. Lindwasser die Hand und ließ sich in den Sessel fallen.

„Es tut mir leid, wenn ich Sie warten ließ ..."

„Ein verzweifelter Patient, der nicht bis zu seinem nächsten Termin warten konnte?", fragte Dr. Lindwasser.

„Ich wollte, es wäre so einfach." Ulrike Redler strich sich eine Haarsträhne zurück, die sich aus ihrem locker zu einem Dutt zusammengefassten Haar gelöst hatte. „Nein, Doktor ... Ich fürchte, wir haben in Bad Kissingen ein ernsthaftes Problem. Und ich hoffe nur, dass die Vorkommnisse unsere Aktivitäten zum Sommerfest nicht beeinträchtigen. Lutz hat gerade angerufen und war ziemlich niedergeschmettert. Natürlich, sonst hätte er nicht aus dem Rathaus angerufen", fügte sie ironisch hinzu. „Der Bautrupp hat bei seinen Aushubarbeiten für das Bad die Leiche eines Säuglings zutage gefördert – und jetzt ist die Polizei im Rathaus. Natürlich wurden die Bauarbeiten erst einmal eingestellt, bis die Spurensicherung ihre Arbeit getan hat."

„Das ist ja grauenvoll ..." Der Arzt stand auf, ging ein paar Schritte und schaute durch das geöffnete Fenster in den Garten. „Hat man schon irgendeinen Verdacht?", fragte er, als er sich wieder zu ihnen setzte.

„Um die Sache so schnell wie möglich aus der Welt zu schaffen, nicht wahr, das war auch meine erste Frage", gab Ulrike Redler zurück. „Nein, Doktor, diese Hoffnung können wir begraben. Es werden umfangreiche Ermittlungen nötig sein ..."

„Und die Gerüchte und Verdächtigungen werden ins Kraut schießen", bestätigte Dr. Lindwasser mit einem Kopfnicken.

„Ja – und dieser Kommissar ..." Ulrike Redler deutete auf einen imaginären Punkt im Raum. „Ich habe leider seinen Namen vergessen ... will zu unserer Versammlung morgen kommen und gleich dort mit seinen Befragungen beginnen."

„Das hat uns gerade noch gefehlt." Dr. Lindwasser presste seine Lippen zusammen. „Als ob wir nicht schon genug Schwierigkeiten hätten, die Leute zu motivieren."

„Das ist es nicht allein", fügte die Gastgeberin hinzu, „man wird sofort ins Gespräch bringen, ob es denn unter diesen Umständen überhaupt gerechtfertigt ist, ein Sommerfest zu veranstalten. Ich kann diesen Begriff langsam nicht mehr hören, er hört sich doch fast schon lächerlich an ..."

„Verzeihen Sie Frau Maurer", wandte sich Dr. Lindwasser an Ilka. „Wir diskutieren hier über Ihren Kopf hinweg, dabei geht Sie das alles doch überhaupt nichts an. Am besten Sie packen Ihre Sachen und beenden Ihren Urlaub in unserer gastlichen Stadt."

„Nein, Doktor", schaltete sich Ulrike Redler ein, „mit Sarkasmus kommen wir nicht weiter ..."

„Mir ist gerade ein Gedanke gekommen, während Sie beide diskutierten ...", sagte Ilka vorsichtig. „Wie wäre es, wenn Sie das Fest als *Bad Kissinger Nachsommer* bezeichneten ..."

„Das ist ja geradezu genial!" Ulrike Redler sprang auf. „Sagen Sie, Doktor, warum sind wir selbst nicht darauf gekommen?"

„Entweder sind wir schon betriebsblind", gab er zurück, „oder uns fehlt ganz einfach Frau Maurers Sprachbegabung." Er lächelte in Ilkas Richtung, und sie spürte ihr Herz vor Erregung schneller schlagen. „*Bad Kissinger Nachsommer*, das ist es!"

„Sie sind einfach toll, wissen Sie das?", fügte Ulrike Redler begeistert hinzu.

„Ich würde ja gerne die Lorbeeren für mich beanspruchen", lachte Ilka, „aber das kann ich nicht. Wir haben diesen Begriff einmal für ein Projekt an der Uni verwendet."

„Wo haben Sie denn studiert?", fragte Dr. Lindwasser interessiert.

„In Bamberg, aber aufgewachsen bin ich in Schweinfurt. Allerdings bin ich mir nicht mehr sicher, ob ich dort auch zu Hause bin ..."

Ilka hätte später nicht mehr sagen können, was sie schließlich bewogen hatte, den beiden ihre Geschichte zu erzählen. Vielleicht war es die Wärme, die sowohl Ulrike Redler als auch Dr. Lindwasser ausstrahlten, jedenfalls ehe sie sich versah, berichtete sie vom Unfall ihres Vaters, von dem Dokument, das sie gefunden hatte und von ihrem Entschluss, ihrer Vergangenheit in Bad Kissingen auf die Spur zu kommen.

Die beiden schwiegen betroffen, als Ilka geendet hatte. Es war Dr. Lindwasser, der als erster wieder seine Sprache fand.

„Das stelle ich mir schlimm vor, ja geradezu existenzbedrohend", stellte er fest. „Sie müssen doch völlig den Boden unter den Füßen verloren haben." Der mitfühlende Klang seiner Stimme trieb Ilka Tränen in die Augen. Verzweifelt blinzelte sie sie weg und war dankbar, dass die beiden sich den Anschein gaben, nichts bemerkt zu haben. Was war sie nur in den vergangenen Tagen für eine Heulsuse geworden.

„Sind Sie sich denn sicher, die Wahrheit unbedingt herausfinden zu wollen?", wandte Ulrike Redler ein, und Ilka fühlte sich eigenartig enttäuscht. „Es ist zuweilen nicht einfach, Wahrheiten auszuhalten, obwohl man sie sich um jeden Preis wünscht. Sehen Sie, Ihr Vater mag nicht Ihr leiblicher Vater sein, aber er hat doch für Sie gesorgt, möglicherweise besser, als dies der Mann getan hätte, dem Sie Ihre Gene verdanken."

„Ich bin mir sicher", gab Ilka zurück und sie bemerkte selbst, wie schroff sie sich anhörte. „Ich werde herausfinden, wer meine leiblichen Eltern sind, und vor allem warum sie mich zur Adoption freigegeben haben."

„Vielleicht sollten wir beide uns noch einmal allein darüber unterhalten." Ulrike Redler räusperte sich. „Ich könnte Ihnen helfen, mit der Wahrheit umzugehen, wenn Sie sie denn herausfinden, und auch, wenn Sie in Ihren Bemühungen scheitern ..."

„Das ist wirklich eine brillante Idee. Sie sollten sie sich durch den Kopf gehen lassen. Kein Mensch ist so stark, dass er solche Umwälzungen seines Lebens verkraftet, ohne Schaden zu nehmen und Frau Redler ist eine sehr fähige Therapeutin." Aus Dr. Lindwasser sprach zweifellos der Arzt, und dennoch fühlte sich Ilka berührt von der Besorgnis in seinen Worten.

„Ich würde sehr gerne mit Ihnen sprechen, Frau Redler, wenn Sie denn die Zeit für mich hätten", gab Ilka zurück. *Schon allein, um zu hören, was du zu sagen hast.* „Aber ich sprenge den Rahmen unserer Besprechung mit meinen persönlichen Problemen. Können wir bitte wieder zum Thema zurückkommen?"

„Erinnern Sie mich aber bitte, gleich einen Termin auszumachen."

„Ja, nun zurück zum Sommerfest, oder besser *Bad Kissinger Nachsommer*, der Begriff gefällt mir." Ilka war dem jungen Arzt dankbar für die souveräne Art, wie er wieder zur Tagesordnung zurückkam. „Wir dürfen vor allem nicht den Mut verlieren. Aufgeben ist keine Alternative. Wir haben uns doch Daniel Klein gegenüber schon viel zu weit aus dem Fenster gelehnt. Das Fest muss stattfinden."

„Wir haben nämlich einen Sponsor in den Vereinigten Staaten, der vor vielen Jahren in Bad Kissingen seine deutschen Sprachkenntnisse verbessert hat", fügte Ulrike Redler hinzu. „Dan Klein ist jüdischen Glaubens und sehr interessiert an der Instandsetzung des jüdischen Friedhofs. Außerdem will er zum Fest kommen, wenn wir es denn schaffen, dass es Wirklichkeit wird."

„Und was genau wäre denn meine Aufgabe, Brötchen oder Lose verkaufen?" Ilka hatte nicht die geringste Vorstellung davon, wie sie sich nützlich machen konnte.

„Um Himmels willen!" Dr. Lindwasser lachte laut auf. „Das wäre ja die pure Verschleuderung Ihres Talents. Wir würden uns freuen, wenn Sie sich um das Wohlergehen unserer französischen Gäste kümmern könnten. Sie dürften die Einzige auf dem Fest sein, die flüssig Französisch spricht. Ich weiß nicht, wie es Ihnen geht, Frau Redler", er schaute fragend auf die Gastgeberin, „aber mein Schulfranzösisch ist eingerostet, ich bin froh, wenn ich mich im Urlaub in Frankreich gerade so durchfragen kann."

„Ich hatte nie Französisch. Und Latein hilft nur sehr bedingt weiter." Ein feines Lächeln vertiefte den Strahlenkranz kleiner Fältchen auf Ulrike Redlers Gesicht. „Deswegen ist mir ja so bang vor diesem Besuch. Irgendetwas sagt mir nämlich, dass der französische Reiseleiter der deutschen Sprache nur in Ansätzen mächtig sein wird."

Ilka nickte. „Ich denke, wenn noch jemand Französisch spricht, ist das sicher kein Nachteil."

„Nun, als stolze Bürger der Grande Nation erwarten sie zumindest von gebildeten Ausländern, dass sie ihre Sprache sprechen", meinte Dr. Lindwasser.

„Ich glaube, das greift zu kurz", verteidigte Ilka das Land, das sie so sehr ins Herz geschlossen hatte. „Franzosen sind nicht so arrogant, wie man es ihnen nachsagt. Es ist eher so, dass sie mit den Spitzfindigkeiten ihrer eigenen Sprache oft ein Leben lang nicht fertig werden und deshalb einen Heidenrespekt vor fremden Sprachen haben."

„Ich bin überzeugt, dass Sie uns unschätzbare Dienste leisten können, Frau Maurer." Ulrike Redler trank einen Schluck Tee und setzte klirrend die Tasse ab.

„Ich glaube ja gemeinhin nicht an solche Dinge", sagte Dr. Lindwasser bedächtig, „aber dass Sie nach Bad Kissingen gekommen sind, war ein besonderes Geschenk wohlmeinender Mächte." Ein langer, intensiver Blick traf Ilka und ihre Haut begann zu prickeln. Mit unerwarteter Klarheit ging ihr auf einmal die Bedeutung des Begriffs *unter die Haut gehen* auf.

Was sollte denn das? Sie reagierte viel zu sehr auf den Mann. Dieser Arzt war eine Nummer zu groß für sie – außerdem war so einer doch längst vergeben. Wo blieb denn außerdem ihre spritzige Schlagfertigkeit? Die Bemerkung war ein netter Flirtversuch, den sie locker parieren sollte.

„Wird sich noch herausstellen, ob es nicht ein Danaergeschenk war", lachte sie unsicher, während sie seinen Blick mit brennenden Wangen erwiderte. Sein Gesichtsausdruck allerdings blieb ernst.

„Mir kommt gerade ein Gedanke", entgegnete er. „Sie kennen den jüdischen Friedhof doch sicher noch nicht. Wie wäre es, wenn ich Ihnen erst einmal zeigen würde, wofür Sie sich engagieren. Wir könnten morgen nach meiner Sprechstunde hinausfahren."

Ein klirrendes Geräusch auf der Terrasse enthob Ilka einer Antwort. Durch die offene Tür fegte ein gewaltiger Hund und hinterließ feuchte Fußspuren auf dem glänzenden Parkett. Sie war sich nicht sicher, ob es sich um einen Labrador oder einen Dobermann handelte – oder einer Mischung aus beiden? Er sprang auf Ulrike Redler zu und wurde von ihr mit einem gebieterischen: „Sitz, Britta!“ abgeblockt. „Wo kommst du denn her?“ Sie fasste ihn am Halsband und führte ihn auf die Terrasse zurück.

„Platz!“, hörte Ilka sie sagen. „Du erschreckst unsere Gäste.“

„Ich zumindest bin sehr erschrocken, als ich Britta und ihre feuchten Liebesbekundungen zum ersten Mal abwehren musste“, erklärte sie lachend ihren Gästen. „Inzwischen habe ich mich mehr oder weniger an all die Tiere hier auf dem Hof gewöhnt – aber ich weiß dennoch, dass das so oft Gehörte ‚*Der will nur spielen*‘ meistens nicht sehr beruhigend wirkt.“

Sie warf einen versteckten Blick auf die Wanduhr, der Ilka dennoch nicht entging. „Ich denke, wir sind mit dem Wesentlichen fertig oder haben wir etwas vergessen?“, wandte sie sich an Dr. Lindwasser.

„Nein, ich denke alles Weitere wird die Versammlung ergeben ... Allerdings ...“, er wandte sich an Ilka, „ist für Sie sicher vieles noch unverständlich. Ich würde für Sie gerne noch ein bisschen mehr die Hintergründe beleuchten. Ich hole Sie am besten morgen Nachmittag ab. Sie wohnen doch in dem Ferienhaus von Frau Dr. Erbach, nicht wahr?“

„Woher wissen Sie das denn?“ Ilka war verblüfft.

„Eine schöne junge Frau wie Sie kann doch in Bad Kissingen gar nicht verborgen bleiben.“ Sein Lächeln zauberte kleine Lichter in seine Augen.

„Keine Sorge. Die Spatzen pfeifen es noch nicht von den Dächern“, sagte er beruhigend. „Ich habe es von Markus Götz erfahren. Wir kennen uns recht gut.“

Ilka stand auf und er erhob sich ebenfalls. Erst jetzt bemerkte sie, dass sie ihm gerade bis ans Kinn reichte. „Ich hole noch Ihre Jacke ...“ Er verschwand im Flur und Ulrike Redler bedankte sich mit herzlichen Worten bei Ilka für ihr Kommen, als eine Frau durch die Terrassentür hereinkam. Sie musste schon an die achtzig Jahre alt sein, dachte Ilka, obwohl ihr majestätischer Gang diese Tatsache vergessen machte. Dennoch hielt sie sich an einem Gehstock fest. In der anderen Hand trug sie einen Strauß bunter Dahlien und eine Gartenschere. In ihrem Gefolge kam auch der Hund wieder und schnüffelte an ihrem Rock.

„Oh, entschuldige Ulrike. Ich sehe, du hast Besuch.“ Ihr Blick traf Ilka, und sie wurde blass. „Martina?“, murmelte sie, ging mit schleppenden Schritten zu dem Stuhl, der neben dem geöffneten Fenster stand, und ließ sich darauf sinken.

„Was redest du denn?“, warf Ulrike Redler ein. „Darf ich dir Ilka Maurer vorstellen. Sie ist zu Besuch in Bad Kissingen und ich bin glücklich, sie kennengelernt zu haben. Sie hat Romanistik studiert und wird uns beim Besuch der Franzosen zur Seite stehen.“

Schwerfällig stand die Frau wieder auf, ging langsam die wenigen Schritte zu Ilka hin und reichte ihr die Hand. „Ich bin Leni von Hohenbach – verzeihen Sie, ich muss Sie verwechselt haben.“

Dr. Lindwasser kam mit ihrer Jacke zurück und half Ilka formvollendet hinein, bevor er sich leicht vor der alten Dame verbeugte. „Frau von Hohenbach, wie schön Sie zu sehen. So aktiv! Sie sollten sich aber dennoch nicht bei der Gartenarbeit überschätzen.“

„Ihr jungen Leute“, gab die Frau zurück, „warum sollte ich nicht ein paar Blumen abschneiden können. Ich bin weder verkrüppelt, noch senil.“ Sie verzog ihre Lippen zu einer Miene, die nur mit gutem Willen als Lächeln gedeutet werden konnte, „auch wenn ich mal jemanden verwechsle.“

****

Leni von Hohenbach musste erst einmal verschnaufen, als sie die Treppe zu den Räumen, die sie mit ihrer Schwester Rita bewohnte, hochgestiegen war. Sie fühlte sich ein bisschen schwindelig und ihr Herz klopfte. Es fiel ihr zunehmend schwerer, Treppen zu steigen, und früher oder später musste sie doch Lutz’ Angebot annehmen und ins Erdgeschoß ziehen. Sie würde den Blick aus dem Wohnzimmer hinaus ins Land zwar vermissen, aber vieles andere wäre doch bequemer.

Sie fand einen alten, irdenen Milchkrug, arrangierte die Dahlien darin und stellte den Strauß auf den Wohnzimmertisch. Die üppige Pracht der Blumen machte sie melancholisch. Dahlien sind Blender, dachte sie. Prasserisch versprechen sie sommerliche Lebensfreude, nur um beim ersten kleinen Frost die Flügel zu hängen. Mochten sie noch so leuchten – der Sommer war vorbei.

In der Küche stand ein Obstboden, den Rita gebacken haben musste. Wo steckte sie überhaupt? Es sah ihr so gar nicht ähnlich, aus dem Haus zu gehen, ohne ihr Bescheid zu geben. Leni schaltete den Wasserkocher ein und überbrühte einen Beutel Weißdorntee, den sie ins Wohnzimmer mitnahm, bevor sie sich erschöpft in einen Sessel fallen ließ. Heute brauchte sie die Geborgenheit des weichen Polsters, auch wenn es wieder mühevoll sein würde, aufzustehen.

Was war denn das vorhin für ein Aussetzer? Dieses Mädchen sah Martina doch überhaupt nicht ähnlich. Sie hatte dunkle Augen und relativ dunkle Haare, außerdem eine viel dunklere Haut. Martina war blond, mit blauen Augen – ein ätherischer Typ, den der leiseste Windhauch umblasen konnte. Was er ja dann auch getan hatte. Sie seufzte. Ließ sie denn die Vergangenheit nie los?

Und trotzdem, da war etwas in der Haltung dieses Mädchens gewesen, das sie an Martina erinnert hatte. Sie war ihr plötzlich so nahe gewesen, wie schon lange nicht mehr. Nein – das stimmte nicht. Eigentlich war sie immer präsent, bereit, bei der geringsten Schwäche ihrerseits wie ein lebender Vorwurf durch ihre Gedanken zu geistern.

Genau das war wieder einmal geschehen, vorhin, als sie aus dem Garten kam. Wie oft schon hatte sie sich auf der Straße umgedreht, wenn sie eine junge Frau in Martinas Alter gesehen hatte. Wie oft schon war sie versucht gewesen, wildfremde Mädchen anzusprechen. Nein – wenn sie ehrlich bleiben wollte, war dieser Aussetzer gar nichts Besonderes. Nur heute hatte sie zum ersten Mal die Kontrolle über die Dämonen verloren, die ihr immer wieder aufs Neue zusetzten. Martina würde nicht zurückkehren, so sehr sie sich dies auch wünschte. Sollte sie sich doch endlich einmal Ulrike anvertrauen? Nein – sie hielt nichts von diesen neumodischen Seelenklempnern. Sie hatte sich in aller Regel im Griff.

Ein Motorengeräusch im Hof veranlasste sie aufzustehen. War etwa Lutz schon zurückgekommen? Für ihn war es doch noch viel zu früh. Sie ging in die Küche und sah tatsächlich ihren Sohn mit verkniffener Miene ins Haus gehen. Dieses Oberbürgermeisteramt fraß ihn noch auf. Zum wiederholten Male stellte sie sich die Frage, ob Ulrike die richtige Partnerin für ihn war. Eine weichere Frau, die sein Befinden wichtiger nahm, wäre ideal gewesen. Ulrike war viel zu unabhängig. Andererseits – gab es denn heutzutage solche Frauen noch? Es war eine andere, eine fremde Welt, in der sie lebte. Die Generation von heute hatte andere Werte, wenn sie denn überhaupt welche hatte. Das, wozu man Frauen ihres Alters erzogen hatte, war heute ohne Belang.

Sie hörte ein Türenschlagen im unteren Stock, einen scharfen Wortwechsel, Lutz' erhobene Stimme.

Leni schüttelte den Kopf. Ihr Sohn kam mit seinem aufbrausenden Temperament ganz nach seinem Vater. Es war für Ulrike sicher auch nicht einfach, mit ihm zusammenzuleben – obwohl, wäre sie mehr an ihrem Partner als an sich selbst interessiert, würde sich dies positiv auf ihren Sohn auswirken, davon war Leni überzeugt. Tief in ihrem Innern wusste sie, dass Lutz genauso dachte, sonst hätten die beiden schließlich doch schon längst geheiratet. Allerdings würde sie dieses Thema nicht mehr zur Sprache bringen, nach der Abfuhr, die ihr ihr Sohn jedes Mal erteilte, wenn sie danach fragte.

Es klingelte an der Tür, und Lenis Herz wurde warm. Also suchte Lutz ihren Trost, wie immer, wenn die beiden Missverständnisse hatten. Eine Mutter kannte ihren Sohn eben doch am besten.

Er stürmte an ihr vorbei, als sie öffnete. „Ich muss mit dir reden, Mutter."

„Das dachte ich mir – wieder einmal Krach mit Ulrike?"

„Du belauschst uns?"

„Dazu muss man nicht lauschen, ihr seid laut genug – aber setz dich erst einmal hin und lauf hier nicht auf und ab wie ein Panther in seinem Gehege ... Du machst mich nervös."

Lutz setzte sich wie ein gescholtener Junge, und fast musste Leni lächeln. Ihre Autorität galt also immer noch etwas.

„Worum ging es denn heute?"

„Nicht genug, dass sie mir ständig mit ihrem Lieblingskind, diesem bescheuerten Friedhof in den Ohren liegt, als ob Bad Kissingen keine anderen Sorgen hätte – jetzt holt sie auch noch wildfremde Leute ins Haus, die sie *unterstützen* sollen." Das letzte Wort spuckte er aus wie eine verdorbene Speise. „Ausgerechnet diese Ilka Maurer, die im Rathaus herumläuft, meine Leute von der Arbeit abhält und dumme Fragen stellt."

„Und das beunruhigt dich so sehr?"

„Wir brauchen hier niemanden, der in der Vergangenheit herumschnüffelt. Es hat lange genug gedauert, bis die Leute vergessen hatten, dass mein Vater ein Nazi war.“

„Das ist so lange her, Lutz. Daran kann doch dieses junge Mädchen kein Interesse haben.“

„Du kennst sie?“

„Von kennen kann keine Rede sein, wenn wir die junge Frau meinen, die heute zum Tee bei Ulrike war. Ich habe sie nur kurz gesehen – schlank, Kurzhaarschnitt, ansprechendes Äußeres?“

„Das muss sie sein. Ulrike hatte mir nicht gesagt, was sie vorhat, deshalb war ich ein bisschen ungehalten.“

„Nun – sie wird dich wohl kaum über jeden ihrer Schritte unterrichten, mein Sohn, damit musst du leben.“

„Das war auch nur der Tropfen, der das Fass hat überlaufen lassen ...“ Er stand auf, ging zum Barschrank, schenkte sich ein Glas Whisky ein und holte sich Eis aus dem Kühlschrank in der Küche. „Und bevor du mir Vorhaltungen machst, dass ich einen Drink brauche – hör mich erst einmal an.“

„Ich höre!“

„Ich hatte heute den ganzen Tag die Polizei im Rathaus ...“

„Drei Polizeiwagen habe ich vor der Tür gesehen ...“

„Wir müssen die Aushubarbeiten zum Bad einstellen. Die Arbeiter haben die Leiche eines vergrabenen Säuglings gefunden. Ein Kommissar Holzgruber ermittelt – und bringt die ganze Bevölkerung durcheinander.“

Leni fühlte, wie ihr Herz stolperte und atmete tief ein. „Ein Mädchen aus St. Angela? Hast du dem Kommissar gesagt, dass dort unter anderem Mädchen aus dem Drogen-Milieu betreut werden? Vielleicht eine Schwangere, die das Kloster nie erreicht hat ...“

„Nein.“ Er lachte freudlos auf. „Das war keine für die *Mutter-Kind-Abteilung* von St. Angela. Das Baby, das irgendeine Frau dort vergraben hat, sollte eigentlich längst verwest sein. Es ist nämlich schon über 30 Jahre alt und eine Wachsleiche.“

„Eine Wachsleiche?“, wiederholte Leni verständnislos.

„Ja, ich habe mich auch erst einmal aufklären lassen müssen. Eine Wachsleiche ist eine Leiche, die nicht oder nicht vollständig verwest ist. Im Unterschied zu einer Mumie ist der Verwesungsprozess nicht durch Wasserentzug zum Stillstand gekommen, sondern wird durch Umbildung der Körperfette zu einer wachsähnlichen Schutzschicht, die weitere Verwesung verhindert. Also sucht Kommissar Holzgruber nicht in deinem heißgeliebten St. Angela, Mutter – du zumindest kannst beruhigt sein."

„Ob man beruhigt sein kann, wenn die Polizei alten Klatsch und unhaltbare Gerüchte ausgräbt, sei noch dahingestellt ... Allerdings ist nach menschlichem Ermessen eine solche Untersuchung nach all den Jahren eine Farce. Was soll denn nach 30 Jahren noch zu beweisen sein?"

Ein Schlüssel knackte im Türschloss und Leni hörte Schritte im Flur. Sie kannte den Schritt. Endlich war Rita zurückgekommen. Sie kam mit einem Körbchen voller Heidelbeeren ins Wohnzimmer. Lutz griff in den Korb und nahm eine Handvoll Beeren. Rita gab ihm einen liebevollen Klaps auf die Finger. „Du bleibst einfach der ungezogene Junge, der du schon immer warst", schimpfte sie, während ein stolzes Lächeln über ihre Züge glitt.

„Wolltest du nicht zum Kaffee wieder zurück sein?", fragte ihre Schwester. „Du weißt, dass ich mir Sorgen mache, wenn ich nicht weiß, wo du bist."

„Ich hatte doch Franz dabei", beruhigte sie Rita, „aber du hast recht, ich habe mich wirklich verspätet. Wir waren oben an der Ruine Botenlauben, eine junge Urlauberin hat uns eine Limonade spendiert. Franz ist ganz angetan von der jungen Frau."

„Mir schwant Schlimmes", entgegnete Lutz mit gerunzelter Stirn, „ein zierliches Mädchen mit halblangem Haarschnitt, ziemlich hübsch?"

„Ja, und aufreizend angezogen wie all die jungen Dinger", sagte Rita missbilligend.

„Die klebt an unserer Familie wie eine Klette. Sie sucht ihre Vergangenheit in Bad Kissingen, behauptet sie, als ob wir hier keine anderen Sorgen hätten." Lutz erzählte von der Begegnung mit Ilka im Rathaus. „Mir wäre wirklich wohler, wenn sie wieder abreisen würde", schloss er aufgebracht.

****

Zufrieden klappte Ilka ihren Laptop zu, stand auf und streckte sich ausgiebig.

Sie hatte endlich einen Zugang zu dem Buch gefunden und fast neun Seiten ihrer Übersetzung an diesem Vormittag geschafft. Zumindest hier hatte sie heute nicht versagt. Sie räumte den Laptop und ihre Arbeitsunterlagen weg. Es war schon fast ein Uhr, und sie musste erst einmal etwas essen.

Sie inspizierte ihre Vorräte im Kühlschrank und fand ein paar Eier und gekochten Schinken. Rührei mit Schinken hatte sie schon lange nicht mehr gegessen. Sie stellte eine Pfanne auf den Herd, goss etwas Öl hinein und briet die Eier. Mit dem gefüllten Teller, einem Vollkornbrot und einem Glas Milch setzte sie sich ins Wohnzimmer und ließ sich ihr Mittagessen schmecken.

Wie lange wohl so eine Sprechstunde dauerte? Hatte Dr. Lindwasser seinen Vorschlag ernst gemeint, sie zu einem Ausflug zum jüdischen Friedhof mitzunehmen? Sie spürte, wie sich ihr Herzschlag beschleunigte. Aber – selbst wenn er dies vorhatte – wahrscheinlich kam ihm etwas dazwischen.

Sie spülte ihren Teller und die Pfanne ab, räumte das T-Shirt und den Rock weg, die sie über den Sessel geworfen hatte, und staubte die Regale ab. Dann zog sie ihre knappste Jeans und eine weiße Bluse an, föhnte ihr Haar und legte dezent Make-up auf. Warum – um alles in der Welt – motzte sie sich eigentlich so auf? Sie machte sich vor sich selbst und vor ihm lächerlich.

Weit öffnete sie die Terrassentür, ließ Sonne und Luft ins Wohnzimmer und setzte sich an den Tisch auf der Terrasse, nur um gleich wieder aufzustehen. Sie legte eine CD ein und kochte Wasser für eine Tasse Tee. Auf dem Wohnzimmertisch lag noch das Buch, das sie am Abend gelesen hatte, *Weit weg und ganz nah* von Jojo Moyes. Sie klappte das Buch zu, stellte es ins Regal und griff statt dessen nach Jonathan Franzens *Korrekturen.* Dekorativ legte sie es auf den Tisch. Schließlich hatte sie das Buch auch gelesen.

Als die Türglocke anschlug, setzte ihr Herzschlag aus und ihre Bewegung fror ein. Sie atmete tief ein und ging zur Tür.

„Störe ich? Du schaust, als sei ich ein Geist. Du hast das Handy nicht eingeschaltet, sonst hätte ich vorher angerufen ..." Katjas Blick war wohl zurecht verwundert und Ilka lächelte ihre Enttäuschung weg. Katja wäre wohl noch befremdeter, wenn sie ihr gestand, wen sie eigentlich erwartet hatte.

„Nein, nein – komm doch rein! Ich habe gerade ein bisschen aufgeräumt."

Sie hörte selbst, wie lahm ihre Antwort klang, und Katjas Blick glitt prüfend über ihre Erscheinung. *Hoffentlich fragt sie jetzt nicht, ob ich mich zum Aufräumen immer so anziehe.*

„Bei uns war seit gestern Mittag der Teufel los." Katja ließ sich in einen Sessel fallen und packte ein Sandwich aus ihrer Handtasche. „Ich weiß nicht mehr, wo mir der Kopf steht. Die Polizei im Haus, Besprechungen, Pressemitteilungen. Ich bin überhaupt nicht zu meiner eigentlichen Arbeit gekommen. Dabei habe ich doch ohnehin zu viel zu tun – und dieses vermaledeite Sommerfest ..."

„Bad Kissinger Nachsommer", warf Ilka ein und lächelte.

„Wie bitte?"

„Auf diesen Namen haben wir uns gestern Nachmittag geeinigt, Frau Redler, Dr. Lindwasser und ich."

„Du warst mit Dr. Lindwasser zusammen?"

„Hat sich so ergeben." Irgendetwas in Katjas Ton veranlasste Ilka, nicht ins Detail zu gehen. „Aber du bist doch sicher nicht gekommen, um mich zu fragen, was ich gestern Nachmittag getan habe."

„Und du kennst mich offenbar schon recht gut", gab Katja zurück. „Obwohl ich es schon spannend fände, darüber zu reden."

„Da gibt es nichts zu reden, ich habe ihn bei Ulrike Redler getroffen, als wir über den Franzosenbesuch gesprochen haben."

„Trotzdem, so kommst du mir nicht davon." Katja lächelte listig. „Ich will das schon noch genau wissen ... Aber nun zu dem, was ich dir sagen wollte", ihr Blick wurde ernst, „die Bauarbeiter haben beim Ausbaggern diese Leiche eines Neugeborenen gefunden ..."

„So viel habe ich gestern Mittag schon mitbekommen. Weiß man schon Näheres?"

„Vielleicht wird man nie Näheres wissen, obwohl dieser Kommissar Holzgruber jeden Stein umdrehen wird, soviel habe ich herausgehört ..." Katja wischte ein paar Krümel des Sandwichs von ihrer Hose. „Die Kinderleiche ist nämlich schon über 30 Jahre alt."

„Wie ist denn das möglich?", fragte Ilka bestürzt. „Sie müsste doch längst verwest sein?"

„Dachte ich auch." Katja nickte. „Aber unter gewissen Umständen, feuchter Grund zum Beispiel, den wir in diesem Areal ja haben, verwest eine Leiche nicht, sondern das Körperfett wird irgendwie zu einer wächsernen Substanz, die die Verwesung verhindert. So ganz genau habe ich das auch nicht verstanden ... Sag mal, hast du für mich auch einen Tee?"

„Entschuldige Katja", Ilka ging in die Küche, „ich bin eine ganz schlechte Gastgeberin. Früchtetee oder Darjeeling? Meine Auswahl ist nicht gerade berauschend."

„Darjeeling wäre fein." Katja ging ihr nach und lehnte sich an den Küchenschrank. „Aber was ich sagen wollte", nahm sie ihren Faden wieder auf, „das Kind müsste nur unwesentlich älter sein als du, wenn es gelebt hätte."

„Du meinst ..." Ilka verbrühte sich fast mit dem heißen Teewasser. „Es könnte einen Zusammenhang zwischen meiner Adoption und diesem Kind geben?"

„Vielleicht geht ja meine Fantasie mit mir durch", räumte Katja ein, „aber es ist doch schon eigenartig, dass ausgerechnet die Seite deiner Geburt im Standesamtsregister fehlt. Ein vertuschtes Verbrechen könnte doch ein Grund dafür sein, meinst du nicht?"

„Und vielleicht eine Chance für mich", sagte Ilka langsam.

„Auf jeden Fall solltest du einmal mit diesem Kommissar sprechen, Ilka." Katja nippte an ihrem Tee. „Das war es, was ich dir sagen wollte."

„Und du glaubst, er weiht mich in den Stand seiner Ermittlung ein?" Ilka klang mehr als zweifelnd.

„Das vielleicht nicht, aber er könnte mit deiner Information vielleicht etwas anfangen. Ich selbst kann ihm dies schlecht sagen, unser Oberbürgermeister hätte dafür sicher kein Verständnis ..."

„Hat der überhaupt für irgendwas Verständnis außer für sich selbst?", sagte Ilka bitter.

„Du siehst ihn falsch, Ilka!" Aufgeregt schüttelte Katja den Kopf. „Obwohl er sich dir gegenüber wahrlich nicht von seiner besten Seite gezeigt hat. Er setzt sich für Bad Kissingen ein bis zum Umfallen und er hat etwas an sich, nahezu jeden für sich einzunehmen. Ich arbeite gern für ihn ..."

„Na ja, attraktiver Typ, trotz seines Alters ..."

„Das ist es nicht ..."

„Zumindest nicht allein, meinst du wohl. Warum ist er eigentlich nicht verheiratet?"

„Vielleicht ist Ulrike Redler eben doch nicht die Richtige ...?" Katja klang zögernd und Ilka fragte sich, ob sie in Katja die passende Verbündete hatte, ihre Loyalität schien ein bisschen über den Beruf hinauszugehen.

„Wie auch immer, Ilka, ich käme in Teufels Küche, wenn ich den Kommissar aufklären würde. Das musst du schon selber tun."

„Verstehe ..." Ilka war sehr nachdenklich geworden. „Ich sollte ihm vielleicht auch mitteilen, dass sich dieser Anwalt so sperrt. Er hat mich nämlich gestern total abfahren lassen."

„Aha!" Katja schaute auf die Uhr. „So, ich muss schon wieder." Sie stellte die Tasse in die Spüle. „Heute Nachmittag ist dieser Kommissar noch im Rathaus. Er hat ein Zimmer gleich neben mir belegt. Komm doch gegen Abend einfach vorbei."

Es klingelte. Ilka zuckte zusammen.

„Ich hab dich doch gestört ... Du hast jemanden erwartet", stellte Katja fest, als Ilka zur Tür ging.

„Verzeihen Sie, wenn ich Sie überfalle ..." Ein kühler Luftzug strich durch das Zimmer, als Dr. Lindwasser eintrat. „Oh Katja, du bist auch hier, welch angenehme Überraschung." Er ging zu ihr hin, küsste rechts und links von ihrer Wange in die Luft und Ilka bemerkte, wie sich Katjas Wangen röteten. Die beiden schienen sich sehr gut zu kennen und Ilka fühlte plötzlich einen wilden Schmerz. Dr. Lindwasser und Katja – es passte, viel zu gut. Was war sie doch für eine Närrin!

„Ich dachte mir, ich lasse Ihnen keine Chance zu einem Nein." Lächelnd trat er auf Ilka zu und gab ihr die Hand, bevor er sich wieder zu Katja umwandte. „Kommst du auch mit zum jüdischen Friedhof?"

Ilka bemerkte, dass Katja sie beide zweifelnd ansah. War da nicht ein hartes Glitzern in ihrem Blick? Und wenn Ilka ehrlich war, musste dieser Besuch des jungen Arztes eigenartig auf Katja wirken.

„Nein, nein ... Ich ertrinke in Arbeit." Sie griff zu ihrer Handtasche und ging zur Tür, öffnete sie und drehte sich noch einmal um, wobei sie ausschließlich Dr. Lindwasser anschaute. „Wir sehen uns heute Abend in der Versammlung."

****

Das Zimmer schien zu schrumpfen, als Katja gegangen war. Paul Lindwasser musterte Ilka und sie fühlte sich zwiespältig. Einerseits bemerkte sie durchaus Bewunderung in seinem Blick, andererseits runzelte er die Stirn.

„Ich fürchte“, begann er zögerlich, „Sie müssen andere Schuhe anziehen – jüdische Friedhöfe sind nicht befestigt ...“ Sein Blick war hilfesuchend, als er endete. „Vielleicht müssen wir auch durch Gestrüpp gehen, und es würde mir sehr leid tun, wenn Ihre Kleidung Schaden nähme. Es ist nicht so, dass mir nicht ausnehmend gut gefiele, was ich sehe, aber ...“

„Danke, aber meine Sachen kann man gut waschen, sollten sie schmutzig werden.“ Sie klang schnippisch und ärgerte sich sofort darüber. Wie ein trotziges kleines Mädchen benahm sie sich. „Da fällt mir ein ... ich habe ja meine Laufschuhe dabei.“ Sie ging in den Flur, zog ihre Schuhe an und nahm Handtasche und Schlüssel. „Können wir gehen?“

Sie klappte die Tür zu und folgte ihm zu seinem Auto, einem olivgrünen MG. Irgendwie passte der Wagen zu ihm, Ilka hätte sich ihn nicht in einem der üblichen Mittelklassewagen vorstellen können. Allerdings hatte der Zweisitzer auch etwas viel zu Intimes, und Ilka rutschte auf ihrem Sitz so weit weg von ihm, wie es möglich war. Er hob leicht die Brauen und schaute geradeaus. Vorsichtig näherte sie sich ihm wieder an.

Außer einigen Erläuterungen zur Stadt von seiner Seite und ein paar nichtssagenden Kommentaren, die Ilka beisteuerte, verlief ihre Fahrt in angespanntem Schweigen. Sie fuhren über den Ostring und bogen an einer Kreuzung nach rechts ab in die Bergmannstraße. Ilka war froh, als er am Ende parkte, und sie dem engen Wageninneren entkommen konnte.

„Achtung – warten Sie!“ Behende sprang er heraus, ging um das Auto herum und öffnete Ilka die Tür. Er reichte ihr die Hand, als sie sich – viel zu ungeschickt für ihren Geschmack – aus ihrem Sitz schälte. Sein kräftiger Händedruck hatte etwas Beschützendes und alle Anspannung fiel von Ilka ab. „Der Sportwagen ist eine Schwäche von mir, allerdings weiß ich auch, dass das Aussteigen nicht ganz einfach ist", sagte er besorgt. „Aber immerhin müssen wir nicht weit gehen."

„Ich liebe Menschen mit Schwächen." Ilka schüttelte ihr Haar zurück „Es hat etwas Tröstliches." Seine Besorgnis irritierte sie. Dachte er vielleicht, sie wäre aus Glas? Andererseits gefiel ihr diese Vorstellung. Ben wäre nie auf die Idee gekommen, sie anders als zupackend und stark zu sehen. So stark, dass er sich sehr bequem anhängen konnte.

Der Weg führte zu einem eingezäunten Areal, direkt neben dem Eingang befand sich das typische Badehaus. Die Gräber waren nur durch ihre verwitterten Grabsteine erkennbar, hohes Gras wuchs ungezügelt überall. Ilka hielt schützend ihre Hand vor die Augen, die Sonne blendete sie.

„Ein eigenartiger Ort", entfuhr es ihr, „man glaubt, hier sei die Zeit stehengeblieben."

„Ist sie auch – in beängstigender Weise ..." Dr. Lindwasser nickte zustimmend, als er einen altertümlichen Schlüssel in das verrostete Schloss an der Eisentüre zum Friedhof steckte. „Und wenn es nach der Bad Kissinger Bevölkerung ginge, dürfte sie das auch weiterhin bleiben."

„Aber dieser Friedhof befindet sich ja fast mitten in der Stadt."

„Genau das ist auch das Besondere am Bad Kissinger Judenfriedhof." Der Arzt sah Ilka bewundernd an. „Sie haben ein feines Gespür für Atmosphäre."

„Hätte das nicht jeder an einem solchen Ort?"

„Vielleicht", räumte er ein. „Wenn sich denn irgendwer überhaupt die Mühe machte, hierher zu kommen. Sehen Sie ..." Er deutete über ihren Rücken hinweg in die andere Richtung und Ilka drehte sich um. „Jüdische Friedhöfe schauten ursprünglich alle in Richtung Osten, nach Jerusalem nämlich. Später achtete man nicht mehr überall und immer darauf. Und sie mussten weitab von einer Ortschaft angelegt werden. Man hatte auch eine offizielle Begründung dafür, die im Mittelalter vielleicht ihre Berechtigung hatte. Wegen katastrophaler Entwässerungssysteme trennte man streng die Toten von den Lebenden." Er lachte bitter auf. „Allerdings wurde diese Maßgabe nur immer bei jüdischen Friedhöfen so streng befolgt. Sie dürfen raten, warum ..."

„Es ist beklemmend, sich dieses Kapitels deutscher Geschichte zu stellen“, gab Ilka zu. „Ich muss gestehen, ich habe mir bislang auch keine allzu großen Gedanken darüber gemacht.“

„Nun – ich denke, es entspricht der menschlichen Natur, Beschämendes zu verdrängen. Das ist im kollektiven Bewusstsein nicht anders als im persönlichen Bereich. Und es gibt kein Beispiel in der Geschichte, das sich mit dem Holocaust in Deutschland vergleichen ließe. Aber kommen Sie“, ganz unbefangen nahm er Ilkas Hand, „ich möchte Ihnen etwas zeigen.“

Er führte sie zu einem Grabstein, auf dem in hebräischer Schrift einige Schriftzeichen zu sehen waren. Darunter stand in lateinischer Schrift: Simon Hirsch, geboren 1886, gestorben 1921. Unter dem Schriftzug waren zwei Hände eingraviert.

„Die Hände zeigen, dass hier ein *Kohen, ein* Nachfahre eines Tempelpriesters begraben liegt. Und hier ...“ Er ging zum Ende der Gräberzeile auf einen Grabstein zu. „... Arthur Hamburger (geb. 19.8.1889, gest. 8.5.1919) Die *‚abgebrochene Säule‘*, das ist der offizielle Begriff für das Bild, steht für einen jung Verstorbenen.“

„Sie haben sich eingehend mit der Thematik beschäftigt.“ Ilkas Ton war bewundernd. „Sie sind ein bemerkenswerter Mann.“

„Ich weiß nicht, ob ich bemerkenswert bin. Aber wenn ich die beklagenswerte Geschichte menschlicher Borniertheit anschaue ...“, sagte er hitzig, „die sogar in der Gegenwart wieder mit ungebrochener Kraft aufersteht, muss es wenigstens ein paar Leute geben, die nicht vergessen wollen.“

Seine leidenschaftlichen Worte berührten Ilka tief. Irgendetwas sehr Persönliches sprach daraus. So argumentierte keiner, dem es nur um das kollektive Bewusstsein ging. Er musste eine besondere Verbindung zum Judentum haben – oder aber hatten die Auswirkungen des NS-Regimes ihn sehr viel tiefer verletzt, als es bei einem Mann seines Alters auf den ersten Blick anzunehmen war. Ob sie ihn danach fragen konnte?

Ilka empfand den Friedhof zunehmend als unheimlich, als sie durch die Reihen ging. Alle Grabinschriften endeten spätestens 1989 – immerhin gab es in Bad Kissingen nach dem 2. Weltkrieg auch noch jüdisches Leben. Hier erschien ihr der Tod monumental, nicht abgemildert durch frische Blumen, die ihn auf den ihr bekannten Friedhöfen zu verdrängen versuchten.

„Jüdische Friedhöfe wurden nie mit Blumen bepflanzt?", brach sie das fast gespenstische Schweigen des Ortes, dem sie und Dr. Lindwasser sich in unausgesprochenem Einvernehmen untergeordnet hatten.

„Nein, man wollte die Toten nicht mit gärenden, säuernden oder sonstigen Nebenprodukten der Zersetzung verunreinigen und verzichtete auf Blumenschmuck. Stattdessen ...", er bückte sich und hob einen verwitterten Stein auf, „... legte man kleine Steine auf die Grabplatten. Außerdem ist ein jüdisches Grab für die Ewigkeit gedacht. Es wurde niemals eingeebnet und der Stein bleibt bestehen. Bei Platzmangel legte man eine Schicht Erde über ein Grab und bestattete einen Toten über dem anderen. Sehr eindrucksvoll ist dies beim alten jüdischen Friedhof in Prag zu sehen ..."

„Sie waren dort?"

„Ja, ich wollte gründlich recherchieren, bevor wir das Projekt Sanierung hier in Bad Kissingen in Angriff nehmen. Aber, verzeihen Sie, wenn ich doziere." Er lachte und das Netz von Fältchen erschien wieder um seine Augen. „Ich möchte nicht als Oberlehrer auftreten, doch leider geht meine Leidenschaft gerne mit mir durch. Wenn ich ehrlich bin, dieser Ort bedrückt auch mich." Er wandte sich zum Ausgang. „Lassen Sie uns gehen, ich denke, Sie haben genug gesehen." Ein feines Lächeln überzog, kaum wahrnehmbar, seine Züge. „Und Sie waren sehr nachsichtig."

Mit energischen Schritten steuerte er auf den Weg, der hinausführte, zu. Ilka aber zögerte. Trotz der Bedrückung, die der Besuch dieses Ortes in ihr ausgelöst hatte, mochte sie noch nicht gehen. Sie hatte das Gefühl, dass irgendetwas Wesentliches noch fehlte. Langsam ging sie auf eine Bank in der Nähe unter der Linde zu.

„Die Linde wird immer gemieden. Sie gilt seit dem Mittelalter als unheilbringend. Hier war nämlich die Hinrichtungsstätte der früheren Gerichtsbarkeit." Konnte Dr. Lindwasser Gedanken lesen? Er hatte die Bank noch vor ihr erreicht und bevor sie sich setzen konnte, zog er ein Taschentuch aus der Jacke und wischte den Schmutz von der Bank.

„So groß ist die Angst vor der Begegnung mit der Vergangenheit?" Ilka schaute ihn fragend an und nickte dann. „Ich kann diese Angst seit einigen Tagen gut verstehen."

„Sie müssen sich ihr nicht stellen“, sagte er leise, „es trifft Sie keinerlei Schuld, was auch geschehen sein mag.“

„Die heutige Generation hat auch keine Schuld an dem Wahnsinn vor über 70 Jahren ...“

„Schuld vielleicht nicht, aber sie trägt die Verantwortung dafür, dass sich dieser Wahn niemals wiederholen kann.“ Er schaute hinaus in die Ferne.

„Kollektive Verdrängung funktioniert offenbar genauso gut wie auf ganz privater Ebene“, sagte Ilka zögernd, „es erfordert Mut, sich seinen Ängsten zu stellen, ich weiß, wovon ich rede.“ Sie schaute ihm ins Gesicht und sein ernster Ausdruck ließ sie verstummen.

„Und Mut ist nicht Tollkühnheit“, nickte er bestätigend, wobei er seine warme Hand auf die ihre legte. „Wer keine Angst hat, ist leichtsinnig. Nur, wer seine Angst überwindet, ist mutig.“

„So weit bin ich noch nicht, ich habe zuweilen panische Angst. Stellen Sie sich vor, dieses kleine Mädchen, das vor über 20 Jahren umgebracht wurde, ist meine Zwillingsschwester. Dann wäre ich die Tochter einer Mörderin.“ Ilka schluckte. Warum erzählte sie diesem Fremden von Befürchtungen, die sie noch nicht einmal vor sich selber eingestanden hatte? „Damit kann doch jeder Mensch nur sehr schwer leben.“

„Wie kommen Sie denn darauf?“, fragte er konsterniert. Noch bevor sie nachdenken konnte, erzählte Ilka ihm von Katjas Verdacht.

Er schwieg einen Augenblick. „Aber das ist doch völlig unlogisch ...“ Er umfasste Ilkas Oberarme mit beiden Händen, seine Stimme nahm etwas Beschwörendes an. „Wenn diese verzweifelte Frau Zwillinge geboren hätte, wären doch auch Sie nicht am Leben. Warum sollte sie ein Kind umbringen und das andere zur Adoption freigeben?“

Ilka starrte ihn an, als wäre er eine Erscheinung. Die Erleichterung, die seine Worte auslösten, ließen sie schwach werden. Das Gefühl, sich in seine Arme zu werfen und sich trösten zu lassen, wurde fast übermächtig. Er aber nahm seine Hände weg, wandte sich ab und rückte ein Stück zur Seite.

„Sie werden tatsächlich herausfinden müssen, was bei Ihrer Geburt geschah“, sagte er mehr zu sich selbst als zu ihr, „einen solchen Verdacht wird man nicht los, ehe man ihn ausgeräumt hat." Unvermittelt drehte er sich um und schaute Ilka in die Augen. Sie erschrak fast vor der Leidenschaft, die sie darin sah. „Ich werde Ihnen dabei helfen."

„Warum tun Sie das?"

„Weil ich es selbst auch gerne wüsste und ..." Er stand abrupt auf. „Ach nichts, vergessen Sie's! Kommen Sie, wir müssen gehen."

Sein Handy klingelte, als sie eine knappe halbe Stunde später in den kleinen Weg zum Ferienhaus einbogen. „Sehen Sie, es geht schon los", sagte er, als er aufgelegt hatte. „Der Kommissar ist in der Praxis und möchte alte Krankenakten ansehen. Hoffentlich hat Dr. Schwinghammer nicht schon alles entsorgt."

****

Stefan Vierneisel machte sich am Holzstoß zu schaffen, als Ilka ausstieg.

„Sie waren gar nicht da", sagte er verblüfft. „Dann können Sie ja auch mein Klingeln nicht hören. So vertrauensselig sollten Sie aber nicht sein und die Türe offenstehen lassen, wenn Sie wegfahren."

„Wieso Türe offenstehen lassen?" Jetzt war Ilka konsterniert und sah, dass die Eingangstür tatsächlich nicht ganz geschlossen war. „Ich bin mir sicher, dass sie ins Schloss gefallen ist, als ich ..."

„Offenbar hat sie nicht ganz geschlossen, oder Sie haben sich eben getäuscht. Kann passieren."

„Ich weiß sicher, dass sie zu war", sagte Ilka trotzig und wandte sich an Vierneisel. „Haben Sie nicht auch einen Schlüssel für Notfälle?"

„Offenbar stehe ich auf Ihrer Schurkenliste ganz oben. Was habe ich Ihnen denn getan?" Er schüttelte den Kopf. „Ich war nicht drinnen, das kann ich Ihnen versichern." Fachmännisch begutachtete er das Schloss.

„Schauen Sie Doktor, hier ist nichts beschädigt", wandte sich Vierneisel an Dr. Lindwasser, der die Augen zusammenkniff und sich nach dem Türschloss bückte.

„Wenn gewaltsam eingebrochen worden wäre, würde man Spuren sehen ... Andererseits, diese Schlösser bringt ein kleines Kind auf, man braucht dazu nur einen Schraubenschlüssel ..."

„Das gefällt mir ganz und gar nicht", sagte Vierneisel und stützte die Hände auf die Hüften.

Doch Ilka hörte nicht mehr hin, sie stürmte bereits in die Wohnung. Auf den ersten Blick entdeckte sie keine Veränderung.

„Fehlt irgendwas?" Dr. Lindwasser war ihr gefolgt.

„Kann ich noch nicht sagen ..." Ilka schaute sich prüfend um.

„Vielleicht schließt die Tür ja doch nicht richtig, das heißt, dass sie zwar ins Schloss fällt, aber dann wieder aufgeht ..."

„Nein, nein. Schauen Sie!" Ilka griff zu ihren Arbeitsunterlagen. „Ich weiß genau, dass ich sie nicht so nachlässig hinterlassen hatte." Würde er ihr glauben? Sie konnte doch schlecht zugeben, dass sie gerade wegen ihm so gründlich wie selten aufgeräumt hatte.

„Außerdem lag meine Übersetzung obenauf und jetzt ist sie mitten im Stapel ... Hier hat jemand gewühlt. Die Frage ist nur: nach was?" Sie blätterte ihr neues Notizbuch durch und wurde blass. „Meine Aufzeichnungen hat er herausgerissen, sehen Sie selbst!" Sie zeigte Dr. Lindwasser das Büchlein. „Hier auf der leeren Seite ist noch der Abdruck meiner Schrift zu erkennen."

„Verfolgt Sie ein Plagiator?" Er lächelte, doch Ilka sah die Besorgnis in seinen Augen. Sie schüttelte den Kopf.

„So einfach ist es leider nicht. Diese Aufzeichnungen haben nichts mit meiner Arbeit zu tun. Sie waren privat."

Sie begann zu zittern und fühlte, wie ihr Tränen in die Augen stiegen.

„Ich kann das nicht verstehen", schluckte sie. „Die Notizen waren nur für mich wichtig ..."

„Nicht weinen, bitte!" Dr. Lindwasser legte seine Arme um sie und streichelte über ihr Haar. „Aber eines steht jedenfalls fest. Hier können Sie nicht bleiben. Sie sind hier nicht mehr sicher."

„Und wohin soll ich?", fragte sie verzagt, obwohl sie sich so geborgen fühlte, dass sie für alle Ewigkeit in seinen Armen bleiben wollte.

„Hören Sie mir jetzt gut zu!" Dr. Lindwasser hielt mit beiden Händen Ilkas Gesicht. „Sie müssen ausziehen. Allein hier zu wohnen, hieße eine Einladung für den nächsten Überfall auszusprechen. Es ist viel zu gefährlich für Sie." Er ließ sie los und ging ein paar Schritte. „Ich habe auch schon eine Idee. Sie müssen zu Ulrike Redler ziehen."

„Aber ich kann ihr doch nicht zur Last fallen ..."

„Davon kann keine Rede sein, wie ich sie kenne." Nachdenklich rieb er sich das Kinn. „Ulrike wird Sie ohnehin Tag und Nacht brauchen, wenn erst die Franzosen da sind. Glauben Sie mir, das ist die beste Lösung. Ich fahre jetzt in die Praxis, rufe Ulrike Redler an und hole Sie ...", er schaute auf seine Uhr, „gegen fünf wieder hier ab. Haben Sie bis dahin gepackt?"

„Ich denke schon ... Aber ich muss Katja den Schlüssel zurückgeben. Sie wird sicher auch Frau Dr. Erbach anrufen wollen ..."

„Darum kümmere ich mich ..." Er hob die Hand zum Gruß und war verschwunden, bevor Ilka noch antworten konnte. Trotz ihres Elends registrierte Ilka sehr wohl, dass er mit Katja lieber selbst verhandelte. Warum tat dies schon wieder so weh?

Langsam begann sie ihre Habseligkeiten zusammenzupacken, verstaute ihren Laptop, schob ihre Arbeitsunterlagen in die Seitentasche und zog die Bettwäsche ab. Vor dem Fenster sang sich eine Amsel die Seele aus dem Leib und die Sonne fiel durch die Fenster und beleuchtete die Einrichtung wie ein Bühnenbild. Sie hatte sich hier sehr wohl gefühlt, dachte Ilka – was für eine falsche Idylle! Unter einer achtbaren Oberfläche brodelten Hass und Feindseligkeit.

Was hatte sie sich dabei gedacht, überhaupt hierher zu kommen? Zum ersten Mal überlegte sich Ilka, nach Hause zurückzukehren und ihre Vergangenheit auf sich beruhen zu lassen. Warum saß sie hier in einer fremden Wohnung und wartete auf einen Mann, der längst anderweitig orientiert war? Sie konnte sich genauso gut ins Auto setzen und nach Schweinfurt zurückfahren und dann Katja anrufen. Sie würde Dr. Lindwasser schon unterrichten, daran hatte Ilka keinen Zweifel. Ben würde sich freuen und sie selbst würde diese kurze Eskapade schnell vergessen.

Sie ging hinaus auf die kleine Terrasse, setzte sich an den Tisch und lauschte in die Stille. Merkwürdigerweise hatte sie sich bereits an sie gewöhnt. Würde sie diese Ruhe vermissen in ihrem Schlafzimmer der Oberen Straße, wenn der Verkehrslärm sie wieder einmal am Einschlafen hinderte? Müßige Fragen. Sie sollte einfach aufstehen, den Schlüssel in einen an Katja adressierten Umschlag stecken, in den Briefkasten am Rathaus werfen und losfahren. Warum saß sie hier und vergeudete ihre Zeit mit Warten auf Godot oder wen auch immer?

Sie hörte ein leises Klopfen an der Tür. Nanu? Es gab doch eine Klingel.

Es klopfte wieder, diesmal etwas stärker. Ilka zögerte. Am besten überhörte sie das Klopfen. Andererseits – warum würde jemand anklopfen, der ihr etwas Böses wollte? Entschlossen riss sie die Tür auf. Vor ihr stand Stefan Vierneisel.

„Können Sie nicht klingeln wie jeder normale Mensch?", fuhr sie ihn an.

„Tut mir leid, aber ich dachte, Sie würden zu Tode erschrecken ..." Er wirkte unsicher. „Sie haben schließlich heute schon genug Aufregung gehabt."

„Kommen Sie herein", sagte sie ungnädig und ging einen Schritt zur Seite. Sie traute ihm noch immer nicht.

„Ihre offene Tür beschäftigt mich", begann er. „Sind Sie sicher, dass Sie sie nicht doch selbst offengelassen haben?"

„Glauben Sie etwa, ich bin nicht richtig beieinander? Ich weiß schon noch, was ich getan habe."

„Weil nämlich ...", ging er überhaupt nicht auf ihren Einwand ein, „der Gedanke, dass hier irgendwer herumgeistert und in fremden Wohnungen schnüffelt, auch für mich nicht gerade angenehm wäre. Vielleicht sollten Sie den Einbruch anzeigen." Verlegen stand er im Raum, und Ilka schob ihm wortlos einen Sessel hin. „Ich sehe, Sie packen." Er schaute sich um, während er sich setzte. „Wollen Sie abreisen und die Sache auf sich beruhen lassen?"

„Ja, ich fahre heim und werde versuchen, das Abenteuer Bad Kissingen so schnell wie möglich zu vergessen."

„Sie müssen einen schönen Eindruck von Ihrem Urlaub hier mitnehmen. Andererseits ...", er lächelte schief, „kaum waren Sie hier, fanden sich Kinderleichen und es wurde eingebrochen ..."

„Wollen Sie mich provozieren? ... Wenn ich tatsächlich nur ein paar Tage Entspannung gesucht hätte, wäre ich enttäuscht gewesen, aber nun erscheint mir das alles fast folgerichtig." Ilka stockte. Sollte sie den Maler einweihen? Vielleicht erfuhr sie ja etwas von ihm. Sie hatte ihn doch ohnehin aufsuchen wollen. Und was konnte es schaden, ihm zu erzählen, was sie hierhergeführt hatte? Sie würde vielleicht an seiner Reaktion merken, ob er etwas zu verbergen hatte. „Es hatte einen ganz anderen Grund, warum ich hierhergekommen bin.“ Sie beobachte ihn genau, während sie erzählte, aber keine Regung verriet seine Gedanken. Er hörte lediglich aufmerksam zu und unterbrach sie mit keinem Wort. „Sie müssen doch zugeben, dass das alles reichlich mysteriös ist“, schloss sie ihren Bericht. „Erst wollen mir diese Rechtsanwälte nichts sagen, dann fehlt gerade die Seite meines Geburtsdatums im Standesamtsregister und jetzt wird sogar hier eingebrochen.“

Er nickte. „Offenbar hat jemand großes Interesse daran, dass Sie nichts über Ihre Geburt herausfinden, dabei stimme ich Ihnen zu.“

„Der Oberbürgermeister hat sich sehr eigenartig verhalten“, sagte Ilka, „erst hatte ich den Eindruck, dass er mit mir flirten wollte ...“

„Dieser Eindruck hat sicher nicht getrogen.“ Vierneisel lachte gehässig. „Lutz von Hohenbach war schon immer ein Weiberheld, früher noch viel mehr als jetzt, wo er den großartigen Oberbürgermeister gibt. Vor zwanzig Jahren hat er jede abgeschleppt, die nicht bei drei auf dem Baum war. Es ist mir unerklärlich, was diese Therapeutin, eine tolle Frau übrigens, an ihm findet. Haben Sie seine Sekretärin kennengelernt?“

„Bis jetzt nicht ...“

„Eine wahre Schönheit. Hohenbach stellt keine anderen Frauen ein. Mich würde sehr wundern, wenn er seine Finger von ihr lassen könnte. Oder diese Fremdenverkehrsreferentin, auch ein wahrer Leckerbissen ...“

Ilka fühlte sich unangenehm berührt. Sie hatte keine Lust auf diesen Klatsch.

„Mich jedenfalls hat er auf eine Art abgefertigt, die gerade noch als unhöflich durchgehen kann, als er hörte, dass ich auf der Suche nach meinen Wurzeln bin.“

„Das wiederum muss nicht unbedingt etwas mit Ihnen zu tun haben. Lutz ist fast paranoid, wenn es um die Vergangenheit geht. Er würde am liebsten alles totschweigen, was vor seiner Zeit als Oberbürgermeister in Bad Kissingen stattgefunden hat.“

„Dafür gibt es doch sicher einen Grund?"

„Nicht nur einen!" Vierneisel richtete sich in seinem Sessel auf. „Sein Vater war ein überzeugter Nazi, auch wenn er für diese Haltung eigentlich viel zu jung war. Dass man darüber nur hinter vorgehaltener Hand redete, hat wohl seinen Grund darin, dass die halbe Bevölkerung finanziell von ihm abhängig war. Dabei kam das Geld in seiner Ehe von seiner Frau, einer reichen Brauereitochter. Er selbst war arm wie eine Kirchenmaus vor seiner Hochzeit. Seine Mutter sei von ihrem Mann verstoßen worden, munkelte man, und hat sich und ihren Sohn nur mehr schlecht als recht durchgebracht."

Langsam begann Ilka an der Darstellung des Malers zu zweifeln. Er konnte sicher nicht zu den Freunden der Familie Hohenbach gezählt werden.

„Leben Sie eigentlich schon immer in Bad Kissingen?"

„Leider. Wahrscheinlich fehlt mir der Mumm, woanders neu anzufangen. Dabei gilt auch für mich, dass der Prophet nichts gilt in seiner Vaterstadt." Er klang bitter. „Mein Schaffen wird überall mehr anerkannt als hier."

Wahrscheinlich in erster Linie nicht von der Stadt mit ihrem Oberbürgermeister an der Spitze, dachte Ilka. War dies der Grund für seine Abneigung?

„Also wenn Sie den Einbruch nicht anzeigen und lieber heimfahren wollen, darf ich mich jetzt empfehlen." Vierneisel stand auf und lächelte schief. „Es war erfrischend, Sie kennengelernt zu haben." Er streckte Ilka die Hand hin.

„Warten Sie!" Ilka wollte ihn nicht gehen lassen, nicht in dieser mitteilsamen Stimmung. Sie hatte doch neulich eine Flasche Whisky gekauft für ihren Antrittsbesuch bei ihm, er müsste noch im Kühlschrank stehen. „Ich weiß nicht, wie es Ihnen geht, aber ich könnte eigentlich jetzt einen Drink vertragen nach all der Aufregung." Ilka holte den Scotch und zwei Gläser. „Leisten Sie mir Gesellschaft?"

„Da sage ich nicht nein." Er wischte sich mit einer verlegenen Geste über die Gesäßtasche seiner Jeans und setzte sich wieder.

„Unsere Bekanntschaft stand unter keinem guten Stern." Ilka nippte an ihrem Glas und prostete ihm zu. „Ich hoffe, Sie sind mir nicht allzu böse."

„Sie sind ein resolutes Mädchen, das nötigt mir Respekt ab", auch er erhob sein Glas, „schade, dass Sie sich jetzt ins Bockshorn jagen lassen."

„Was würden Sie mir denn raten?"

„Bleiben Sie hier und geben Sie nicht auf!", sagte er drängend, „alle Spuren führen doch hierher und bestätigen Ihren Verdacht." Er trank einen kräftigen Schluck. „Der Whisky ist vorzüglich, aber meine Arbeit kann ich dann für heute vergessen."

„Ich würde mir gerne einmal Ihre Bilder anschauen ..."

„Gerne. Besuchen Sie mich einfach, vormittags bin ich meistens zu Hause."

„Vielleicht komme ich darauf zurück, wenn ich denn hierbleibe. Aber ich kann doch nicht die Notare und den Oberbürgermeister mit vorgehaltener Pistole zwingen, mir Auskunft zu geben."

„Sind Sie katholisch?", fragte er völlig unvermittelt.

„Ja, aber das ist doch unerheblich ..."

„Oh nein!" Vierneisel zögerte und kniff die Augen zusammen. „Wenn Sie katholisch sind, müssen Sie irgendwann getauft worden sein, und das geschah früher doch meistens unmittelbar nach der Geburt. Schauen Sie sich doch das Archiv im Pfarramt an."

„Das ist eine gute Idee, aber ich sehe keine Möglichkeit, wie ich das schaffen könnte. Der Pfarrer wird wohl kaum mitteilsamer sein als alle hier ... Sagen Sie ..." Ilka beschloss, den Stier bei den Hörnern zu packen. Sie würde wohl kaum noch einmal in so entspannter Atmosphäre mit einem Mann zusammen sitzen, der ihr Vater sein könnte und sein ganzes Leben in Bad Kissingen verbracht hatte. „... Die Leute reden doch immer, können Sie sich nicht an einen Skandal Ende der 80er Jahre erinnern?"

„Einen Skandal?" Der Laut, der aus seiner Kehle kam, klang entfernt nach einem Lachen. „Bad Kissingen war ein einziger Skandal, als Friedrich von Hohenbach noch lebte. Meinen Vater hat der Alte auch auf dem Gewissen. Aber ich will Sie nicht mit meinen Familiengeschichten langweilen."

„Aber nein, erzählen Sie doch ... das heißt natürlich, wenn Sie möchten. Ich will nicht aufdringlich sein ..."

„Mein Vater war ein engagierter Hobby-Geologe", begann er leise, „das heißt, er hat schon einige Semester Geologie studiert, bevor er Volksschullehrer wurde." Der Maler studierte eingehend seine Fingerspitzen. „Er nahm uns Kinder immer gerne auf seine Wanderungen mit. Solange ich mich zurückerinnern kann, sprach er von unterirdischen heißen Quellen hier in Bad Kissingen. Seiner Meinung nach gab es eine Verbindung von hier aus zu den Quellen von Karlsbad und Marienbad."

„Also war er es, der der Stadt zu ihrem Thermalbad verholfen hat", unterbrach ihn Ilka.

„Vielleicht hätte er dann die Willenskraft gehabt, seinen Krebs zu überwinden. Aber stattdessen hat ihn Friedrich von Hohenbach lächerlich gemacht im Stadtrat, ihm vorgeworfen, er würde sich mit seinem bisschen geologischen Halbwissen aufplustern. Er hat eine regelrechte Kampagne gegen meinen Vater angezettelt, sodass sich sogar die Schüler immer mehr gegen ihn herausnahmen. Das alles hat er nicht verkraftet. Er war ein sensibler Mann."

„Das tut mir sehr leid", sagte Ilka.

„Und er hat recht behalten", fuhr Vierneisel fort, als hätte er Ilka nicht gehört. „Kaum war Lutz Oberbürgermeister, hat er mit den Probebohrungen begonnen. Also hat der Alte doch darüber gesprochen ..." Hilflos hielt er inne.

„Haben Sie irgendeine Erklärung für diese Feindschaft?", fragte ihn Ilka. „Sie scheint mir ein bisschen über das übliche Profilgerangel hinauszugehen ..."

„Sie sind eine außergewöhnlich scharfsichtige junge Frau ..." Vierneisel schaute Ilka fast erstaunt an. „Aber Sie haben recht. Da gab es noch etwas, was Hohenbach meinem Vater nicht verziehen hat ... Darf ich?" Er zögerte und als Ilka nickte, goss er sich noch ein Glas honiggelben Whisky ein.

„Die Hohenbachs haben noch eine Tochter – Martina – wir sind zusammen in die Schule gegangen. Erst in die Volkschule und dann ins Gymnasium. Sie war das einzige Mädchen in einer Klasse von Jungen ..." Sein Blick ging über Ilka hinweg irgendwohin in die Ferne. „Wir waren alle von ihr beeindruckt. Sie schien alle ihr gestellten Aufgaben geradezu mühelos zu bewältigen, ohne jemals eine Streberin zu werden." Über sein Gesicht glitt ein Leuchten. „Ein graziles Mädchen mit einem blonden Pferdeschwanz und leuchtendblauen Augen." Er stockte. „Ich glaube, wir waren alle ein bisschen in sie verliebt, ich will mich davon sicher nicht ausnehmen. Sie hat sehr unter ihrem tyrannischen Vater gelitten, obwohl sie ihm vielleicht als einzige die Stirn bot."

„Lebt sie noch hier in Bad Kissingen?"

„Nein!" Vierneisel wischte sich die Augen. „Sie ist mit 17 einfach verschwunden."

„Wie kann ein Mensch verschwinden, Bad Kissingen ist doch nicht im Dschungel?", fragte Ilka.

„Das genau war schon damals die Frage. Es gab natürlich die wildesten Gerüchte. Martina war ein so begabtes Mädchen und niemand hat angenommen, dass sie so kurz vor dem Abitur einfach die Schule abbricht."

Vierneisel stand auf, wandte Ilka den Rücken zu und schaute aus dem Fenster.

„Mein Vater hat natürlich nachgebohrt und dem alten Hohenbach zugesetzt, er hätte seine Tochter aus dem Hause getrieben mit seiner Verbohrtheit", sagte er, kam zurück und blieb vor Ilka stehen. „Es gab damals nämlich einen Sprachstudenten aus den Staaten. Mit ihm hat sich Martina angefreundet. Der alte Hohenbach hat getobt, weil der Amerikaner jüdischer Abstammung war. Nicht nur ich meine, dass Martina mit diesem jungen Mann in die USA gegangen ist, als er abreiste." Vierneisel seufzte und setzte sich wieder. „Jedenfalls wird die Existenz Martina von Hohenbachs seitdem einfach totgeschwiegen."

„Hat man sich denn nicht die Mühe gemacht, nach ihr zu suchen?"

„Für ihren Vater war Martina gestorben. Er hätte jeden umgebracht, der sich seinen Anordnungen widersetzt hätte. Ich denke nicht, dass seine Frau oder ihre Schwester das gewagt hätten."

„Ihre Schwester?"

„Um Himmels willen, ich rede und rede und vergesse einfach, dass Sie mit all diesen Verwicklungen völlig überfordert sein müssen ..." Vierneisel lächelte abbittend und wischte sich über die Stirn. „Rita Gerstmaier, unsere Betschwester vom Dienst ist die Tante des Oberbürgermeisters."

„Ja, das ist wohl wirklich eine sehr fromme Frau ..." Ilka hielt inne, sie wusste nicht, wie viel sie von ihren Gedanken über diese Rita Gerstmaier preisgeben sollte.

„Diese ganze Gerstmaier-Sippe ist kirchenhörig, auch wenn Leni wohl nicht ganz so fanatisch ist." Vierneisel lächelte. „Die ältere Schwester der beiden war Oberin im Kloster St. Angela und muss wohl eine horrende Mitgift mit ins Kloster gebracht haben. Sie ist vor einigen Jahren gestorben."

„Offenbar war Geld und Kirche schon immer eine sehr fruchtbare Verbindung ...", konnte sich Ilka nicht enthalten einzuwerfen.

„Sie sagen es!" Stefan Vierneisel nickte heftig. „Allerdings hat auch der alte Hohenbach den Segen einer Ehe mit einer reichen Frau sehr klar erkannt. Und der hatte es ja nun überhaupt nicht mit der Religion."

„Und diese Rita war wohl nie verheiratet?"

„Nein, sie entspricht voll und ganz dem Klischee der alten Jungfer", bestätigte Vierneisel. „Obwohl Sie nicht glauben würden, was für eine attraktive junge Frau sie war, wenn Sie sie heute sehen."

„Das erstaunt mich in der Tat. Sie scheint doch alles daranzusetzen, einen solchen Eindruck überhaupt nicht aufkommen zu lassen."

„Ich fürchte, ich habe hier bei Ihnen völlig die Zeit vergessen." Vierneisel schaute prüfend in sein leeres Glas und stellte es bedächtig auf den Tisch, bevor er aufstand. „Hoffentlich lassen Sie sich den Gedanken an eine Abreise noch einmal durch den Kopf gehen ..." Er gab Ilka die Hand, wurde jedoch durch ein Motorengeräusch vor dem Fenster und das Zuschlagen einer Autotüre abgelenkt, und was immer er noch hinzufügen wollte, blieb ungesagt. Mit zwei Schritten war er an der Terrassentür, neugierig folgte ihm Ilka.

Aus einem schmutzbespritzten Jeep Cherokee stieg Ulrike Redler, zwanglos in Jeans und Pullover gekleidet. Mit energischen Schritten kam sie an die Tür.

Die Klingel riss Stefan Vierneisel aus der Starre, in der er seit dem Vorfahren des Wagens vor dem Fenster gestanden hatte. Er machte ein paar Schritte zur Tür, drehte sich wieder um und rieb sich verlegen über das Kinn.

Ilka ging zur Tür und öffnete.

„Das ist ein Überfall", begann Frau Redler ohne Begrüßung, „ich weiß, aber ich habe den Auftrag von Dr. Lindwasser, Sie auf der Stelle abzuholen. Er kann leider nicht selbst kommen, der Kommissar braucht ihn." Ein wenig atemlos hielt sie inne und schien erst jetzt den Maler zu bemerken. „Oh, guten Tag Herr Vierneisel." Sie gab ihm die Hand. „Haben Sie Frau Maurer Beistand geleistet? Das nenne ich echte Nachbarschaftshilfe."

„Wie kommen Sie denn hierher?" Vierneisels Blick irrte verständnislos von Ilka zu Ulrike Redler. „Ich meine, warum sind Sie ..."

„Das ist in zwei Sätzen erklärt", sagte Ulrike Redler fröhlich, „hier bei Frau Maurer wurde eingebrochen – so viel habe ich aus Dr. Lindwassers Hilferuf verstanden. Sie ist hier nicht mehr sicher. Also wird sie bei mir wohnen, ich habe gleich unser Gästezimmer herrichten lassen", wandte sie sich an Ilka, „ich sehe, Sie haben schon gepackt, also lassen Sie uns fahren."

„Sie kennen Frau Maurer? ... wollte sie nicht ..." Vierneisel stotterte und Ilka bemerkte, dass er rot geworden war. Er musste sich unbehaglich fühlen, dachte sie. Da saß er hier bei ihr und machte aus seinem Herzen keine Mördergrube in seiner Abneigung zur Familie von Hohenbach – und jetzt wurde sie von der Lebensgefährtin des Oberbürgermeisters abgeholt.

„Sie wollte doch abreisen", vollendete er seinen begonnenen Satz.

„Oh nein!" Bestürzung malte sich auf Ulrikes Zügen. „Das dürfen Sie nicht, Frau Maurer. Ich bin völlig hilflos ohne Sie mit unseren französischen Gästen, es sei denn ..." Sie lächelte Vierneisel kokett an. „... Ihr Französisch ist besser als meines, Herr Vierneisel. Dann sollten Sie Frau Maurers Part übernehmen."

„Für Sie würde ich das gerne tun, wenn ich es denn könnte", sagte er warm mit einer kleinen Verbeugung.

Ilka sah den Blick, mit dem er Ulrike Redler ansah und verstand plötzlich alles. Vierneisel war nicht besorgt über eine mögliche Indiskretion von ihr. Er verehrte die Lebensgefährtin des Oberbürgermeisters so offensichtlich, dass seine Antipathie Lutz von Hohenbach gegenüber mehr als verständlich wurde. Sie würde sehr relativieren müssen, was er ihr erzählt hatte, dachte Ilka.

****

Es war schon drei Minuten vor acht, als Ilka endlich den Eingang zum Tattersall, in dem die Versammlung stattfinden sollte, gefunden hatte. Sie hatte sich erst verirrt und war dann sehr erleichtert, dass ein großer Parkplatz gleich in der Nähe lag. Sie hätte doch Ulrike Redlers Angebot annehmen und zusammen mit ihr fahren sollen. Aber der Oberbürgermeister hatte sie mit einem solch finsteren Blick bedacht, dass es Ilka vorzog, nicht zusammen mit ihm in einem Auto zu sitzen. Sie wunderte sich, dass Ulrike Redler nichts von der feindseligen Haltung zu bemerken schien, die Lutz von Hohenbach ihr gegenüber einnahm. Zwar hatte er sich beim Abendessen, das Ilka zusammen mit der Familie verbracht hatte, zusammengenommen, aber das Gespräch war auch nicht über Small-Talk hinausgegangen. Sie würde künftig derartige Einladungen höflich, aber bestimmt ablehnen.

War sie überhaupt richtig hier? Zwar war das Gebäude hell erleuchtet, doch Ilka vermisste den Geräuschpegel, der im allgemeinen von vollen Sälen nach draußen drang, als sie die Treppe hinaufstieg. Entweder war das Publikum drinnen sehr diszipliniert oder es waren nur wenige Besucher gekommen.

Der Geruch von Bratwürsten und Kraut, gemischt mit Rauch, schlug ihr entgegen, als sie den Saal betrat. Unschlüssig blieb sie an der Tür stehen, sie war sich nicht sicher, wohin sie sich setzen sollte. Die Tische standen in langen Reihen, vorne war eine Art Podium, improvisiert aus mehreren zusammengestellten Tischen, mit einem Mikrophon in der Mitte. Direkt vor ihr saßen einige Teenager, die an den Lippen eines Mädchens mit langen, rotgesträhnten Haaren und zahllosen Piercings hingen. Ilka musste sich zwingen von den Steinen in der Nase, in den Ohren und dem Mund, die bei jeder Bewegung im Schein der Lampen funkelten, wegzusehen.

Vor dem Podium standen Ulrike Redler, der Oberbürgermeister und Dr. Lindwasser, konzentriert in ein Gespräch vertieft. An einem Tisch davor erkannte sie Katja, die mit dem Rücken zu ihr saß. Markus Götz verhandelte mit einer Bedienung, die hinter dem Tresen Bier ausschenkte.

Ganz vorne an der äußeren Tischreihe saß ein junger Mann in Jeans mit kurz geschnittenen Haaren und einer Nickelbrille. Ihm baumelte eine Kamera um den Hals, in der Hand hielt er einen Notizblock, auf dem er eifrig schrieb – offenbar der unvermeidliche Pressevertreter, ohne den keine Veranstaltung mehr stattfand.

Niemand schien Ilka zu bemerken. Sie steuerte auf Katja zu und hoffte, dass sich in ihrer Nähe noch ein Sitzplatz finden würde. Katja gegenüber saß eine zierliche Dame von etwa Mitte 50 mit schneeweißen Haaren, die sehr kurz geschnitten, wirkungsvoll mit einem dunklen Teint kontrastierten. Um den Hals baumelte der Frau eine Lesebrille. Sie trug ein graues Kostüm, das verdächtig nach einem Designerlabel aussah, und eine weiße Bluse mit einem blauen Seidentuch im Kragen. Ilka scheute sich, das angeregte Gespräch der beiden zu stören und blieb hinter Katja stehen, bis die unbekannte Frau sie fragend ansah und Katja sich endlich umdrehte.

„Hallo Ilka. Schön, dass du da bist." Katja sprang auf. „Wir haben gerade von dir gesprochen." Sie wandte sich an ihr Gegenüber. „Frau Dr. Erbach, darf ich Ihnen Ilka Maurer vorstellen. Sie ist nämlich Ihre Mieterin."

„Endlich lerne ich Sie auch persönlich kennen." Dr. Erbach gab Ilka die Hand. „Obwohl ich Katja Glassers Menschenkenntnis blind vertraue. Ich hoffe, Sie fühlen sich wohl in meiner Klause."

„Ja, natürlich, es ist nur so, dass ...", stotterte sie. Wusste Frau Dr. Erbach etwa noch nicht, was vorgefallen war? Ilka hätte jede Wette abgeschlossen, dass Katja längst informiert war und ihr Wissen weitergegeben hatte.

„Sie müssen sich keine Sorgen machen, dass ich Sie vertreiben will", Dr. Erbach lachte, „ich fahre gleich nach der Veranstaltung wieder zurück nach Bayreuth. Ich kann ohnehin nicht über Nacht bleiben, weil ich morgen in aller Herrgottsfrühe schon an der Uni sein muss."

Ilka schaute sich nach Katja um, die gerade rechtzeitig, als der Oberbürgermeister das Mikrophon einschaltete, mit einem zusätzlichen Stuhl, wieder auf sie zukam.

„Hat denn Dr. Lindwasser nicht mit dir gesprochen? Frau Dr. Erbach weiß offensichtlich noch nicht ...“, flüsterte Ilka Katja zu.

„Doch, hat er. Ich werde es ihr schon noch sagen. Jetzt setz dich erst mal. Ich denke, wir sollten zuhören.“ Sie stellte den Stuhl an die Stirnseite des Tisches, was Ilka in die wenig glückliche Lage versetzte, zwar das Publikum beobachten zu können, aber die Redner nicht zu sehen. Ilka drehte den Stuhl zur Seite und konnte knapp eine Kollision mit der Bedienung verhindern, die ein Tablett mit Getränken auf den Tisch stellte. Ihr folgte Markus, der sich auf den freien Stuhl neben Katja quetschte. Er küsste seine Fingerspitzen und blies mit einem Augenzwinkern den Kuss in Ilkas Richtung. Prompt wurde sie rot.

Sie bestellte eine Apfelschorle und wagte einen Blick auf das Rednerpult, wo Dr. Lindwasser neben dem Oberbürgermeister und Ulrike Redler Platz genommen hatte. Ilka sah gerade noch den befremdeten Blick, den er von ihr zu Markus wandern ließ, bevor er ihr zunickte. Sie senkte den Kopf und wäre am liebsten in ein Mauseloch verschwunden. Warum gefiel ihr Markus' Bewunderung plötzlich nicht mehr? Sie hatte sie doch bisher genossen.

Die Begrüßung Dr. Lindwassers hörte sie wie durch Watte, und es dauerte eine ganze Weile, bis sie es wieder wagte, nach vorne aufs Podium zu schauen. Dr. Lindwasser musste sie beobachtet haben, aber als er ihren Blick bemerkte, blätterte er – Zufall oder Absicht – in seinen Unterlagen. Es half auch nichts, dass sie Markus ignorierte, offenbar hatte Lindwasser sein Urteil gefällt. Ilka fühlte sich unendlich traurig.

Inzwischen sprach der Oberbürgermeister von den rechtlichen Grundlagen, auf die ein zu gründender Förderverein für die Instandsetzung des Friedhofs zu stellen wäre und bat dazu Frau Dr. Erbach ans Mikrophon.

Sie ging nach vorne und Katja tuschelte Ilka zu: „Frau Dr. Erbach ist Juristin und Honorarprofessorin an der Universität Bayreuth.“

Ilka nickte zustimmend. Sie war inzwischen froh darüber, dass es ihr Platz am Kopfende zuließ, dass sie die Zuhörer beobachten konnte und zwang sich dazu, nicht ständig die Augen Dr. Lindwassers zu suchen.

Am Ende der langen Tischreihe entdeckte sie Rita Gerstmaier, ihr gegenüber saß ein Mann in schwarzem Anzug mit Priesterkragen, neben ihm ein großer Mann in den Fünfzigern mit dichtem schneeweißem Haar und auffallend hellen Augen, der Ilka ein bisschen an einen Husky erinnerte. Um den Hals hatte er einen dunklen Schal geschlungen.

Frau Dr. Erbach hatte ihre Ausführungen beendet und kam unter Beifall wieder zurück an ihren Platz und Ilka stellte fest, dass sie bis jetzt absolut nichts von den Ausführungen bewusst gehört, geschweige denn behalten hatte. Warum war sie überhaupt gekommen?

Ulrike Redler hatte jetzt das Wort ergriffen und Ilka erschrak, als plötzlich ihr Name fiel. „Frau Maurer hat sich dankenswerter Weise bereiterklärt, sich um unsere französischen Gäste zu kümmern“, hörte sie diese sagen und begriff, dass es wohl jetzt um die Organisation des Festes ging. „Ihr haben wir auch zu verdanken, dass wir jetzt endlich einen Namen für unser Fest haben, wir werden es *Bad Kissinger Nachsommer* nennen und können uns nun auch mit dem Druck der Plakate befassen.“

Sie wandte sich jetzt direkt an Ilka. „Würden Sie bitte einmal aufstehen, Frau Maurer, dass die Leute auch wissen, mit wem sie es zu tun haben“, sagte sie, und Ilka erhob sich wie in Trance und lächelte in die Menge.

„Frau Gerstmaier, wir können uns doch auf Ihre bewährte Regie verlassen. Sie übernehmen doch mit dem Katholischen Frauenbund die Bewirtung. Dürfen wir auch damit rechnen, dass die Damen wieder selbstgebackene Kuchen zum Fest beisteuern?“, fragte Ulrike Redler und Rita Gerstmaier nickte mit beseligtem Lächeln heftig in ihre Richtung.

Offenbar ging die Veranstaltung ihrem Ende entgegen, denn der Oberbürgermeister verkündete eine Pause von fünf Minuten und danach eine Diskussion. Ilka ergriff die Gelegenheit beim Schopf und ging während des allgemeinen Stühlerückens nach draußen. Katja rief ihr etwas nach, doch Ilka war schon zu weit entfernt, um es zu hören.

„So ein Blödsinn“, vernahm sie kurz darauf einen untersetzten Mann im Trachtenjanker mit Schnurrbart, „als hätten wir in Bad

Kissingen keine anderen Sorgen als diesen Judenfriedhof. Das kostet eine Menge Geld und bringt nichts."

„Sag das nicht mir, sondern jetzt in der Diskussion, Karl!", antwortete sein Begleiter, ein schmächtiger Mann mit Wieselgesicht, bevor beide in der Toilette verschwanden.

In der Damentoilette drängten sich einige Frauen vor dem Spiegel und Ilka schloss die Tür gleich wieder und beschloss, erst einmal ins Freie zu gehen. Sie hatte nicht das geringste Bedürfnis nach banalem Geschwätz, erst einmal wollte sie ihre Gedanken und vor allem ihre Gefühle ordnen.

Es war kalt draußen oder erschien es Ilka nur so nach dem überheizten Raum? Sie fröstelte, ging ein paar Schritte um die Ecke und erschrak. Eine Horde jugendlicher Glatzköpfe in Springerstiefeln kam drohend langsam auf sie zu. Am Arm des Anführers hing wie eine Klette ein Mädchen mit schwarz geränderten Augen im weiß geschminkten Gesicht, er schleuderte sie zur Seite und sie fiel aufs Pflaster. Keiner beachtete sie, als sie sich wieder aufrichtete. Wie auf ein geheimes Kommando blieben plötzlich alle stehen, und Ilka drehte sich um und flüchtete zurück in den Saal. Aus den Augenwinkeln sah sie Rita Gerstmaier zur Toilette gehen.

Galt der Aufmarsch der Rechtsradikalen etwa der Veranstaltung hier? Ilka bahnte sich durch die Tischreihen, die verstopft waren von stehenden Menschen, einen Weg nach vorne. Sie musste ihre Beobachtung melden. Diese Horde war gefährlich. In diesem Augenblick klopfte der Oberbürgermeister aufs Mikrophon und rief zur Diskussion auf. Stühle rückten, und die Stehenden setzten sich wieder.

„Da draußen braut sich etwas zusammen", flüsterte sie Katja ins Ohr, „da hat sich eine Horde Rechtsradikaler aufgebaut. Vielleicht solltest du den Oberbürgermeister warnen."

Katja schaute sie verständnislos an. „Du meinst, ich soll da jetzt stören? Hat das nicht Zeit bis zum Ende?"

„Nein. Ich denke, dass ein Anruf bei der Polizei das Schlimmste verhindern könnte", raunte Ilka ihr zu.

„Das Vernünftigste wäre doch, du gehst gleich zu Kommissar Holzgruber, das ist der große Mann dort hinten, der neben dem Pfarrer sitzt. Er soll entscheiden, was zu tun ist."

Alle Augen richteten sich auf Ilka, als sie aufstand und bemerkte, dass der Oberbürgermeister sie stirnrunzelnd ansah. Entschlossen ging sie nach hinten und berichtete dem Kommissar, was sie gesehen hatte.

„Kommen Sie mit nach draußen, wir wollen hier nicht stören", gab Holzgruber zurück und Ilka folgte ihm.

„Ich wollte nur etwas frische Luft schnappen und bin um die Ecke gegangen, da sah ich, dass sich eine Gruppe von Glatzköpfen aufgebaut hatte. Ich habe Angst bekommen ..." Ilka stotterte.

„Ich werde mich einmal umsehen." Holzgruber ging zur Tür und stoppte Ilka, als sie ihm folgen wollte. „Gehen Sie am besten wieder zurück, es ist zu gefährlich." Widerwillig gehorchte sie.

„... also ich verstehe nicht, warum wir uns ausgerechnet jetzt mit der Sanierung des Judenfriedhofes herumschlagen müssen. Wir sollten doch wirklich alle Kräfte bündeln, um den Bau unseres neuen Beckens voranzubringen."

Ilka sah, dass der schnauzbärtige Mann, den sie vorhin beobachtet hatte, aufgestanden war und in ein Funkmikrophon sprach. „Außerdem ist es auch irgendwann genug mit Schuld und Sühne ..." Mit grimmigem Gesichtsausdruck setzte er sich wieder.

„Darüber haben wir doch oft genug im Stadtrat gesprochen, Herr Leitner", auch der Oberbürgermeister hatte einen verdrossenen Gesichtsausdruck. „Bad Kissingen ist ein renommiertes Staatsbad, und wir können es uns gerade deswegen nicht leisten, den Gästen einen heruntergekommenen jüdischen Friedhof zu präsentieren. Da kann man zur Vergangenheit stehen, wie man will."

Ilka konnte es kaum glauben, dass diese Diskussion öffentlich geführt wurde. Dabei ging es ihr weniger um die Meinung solcher Typen vom rechten Rand des politischen Spektrums, als vielmehr um die Tatsache, dass sie heute schon wieder diese unsägliche Ansicht vor einer Versammlung kundtun konnten, ohne dass ihnen irgendetwas passierte.

Sie warf einen schnellen Blick auf Dr. Lindwasser und sah, dass er mit verkniffenem Mund das Mikrophon holen wollte. Eine Handbewegung des Oberbürgermeisters ließ ihn innehalten und Ilka bemerkte, wie seine Kiefer mahlten.

Was immer er sagen wollte, blieb ungesagt. Mit schnellen Schritten zwängte sich der Kommissar durch die Tischreihen, sprach auf Dr. Lindwasser ein und zeigte zum Ausgang, während er sich umdrehte und leise in sein Handy sprach. Dr. Lindwasser folgte ihm.

„Offenbar hat es einen Zwischenfall gegeben ..." Ungeschickter hätte sich der Oberbürgermeister wohl kaum verhalten können, dachte Ilka, denn jetzt würde sich die Neugier ungehindert Bahn brechen, einen geordneten Abschluss der Versammlung konnte er jetzt vergessen. Der Journalist hatte nur auf dieses Stichwort gewartet und stürmte nach draußen. Die Besucher in der Nähe des Ausgangs sprangen auf und eilten ihm hinterher, während der Oberbürgermeister um Aufmerksamkeit kämpfte. Ilka fand sich plötzlich auch im Foyer und lenkte ihre Schritte nach draußen.

Vor den Stufen beugte sich Dr. Lindwasser über eine Gestalt, die auf der Erde lag. Ilka erkannte Rita Gerstmaier, die aus einer Kopfwunde blutete.

„Gehen Sie doch zur Seite, das ist ein Notfall!", bemühte sich Kommissar Holzgruber vergeblich darum, die Neugierigen zurückzudrängen. Von den Glatzköpfen war keine Spur mehr zu sehen.

„Um Himmels Willen, was ist denn geschehen?", fragte Ulrike Redler, die plötzlich neben Ilka stand, während die Menschenmenge aus dem Tattersall drängte. Ilka versuchte ihr zu erklären, was sie kurz zuvor beobachtet hatte, während endlich ein Krankenwagen eintraf, gefolgt von einem Polizeiwagen mit Martinshorn. Die Sanitäter luden Rita Gerstmaier auf eine Trage, der Oberbürgermeister und Dr. Lindwasser stiegen mit ein, und der Krankenwagen fuhr weg.

„Kommen Sie, wir gehen nach Hause." Ulrike nahm sie am Ellbogen und führte sie weg. „Sie müssen völlig verstört sein. Wir kochen uns erst einmal einen heißen Tee. Vielleicht wäre es besser, Sie würden Ihren Wagen stehen lassen und mit mir fahren. Sie können ihn morgen holen – oder ..." Sie biss sich nachdenklich auf die Lippen. „Irgendjemand wird sich schon finden, der ihn nach Hause fährt."

Als Ilka im Wagen neben Ulrike saß, fragte sie sich, woher diese gewusst haben mochte, wie schlecht es ihr tatsächlich ging. Sah man es ihr etwa an? Sie fühlte sich eisig kalt und zittrig. Dazu kam, dass ihr Herzschlag holperte und sie fast keine Luft bekam. Sie war dankbar, dass Ulrike sie in Ruhe ließ. Nicht um alles in der Welt hätte sie jetzt eine Unterhaltung bestreiten können. Ilka fühlte sich wie eine angespannte Saite kurz vor dem Zerreißen.

Es dauerte zum Glück keine fünfzehn Minuten, bis sie das Anwesen des Oberbürgermeisters erreichten.

„Kommen Sie ins Wohnzimmer, ein heißer Ingwertee wirkt Wunder“, schlug Ulrike vor, als Ilka geradewegs in ihr Zimmer gehen wollte. Fürsorglich rückte sie ihr einen Sessel zurecht und breitete eine Wolldecke über Ilka, bevor sie in der Küche Teewasser aufsetzte. Diese Geste ließ Ilka zusammenbrechen. „Ich weiß nicht, was mit mir los ist“, stammelte sie, „ich muss aufstehen, es krampft sich alles zusammen.“ Ilkas Herz raste jetzt. Musste sie sterben?

„Ich habe solche Angst“, stieß sie hervor, „es geht mir überhaupt nicht gut.“

„Das sehe ich“, gab Ulrike zurück. „Sie sind ja leichenblass.“

„Meine Hände krampfen so seltsam.“ Ilka zeigte ihre zitternden Hände.

„Sie brauchen Calcium. Sie haben alle Anzeichen einer Tetanie.“ Ilka erschrak und Ulrike beruhigte sie. „Ist nicht so schlimm, wie es sich anfühlt, Ihre Nerven spielen verrückt von all der Aufregung. Sie sollten sich vor allem beruhigen.“ Ulrike sprach sanft. „Ich weiß, leichter gesagt als getan, aber verdrängen Sie alle aufregenden Gedanken aus dem Kopf, wenn es geht.“ Der Teekessel pfiff und Ulrike stand auf. „Halten Sie einen Augenblick alleine durch? ... Bin gleich wieder da.“

Woher wusste diese Frau nur so genau, wie es ihr ging? Tatsächlich war Ilka versucht gewesen, sie zu bitten, sie nicht allein zu lassen. Ulrike kam auch gleich wieder zurück und stellte eine dampfende Tasse auf den Tisch.

„So und jetzt trinken Sie“, befahl sie ihr und streichelte beruhigend über Ilkas Hände, „ganz langsam mit kleinen Schlucken. Gleich wird es Ihnen besser gehen. Ich bringe Ihnen eine Calcium-Tablette. Oder soll ich einen Arzt rufen?“

Ja, wollte Ilka ausrufen, aber nur einen ganz bestimmten, und ich würde mir wünschen, dass er mich wieder so liebevoll ansieht wie auf dem Friedhof und nicht so abweisend wie heute Abend.

„Nein, wird schon gehen."

„Dr. Lindwasser wäre sicher gleich gekommen, aber Sie haben ja gesehen, dass er mit dem Krankenwagen mitgefahren ist." Ulrike ging nach draußen und kam mit einem Röhrchen Tabletten wieder zurück.

„Ich habe nur Calcium-Kautabletten gefunden", sie schüttelte zwei Tabletten aus dem Röhrchen und gab sie Ilka. „Zerkauen Sie sie sorgfältig und trinken Sie etwas Tee nach." Ilka tat, wie ihr geheißen, und die mörderische Spannung ließ in der Tat etwas nach. Sie hätte allerdings nicht sagen können, ob dies der Wirkung des Calciums oder eher der beruhigenden Stimme Ulrike Redlers zuzuschreiben war.

„Es war so schlimm, als diese Schlägertypen auf mich zukamen", stieß sie hervor.

„Quälen Sie sich jetzt nicht damit, ist doch alles gut. Ich gebe Ihnen noch ein mildes Beruhigungsmittel, dann werden Sie selig schlafen. Wenn Sie wollen, reden wir morgen früh über alles, was Sie bedrückt. Ich glaube nämlich, da ist noch viel mehr als das Erlebnis heute Abend."

Ilka fühlte sich seltsam geborgen in Ulrikes Gegenwart und spürte, wie sie müde wurde.

„Ich glaube, jetzt könnte ich schlafen."

„Dann legen Sie sich hin – brauchen Sie nichts mehr Beruhigendes?

Ilka stand auf und ging zur Tür. „Nein – aber vielen herzlichen Dank für Ihre Bemühungen, ich mache Ihnen nur Ärger."

„Nicht doch, wie ich schon sagte, hinter meiner Fürsorge steckt der pure Egoismus." Ulrike lächelte und Ilka sah die feinen Fältchen um ihre Augen.

„Sie dürfen nicht schlappmachen, wir brauchen Sie viel zu sehr. Und jetzt wünsche ich Ihnen eine gute Nacht. Scheuen Sie sich nicht, an meine Tür zu klopfen, wenn es Ihnen wieder schlechter gehen sollte. Mein Schlafzimmer ist auf dem gleichen Gang wie Ihres, zweite Tür links."

****

Die Sonne schien schon ins Fenster, als Ilka am nächsten Morgen erwachte. Sie hatte wider Erwarten recht gut geschlafen, ein Blick auf ihre Armbanduhr sagte ihr, dass es schon nach neun war. Ihr schlug das Gewissen. Wegen ihr war Ulrike Redler heute Nacht sicher sehr viel später ins Bett gekommen, als sie dies gewohnt war, und sie selbst schlief bis in die Puppen. Hatte sie in der Nacht nicht ein vorfahrendes Auto und Türenschlagen gehört? Paul Lindwassers Stimme war auch zu hören gewesen. Oder hatte sie das alles nur geträumt? Es war langsam bedenklich. Dieser Mann verfolgte sie bis in den Schlaf.

Sie stand auf und zog die Vorhänge zurück. Das Zimmer lag auf der Hinterseite des Hauses und durch das Fenster bot sich der atemberaubende Blick auf den Garten. Es war geschmackvoll eingerichtet, stilgerecht zu der Stuckdecke. Hauchfeine Gardinen mit zartem Streifenmuster schmückten die Fenster und auf dem Parkett lag ein dicker, pastellfarbener Teppich. Dennoch vermisste Ilka das Ferienhaus von Frau Dr. Erbach. Sie fragte sich, ob ihr Katja gestern Abend noch erzählt hatte, dass sie ausgezogen war. Sie musste unbedingt heute zu Katja ins Rathaus und bei ihr wenigstens die Rechnung begleichen.

Ilka ging in die mit dem Zimmer verbundene Dusche und begnügte sich mit einer relativ kurzen Morgentoilette, bevor sie sich auf den Weg ins Frühstückszimmer machte. Unwillkürlich lächelte sie. Sie hatte zwar verschlafen, aber auf diese Art war ihr wenigstens das gemeinsame Frühstück mit der Familie entgangen. Etwas Gutes hatte die Gastfreundschaft von Ulrike Redler schließlich doch – sie würde sie sicher nicht überstrapazieren und ihr Anliegen mit mehr Ernsthaftigkeit angehen, als sie dies bisher getan hatte.

Der Frühstückstisch war für sie allein gedeckt. Eine Kanne Orangensaft fehlte ebenso wenig wie frische Brötchen, Marmelade, Wurst und Käse. In einem Korb lagen frische Äpfel und Birnen. Ilka nahm sich eine Tasse Kaffee aus der Wärmekanne, als eine Frau in den Sechzigern mit einer weißen Schürze eintrat. Wo gab es heutzutage noch Frauen, die weiße Schürzen trugen? Das graue Haar war festgezurrt in einem straffen Knoten.

„Ich bin die Maria.“ Ilka nahm ihre ausgestreckte Hand und stellte sich ebenfalls vor. „Frau Redler ist noch beschäftigt, soll ich

Ihnen ausrichten, sie kommt aber spätestens in einer Viertelstunde", sagte sie nach einem Blick auf ihre Armbanduhr. „Sie sollen unbedingt auf sie warten. Möchten Sie ein gekochtes Ei?"

„Nein, danke. Das ist ohnehin alles viel zu reichlich. Ich muss aufpassen, dass ich nicht aus dem Leim gehe bei dem guten Essen hier. Das bin ich nicht gewöhnt."

„Papperlapapp", beschied sie Maria, „Sie dürfen ruhig ein bisschen zulegen, bevor Sie der erste Herbstwind davon bläst. Ich wünsche guten Appetit!"

Bevor Ilka etwas entgegnen konnte, war sie wieder verschwunden.

Sie widmete sich dem üppigen Frühstück, dankbar für die Atempause, bevor sie Ulrike Redler begegnen würde. Ihr Schwächeanfall von gestern Abend war Ilka peinlich, aber sie hatte den Eindruck, dass sie ihre Gastgeberin mit wortreichen Entschuldigungen verärgern würde.

Was hatte diesen Zustand nur ausgelöst? Ilka konnte sich nicht vorstellen, dass es allein der Anblick der Rechtsradikalen gewesen sein konnte. Wenn sie ganz ehrlich war, war es doch die abweisende Miene Dr. Lindwassers, die sie den ganzen Abend über nicht verdrängen konnte. Sie hatte fast nichts behalten, was dort gesprochen wurde. Sollte sie Ulrike Redler fragen? Nein, das ging nicht, sie würde als leichtsinnige und zerfahrene Person dastehen. Sie würde Katja fragen müssen.

Das wütende Gezirpe zweier Meisen auf der Terrasse, die um eine undefinierbare Beute kämpften, erweckte ihre Aufmerksamkeit und Ilka stand auf und sah aus dem Fenster. Als seien zwei ungehörige Kinder von ihrer gestrengen Mutter erwischt worden, stoben sie davon. Ilka lächelte und ging wieder zurück zum Tisch.

Dabei fiel ihr Blick auf die aufgeschlagene Tageszeitung auf der Anrichte. *Rechtsradikale Umtriebe in Bad Kissingen* las sie und griff danach. Unter der Überschrift sah sie ein Bild, auf dem der Krankenwagen und Inspektor Holzgruber zu erkennen waren. Der Redakteur, der ihr gestern Abend aufgefallen war, hatte wirklich schnell reagiert. Hoffentlich war Rita Gerstmaier nicht allzu schwer verletzt und erholte sich schnell wieder.

„Guten Morgen, ich hoffe doch sehr, Sie haben einigermaßen geschlafen." Ilka hatte Ulrike Redler nicht kommen gehört und fuhr zusammen beim Klang ihrer Stimme. „Ich sehe, Sie haben die Berichterstattung schon gesehen. Üble Geschichte, die mich nicht schlafen ließ.“ Ulrike setzte sich und schenkte sich eine Tasse Kaffee ein. Sie trug einen Blazer mit weißer Bluse und dunkelblauer Hose und Ilka fragte sich, ob sie so früh am Morgen schon unterwegs gewesen war.

„Weiß man schon, wie es Frau Gerstmaier geht?“, fragte sie.

„Einigermaßen, sie hat eine Gehirnerschütterung. Die Platzwunde am Kopf musste genäht werden. Aber sie hat sich strikt geweigert, im Krankenhaus zu bleiben.“ Ulrike lachte. „Wenn sich Rita etwas in den Kopf gesetzt hat, kommt niemand dagegen an. Sie ist noch heute Nacht zurückgekommen. Ich hatte schon befürchtet, dass Sie der Lärm geweckt hat.“

„Also habe ich doch nicht geträumt“, sagte Ilka versonnen, „ich meinte, ein Auto und Stimmen gehört zu haben. War Dr. Lindwasser auch dabei?“

„Ja, der arme Mann hat sich wegen unserer Rita die Nacht um die Ohren schlagen müssen. Ich fürchte nur, sein Appell, unbedingt einige Tage liegen zu bleiben, verhallt bei ihr ungehört.“ Ulrike schraubte den Deckel der Wärmekanne ab, stand auf und ging in die Küche. Ilka hörte sie mit der Haushälterin reden.

„Sie trinken doch auch noch eine Tasse?“, fragte sie, als sie zurückkam. „Maria strahlte, als ich sie um eine Kanne frischen Kaffees bat, also haben Sie Gnade vor ihren Augen gefunden. Und ihre Zuneigung ist alles andere als selbstverständlich“, Ulrikes erhobene Hand unterstrich ihre Aussage, „glauben Sie mir, ich weiß, wovon ich rede.“ Sie lachte. „Mein Einzug in diesem Haus war aber auch eine problembeladene Situation. Sie musste schließlich ihren seit urdenklichen Zeiten verwöhnten Lutz mit mir teilen.“ Ulrike zog ihre Hose glatt und setzte sich wieder hin.

„Aber nun zu Ihnen. Möchten Sie darüber reden, was Sie so belastet, dass Sie gestern Abend zusammengeklappt sind?“ Ulrike war ernst geworden und richtete ihre forschenden Augen auf Ilka.

Das hatte sie befürchtet, ihre Gastgeberin würde nicht lockerlassen. Am liebsten wäre Ilka aufgestanden und geflüchtet. Vage dachte sie an ihre Zustimmung zu einem Gespräch und wünschte sich, sie hätte diese nicht gegeben. Es ging ihr doch wieder gut. Warum also alles wieder aufwühlen?

Eine kurze Verschnaufpause blieb ihr, als Maria eine neue Kanne Kaffee brachte. Eine viel zu kurze Pause für Ilkas Geschmack, nachdem Maria, wie auf einen geheimen Befehl hin auch noch die Türe hinter sich schloss, als sie wieder ging.

„Am liebsten würden Sie doch jetzt aufstehen und davonlaufen." Ulrike beugte sich vor und hielt Ilkas Blick fest. Konnte diese Frau Gedanken lesen? „Ich möchte Sie nicht nötigen, Frau Maurer, aber seien Sie versichert, ausgestanden sind Ihre Probleme nicht, wenn Sie sie verdrängen. Ich kann Ihnen meine Hilfe nur anbieten, annehmen müssen sie schon Sie." Sie lehnte sich zurück und schlug die Beine übereinander. „Allerdings werde ich auch respektieren, wenn Sie nicht darüber reden wollen. Und selbstverständlich bleibt alles, was Sie mir erzählen, ausschließlich bei mir."

Ulrike Redler war Therapeutin, ein Vollprofi. Wo sonst konnte sie sich alles von der Seele reden, was sie bedrückte? Ilka gab sich einen Ruck.

„Vielleicht ist alles ein bisschen viel, was in den vergangenen Tagen auf mich eingestürmt ist", begann sie zögerlich. „Ich weiß nicht mehr, wer ich bin, mein Vater ..." Ilka schluckte, nein, sie würde jetzt nicht weinen. „Dazu kommt, dass meine Beziehung zu Ben am Ende ist." Sie erschrak. Jetzt, da sie es ausgesprochen hatte, wusste sie, dass es die Wahrheit war. Kein Echo des Bedauerns regte sich in ihrem Innern.

„Sind Sie sich dessen sicher? Wie lange sind Sie beide denn schon zusammen?"

„Schon seit Studienzeiten, vier Jahre ungefähr."

„Haben Sie schon mit ihrem Partner darüber gesprochen?"

„Nein, ich weiß es ja selbst erst seit gerade eben. Bislang habe ich mich nicht getraut, es auch nur zu denken, geschweige denn auszusprechen. Haben Sie immer diese Wirkung auf Menschen?" Ilka war verblüfft.

„Diese Erkenntnis ist wohl schon lange in Ihnen gereift, ich war nur zur richtigen Zeit am richtigen Ort. Aber *ich* stehe heute nicht zur Debatte." Ulrikes Miene blieb völlig ausdruckslos und Ilka fühlte sich auf seltsame Weise zurückgewiesen. „Wir neigen alle dazu abzulenken, damit wir uns der Wahrheit nicht stellen müssen. Da sind Sie nicht allein", fügte die Therapeutin hinzu, als hätte sie bemerkt, was in Ilka vorging. Ilka fragte sich, ob sie aus Glas wäre.

Diese Frau schien ihre geheimsten Gedanken zu erraten. Sie brauchte gar nicht zu versuchen, sich zu verstellen. Aber eigenartigerweise ängstigte sie dieser Gedanke nicht, er hatte etwas sehr Entlastendes.

„Er war so ichbezogen in letzter Zeit, mein Vertrag hat ihn genauso wenig interessiert wie der Unfall meines Vaters. Er kommt mir vor wie ein Kind und nicht wie ein Partner."

„Sie sollten nichts auf ihn abwälzen, Sie haben ihm sicher auch das Gefühl gegeben, eine starke Frau zu sein. Vielleicht hat er Minderwertigkeitsgefühle und benimmt sich deshalb trotzig wie ein kleiner Junge?"

Ilka dachte einen Augenblick nach. Stimmte das? Vielleicht hatte sie Ben in der Vergangenheit tatsächlich nichts zugetraut, und er hatte dies gespürt.

„Verstehen Sie mich bitte richtig", fuhr Ulrike Redler fort, „ich will Ihnen nicht einreden, es sei falsch, was Sie fühlen. Aber das menschliche Miteinander ist nichts anderes als Aktion und Reaktion. Und Sie kommen Ihren eigenen Beweggründen nie auf die Spur, wenn Sie Ihren Anteil an dieser Interaktion leugnen."

Ilka nickte. Warum war sie nur so blind gewesen?

„Aber ... es ist nicht nur Ben allein." Ilka hielt inne, ein Kloß hatte sich in ihrer Kehle gebildet. Musste sie denn noch einmal darüber reden? Sie hatte Ulrike doch schon alles erzählt. „Mein Vater und meine Mutter haben mich all die Jahre belogen. Das tut weh."

„Vielleicht haben sie es getan, um Sie zu schonen?"

„Oder sie haben die Auseinandersetzung und meine Reaktion gescheut", stieß Ilka bitter hervor.

„Da höre ich aber eine Menge Aggression durch. Sind Sie deshalb geflohen, wollten Sie ihren Vater bestrafen?"

Ilka zuckte zurück. „Geflohen?", wiederholte sie.

„Immerhin sind Sie abgereist, als Ihr Vater Sie am nötigsten gebraucht hätte ..." Ilka blinzelte ihre Tränen zurück. Die Frau vor ihr war wirklich unerbittlich.

„Denken Sie das?", fragte sie kleinlaut.

„Es geht überhaupt nicht darum, was *ich* denke. Haben Sie selbst sich diese Frage noch nicht gestellt?"

„Ich weiß nicht", sagte Ilka stockend.

„Sie haben Ihren Vater doch Ihr ganzes Leben lang geliebt, als Sie noch glaubten, Sie seien seine leibliche Tochter. Oder irre ich mich?"

„Ich denke schon ..."

„Und da fahren Sie einfach weg, wenn er im Koma liegt und mit dem Tode ringt? Glauben Sie ernsthaft, dass Sie das nicht belastet? Natürlich wären Sie voller Schuldgefühle, wenn Sie diese nur zuließen."

Ilka senkte den Kopf und wagte nicht, Ulrike Redler anzuschauen. Sie hatte ja recht. Ilka mochte keine Sekunde an den Mann denken, der mit Schläuchen mühsam am Leben gehalten wurde.

„Glauben Sie mir, Flucht ist nie eine Lösung." Ulrike war aufgestanden und legte mitfühlend ihre Hand auf Ilkas. „Es sind die verdrängten Gefühle, die uns zu schaffen machen. Es ist ja nicht so, dass Ihre Haltung unverständlich wäre. Natürlich sind Sie enttäuscht, fühlen sich verraten und sind voller Zorn. Aber all dies müssen Sie zulassen und betrauern. Sonst kommen Ihre Gedanken durch die Hintertüre wieder herein und machen Sie krank."

In diesem Augenblick klingelte es. Ilka hörte Schritte im Flur und jemanden die Haustüre öffnen, dann die Stimme von Dr. Lindwasser. Sie fühlte, wie ihr Herz zu klopfen begann. Wie von Ferne hörte sie, dass Ulrike Redler etwas gesagt hatte.

„Bitte? Ich habe nicht zugehört", sagte sie zu Ulrike gewandt, die wissend lächelte.

„Sehen Sie, und das ist das andere Problem Ihres Lebens", antwortete die Therapeutin, ohne ihre Äußerung zu wiederholen. „Sie sind gerade drauf und dran, neues Chaos in Ihrem Leben zu veranstalten. Offenbar haben Sie sich in unseren jungen Doktor verliebt."

„Ich, äh ... nein ... also, er ist doch sicher verheiratet."

„Fragen Sie ihn, er wird es Ihnen sicher gerne erzählen. Aber werden Sie sich erst einmal klar darüber, was Sie selbst wollen. Es ist sicher nicht zu Ihrem Besten, wenn Sie gleichzeitig noch in einer Beziehung stecken, Dr. Lindwasser wollen und mit Markus Götz flirten. Da sind Schwierigkeiten geradezu vorprogrammiert. Glauben Sie nicht auch?"

Ilka fühlte, wie sie brandrot wurde. War es wirklich so offensichtlich, dass sogar Ulrike Redler trotz ihrer Anspannung bei der

Versammlung bemerkt hatte, was sie nicht einmal sich selbst eingestand.

„So, ich meine, das war genug für heute." Ulrike Redler stand auf. „Denken Sie über unser Gespräch nach. Ich bin gerne für Sie da, wenn Sie Fragen haben." Sie öffnete die Tür, wandte sich im Gehen jedoch noch einmal um. „Haben Sie irgendwelche besonderen Pläne für den heutigen Tag?"

„Es wäre sicher kein Fehler, einmal konzentriert zu arbeiten", sagte Ilka mit einem Lachen, das nicht ganz echt klang, „außerdem muss ich Katja Glasser den Schlüssel für Frau Dr. Erbachs Ferienhaus zurückbringen und meine Rechnung bezahlen."

„Ich wünsche Ihnen einen schönen Tag. Und versuchen Sie, nicht nur zu grübeln."

Nachdenklich ging Ilka die Treppe hinauf zu ihrem Zimmer. Sie würde auf jeden Fall sofort im Krankenhaus anrufen und sich erkundigen, wie es ihrem Vater ging. Ulrike Redler hatte recht, sie steckte viel zu oft einfach den Kopf in den Sand.

****

Regen klatschte an die Scheiben, als Ilka am nächsten Morgen erwachte. Sie war früh ins Bett gegangen und hatte lange dem Rauschen des Windes in den Zweigen der Bäume zugehört, der offenbar Regenwolken gebracht hatte. Zu ihrer Überraschung war es ihr gelungen, ein ganzes Kapitel des Romans zu übersetzen, nachdem sie erfahren hatte, dass der Zustand ihres Vaters unverändert war. Der Arzt hatte vorwurfsvoll geklungen, als er ihr nahegelegt hatte, doch einmal persönlich zu kommen. Ilka konnte es ihm nicht verdenken. Sie nahm sich fest vor, ihren Vater bald zu besuchen und dabei mit Ben reinen Tisch zu machen. Sie musste Ordnung in ihr Leben bringen.

Außerdem würde sie sich heute endlich auch mit Kommissar Holzgruber unterhalten. War Katja verletzt, weil sie dies noch nicht getan hatte? Sie glaubte nicht, dass sie es sich einbildete, dass ihre Freundin gestern reservierter als sonst gewesen war. Gut, sie hatte ihr den peinlichen Anruf bei Frau Dr. Erbach abgenommen, zudem hatten sie sich für die Mittagspause verabredet, aber irgendwie schien Katja verändert. Hatte es etwas mit dem Besuch von Dr. Lindwasser zu tun?

Sie hörte die Stimmen der Familie, als sie aus ihrem Zimmer trat und wäre am liebsten gleich wieder zurückgegangen. Ilka spürte schon jetzt ihr verkrampftes Lächeln bei den zu erwartenden Banalitäten am Frühstückstisch. Aber sie würde sich nicht drücken, nicht davonlaufen.

Lutz von Hohenbach brummte etwas, das Ilka nicht verstand, als sie gerade eintreten wollte. Sie hörte nur die Modulation seiner Stimme und die klang ärgerlich. Unwillkürlich verhielt sie den Schritt.

Ulrikes Antwort verstand sie dafür umso besser. „Ich jedenfalls kann das Mädchen nicht in einem Haus wohnen lassen, in dem eingebrochen wurde“, hörte sie sie sagen.

Ilkas Herz sank. Sie war ganz und gar nicht willkommen in Hause Hohenbach. Aber dennoch, lauschen würde sie nicht, so tief war sie noch nicht gesunken.

Entschlossen drückte sie die Türklinke und ging hinein.

Heute waren wirklich alle versammelt. Zu Ilkas Erstaunen saß sogar Rita Gerstmaier am Tisch. Ihre rechte Gesichtshälfte war geschwollen und nur unzureichend von einem Mullverband verdeckt. Sie trug eine Bluse mit einer Brosche am Kragen unter einem Trägerrock und ihr Gesichtsausdruck verriet etwas von der Unbeugsamkeit, von der Ulrike gesprochen hatte. Die Lippen zusammengepresst, hob sie nur kurz den Blick und quittierte Ilkas Guten-Morgen-Gruß mit einem Murmeln. Am Kopfende des Tisches saß Leni Gerstmaier, deren huldvolles Nicken einer Herrscherin würdig gewesen wäre. Der Hausherr antwortete immerhin. Offenbar hatte er sich auf seine Manieren besonnen.

Lediglich Ulrike Redler lächelte freundlich und wies auf den freien Platz neben sich, wo der Tisch für Ilka gedeckt war.

„Ich hoffe, Sie haben gut geschlafen“, warf die Mutter des Oberbürgermeisters ein und Ilka stellte fest, dass ihre tiefe Altstimme sehr gut zu ihrer imponierenden Erscheinung passte. Ihren Pullover von undefinierbar dunkler Farbe zierte eine dicke Goldkette und ihre Augen funkelten Ilka durch eine Brille an. Ilka bemerkte Maria, die offenbar aus dem Nichts aufgetaucht war und ihre Tasse nahm, um Kaffee einzuschenken.

„Lassen Sie es sich schmecken“, sagte Ulrike, als Ilka nach einem Brötchen griff. Mit Jeans und T-Shirt schien sie wie die Botin aus einer anderen, normaleren Welt. „ Das Frühstück ist die einzige Gelegenheit des Tages, bei der wir es schaffen, zusammen am Tisch zu sitzen.“ Sie lachte. „Aber ich räume ein, dass wir, wenn wir so gehäuft auftreten, durchaus einschüchternd wirken können.“

Ihre Worte schienen die fast greifbare Spannung zu mindern, jedenfalls widmeten sich die Familienmitglieder jetzt wieder ihrem Frühstück und Ilka fühlte sich nicht mehr ganz so gnadenlos gemustert.

„Hat denn dieser Kommissar schon irgendwelche Ergebnisse über den toten Säugling?“, fragte Leni von Hohenbach an ihren Sohn gewandt. „Ich hoffe doch, dass er dich über den Stand seiner Ermittlungen unterrichtet.“

„Sicher nicht über jedes Detail, aber ich würde es schon erfahren, wenn er etwas Gravierendes herausgefunden hätte. Soweit ich weiß, ist jetzt die forensische Anthropologie am Zug.“

„Es wird doch nahezu unmöglich sein, nach all dieser Zeit noch etwas herauszufinden“, warf Ulrike ein.

„Nun, er hat schon einige Spuren, er überprüft die Vermisstenliste von damals und ich denke, er wird euch beide auch noch befragen.“ Das Lächeln, mit dem er seine Mutter und seine Tante bedachte, missglückte. „Er hat sicher längst erfahren, dass es auch in unserer Familie noch eine nicht aufgeklärte Vermisstenanzeige gibt.“

Leni von Hohenbachs Miene versteinerte. „Die Polizei war damals unfähig und ist heute nicht viel erfolgreicher geworden, trotz all ihrer neuartigen Methoden. Vor Jahren hätte ich mir etwas mehr Kompetenz gewünscht. Heute werde ich nicht mehr dulden, dass alles Leid der Vergangenheit wieder aufgewühlt wird.“

Ilka fühlte sich unangenehm berührt. Galt diese kaum verhüllte Drohung ihr? Warum sonst hätte diese zusammengeschweißte Einheit einer Familie ihre Probleme vor ihr ausbreiten sollen? Oder wollte der Oberbürgermeister auf diese Art herausfinden, wie viel sie wusste? Sie hätte nie erwartet, dass er von sich aus etwas thematisierte, was sie bisher nur als Gerücht kannte.

„So würde ich das nicht sehen", sagte Ulrike ernst, „mit den Möglichkeiten eines DNA-Vergleichs werden heute schon viele Verbrechen aufgeklärt, die früher im Dunkel blieben."

„Aber dazu braucht man erst einmal etwas, womit man vergleichen kann", gab Lutz zurück. „Und ich sehe weit und breit nichts, womit man diese kleine Wachsleiche vergleichen könnte. Ein echtes Phänomen übrigens, der Säugling sah aus wie eine Wachspuppe, überhaupt nicht verwest und voll erhalten."

„Lutz", donnerte seine Mutter, „verschone uns mit diesen Einzelheiten beim Frühstück!" Ilka sah auf und bemerkte, dass Rita, ihre Serviette vor den Mund gepresst, hinauseilte. „Du vergisst sämtliche Manieren." Nach diesem Zwischenfall senkte sich Schweigen über den Raum.

Rita war sehr blass, als sie zurückkam. Offenbar hatte sie sich gerade von ihrem Frühstück verabschiedet.

„Tut mir leid, Tantchen." Lutz streichelte über ihre Hand. „Ich habe vergessen, dass du ja noch nicht ganz hergestellt bist. Eigentlich war es aber auch sehr leichtsinnig von dir, nicht im Bett zu bleiben. Soll ich dich hochbegleiten?"

„Es wird auch für mich Zeit", Ulrike schaute auf ihre Uhr, „in zwanzig Minuten kommt der erste Patient." Sie stand auf und küsste den Oberbürgermeister, der Rita untergehakt hatte, und mit ihr zur Tür strebte, leicht auf die Wange. „Haben Sie heute Nachmittag ein Stündchen Zeit für mich, Frau Maurer?", wandte sie sich an Ilka. „Unser französischer Besuch steht fast schon vor der Tür."

„Ja, gerne", antwortete Ilka und stand ebenfalls auf, um den anderen zu folgen, als Leni von Hohenbach, die unverändert majestätisch sitzenblieb, sie zurückhielt.

„Könnten Sie noch ein paar Minuten für mich erübrigen? Es würde mich interessieren, was Sie nach Bad Kissingen geführt hat."

Gehorsam setzte sich Ilka wieder. Jetzt kommt wohl eine Art *mündlicher Prüfung*, schoss es ihr durch den Kopf. Nun – sie würde sich zu wehren wissen.

„Sie haben sehr wenig gegessen", begann Leni, als der Rest der Familie den Raum verlassen hatte, „möchten Sie nicht noch ein Brötchen? Oder haben wir Ihnen den Appetit verdorben?"

„Natürlich nicht. Ich esse morgens nie sehr viel", antwortete sie höflich und sah zu, wie die Hausherrin akribisch einen Apfel schälte und in Stücke schnitt, die sie auf einem Teller arrangierte. Maria kam mit einem Tablett und begann das gebrauchte Geschirr abzuräumen.

„Warten Sie, Maria", befahl die Hausherrin. „Bringen Sie uns eine Kanne Tee in den Salon, dann können Sie hier schalten und walten. Den Apfel hier möchte ich auch noch essen." Sie erhob sich, drückte der Haushälterin den Teller in die Hand und winkte Ilka, ihr zu folgen. „Wir wollen schließlich Maria nicht stören bei ihrer Arbeit."

Welch glattzüngiger Euphemismus, dachte Ilka. Es war doch wohl eher so, dass Frau von Hohenbach nicht gestört zu sein wünschte. Ein wenig klamm fühlte sich Ilka schon vor dem Gespräch, das jetzt folgen würde. Die Frau war aber auch Achtung gebietend, trotz Gehstock würdevoll ausschreitend, jeder Zoll eine Herrin. Der „Salon" entpuppte sich als das Zimmer mit Flügel, in dem Ilka bei ihrem ersten Besuch in diesem Hause zusammen mit Dr. Lindwasser und Ulrike Redler gesessen hatte.

Leni von Hohenbach stellte ihren Stock an eine Sessellehne und nahm Platz. Endlich begriff Ilka, was dieser Begriff bedeutete. Die ältere Frau setzte sich nicht einfach, sie ließ sich nieder, strich ihren Rock glatt und stellte die Füße formvollendet nebeneinander. So sah man zuweilen die Queen auf Fotos in Hochglanzmagazinen.

„Bitte!" Frau von Hohenbach deutete auf den Sessel ihr gegenüber, und Ilka setzte sich hin. „Ach, entschuldigen Sie, ich bin eine vergessliche alte Frau. Würde es Ihnen etwas ausmachen, die Vorhänge zu öffnen. Ich sehe auch bei Regen gerne in den Garten."

Auf ihrem Weg zurück blieb Ilka vor dem Flügel stehen. Gerne hätte sie die Familienfotos angeschaut, aber als Maria mit einem Tablett hereinkam, mit der Hausherrin sprach und Tee in die hauchdünnen Porzellantassen goss, war der Augenblick, in dem sie hätte fragen können, vorüber. Vielleicht konnte sie später noch einmal darauf zurückkommen.

„Was hat Sie denn nun wirklich nach Bad Kissingen geführt?", begann die alte Dame, „ich habe zwar inzwischen einiges über Sie gehört, aber ich mache mir gerne selbst ein Bild von den Menschen, mit denen ich es zu tun habe."

Ilka hätte sich an dem heißen Tee fast den Mund verbrannt. Mit so einer direkten Konfrontation hatte sie nicht gerechnet. Aber was hatte sie zu verlieren? Schließlich wollte sie nach wie vor etwas über die Umstände ihrer Adoption herausfinden und nicht viele kannten alte Gerüchte besser als eine Frau, die ihr ganzes Leben in Bad Kissingen verbracht hatte.

„Ein Dokument in einem Bankschließfach", berichtete Ilka, „hat mich hierhergeführt." Und sie erzählte ihre Geschichte, wie schon einige Male zuvor in den letzten Tagen, nur selten für eine Verständnisfrage unterbrochen von ihrer Zuhörerin, die dabei langsam und genussvoll ihre Apfelstücke verzehrte. „Und jetzt bin ich in der verzweifelten Lage, nicht zu wissen, wer ich bin und woher ich komme", schloss sie ihre Geschichte.

„Da geht es Ihnen nicht anders als den meisten von uns. Wie viele Menschen können denn von sich behaupten, zu wissen, wer sie sind – auch wenn sie durchaus sagen können, woher sie kommen."

„Sie verstehen nicht, was ich meine", gab Ilka tapfer zurück. „Ich muss herausfinden, wer meine Eltern waren und warum sie mich einfach so weggeben konnten."

„Und was würde dieses Wissen ändern? Sie sind eine gebildete und sicher liebevoll erzogene junge Frau, die durchaus in der Lage ist, ihr Leben zu bewältigen."

„Ist es nicht das Recht eines jeden Menschen, seine Wurzeln zu kennen?"

„Möglich", gab Leni von Hohenbach zurück, „allerdings wären auch einige sehr froh, ohne den ganzen familiären Ballast ihr Leben leben zu dürfen. Haben Sie denn keine Angst davor, etwas zu entdecken, das Ihnen gar nicht gefällt?" Leni hatte ihr letztes Apfelstückchen gegessen und wischte sich den Mund mit einer Serviette ab. „Wenn ich Ihnen zuhöre, fällt mir unser Klassiker Schiller ein." Als Ilka sie verständnislos ansah, führte sie weiter aus: „Er sagt in seiner Ballade vom Taucher, dass niemand begehre zu schauen, was die Götter gnädig bedecken mit Nacht und mit Grauen."

Ilka fühlte Gänsehaut. Warum war die alte Dame so negativ? Sie war mit einem Mal fest davon überzeugt, dass Leni von Hohenbach genau wusste, wovon sie sprach und triftige Gründe haben musste, ihr so dringlich von Nachforschungen abzuraten. *Jetzt erst recht*, dachte Ilka. Sie würde sich nicht abweisen lassen. Etwas von dieser unbeugsamen Haltung musste an ihrem Gesicht abzulesen gewesen sein, denn plötzlich wurde die Hausherrin verständnisvoller.

„Es ist ja nicht so, dass ich Ihre Not nicht verstünde", räumte Leni ein, „ich rate Ihnen ja nur genau zu überlegen, was Sie tun. Mit den Folgen müssen schließlich Sie allein leben."

„Ich habe in den vergangenen Tagen nichts anderes getan, als genau darüber nachzudenken", antwortete Ilka heftig, „ich habe keine Wahl mehr, ich kann nicht mehr zurück."

„Ging es Ihnen gut bei Ihren Adoptiveltern?" Täuschte sich Ilka oder klang diese Frage besorgt?

„Mir hat es an nichts gefehlt", gab sie brüsk zurück, „bis auf die Wahrheit ... Aber wenn es dafür einen Grund gab, werde ich ihn herausfinden."

„Ich bin Ihnen nicht feindlich gesonnen, Ilka", sagte die alte Dame müde. „Aber bedenken Sie: Wer immer Sie zur Adoption freigegeben hat, ist möglicherweise nicht glücklich darüber, wenn Sie es herausfinden. Das muss nichts mit mangelnder Liebe zu tun haben. Was wissen wir beide schließlich von den Nöten und Zwängen, die zu diesem Schritt geführt haben?"

„Vielleicht sollte ich wirklich dankbar sein, dass ich lebe ... Es hätte ja auch anders kommen können", sagte Ilka niedergeschlagen. „Denken Sie an das Kind, das vergraben wurde und diese Chance nie bekam."

„Unsere Familie hat Einfluss", sagte Leni von Hohenbach. „Vielleicht kann ich ja etwas für Sie herausfinden. Der Notar, von dem Sie sprachen, hat auch mit uns zusammengearbeitet." Sie stand auf. „Ich werde sehen, was ich tun kann. Aber versprechen Sie mir bitte, nichts Unüberlegtes zu tun, Ilka." Leni von Hohenbach gab Ilka die Hand. „Das könnte sonst für Sie gefährlich werden. Und jetzt entschuldigen Sie mich bitte. Ich muss nach meiner Schwester sehen."

****

„Ach Ben, das hatten wir doch alles schon. Immer ist es der nächste Auftrag, der dich groß herausbringt. Ich wünschte, du würdest dich einmal der Realität stellen ..." Ilka fühlte, wie sie immer trauriger wurde, während Ben begeistert Luftschlösser baute. Unwillkürlich hielt sie ihr Handy vom Ohr weg. Sie war sich bewusst, dass sie nur die Hälfte von allem aufnahm, was er ihr sagte. Plötzlich wurde sie hellhörig.

„Nein, Ben! Es bringt uns beide nicht weiter, wenn du hierherkommst. Ich komme ohnehin in ein paar Tagen nach Schweinfurt zurück, schon allein, um meinen Vater zu besuchen. Dann werden wir über uns beide ausgiebig reden müssen. Und jetzt muss ich wirklich weitermachen. Ich möchte das Kapitel noch abschließen. Heute kommt unser französischer Besuch, und ich muss mich wenigstens ein bisschen für die Gastfreundschaft hier revanchieren. Bitte versprich mir, auch das Kleingedruckte zu lesen, bevor du dich auf etwas einlässt." Ihr Herz sank bei Bens warmen Abschiedsworten. „Ich hab dich lieb."

„Ich dich auch – mach's gut."

Sie klappte ihr Handy zu und verwünschte ihre Feigheit. Warum hatte sie nicht ehrlich reagiert? Weil das Telefon nicht die richtige Kommunikationsmöglichkeit war, um das zu sagen, was sie sagen musste. Punktum. Ilka las den letzten Absatz durch, den sie vor dem Gespräch geschrieben hatte. Verflixter Ben! Sie war gerade so konzentriert gewesen.

Sie stand auf und ging zum Fenster. Ein Gärtner harkte gerade den Kiesweg. Als ob es hier noch irgendetwas zu verbessern gäbe! Sie schüttelte den Kopf. Franz kam um die Ecke, beladen mit einem Stapel Gartenstühlen. Ihm folgte Rita mit einem runden Tisch, den sie auf den Rasen stellte. Franz stellte die Stühle darum, doch Rita arrangierte sie anders, während sie auf ihn einsprach. Rita sollte doch in ihrem Bett liegen. Die Frau musste sich wirklich für unentbehrlich halten. Dennoch fühlte Ilka leise Scham wegen ihres gehässigen Gedankens. Vielleicht sollte sie sich eher ein Beispiel nehmen an Ritas Disziplin.

Halbherzig widmete sie sich wieder ihrer Übersetzung. Ob man wohl erwartete, dass sie bei den Vorbereitungen half? Sie könnte doch immerhin ihre Hilfe anbieten. Mit ihrer Arbeit hier wurde es heute sowieso nichts mehr. Ilka schaltete ihren Laptop aus, zog Jeans und Turnschuhe an und machte sich auf den Weg in den Garten.

Sie fand Rita, heftig gestikulierend, während Leni von Hohenbach Astern abschnitt. Langsam ging sie auf die beiden zu und fragte, ob sie helfen könne.

„Gerne", antwortete Leni. „Sie könnten ein paar Astern abschneiden für diese kleinen Väschen da." Sie zeigte auf einen langen, weißgedeckten Tisch vor dem Haus, auf dem bereits Kaffeegeschirr, Kannen und in kleinen Körbchen Croissants standen. „Ich bekomme sonst gleich wieder Rückenschmerzen – und auf meine Schwester kann ich nicht zählen." Sie lachte gutmütig. „Rita würde am liebsten alle Blumen im Garten für die Kirche reservieren."

„Sie wären wunderschön auf dem Seitenaltar", schmollte Rita. „Ich finde es überflüssig, dass auf den Gartentischen auch noch Blumen stehen müssen."

„Deinen Eifer in Ehren, Rita", wandte sie sich an ihre Schwester, „aber die Kirche kann durchaus auch einmal dem Gärtner etwas zukommen lassen. Es steht nirgends geschrieben, dass zur Ehre Gottes ausschließlich gespendete Blumen blühen müssen."

„Nein, Franz, es reicht! Wir haben genug Tische und Stühle!" Rita lief mit wenigen großen Schritten zu Franz, der mit einem weiteren Stapel Gartenstühlen um die Ecke gekommen war. „Bring die Stühle wieder zurück und frag, ob du bei den Ställen helfen kannst."

Franz beachtete sie nicht und ließ die Stühle auf den Rasen krachen. „Ilka", rief er strahlend und kam auf sie zu gelaufen. „Hilfst du uns auch?"

„Ilka wohnt jetzt bei uns, Franz", ließ sich Leni von Hohenbach vernehmen. Täuschte sich Ilka, oder lag da etwas wie Zufriedenheit in der Aussage der Hausherrin? „Im Ferienhaus von Frau Dr. Erbach ist eingebrochen worden, und hier können wir sie besser beschützen."

Aus Franz' Miene wich das Strahlen, er schaute Ilka bestürzt an. „Warum hast du mich nicht gerufen? Ich hätte dir geholfen", stammelte er.

„Du warst halt gerade nicht da", tröstete ihn Ilka und streichelte über seine schwieligen Hände.

„Kommst du Franz?", rief Rita. „Die Stühle müssen wieder weg. Wir haben nicht mehr viel Zeit. Die Franzosen sind sicher bald da." Mit hängenden Schultern trottete er davon und Ilka fragte sich einmal mehr, ob Rita sich den Mann als ganz persönlichen Sklaven hielt.

„Schauen Sie nicht so deprimiert." Leni von Hohenbach hatte wohl genau registriert, was in Ilka vorging. „Die beiden verstehen sich im Grunde sehr gut. Franz braucht Struktur und meine Schwester gibt sie ihm. Sie hätten ihn erleben müssen, als er von Ihrem Überfall erfuhr. Er hat geweint wie ein kleines Kind."

War die alte Frau so unsensibel oder redete sie sich die Dinge schön?, fragte sich Ilka. Sie schauderte, wenn sie an die Ängste von Franz angesichts angedrohter Höllenstrafen dachte. Aber sie nickte nur und widmete sich wieder ihren Blumen.

„Hier ist der Strauß, den Maria für die Bodenvase im Gästehaus wollte, Frau von Hohenbach." Der Gärtner kam über den Weg, während der Kies unter seinen Schritten knirschte und legte eine Sammlung von Zweigen, bestehend aus Sanddorn, Feuerdorn und gefärbtem Laub auf einen Stuhl. Er wischte sich den Schweiß von seiner ausgeprägten Stirnglatze und putzte seine Hände an dem grünen Overall ab, den er trug.

„Danke, Max. Sie können dann gehen, wir sind soweit fertig und brauchen Sie nicht mehr", entließ ihn die Hausherrin nach einem Blick auf die Armbanduhr. Würdevoll entfernte er sich. Ilka hatte einen kurzen Augenblick lang gedacht, er würde sich verbeugen.

„Wären Sie so freundlich, die Zweige Maria zu bringen?", fragte Leni. „Sie ist drüben im Gästehaus. Das ist das Gebäude schräg gegenüber vom Hauseingang. Wahrscheinlich ist die Türe offen, wenn nicht, klingeln Sie bitte." Sie nahm eines von Ilkas Tisch-Sträußchen in die Hand. „Schön sind Ihre Sträußchen geworden, Sie haben einen guten Geschmack!"

Das Gästehaus war ein modernes Gebäude mit Gästezimmern, die jedem Sternehotel zur Ehre gereicht hätten. Der Fußboden war aus edlem Naturstein, jedes der Zimmer hatte ein eigenes Bad mit separater Dusche und eine geschmackvolle Sitzecke, stellte Ilka fest, als sie sich neugierig umsah. Im Foyer stand eine Sitzgruppe aus braunem Leder und in einer Nische fand sie zwei Computer mit Internetanschluss.

„Maria“, rief sie erst zaghaft, dann lauter, bis sie aus dem ersten Stock Antwort hörte.

„Ich komme gleich ...“, vernahm sie, und einen Augenblick später kam Maria die Treppe herab. Auf dem Arm trug sie einen Stapel blütenweißer Handtücher. „Ach Sie sind das. Sie bringen mir die Zweige, gerade im richtigen Moment, ich bin eben fertig geworden!“

Mit geübtem Griff arrangierte die Haushälterin die Zweige in einer schweren bronzenen Vase und stellte sie neben die Sitzgruppe.

„Sieht toll aus, nicht wahr?“, lobte sie sich selber, „jetzt können unsere Gäste kommen.“

Sie zog einen Schlüssel aus ihrer Schürzentasche und schloss ab, als sie draußen standen. Eine helle, fast weiße Herbstsonne brach sich ihren Weg durch die Wolken und beleuchtete den makellos gesäuberten Hof. Ilka verabschiedete sich von Maria und beschloss, einen kleinen Rundgang zu machen. Sie kannte das Anwesen überhaupt noch nicht und es interessierte sie schon, was Lutz von Hohenbach seinen Gästen bot.

Ihr Weg führte sie vorbei an den Ställen hinaus in die Natur. Sie hörte das Schnauben der Pferde, als sie vorbeiging. In einem Wirtschaftsgebäude – oder war es eine Scheune? – glaubte sie Franz’ Stimme zu hören. Sie kam zu einer Koppel, auf der braune und gefleckte Pferde friedlich grasten. Wie auf Zuruf kamen sie näher, als sie Ilka sahen, und wandten sich gleichmütig wieder ab, als die erhoffte Zuwendung ausblieb. Was machte man mit Pferden? Gab man ihnen Zucker oder eine Karotte?

Langsam ging sie zurück, vorsichtig blieb sie vor einer halb geöffneten Stalltür stehen. Sie stand Auge in Auge mit einem Schimmel, der sie ebenso neugierig zu mustern schien, wie sie ihn. Sie hatte bisher noch nie den Versuch gemacht, eines von ihnen zu satteln oder sich gar auf seinen Rücken zu setzen. Was mochte das wohl für ein Gefühl sein?

„Willst du reiten, Ilka?“ Franz kam mit zwei Eimern über den Hof und ging an ihr vorbei zur Hinterwand des Stalles, an den ein Schuppen angebaut war.

„Ich kann nicht reiten, Franz ...“ Ilka folgte ihm und sah, dass er mit einer Schaufel eine genau abgemessene Portion eines undefinierbaren Getreidegemischs in die beiden Eimer schüttete. Sie wunderte sich einmal mehr, mit welcher Hingabe er seine verschiedenen Arbeiten verrichtete.

„Das sind Vitamine“, sagte er ernsthaft, „wir haben zwei neue Fohlen.“ Offenbar war der Schuppen nicht für Gäste bestimmt, denn Ilka bemerkte Spinnweben in den Ecken und eine Staubschicht auf den Geräten, die hier herumstanden. Sie sah einen Hand-Rasenmäher, der schon Rost angesetzt hatte, Dosen mit Unkraut-Spritzmitteln, eine altes Fahrrad und eine ausgemusterte Nähmaschine. Irgendwie tröstlich, dachte sie, dass es selbst in einem so wohlfrisierten Haushalt eine Schlamperecke gab.

„Franz, wo bleibst du denn?“, hörte sie eine männliche Stimme rufen und Franz ergriff hastig seine beiden Eimer und eilte davon.

In einer Ecke entdeckte sie einen mit einer Decke abgedeckten Wäschekorb. Unter einem Zipfel lugten Bücher hervor und Ilka konnte nicht widerstehen. Vorsichtig hob sie die Decke hoch. Kleine Staubwölkchen flogen in die Luft. Sie griff nach einem Märchenbuch der Gebrüder Grimm, das aus einem anderen Jahrhundert zu stammen schien.

Gemessen an heutigen Standards war der Einband mit seinen naiven Zeichnungen simpel. Heute würde dieses Buch in einer Buchhandlung wohl ebenso verstauben wie hier. Eine Ausgabe des Struwwelpeter war genauso antiquiert. Offenbar hatte es Leni von Hohenbach nicht über sich gebracht, die Kinderbücher ihres Sohnes wegzuwerfen.

Ilka wühlte sich etwas tiefer in den Korb und fand eine ganze Reihe von Hanni und Nanni. Sie stutzte. Über Enid Blyton hatte sie selbst in ihrer Kindheit oft genug die Welt vergessen, aber sie bezweifelte, dass der Oberbürgermeister diese Art Lektüre favorisiert hatte. War sie gerade dabei, Spuren seiner verschwundenen Schwester zu finden? Sie schlug eines davon auf und fand ein ex libris mit dem Schriftzug *Martina von Hohenbach*.

Mit leiser Wehmut erinnerte sie sich an lange zurückliegende Momente des Lesevergnügens und fühlte sich dieser Martina auf eine eigentümliche Art verbunden. Das Buch stammte aus dem Jahr 1986 und Ilka spürte, wie ihr Herz schneller zu klopfen begann. Wie alt war Martina wohl heute? Ilka rechnete nach. Sie war etwa zehn gewesen, als sie die Hanni und Nanni-Bände gelesen hatte. Wenn Martina 1986 auch etwa zehn war, wäre sie 1976 geboren und 1990 zum Zeitpunkt von Ilkas Geburt vierzehn Jahre alt gewesen. Nein – viel zu jung, um ihre Mutter zu sein. Enttäuscht legte sie das Buch wieder zurück. *Andererseits hatte sie selbst nicht auch mit sechzehn, siebzehn Jahren gerne noch Enid Blyton gelesen?* Allerdings gestand sie sich ein, dass es ihr in diesem Alter peinlich gewesen wäre, hätte man sie bei dieser Lektüre erwischt.

Sie nahm einen weiteren Band und fand das gleiche ex libris. Gedankenverloren blätterte sie ihn durch und schloss das Buch wieder. Moment mal, irgendetwas war anders gewesen an diesem Buch. Sie öffnete es wieder und blätterte noch einmal, ganz langsam und aufmerksam. Und jetzt fand sie, was sie vorhin nur als flüchtigen Eindruck wahrgenommen hatte. Ein kleiner weißer Zettel klebte zwischen den Seiten, nur mit Bleistift beschrieben und deshalb so unauffällig. Sie nahm ihn heraus und las: *My dearest Martina, I was very disappointed last evening. Why didn't you come to our meeting-place? Please try it again this evening. I will be there, Daniel.*

Ilka schmunzelte. Also hatte Martina auch irgendeine Schülerliebe. Der Zettel sah ganz so aus, als wäre er in Eile aus einem Schulheft gerissen. Aber warum schrieb dieser Daniel auf Englisch? Moment mal, irgendein Gedankenfetzen bahnte sich seinen Weg in ihr Bewusstsein. Hatte nicht Stefan Vierneisel von einem Sprachstudenten gesprochen? Dieser Korb hier war ja eine wahre Fundgrube. Was sie wohl noch alles finden würde?

Das Knarren der Schuppentüre erschreckte sie wie ein Pistolenschuss. Sie hatte keine Schritte gehört, ließ das Buch fallen und drehte sich um.

„Was machen Sie denn hier?“ In der Türe stand Rita Gerstmaier.

„Ich, ich ... Franz war hier und ich bin mit ihm hereingekommen“, stammelte sie.

„Ich habe gesehen, dass die Türe offenstand. Eigentlich sollte sie abgeschlossen sein.“ Rita inspizierte das Türschloss. „Steckte denn kein Schlüssel?“

„Darauf habe ich nicht geachtet ...“ Ilka hörte selbst, wie lahm ihre Worte klangen. Einen schönen Eindruck machte sie hier. Es sah jetzt ganz so aus, als hätte sie schnüffeln wollen.

„Wie auch immer, Ulrike hat schon nach Ihnen gefragt. Ich denke, wir sollten nach vorne gehen. Die Gäste werden jede Minute erwartet, wenn sie nicht schon da sind."

Rita hielt die Tür fest wie einen Schild und Ilka blieb nichts anderes übrig, als hinauszugehen.

„Dieser verflixte Franz, wahrscheinlich trägt er den Schlüssel in seiner Hosentasche." Nachdrücklich schloss Rita die Tür zum Schuppen und eskortierte sie nach vorne. Ilka war frustriert. So leicht würde sie sich nicht abschütteln lassen. Ein bisschen mehr hätte sie schon noch gerne über die verschwundene Martina herausgefunden. Aber – morgen war auch noch ein Tag. Sie würde wiederkommen.

****

„Ist das nicht ein wenig dick aufgetragen?" Lachend zeigte Ulrike auf ein Spruchband, das über dem Hoftor angebracht war. In riesigen Lettern war mit roter Schrift *Bienvenue* auf weißes Leinen aufgemalt. „Dieser Geniestreich ist mir erst vorhin eingefallen und jetzt fürchte ich, mich lächerlich gemacht zu haben. Sollen wir es wieder abnehmen?" Ilka hörte Unsicherheit in Ulrikes Stimme.

„Nein, ich finde es sehr liebevoll. In jedem Fall ist es eine nette Geste und ich hoffe doch, dass unsere französischen Gäste sie auch als solche verstehen."

„Das beruhigt mich. Sie werden nämlich gleich ankommen. Der Reiseleiter hat gerade auf seinem Handy angerufen. Sie sollten in etwa zehn Minuten da sein."

„Oh, da muss ich mich sputen." Ilka schaute prüfend auf ihre Jeans und dann auf Ulrike, die ausgesprochen chic aussah in grauem Kostüm und dunkelroter Bluse. Der Vergleich fiel nicht zu ihren Gunsten aus.

„Ich bin in fünf Minuten wieder da", rief sie Ulrike zu und lief los. Für Make-up würde keine Zeit mehr bleiben, aber umgezogen hatte sie sich schnell. Sie hatte in dem Schuppen offenbar die Zeit vergessen. Allzu viel Auswahl für offizielle Garderobe hatte sie nicht, ihre weiße Bluse mit Rock würde es tun müssen. Ein prüfender Blick auf den Kragen fiel gerade noch positiv aus, aber sie würde sich erkundigen müssen, wo sie ihre Wäsche waschen konnte. Für etwas Lippenrot und Mascara reichte die Zeit noch, bevor sich Ilka wieder auf den Weg machte.

Länger hätte sie aber nicht verweilen dürfen, denn inzwischen waren auch der Oberbürgermeister in feinem Zwirn und Katja angekommen. Ulrike Redler stand an der Seite ihres Lutz von Hohenbachs, Rita Gerstmaier, Leni von Hohenbach und Maria hielten sich im Hintergrund. Katja trug ein grünes Sommerkleid, das eng um die Taille anlag und nach unten in vielen Falten aufsprang mit einem zart gehäkelten Bolero-Jäckchen. Sie sah wunderschön aus. Die Sonne hatte inzwischen alle Wolken vertrieben und brannte rücksichtslos wie ein überdimensionaler Scheinwerfer auf die kleine Versammlung. Die Szene hatte etwas von einer Bühne, dachte Ilka sarkastisch. Sie konnte sich ein winziges, boshaftes Lächeln nicht verkneifen, als sich der Oberbürgermeister in seinem dunkelblauen Anzug den Schweiß von der Stirn wischte. *Ja, ein professioneller Darsteller muss so etwas aushalten, Herr Oberbürgermeister.*

„Ich weiß nicht, wie du es schaffst, bei so wenig Aufwand so toll auszusehen." Katja hatte sich am Oberbürgermeister vorbeigemogelt und lächelte Ilka an.

„Naja", Ilkas Blick scannte Katja, „dir kann heute niemand das Wasser reichen. Solltest du öfter machen."

„Findest du mich nicht ein wenig overdressed?"

„Absolut nicht, du siehst einfach nur cool aus."

Katja strahlte „Du machst dich rar, Ilka. Habe ich irgendetwas getan, das dich verletzt hat?"

„Wie kommst du denn auf so eine absurde Idee? Ich musste mich hier erst zurechtfinden. Aber du hast recht, wir sollten uns wieder einmal ausgiebig unterhalten."

„Wie wär's denn gleich mit heute Abend?"

„Hmm, ich weiß nicht, was in puncto Franzosen von mir erwartet wird, aber im Prinzip natürlich gerne."

Von ferne war leises Motorengeräusch zu hören und gleich darauf kam ein Reisebus über die kleine Anhöhe. Neben der Fahrertür flatterte die blau-weiß-rote Trikolore und wies den Bus unmissverständlich als französischen aus. Ilkas Aufmerksamkeit galt allerdings dem grünen MG, der dem Bus folgte, und ihr Herz machte einen kleinen Satz.

„Oh, sogar Paul hat sich Zeit genommen“, flüsterte Katja Ilka ins Ohr, während sich Türen öffneten und eine Traube von Teenagern herausquoll. Es schien, als hätte eine unsichtbare Hand eine große Käfigtür geöffnet und einen Schwarm gefangener Vögel endlich ins Freie entlassen. Lachend und unter gutmütigen Rempeleien umschwärmten die jungen Leute den Bus, nahmen ihr Gepäck entgegen und blieben dann erwartungsvoll, aber in sicherem Abstand stehen.

Aus ihrer Mitte lösten sich ein Mann und eine junge Frau und kamen auf die Gruppe zu. „Laufen Sie bitte direkt neben mir!“ Ulrike Redler zupfte Ilka am Ärmel und Ilka nickte, während sie auf die Ankömmlinge zugingen.

„Bonjour et bienvenue ... avez-vous fait bon voyage?“, wandte sich Ilka an den Mann. „Oui, merci – mais il a fait très chaud.“ Er wischte sich mit einem Lächeln und ausdrucksstarker Geste den imaginären Schweiß von der Stirn.

„Je suis Ilka Maurer“, sagte Ilka während sie ihm die Hand hinstreckte.

„Oh – très bien – et je suis Luc Mossaz.“ Er machte allerdings keinerlei Anstalten, ihre Hand zu ergreifen, sondern fasste sie mit beiden Händen an den Oberarmen und blies die obligatorischen drei Begrüßungsküsse rechts und links ihrer Wangen in die Luft. Wie hatte sie nur dieses wesentlichste aller französischen Rituale vergessen können?

Sie wandte sich zu Ulrike Redler, während sie beide einander vorstellte.

„Um diese drei Küsse werden Sie nicht herumkommen, wenn Sie nicht als hoffnungslos steif gelten wollen“, klärte sie sie auf und Ulrike folgte gekonnt ihrem Beispiel.

„Wir werden also küssen müssen.“ Wie aus dem Nichts war Dr. Paul Lindwasser neben Ilka aufgetaucht. Sie lachte und ehe sie sich versah, hatte der junge Arzt sie an den Händen gefasst und küsste rechts, dann links an ihren Wangen vorbei. Er hielt inne und seine Augen glitzerten, während er sehr bestimmt und sehr langsam seine Lippen auf die ihren senkte. Ilka bekam einen kurzen Moment lang keine Luft. Die Umgebung, ihre Umrisse und Geräusche verschwammen. Dr. Lindwassers Konturen und seine Augen, die trotz seines feinen Lächelns ernst waren, traten scharf hervor.

Sie hörte neben sich Lutz von Hohenbachs Stimme ... und der Zauber des Augenblicks verging.

Langsam nahmen die Personen und Dinge wieder Gestalt an und Ilka bemerkte, dass sich die junge Frau aus der Gruppe löste und auf sie zukam. „Ich heiße Anne-Claire Cugneau." Sie sprach mit unverkennbar französischem Akzent, aber absolut korrekt. „Luc hat mich mitgenommen." Sie lächelte unsicher. „Sagt man so richtig? Weil seine Deutsch und Englisch sehr, sehr schlecht sind."

„Oh, welch eine Erleichterung", Ulrike schüttelte Anne-Claire enthusiastisch die Hand. „Sie sprechen fantastisch Deutsch und wir sind sehr froh, dass Sie mitgekommen sind." Ilka musterte Anne-Claire, so unauffällig es eben noch ging. Sie stellte fest, dass die Französin aus der Nähe nicht ganz so jung wirkte, auch wenn ihr jungenhaft kurz geschnittenes Haar und die Jeans mit Streifenbluse diesen ersten Eindruck hervorriefen. Feine Lachfältchen legten sich wie Spinnweben um ihre Augenpartie und ihre Haare durchzogen erste graue Fäden.

Sie beobachte Lutz von Hohenbach, während er Anne-Claire begrüßte. Seine Augen hatten etwas Gieriges, während er Luftküsse verteilte und Ilka musste plötzlich an Stefan Vierneisel denken. Seine Bemerkung über Lutz und die Frauen war also bei weitem nicht so boshaft, wie sie ursprünglich gedacht hatte.

Ulrike Redler verteilte inzwischen kleine Häppchen an die jungen Gäste und goss Getränke in die bereitstehenden Gläser. Ilka eilte an ihre Seite. Leni von Hohenbach hatte ihren hoheitlichen Habitus abgelegt und sich unter das junge Volk gemischt und sogar Rita Gerstmaier lächelte und schüttelte eifrig Hände. Nun, Ilka hätte sich auch nicht vorstellen können, dass diese konservative Dame plötzlich Schüler küssen würde, nicht einmal andeutungsweise.

Ilka schaute sich suchend nach Paul Lindwasser um und entdeckte ihn, als er auf Katja zuging. Mit einem Kopfschütteln nahm er ihr die beiden Reisetaschen ab, die sie offenbar zum Gästehaus tragen wollte. Er ist nur höflich, dachte Ilka und konnte dennoch nicht vermeiden, dass sich ihre Stirn umwölkte. Sie wandte den Blick ab und konzentrierte sich auf die Platte mit den Kanapees vor ihren Augen. Sie hätte gerne nach einem Brötchen mit Frischkäse und Radieschen gegriffen, ließ es aber, als sie niemanden der Gastgeber essen sah. Der Oberbürgermeister winkte Katja zu sich hin und flüsterte ihr etwas ins Ohr, worauf sie in die Hände klatschte und zu Ilka kam.

„Könntest du den Gästen bitte verklickern, dass der Oberbürgermeister ein paar Worte sagen möchte, bevor sie in ihre Zimmer gehen – halt, nein – warte ..." Sie stoppte, als sie bemerkte, dass sie der Oberbürgermeister mit einem Kopfschütteln zu sich winkte. Er zeigte diskret auf Anne-Claire, die einem auffallend hübschen Mädchen offenbar einige Anweisungen gab. Sie hörte Katja zu, nickte dann und ging langsam zum Oberbürgermeister.

„Sehr verehrte Damen und Herren", begann er, „liebe Gäste ..." Anne-Claire übersetzte ins Französische. Ilka fühlte sich zurückgewiesen. Die Geste war mehr als ostentativ. Oder konnte Lutz von Hohenbach wieder einmal einer neu angekommenen attraktiven Frau nicht widerstehen? Nein, so einfach war es nicht. Diese Demonstration galt eindeutig ihr.

Er sprach von Völkerverständigung und Städtepartnerschaft, wünschte der Gruppe einen angenehmen Aufenthalt und viele bleibende Eindrücke und Ilka stellte fest, dass Anne-Claire Cugneau offenbar doch einige Verständnisprobleme hatte. Sie entschuldigte sich dafür, dass sie wohl etwas zu viel zusammenfasse. „Allerdings verkürzen meine Versuche die Rede doch entschieden", sagte sie augenzwinkernd, und ihre Schützlinge lachten.

„Was hat sie gesagt?", fragte Ulrike und fügte stirnrunzelnd hinzu: „Wäre es nicht höflicher gewesen, Sie hätten die Übersetzung übernommen?"

Ilka wusste nicht, was sie antworten sollte. Paul Lindwasser, der sich ihnen zugesellte, half ihr allerdings auch nicht aus ihrer Verlegenheit mit seiner Bemerkung: „Ich hätte auch gerne mit gelacht." Nur mit Mühe hielt sie eine spitze Antwort zurück. Keinem war damit gedient, wenn sie sich benahm wie eine Katze, der man auf den Schwanz getreten hat.

Lutz von Hohenbach beendete seine Rede und alle klatschten. Ilka fragte sich, ob der Beifall dem Inhalt galt oder eher der Tatsache, dass die offiziellen Ausführungen nun zu Ende waren. In der kurzen Stille, die folgte, hörte sie, dass irgendwo im Hof ein Auto mit quietschenden Bremsen zum Stehen gebracht wurde und alle Köpfe flogen in die Richtung, aus der das Geräusch gekommen war. Zu sehen war jedoch nichts.

Die Gäste verteilten sich an den Tischen. Vorsichtig knabberten sie an den Brötchen und tranken durstig von dem stillen Wasser, das bereitstand. Die Gläser mit Zitronenlimonade blieben stehen.

„Die Limonade können wir uns wohl künftig sparen ..." Ulrike schaute nachdenklich. „Und die Brötchen kommen auch nicht so gut an."

„Zumindest brauchen wir weniger als angenommen", stimmte Ilka zu. „Franzosen sind sehr zurückhaltend bei unbekanntem Essen. Und in der Tat, stilles Wasser genügt in der Regel."

„Sie scheinen Land und Leute ja sehr gut zu kennen", warf Paul Lindwasser ein und schenkte Ilka einen so tiefen Blick, dass er bis auf den Grund ihrer Seele zu sinken schien.

„Ich habe im Rahmen meines Studiums ein Jahr in Frankreich verbracht." Ilkas Stimme klang ihr selber fremd, während sie versuchte, das Klopfen ihres Herzens zu ignorieren. „In einer Schule im Norden Burgunds habe ich versucht, ein paar Grundbegriffe Deutsch zu vermitteln. Mit sehr magerem Ergebnis, muss ich gestehen." Ilka schaute angelegentlich zu Ulrike, um dem intensiven Blick Paul Lindwassers zu entgehen. „Meine Schüler begrüßten mich am Morgen beispielsweise mit einem fröhlichen *guten Abend.* Aber es ist schließlich der gute Wille, der zählt."

Ulrike schien ihr nicht zuzuhören. Gespannt schaute sie zum Nebentisch, wo der Oberbürgermeister mit Anne-Claire Cugneau flirtete.

Katja kam vom Gästehaus zurück und stellte sich zu ihnen, nachdem sie sich mit einem kurzen Blick vergewissert hatte, dass ihr Chef sie wohl im Augenblick nicht brauchen würde.

„Puhhh, Ilka – was gäbe ich für deine Französisch-Kenntnisse", sagte sie lachend, „wenn ich endlich einen Satz aus dem dürftigen Fundus meines Schulfranzösisch gedrechselt habe, kann ich dem Wasserfall der Antwort nicht mehr folgen."

„In ein paar Tagen fließt es auch bei dir ganz von selbst", beruhigte sie Ilka und Paul Lindwasser fügte hinzu: „Wie wir dich kennen, Katja, eroberst du ihre Herzen auch mit staksigen Sprachversuchen."

„Danke, das baut mich jetzt wirklich auf", meinte sie ironisch.

„Ich komme gleich wieder", entschuldigte sich Ulrike und ging entschlossen zum Tisch ihres Lebensgefährten. Ilka beobachtete, wie sie besitzergreifend die Hand auf den Arm Lutz von Hohenbachs legte, und auch wenn sie nicht verstand, was gesprochen wurde, die Geste war eindeutig. Irgendein Witz des Oberbürgermeisters brachte alle zum Lachen und kurz darauf verabschiedete sich Anne-Claire und ging zum Gästehaus.

Ilkas Blick folgte ihr, und sie sah Franz auftauchen. Mit kindlichem Eifer sprach er auf sie ein und lief neben ihr her. Anne-Claire beobachtete ihn stirnrunzelnd, während sie bemüht war, den Abstand zwischen ihnen beiden zu vergrößern. *Nein, bitte sei nicht so abweisend,* dachte Ilka und nahm sich vor, die Französin bei passender Gelegenheit aufzuklären. Sie wollte auf keinen Fall, dass Franz verletzt wurde.

Ulrike kam mit Lutz von Hohenbach im Gefolge zurück zu ihrem Tisch und Luc Mossaz schlenderte aus dem Gästehaus kommend ebenfalls in ihre Richtung. Wortreich schilderte er, wie sehr ihm die Zimmer gefielen und dankte für die liebevolle Gastfreundschaft, als er angekommen war. Ilka hatte Mühe, seinen Redeschwall zu übersetzen. Ulrike bat Ilka ihm zu verstehen zu geben, dass sie der Gruppe gerne den Hof und die Pferde zeigen wollte, wenn sich alle etwas frischgemacht hätten. Ilka übersetzte und Luc zeigte sich einmal mehr wortreich begeistert.

„Siehst du, genau das meine ich", sagte Katja, an Paul Lindwasser gewandt, „spätestens jetzt kann niemand mehr folgen."

„Ilka, wir sind sehr glücklich, dass Sie bei uns sind", bestätigte Ulrike. „Es wäre alles viel schwieriger ohne Sie."

„Allerdings ist Ihre Rechnung nicht ganz aufgegangen, Frau Maurer", wandte der Oberbürgermeister, der bisher geschwiegen hatte, ein. „Ihre Unentbehrlichkeit hält sich doch sehr in Grenzen, nachdem Madame Cugneau ausgezeichnet Deutsch spricht. Damit haben Sie wohl nicht gerechnet." Seine Worte fielen wie Steine in einen ruhigen See und Ilka fühlte sich, als hätte der Oberbürgermeister sie geohrfeigt und war nicht imstande, irgendeine Antwort herauszupressen.

Ulrike hatte sich als erste wieder gefangen. „Was ist nur in dich gefahren, Lutz?", sagte sie empört. „Hast du jeglichen Anstand vergessen? So geht man nicht mit seinen Gästen um, und das weißt du sehr genau. Ich muss gestehen, so kenne ich dich nicht."

„Ilka Maurer weiß sehr genau, was ich meine", gab Lutz zurück. „Ein besseres Etikett hätte sie doch nicht finden können, um sich in unser Haus einzuschleichen."

„Das war – mit Verlaub – wirklich sehr ungalant, Herr Oberbürgermeister." Pauls Blick feuerte Blitze. „Sie sollten sich besser entschuldigen."

„Mein Benehmen sollten Sie wirklich besser mir überlassen, Herr Doktor. Offensichtlich hat unsere junge Dame hier Sie inzwischen ebenfalls bezirzt, nicht nur Ulrike." Mit einer spöttischen Verbeugung wandte er sich ab und ging gemessenen Schrittes ins Haus.

Das betretene Schweigen, das seinem Abgang folgte, war fast mit den Händen zu greifen. Mit nervösem Auflachen brach es Ulrike. „Ich entschuldige mich für Lutz", sagte sie zu Ilka, „auch wenn ich nicht die geringste Ahnung habe, warum er seine Kinderstube vergisst. Ich hoffe nur für mich und uns alle, dass Sie nicht auf der Stelle abreisen." Sie legte begütigend die Hand auf Ilkas Arm. „Bitte, bleiben Sie, Ilka, mir zuliebe."

Genau das werde ich tun, dachte Ilka mit aufwallendem Trotz. *Ich werde mich nicht vertreiben lassen, auch wenn es dem Herrn Oberbürgermeister am besten gefiele.* Tapfer versuchte sie, die massive Verletzung hinunterzuschlucken. Wenn sie noch eine Bestätigung gebraucht hatte, dass der Oberbürgermeister etwas verbarg, hier hatte sie sie. Sie hatte einen Auftrag, es war kein Platz für Empfindlichkeiten. Sie hob den Blick und sah, dass sie vier Augenpaare erwartungsvoll ansahen. Mit mehr Entschlossenheit, als sie fühlte, antwortete sie: „Ich neige nicht dazu, einmal gegebene Zusagen bei der ersten Schwierigkeit zu brechen."

„Das nimmt mir einen Felsbrocken von der Seele." Ulrikes Erleichterung war unüberhörbar. „Ich schlage vor, dass wir uns setzen. Kommen Sie mit in den Garten, dort stehen immerhin Stühle an den Tischen."

Katja und Luc Mossaz folgten ihr. Dr. Lindwasser zögerte und wartete auf Ilka, die sich ihnen zaudernd anschloss. Sie wäre jetzt gerne allein gewesen.

„Geht es Ihnen gut?", fragte er leise, als Ilka ihn erreichte. „Ich wünschte, ich könnte irgendetwas für Sie tun."

„Ich danke Ihnen sehr. Es hat mich schon aufgebaut, dass Sie auf meiner Seite waren." Ilka lächelte unsicher.

„Das war doch selbstverständlich, aber – Ilka – ich bitte Sie ebenso dringend wie Ulrike. Reisen Sie nicht ab! Es ist so, dass ich Ihnen etwas sagen muss, ich weiß nur nicht, ob jetzt der rechte Augenblick ist.“ Er nahm ihre beiden Hände und Ilka tauchte ein in seinen Blick. Wieder erlebte sie das gleiche Phänomen, dass ihr die Silhouetten rings um sie entglitten.

„Störe ich?“ Aus dem Dämmer der Umgebung konturierte sich mit schmerzhafter Deutlichkeit Markus heraus. Paul zuckte zusammen und ließ reflexartig Ilkas Hände los.

„Ja“, beschied ihm Paul knapp und ging weiter.

Wo kam denn jetzt Markus her? Ärger wallte in ihr auf.

„Was suchst *du* denn hier? Willst du dich unbedingt fragen lassen müssen, ob du nichts zu tun hast im Rathaus?“ Ilka beeilte sich, Paul zu folgen, dessen abweisender Gesichtsausdruck bei Markus‘ Flirterei im Tattersall war ihr noch lebhaft in Erinnerung.

„Ich bin schon eine ganze Weile hier ...“ Er schaute ostentativ auf seine Uhr. „Aber jetzt habe ich offiziell Feierabend.“ Sie ging zu einem Tisch, an dem Ulrike zusammen mit Leni von Hohenbach, Katja und Rita Gerstmaier saß. Ohne zu zögern setzte sie sich auf den einzigen freien Platz neben Katja und zwang ihn damit, allein am Nebentisch Platz zu nehmen.

„Hier hat gerade Markus gesessen.“ Katja klang verstimmt.

„Dann hätte er besser sitzen bleiben sollen.“ Ilka konnte jetzt wirklich keine Rücksicht auf gesellschaftliche Feinheiten legen.

„Möchten Sie auch einen Kaffee?“ Ulrike als feinfühlige Gastgeberin registrierte natürlich die Schwingungen unterschwelliger Aggression. Sie stand auf und brachte ihr eine Tasse mit dem Ergebnis, dass ausgerechnet Paul aufstand und sich zu Markus an den Nebentisch setzte.

Die Unterhaltung verstummte, bevor sie Ulrike wieder aufnahm. „Wie ich schon sagte, ich habe jetzt wirklich Bedenken, ob Marias deftige deutsche Küche bei unseren Gästen ankommt.“ Sie wandte sich an Ilka: „Sie haben mich nachdenklich gemacht mit Ihrer Bemerkung vorhin.“

„Solange es nicht gerade Knödel sind, die sie ihnen vorsetzt, werden sie schon zugreifen. Sie wissen schließlich, dass sie in einem fremden Land sind und die französische Küche ist ohnehin nirgends auf der Welt zu finden." Ilka lachte. „Wir können also kaum etwas falsch machen."

„Das tröstet mich nur sehr bedingt", versetzte Ulrike trocken.

„Allerdings habe ich doch eine Idee, wie wir ihnen eine Freude machen könnten ...", sagte Ilka nachdenklich. „Die klassische, typisch deutsche Kaffeetafel mit vielen verschiedenen Kuchen kennt man in Frankreich überhaupt nicht. Ich konnte immer punkten, wenn ich Freunde zu Kaffee und selbstgebackenem Kuchen eingeladen habe. Kuchen wird in Frankreich in aller Regel nur als sehr süßes Dessert angeboten."

„Das ist ein toller Tipp, Ilka. Ich werde mit Maria reden, ob sie Kaffee und Kuchen einplanen kann."

Wieder versiegte das Gespräch und Ilka registrierte, dass Katja brütend neben ihr saß und immer wieder Blicke zum Nebentisch sandte. Zum wiederholten Male fragte sich Ilka, was hier unter der Oberfläche brodelte, und ihr Verdacht, dass Katja und Paul in einer sehr vertrauten Beziehung standen, erhielt neue Nahrung. Paul und Markus jedoch schienen die Blicke nicht zu registrieren, sie waren in eine ernsthafte Unterhaltung verstrickt. Was immer jedoch Paul Lindwasser erzählte, Markus schien es nicht zu gefallen, sein Gesichtsausdruck wechselte von Verstimmtheit zu Trotz. Er warf hin und wieder knappe Sätze in die Unterhaltung und wandte seinen Kopf zur Seite. Plötzlich überzog ein Strahlen sein Gesicht, und Ilka entdeckte, dass das auffallend schöne Mädchen, das ihr schon bei der Ankunft der Franzosen aufgefallen war, um die Ecke kam.

Die Unterhaltung verstummte, als hätte ein unsichtbarer Theatergong das Heben des Vorhangs angekündigt und die Aufmerksamkeit auf das Erscheinen der Hauptdarstellerin konzentriert. Alle schauten das Mädchen an, und sogar Rita Gerstmaier, die frischen Kaffee brachte, blieb unwillkürlich stehen, die beiden Wärmekannen in den Händen. Auch Ilka konnte nicht anders, als die verwirrend attraktive Erscheinung anzustarren, ihre zarte, feingliedrige Figur, die olivfarbene Haut, die dunklen, etwas schrägstehenden Augen und die langen Haare, die wie tiefschwarz glänzender Satin ihr Gesicht umrahmten und bis auf die Taille fielen. Das schlichte, weiße Poloshirt, das sie zu ihrer Jeans trug, hatte genau das richtige Maß an Understatement, um ihre Wirkung noch zu verstärken.

Unwillkürlich suchte sie nach einem Mangel in all dieser Vollkommenheit und fand ihn auch. Das Mädchen schaute suchend in die Runde und kniff dabei die Augen zusammen, was ihrer Miene etwas leicht Verschlagenes gab. Sie fühlte eine vage Ahnung, dass so viel Perfektion nicht nur Glück bedeutete.

Nachdem sie keine bekannten Gesichter fand, zuckte sie die Schultern, drehte sich um und wollte wieder gehen. Das Poltern eines umfallenden Stuhls riss die Betrachter aus ihrer Erstarrung. Markus war aufgesprungen und eilte auf das Mädchen zu.

„Bitte bleib doch“, rief er aus. „Setz dich zu uns.“

„Je ne comprends pas“, antwortete sie und Markus rief: „Ilka, so komm doch und sag ihr, dass sie bleiben soll.“ Ilka tat ihm gerne den Gefallen. Sie ging zu dem Mädchen, übersetzte Markus’ Wunsch und fügte hinzu, dass sich alle hier über ihr Bleiben freuen würden. Sie fragte nach ihrem Namen und erfuhr, dass sie Laetitia hieß, während sie zögerlich zum Tisch kam.

„Hilf mir doch, Paul!“, hörte sie Markus sagen, während er die beiden Tische zusammenschob und die Stühle so stellte, dass noch Platz für Laetitia war. Ilka bot ihr einen Kaffee an, doch sie entschied sich für ein Glas Wasser, während alle durcheinander fragten. Wo sie herkäme, ob sie müde sei nach der Fahrt und ob ihr die Unterkunft gefiele.

Ilka bemühte sich redlich, die auf sie einprasselnden Fragen zu kanalisieren. Laetitias Eltern kämen aus Algerien, berichtete sie und lebten jetzt in Nordburgund, sie ginge als einzige ihrer Familie ins Lycée, der französischen Entsprechung des deutschen Gymnasiums, und – ja – Bad Kissingen und ihr Zimmer gefielen ihr.

Markus fiel es zunehmend schwerer, auf Ilkas Übersetzung zu warten, und musste mit Enttäuschung hinnehmen, dass Laetitias Deutsch und auch ihr Englisch viel zu bescheiden für eine vernünftige Unterhaltung seien.

„Ja, lieber Markus“, ließ sich Katja vernehmen, „das bremst doch deine Anbaggerei ziemlich aus. Sehr lästig, zum Flirten eine Übersetzerin zu brauchen, nicht wahr?“ Ilka schaute verwundert zu Katja hin. Irgendwie wollte ihr der lockere Tonfall, der zu ihrer

Aussage gepasst hätte, nicht ganz gelingen. Katja hörte sich beleidigt an.

„Vor allem, wenn ausgerechnet die eigentlich Angebetete die Liebesbotin spielen soll“, warf Paul Lindwasser ein, „nicht wahr, Ilka?“

„Was soll denn das heißen?“, erwiderte sie.

„Es ist doch nicht zu übersehen, dass Markus’ Bemühungen bisher Ihnen galten. Und behaupten Sie jetzt bitte nicht, das hätten Sie nicht bemerkt.“ Der sarkastische Unterton in Pauls Stimme konnte seiner Bemerkung kaum etwas von ihrer Schärfe nehmen.

Ilka schluckte. Sie musste Stellung beziehen, das konnte sie nicht auf sich sitzen lassen. Ein für alle Mal würde sie jetzt Klarheit schaffen, selbst auf die Gefahr hin, dass sie Markus verärgerte. Zu ihrem Verdruss riss gerade in diesem Augenblick das Gespräch zwischen Ulrike, Leni und Rita ab und alle schauten auf sie.

„Ein genauer Beobachter hätte dabei aber auch bemerkt, dass Markus sicher nicht der Mensch ist, der sich auch nur eine Minute um die Ernsthaftigkeit solcher Bemühungen sorgen würde.“ Sie schaute Markus direkt ins Gesicht. „Da wirst du mir doch bestimmt recht geben, oder?“ Sie wandte sich wieder der Runde zu. „Markus ist der geborene Charmeur, der flirten muss wie andere Menschen atmen.“ Ilka legte ihm gewollt tröstend die Hand auf den Arm. „Dieser Zug macht dich sympathisch. Du bist ein wenig wie Cherubin in Mozarts *Figaro,* in erster Linie verliebt in die Liebe, nicht wahr?“

Markus schüttelte ihre Hand ab, als hätte ihn eine Biene gestochen. „So siehst du mich also“, knurrte er, „als einen dummen Jungen, der erst noch erwachsen werden muss. Du täuschst dich, Ilka! Ich weiß sehr genau, was ich will.“ Sein Gesichtsausdruck allerdings glich eher diesem schmollenden Jungen, den er so weit von sich wies, und strafte seine Worte Lügen. Zufällig fiel Ilkas Blick auf Katja und sie bemerkte Enttäuschung und Trauer in ihrem Blick. Blitzten da nicht sogar ein paar Tränen in ihren Augen? Also fühlte sich auch Katja von ihr verraten. Sie kämpfte mit sich, gerade Katja gegenüber ihre Haltung abzumildern, sah jedoch ein, dass alles, was sie jetzt anführte, die Situation nur verschlimmern würde.

Vielleicht war es am besten, sie ginge jetzt. Manche Dinge musste man ganz alleine mit sich selber klären. Sie entschuldigte sich damit, dass sie noch ein bisschen zu arbeiten hätte, stand auf und ging. Mit gespannter Aufmerksamkeit schienen alle ihren Abgang zu beobachten und Ilka fühlte ihre Blicke im Rücken, als sei sie eine mit Nadeln gespickte Voodoo-Puppe.

****

Sie wandte sich in Richtung der Stallungen und sah Lutz von Hohenbach aus der Haustüre kommen. Sie widerstand dem Reflex, gleich wieder umzukehren und nickte ihm freundlich zu, als sie vorbeiging. Seine Miene zeigte eine Mischung aus Ärger und prüfendem Interesse und Ilka beschleunigte ihren Schritt.

In welch ein Schlamassel war sie geraten? Ihre ambivalenten Empfindungen kribbelten wie Ameisen unter ihrer Haut. Am liebsten hätte sie ihren Koffer gepackt und wäre abgereist, wenn nicht dort die finale Auseinandersetzung mit Ben gedroht hätte. Andererseits sehnte sie sich mit jeder Faser nach Paul Lindwasser, und sie war ehrlich genug, sich einzugestehen, dass sie schon deshalb nicht abreisen würde.

Sie hörte das Schnauben der Pferde, im Hintergrund die deftige Bemerkung eines Stallburschen, mit einem Lachen quittiert. Alles schien seinen normalen Gang zu gehen, der Aufruhr war allein in ihrem Innern. Die Alltagsgeräusche trösteten sie. Ihr Allheilmittel, ein schneller Spaziergang, würde sie auch diesmal wieder ins Lot bringen.

Sie entdeckte Franz, der sich mit einem Eimer zum Schuppen aufmachte und dabei vor sich hin summte. Spontan änderte sie ihren Plan und folgte ihm. Die Chance eines offenen Schuppens musste sie wahrnehmen.

Sie sah ihn mit seiner kleinen Schaufel an dem offenen Getreidesack hantieren. „Na Franz, holst du wieder Vitamine?"

Er zuckte zusammen, die Schaufel fiel ihm aus der Hand, als er sich umwandte. „Du hast mich erschrocken", sagte er anklagend.

Fast aus einem Reflex wollte ihn Ilka verbessern, schluckte ihre Bemerkung jedoch hinunter.

„Tut mir leid, Franz, wollte ich nicht. Soll ich dir helfen? Schau, wenn ich den Sack halte, kannst du deinen Eimer leichter füllen."

„Danke Ilka", schon strahlte er wieder. „Ich bin dumm, ich habe nur einen Eimer mitgenommen und brauche noch einen", sagte er bedauernd.

„Aber das macht doch nichts, dann läufst du eben zweimal, ich werde auf dich warten und dir wieder helfen, dann geht auch der zweite Eimer schneller."

„Ich muss aber zusperren ..." In seiner Miene spiegelte sich Zweifel.

„Aber Franz, ich werde doch hier nichts stehlen. Du kannst ruhig offenlassen, ich passe auf, dass niemand hereinkommt."

Er nickte und ging. Ilka zog mit einem schnellen Griff die Decke von dem Wäschekorb und legte sie auf den Sack am Eingang. Wenn sie nur wüsste, wonach sie suchen sollte. Diese vielen Bücher. Die Zeit, bis Franz zurückkommen würde, war viel zu kurz. Ilka nahm einen Enid Blyton-Band in die Hand, blies den Staub vom Buchrücken und blätterte ihn im Schnellverfahren durch. Das Buch enthielt weder einen Zettel, noch ein Lesezeichen.

So kam sie nicht weiter. Sie musste sich eine Strategie überlegen. Franz hatte strikte Anweisung, den Schuppen wieder abzuschließen, soviel hatte sie herausgehört. Andererseits, vielleicht würde er ihr suchen helfen, wenn sie ihn darum bäte. Sie würde ihn fragen, wann er mit seiner Arbeit fertig war. Wenn sie ihm erklärte, dass sie genau die gleichen Bücher als Kind gelesen hatte und sie gerne noch einmal anschauen wollte?

Ilka hörte Schritte und wandte sich um. „Franz, ich habe mir gedacht ..." Sie konnte ihren Satz nicht vollenden. Eine graue Wand kam auf sie zu und warf sich auf sie. Erst als sie Staub schluckte und Wollfasern auf ihrer Haut spürte, begriff sie, dass jemand die Decke, die sie am Eingang abgelegt hatte, über ihren Kopf geschleuderte hatte. Sie versuchte sich zu befreien und kämpfte gegen Atemnot und den widerwärtigen Geruch nach altem Staub und Moder. Sie hustete und spürte im gleichen Augenblick, wie zwei feste Hände mit einem Klammergriff ihren Hals zudrückten.

Verzweifelt kämpfte sie gegen ihren Widersacher und spürte schnell, dass ihre Kraft nicht reichte. Wer immer sie hier überfallen hatte, handelte mit zielgerichteter Entschlossenheit. Sie fiel auf den

Boden, spürte fremde Knie auf ihrem Bauch und hörte ein eigenartiges Knurren, fast wie das Fauchen einer Wildkatze, das aus der Kehle ihres Gegners zu kommen schien. So sehr sie auch trat und an der Decke zerrte, die Hände um ihren Hals ließen nicht locker. Langsam fühlte sie ihre Kraft nachlassen und ein Dröhnen in den Ohren. So sieht also der Tod aus, dachte sie, bevor alles schwarz wurde.

****

„Ilka, Ilka wach auf!“ Von weit her rief jemand ihren Namen, doch es war so mühsam, die Augen aufzuschlagen. Als es ihr schließlich gelang, schaute sie in Franz’ Gesicht. Er sah sie besorgt an. Sie lag irgendwo auf dem Boden und neben ihr stand ein Eimer. Langsam erkannte sie die Umrisse eines offenen Sackes, einer alten Wolldecke, die neben ihr lag, und die Wände eines Schuppens. Plötzlich fiel ihr alles wieder ein, und sie setzte sich ruckartig auf. Mit dem Ergebnis, dass sich ihre Umgebung zu drehen begann.

„Du blutest ja.“ Franz zeigte auf ihren Ellbogen und Ilka sah, dass sie sich eine Schürfwunde zugezogen hatte.

„Das ist meine geringste Sorge, aber, sag Franz, hast du jemand aus dem Schuppen laufen sehen, als du zurückgekommen bist?“

„Nein, du hast doch gesagt, du willst aufpassen. Ich habe nicht zugesperrt ...“ Er klang vorwurfsvoll und Ilka konnte es ihm nicht verdenken.

„Ich fürchte, ich bin tatsächlich nicht sehr aufmerksam gewesen, Franz. Es ist jemand gekommen und hat mich überfallen.“ Sie lachte bitter auf.

Wahrscheinlich hatte ihr Angreifer Franz schon von weitem kommen hören und das Weite gesucht. Demnach hatte Franz ihr womöglich das Leben gerettet. Warum kam sie eigentlich nicht auf die Idee, *er* könne sie überfallen haben?

Überstürzt stand sie auf und eilte nach draußen. Ihre Beine fühlten sich an wie Watte, und Ilka setzte sich auf einen Steintrog vor dem Stall, der wohl als Pferdetränke diente. Nein, das machte keinen Sinn. Wieso sollte Franz ihr nach dem Leben trachten und sie kurz darauf wieder retten wollen? Die Konsequenz ihres Gedankens aber ließ ihr das Blut in den Adern gefrieren. Alle hatten gesehen, wohin sie gegangen war. Jeder konnte ihr gefolgt sein. Und wer so ein starkes Motiv hatte, sie aus dem Weg räumen zu wollen, würde nicht auf halbem Wege stehen bleiben. Sie konnte buchstäblich keinem mehr trauen.

„Du musst ein Pflaster auf deine Wunde tun."

Franz riss sie aus ihren Gedanken. Er hatte recht, sie konnte nicht hier sitzenbleiben. Sie musste sich der Wirklichkeit stellen. Mit zitternden Knien stand sie auf und ging langsam zurück, der treue Franz mit seinem Eimer in der Hand an ihrer Seite. Ilka las in den Mienen der Gartengesellschaft, dass sie beide ein seltsames Paar abgeben mussten. Franz würde sicher alles brühwarm erzählen, durchfuhr es sie und sie glaubte nicht, dass dies hilfreich war.

„Vielleicht solltest du deine Vitamine erst in den Stall bringen, Franz", wandte sie sich an ihn. „Ich glaube, ich schaffe es alleine." Franz nickte und schickte sich an, zu den Ställen zurückzugehen. „Warte!", hielt sie ihn auf, „erzähl es bitte niemandem, dass du mich auf dem Boden des Schuppens gefunden hast."

„Großes Ehrenwort", versprach er mit feierlichem Gesichtsausdruck, offenbar froh, ihr einen Gefallen tun zu können.

Verwundert stellte sie fest, dass die Gruppe, die sie – wann eigentlich? – verlassen hatte, noch vollständig versammelt war. Einige französische Jugendliche hatten sich dazugesellt. Ilka fragte sich ernsthaft, wie viel Zeit seit ihrem Aufbruch vergangen war, in ihrer Vorstellung konnte es ebenso gut ein Tag wie eine Stunde gewesen sein. Ob einschneidende Erlebnisse immer die Wirkung hatten, dass man jeden Zeitbegriff verlor?

Die Gesellschaft war allerdings dabei, sich aufzulösen, bemerkte Ilka. Rita Gerstmaier eilte geschäftig hin und her und trug Tabletts mit gebrauchtem Geschirr in die Küche. Der Oberbürgermeister stand, die Jacke an einer Hand lose über die Schulter geworfen mit Katja an einem der Bistro-Tische und Paul Lindwasser half Leni von Hohenbach galant beim Aufstehen. Sie schien mit ihm zu scherzen, er nickte lachend auf eine ihrer Bemerkungen.

Offenbar genoss sie seine Aufmerksamkeit, ihrem freundlich amüsierten Gesichtsausdruck nach zu schließen. Nur Markus kehrte der Runde den Rücken zu, er stand abgewandt und starrte auf einen wohl nur für ihn erkennbaren Punkt in imaginärer Ferne.

Ilka, die sich noch immer wackelig auf den Beinen fühlte, ging zum Büffet und goss sich ein Glas Wasser ein.

„Na, Versöhnung erfolgreich abgeschlossen?" Ilka fuhr herum und stand Dr. Paul Lindwasser gegenüber. „Ich weiß ja nicht, wo Sie mit Markus waren, er ist kurz vor Ihnen zurückgekommen, aber Sie sollten die Spinnweben aus Ihren Haaren entfernen, wenn nicht andere auch auf den gleichen Gedanken kommen sollen ... Darf ich?" Die Berührung, mit der er über ihre Haare fuhr, war federleicht, sein Lachen klang hart und freudlos.

„Sie täuschen sich, Herr Doktor." Wie zynisch sich ihre Worte anhörten! Ilka spürte es, konnte aber nichts dagegen tun. „Manches ist ganz anders, als es scheint." Mit Genugtuung registrierte sie, wie sich seine Stirn umwölkte und stieß fast mit Leni von Hohenbach zusammen, als sie sich umdrehte.

„Sie sind ja ganz blass, Ilka", stellte sie besorgt fest, „es war wohl alles etwas zu viel für Sie heute. Dabei wollte ich Sie gerade bitten, mich nach oben zu begleiten. Sie könnten mir ein bisschen von Ihren heutigen Eindrücken erzählen."

„Sie haben sich verletzt", Paul Lindwasser griff nach Ilkas Arm. „Was ist Ihnen denn widerfahren?"

„Nichts, was nicht etwas Jod wieder in Ordnung bringen könnte." Unwirsch entzog sie ihm ihren Arm und wandte sich an Leni. „Natürlich begleite ich Sie gerne. Sie haben doch sicher etwas Desinfizierendes in Ihrem Badezimmerschrank, Frau von Hohenbach? Ich habe mir den Ellbogen etwas abgeschürft." Sie winkelte ihren Arm an und die Hausherrin hängte sich ein, ihren Stock in der anderen Hand.

„Sie müssen einer alten egoistischen Frau verzeihen, Herr Doktor", sagte sie augenzwinkernd. „Es kommt nicht allzu oft vor, dass ich die Gesellschaft einer jungen Dame genießen kann."

Schwer atmend stützte sich Leni von Hohenbach auf Ilka, als sie zusammen die Treppe emporstiegen und Ilka erfasste, wie gut sich die alte Dame in Gesellschaft im Griff hatte. Oder war sie gerade eben die formvollendete Schauspielerin? Sie war eine große, stattliche Frau und konnte durchaus Kraft entwickeln, wenn das Überraschungsmoment auf ihrer Seite war. Nein – wahrscheinlich sah sie Gespenster.

„Nun setzen Sie sich erst einmal und gießen Sie uns etwas Vernünftiges zu trinken ein. Ich habe den vielen Kaffee und Tee und das ganze Wasser von heute Nachmittag gründlich satt“, wies Leni sie an, als sie das Wohnzimmer erreicht hatten. „Ich nehme einen Whisky. Bedienen Sie sich einfach, während ich Verbandszeug und Jod hole.“ Sie deutete auf die Schreibplatte eines antiken Sekretärs, auf der verschiedene alkoholische Getränke und Gläser standen. „Eis finden Sie im Gefrierfach des Kühlschranks in der Küche.“

Verwundert schaute sich Ilka um. Sie wusste nicht genau, was sie erwartet hatte, vielleicht etwas mehr Plüsch und Nippes, aber ganz sicher nicht die helle, fast spartanisch strenge Einbauwand. Zwei Sessel und eine Couch standen um einen Tisch in einer Ecke und außer dem Sekretär, dessen Stil Ilka nicht zuordnen konnte, enthielt das Wohnzimmer keine weiteren Möbel. Auf dem Parkett lag ein chinesischer Seidenteppich, dessen zarte Farben sich in den Gardinen an den hohen Fenstern wiederholten. Auch hier gaben die hohen Wände und die Stuckdecke dem Raum Weite und Großzügigkeit.

„Sie haben es wunderschön hier“, sagte sie spontan, als Leni mit Verbandszeug und einer Jodflasche zurückkam.

„Ich kann diese vollgestopften Wohnzimmer alter Leute nicht ausstehen. Tüttelig bin ich schließlich selber.“

„Sie sind weit davon entfernt, einen solchen Eindruck zu machen“, widersprach Ilka artig.

„Oh, ich habe vergessen, Ihnen einen Whisky einzuschenken.“

„Dann lassen Sie uns das auf der Stelle nachholen.“ Leni ging zum Sekretär. „Was trinken Sie?“

„Ich könnte auch einen Whisky vertragen.“

„Das meine ich auch. Vielleicht setzen Sie sich endlich, bevor Sie mir noch zusammenklappen.“

Sie kam mit zwei gefüllten Gläsern, setzte sich neben Ilka auf die Couch und verarztete ihre Schürfwunde. „Und jetzt erzählen Sie mir, warum Sie blass wie der Tod und verletzt sind. Ich möchte aber keine Ausreden hören.“

Ilka blickte in mitfühlende Augen, während sie an ihrem Whisky nippte, und der Drang, sich alles von der Seele zu reden, wurde fast übermächtig. Aber mit der Erinnerung an die Szene im Schuppen kam auch der Würgegriff der Angst zurück. Sie konnte sich niemandem anvertrauen, auch dieser alten Dame nicht, die sich so herzlich gab. Sie würde morgen in aller Frühe den Inspektor im Rathaus aufsuchen und ihm von dem Überfall erzählen. Sie hätte schon längst mit ihm reden müssen.

„Ich, ich ... kann nicht darüber reden", stammelte sie.

Sie hörte die Flurtür und kurz darauf trat Rita Gerstmaier ein. Ilka war dankbar, dass sie von dem Verhör erlöst wurde. In Gegenwart ihrer Schwester würde Leni von Hohenbach sicher nicht weiter in sie dringen.

„Ich danke Ihnen sehr für den Whisky und die Hilfe." Ilka hielt ihren verletzten Arm fest, während sie aufstand. „Aber ich muss jetzt leider gehen, wir haben für unsere französischen Gäste eine kleine Stadtführung vorgesehen."

„Das sollten Sie wirklich tun", räumte Leni von Hohenbach ein. „Aber vergessen Sie nicht, ich bin gerne für Sie da, auch morgen."

****

Die kleine Kapelle von St. Angela schien bersten zu wollen vom Brausen der Orgel und dem Glockengeläute, mit dem die feierliche Messe für alle lebenden und toten Wohltäter des Klosters schloss. Pfarrer Weigand sprach den Segen und Rita Gerstmaier fiel auf beide Knie, während sie sich bekreuzigte. Leni von Hohenbach tauchte ihre Finger in den Weihwasserkessel und trat ins Freie. Sie ging zu der kleinen Mauer, die die Klostergebäude umschloss und genoss den Blick auf das tief unter ihr Morgennebel liegende Bad Kissingen. Auch der Herbst hat seine schönen Seiten, dachte sie und bewunderte die gelbgefärbten Blätter der Kastanien, die die kleine Straße, die zum Kloster führte, säumten.

„Meinst du nicht, dass deine Andacht auch ohne diesen großartigen Kniefall vom lieben Gott bemerkt würde?", fragte sie, ohne den Kopf zu wenden, ihre Schwester Rita, die leise neben sie getreten war. „Es ist mir ehrlich gesagt immer ein bisschen peinlich, wenn du deine Frömmigkeit so zu Markte trägst."

„Warum beleidigst du mich ausgerechnet nach einem so erbauenden Gottesdienst?", antwortete Rita. „Du bist doch genauso gottesfürchtig aufgewachsen wie ich."

„Aber ich bin nicht zu einer bigotten Fanatikerin geworden, Rita. Nicht einmal Regina – Gott hab' sie selig – war eine solche Eiferin wie du, und sie war immerhin Oberin dieses Klosters."

„Ich finde Trost im Gebet", gab Rita schmollend zurück, „und es erschreckt mich, wenn du so sündhaft daherredest."

„Die Wahrheit ist keine Sünde, Rita. Es macht mir schon lange Sorgen, dass deine Religiosität fast schon zwanghafte Züge hat. Du warst irgendwann einmal ein lebensfrohes Mädchen und ich frage mich, wann du so geworden bist und ob ich als deine ältere Schwester diese Entwicklung früher hätte bemerken müssen."

„Ich habe nicht gewusst, dass du unseren Glauben so siehst." Rita klang eingeschnappt, als sie langsam zurückgingen in den Hof, wo Rudolf mit dem Wagen wartete. Er stieg aus dem Auto und öffnete die Wagentüren, als er die beiden Frauen sah.

„Nein, Rudolf. Wir fahren noch nicht, wir bleiben zum Frühstück hier im Kloster, stell den Wagen bis dahin in den Schatten", ordnete Leni an, als sie an ihrem Fahrer vorbeiging. „Hatte ich das vorhin nicht erwähnt? Mir scheint, ich werde zunehmend vergesslicher."

„Setzen wir uns doch noch kurz auf die Bank hier, dic Schwestern sind bestimmt noch nicht so weit. Leni ließ sich auf der Bank unter der gewaltigen Linde, die den Mittelpunkt des Klosterhofs darstellte, nieder.

„Schön ist das alles geworden hier, all die kleinen Häuser für die Mädchen und ihre Erzieherinnen." Leni zeigte mit dem Stock auf die Wohnungen, die im Stil von Reihenhäusern ineinander geschachtelt, den Hof einrahmten. Jede Wohnung hatte ihren eigenen Eingang und Blumenkästen an den Fenstern. Über den Eingang waren Keramikschilder mit dem Namen der Gruppe, die hier wohnte, angebracht. Aus dem Innern klangen Stimmen, von Zeit zu Zeit ein Lachen und das Klappern von Geschirr. „Wollen wir hoffen, dass das viele Geld, das in diese Einrichtung gepumpt wurde, wenigstens einen Teil des Leids lindern kann, das diese Mädchen in ihrem jungen Leben schon erfahren haben."

„Die Schwestern geben ihr Bestes", erwiderte Rita. „Keines dieser Mädchen hätte bei dem heutigen Lehrstellenmangel eine Chance auf einen Beruf, wenn sie nicht hier eine Ausbildung bekämen. Hier werden Köchinnen, Schneiderinnen und Hauswirtschafterinnen ausgebildet und das neue Gewächshaus ist auch schon in Betrieb."

„Ich weiß", gab Leni zu, „sie scheinen Erfolg zu haben mit ihrer Gärtner- und Floristenlehre. Aber ich glaube nicht, dass sie trotz aller klugen Psychologen und Therapien ihr Trauma jemals ganz verlieren können. So viele vom eigenen Vater oder Stiefvater missbraucht." Sie schüttelte den Kopf. „Einfach unvorstellbar."

„Ja, Gott hat uns eine glückliche Kindheit geschenkt", sagte Rita inbrünstig.

„So hast du unsere Familie in Erinnerung?"

„Du nicht, Leni?"

„Wenn ich sie mit der unserer Mädchen hier vergleiche, natürlich. Aber ich erinnere mich auch daran, wie Mutter mit verkniffenem Gesicht hin- und her huschte und ihre Angst mit Gebeten vertreiben wollte, wenn Vater in unserer Brauerei-Gaststätte ganze Nachmittage mit Schafkopf verzockte. Weißt du nicht mehr, wie brutal er sein konnte, wenn er zu viel getrunken hatte?"

Sie schaute Rita ins Gesicht und sah, wie sie die Nase rümpfte.

„Mir scheint, du hast diese Auftritte völlig verdrängt. Dabei warst du es doch, die ihn immer wieder zur Räson brachte, wenn du dich an ihn schmiegtest. Du warst doch das Lieblingskind unseres Vaters, nicht wahr?"

„Unser Vater war auch ein sehr frommer Mann, Leni, hast du das vergessen?"

„Er hat Gott erst entdeckt, als er krank wurde. Vorher gingen wir ihm auf die Nerven, vor allem Mutter, wenn sie wie eine graue Maus um ihn herum wuselte. Hast du seine späte Frömmigkeit als Vermächtnis übernommen, Rita? Hat Vaters Tod dein Verhalten ausgelöst?"

Leni legte tröstend die Hand auf den Arm ihrer Schwester, als sie sah, dass diese den Kopf gesenkt hatte. „Es tut mir leid, Rita. Ich wollte dich nicht kränken. Aber ich denke in letzter Zeit sehr viel über die Vergangenheit nach. Haben wir durch unsere Mutter gelernt, um jeden Preis den schönen Schein aufrechtzuerhalten? Es durfte nur ja niemals etwas nach außen dringen." Leni lachte freudlos auf. „Unsere Eltern galten als ein Musterpaar, gottesfürchtig und ehrbar. Und wir alle haben unser Leben nach dieser Maxime ausgerichtet."

„Aber du warst doch wenigstens glücklich mit deinem Fritz, oder?"

„Auch wir haben sehr erfolgreich diesen Eindruck gemacht." Leni nickte. „Es war ein Handel, Rita. Das ist mir nach der ersten Verliebtheit sehr schnell klargeworden. Ich habe einen klingenden Namen und einen armen Schlucker geheiratet. Friedrich wollte in erster Linie mein Geld. Ich war weder schön noch so gebildet wie er. Er wollte raus aus den ärmlichen Verhältnissen und seinem Dasein als Verwalter. Das ist ihm ja dank meiner Erbschaft auch geglückt. Er konnte dem alten Scholz seinen Hof abkaufen und seinen Traum verwirklichen. Friedrich hat seiner Mutter nie verziehen, dass sein Vater sie verstoßen hat. Er hat sich immer um seinen rechtmäßigen Status als Landjunker betrogen gesehen. Klara von Hohenbach konnte keine Reichtümer anhäufen als Klavierlehrerin hier auf dem Lande."

Leni unterbrach ihre lange Rede erschöpft. „Ich fürchte, ich habe mich in unserer Ehe genauso verhalten wie unsere Mutter. Im Leben wiederholt sich alles. Vielleicht wäre alles anders ausgegangen mit Martina, wenn ich nur ein bisschen mutiger gewesen wäre. Ach, vielleicht wäre mein Leben sehr viel glücklicher geworden, wenn ich ihn damals nicht getroffen hätte, als wir unsere Schwester hier im Kloster besuchten."

„Er war aber auch ein beeindruckender Mann, groß und dunkel wie der Teufel." Ritas Blick ging in weite Fernen.

„Sieh an, du fandest ihn also attraktiv ... Vielleicht hätte er ja lieber dich geheiratet, Rita. Du warst die Hübschere von uns beiden. Aber du warst noch viel zu jung damals. Außerdem ... ich erinnere mich noch gut an Karl und seine hungrigen Blicke. War da eigentlich etwas zwischen euch? Ich habe damals alle Hände voll zu tun gehabt, die beiden Brüder, die Streithähne, zu befrieden. Und mein Fritz war ja nun gar nicht erfreut über den Besuch seines älteren Bruders."

„Karl war ein Hallodri", sagte Rita abweisend.

„Ach, Rita! Für dich war und ist ein Mann, wenn er nicht gerade Pfarrer ist, abschreckend. Das will nicht viel heißen. Aber manchmal denke ich mir, dass du vielleicht doch Kinder hättest haben sollen – vor allem, wenn ich sehe, dass du unseren Franz sozusagen an Kindes statt angenommen hast. Der arme Kerl wüsste doch ohne dich überhaupt nicht, wo er hingehört. Aber das war auch für Fritz Ehrensache, ihn auf dem Hof zu behalten, nachdem seine Mutter tot war." Leni schaute auf ihre Armbanduhr.

„Ich fürchte, wir haben uns verplaudert. Schwester Jutta wartet sicher schon mit dem Frühstück." Sie nahm ihren Stock und stand mühsam auf.

„Nein, du musst mich nicht stützen, das schaffe ich schon noch", schnarrte sie, als Rita ihren Arm nahm. „Gehen wir."

Der lange Refektoriumstisch war liebevoll gedeckt mit frischen Brötchen, Marmelade, Kaffee- und Teekannen. In genau abgemessenem Abstand standen kleine Väschen mit Astern. Schwester Jutta, erst seit wenigen Jahren Oberin der Einrichtung, saß an der Stirnseite des Tisches, ihre Mitschwestern rechts und links von ihr. Als Leni und Rita eintraten, stand sie auf, wobei sie leicht errötete und ging auf die Schwestern zu.

„Grüß Gott, Frau von Hohenbach, Frau Gerstmaier. Setzen Sie sich zu uns! Es ist schön, dass Sie sich noch Zeit für ein gemeinsames Frühstück genommen haben."

„Sie haben auf uns gewartet, nicht wahr? Es tut mir leid, wir haben uns etwas verplaudert, meine Schwester und ich."

Schwester Jutta lächelte verlegen. Ohne Lenis Entschuldigung zu kommentieren ging sie zu ihrem Platz, bekreuzigte sich und sprach ein kleines Tischgebet.

„Lassen wir es uns gut schmecken", sagte sie, nachdem sie geendet hatte. Keine der Nonnen griff in den Brötchenkorb, bevor sich die Oberin bedient hatte. Ein Leben im Kloster wäre nichts für mich, dachte Leni nicht zum ersten Mal. Offenbar hatte auch Rita trotz aller Frömmigkeit noch rechtzeitig begriffen, dass sie auch nicht die Frau war, den Gehorsam aufzubringen, den die Ordensregel forderte. Nach einem knappen Jahr im Konvent hatte sie sich gegen ein Leben als Nonne entschieden.

Leni konnte sich noch an den Tag erinnern, an dem Rita bei ihr und Friedrich aufgetaucht war. Seitdem lebte sie schon bei ihr.

„Herr Pfarrer Weigand lässt sich entschuldigen", sagte Schwester Jutta und legte ihre Serviette neben ihre Kaffeetasse. „Es täte ihm sehr leid, aber er hätte wichtige Termine." Sie lächelte. „Er lässt Sie beide schön grüßen."

„Seine Predigt hat mir gut gefallen“, sagte Rita versonnen, bevor sie Marmelade auf eine Brötchenhälfte strich.

„Ja, sogar unsere Mädchen haben verhältnismäßig wenig gezappelt“, Schwester Jutta lächelte. „Sie sind der beste Gradmesser für eine gute Predigt.“

„Haben Sie eigentlich schon unser neues Gewächshaus gesehen?“, wagte Schwester Reingard einen Gesprächsbeitrag. Sie war eine kleine, zierliche Nonne mit rosigen Bäckchen und arbeitete als Sozialpädagogin in der Einrichtung. „Die Arbeit dort ist therapeutisch sehr wichtig und wir sind sehr stolz darauf.“

„Ich würde es Ihnen gerne zeigen, wenn Sie noch Zeit haben.“ Schwester Jutta ließ ihre Mitschwester kaum ausreden. „Bei dieser Gelegenheit möchte ich gerne noch einmal herzlich danken für Ihre freundliche Zuwendung, Frau von Hohenbach.“

„Ich fürchte, heute haben wir Ihre Zeit schon überstrapaziert, Schwester“, gab Leni zurück. „Wir fahren gleich nach dem Frühstück. Ich hoffe, wir haben nächste Woche Zeit dafür. Es interessiert mich natürlich sehr.“

Sie nahm einen letzten Schluck aus ihrer Kaffeetasse. „Haben Sie herzlichen Dank für das gute Frühstück. Es wird Zeit, dass wir aufbrechen. Bist du soweit, Rita?“

„Einen Augenblick noch, Frau von Hohenbach.“ Schwester Jutta errötete erneut. „Kann ich Sie noch einmal kurz in meinem Zimmer sprechen?“

Was soll denn diese Geheimniskrämerei? dachte Leni, als sie mit Rita der Oberin in ihr Büro folgte. Wofür soll ich denn dieses Mal spenden?

Schwer atmend setzte sie sich in den abgewetzten Ledersessel, der vor dem Schreibtisch der Oberin stand. Das Büro war noch immer genauso ausgestattet wie vor Jahrzehnten, nur abgenutzter. Noch immer stand hier der alte Eichenschreibtisch, noch immer drang fast kein Sonnenstrahl durch die kleinen Fenster. Schwester Jutta war die wievielte Oberin seit dem Tod ihrer Schwester? Sie konnte es nicht auf Anhieb sagen. Was war denn das für eine falsch verstandene Bescheidenheit? Das ganze Haus wurde doch umgebaut und erneuert. Glaubten die jeweiligen Oberinnen denn mit dieser auf den ersten Blick so anspruchslosen Haltung besonders gottesfürchtig zu erscheinen? Als einzige Konzession an die

Gegenwart stand jetzt auf dem Schreibtisch ein Computer. Allerdings erschien der Schreibtisch dadurch noch überladener, zumal er die vielen Mappen und Schriftstücke offenbar nicht verdrängen konnte. Sie fühlte, wie sie ärgerlich wurde.

„Was gibt's Schwester Jutta?", fragte sie missmutig.

„Es ist eine etwas delikate Angelegenheit, die ich nicht vor meinen Mitschwestern erörtern wollte", begann die Oberin kleinlaut. „Ein Kommissar Holzgruber hat uns gestern besucht."

„Was wollte er?"

„Er ermittelt in einem äußerst unschönen Kriminalfall. Man habe in Bad Kissingen beim Bau des neuen Bades die Leiche eines Säuglings entdeckt, berichtete er. Und nun scheint er tatsächlich zu vermuten, unsere Einrichtung habe etwas damit zu tun. Ich konnte ihn kaum davon überzeugen, dass dem nicht so sein kann." Schwester Jutta sprach immer schneller, wohl um die unliebsame Botschaft so schnell wie möglich hinter sich zu bringen. „Er forderte Einsicht in unsere alten Akten. Ich konnte ihn nicht davon abbringen. Hätte ich Ihnen schon gestern Bescheid geben sollen?"

„Sie haben doch nichts zu verbergen, oder?"

„Er will, er möchte ..." Schwester Jutta begann zu stottern. „... Also er möchte all unsere Unterlagen sichten. Ich habe ihm die Einsicht in die persönlichen Akten von Frau Oberin Regina untersagt mit dem Hinweis, dass ich erst mit Ihnen sprechen möchte. Aber ich fürchte", sie räusperte sich, „er wird sich jetzt direkt an Sie wenden. Es tut mir leid, ich konnte es nicht verhindern."

„Schon in Ordnung, Schwester Jutta", Leni klang müde, „ich danke Ihnen, dass Sie mir Bescheid gegeben haben. Ich werde schon mit ihm fertig. War das alles?"

„Ich denke schon, allerdings wird er wiederkommen." Schwester Jutta klang resigniert. „Das hat er uns gestern schon angekündigt."

„Wie kann dieser ungehobelte Mensch annehmen, das Kloster hätte etwas mit einem Kriminalfall zu tun?", beschwerte sich Rita aufgebracht, als sie zum wartenden Wagen gingen. „Hat denn die Polizei heutzutage keinerlei Feingefühl, nicht den geringsten Respekt vor dem geistlichen Stand?"

„Ach Rita, ich glaube, du lebst noch in einer anderen Welt", gab ihre Schwester zurück. „Heute sind Klöster kein abgeschiedener Ort der Stille und Beschaulichkeit mehr, sie sind moderne Unternehmen, die sich genau wie alle anderen Einrichtungen dem Zeitgeist angepasst haben. Natürlich sind sie dann auch nicht von ganz alltäglichen Unannehmlichkeiten verschont." Sie setzte sich in den Fond des Wagens. „Fahren Sie Rudolf, wir haben heute schon viel zu viel Zeit hier verbracht."

„Ich finde, du siehst das viel zu locker." Rita drehte sich vom Beifahrersitz aus zu ihrer Schwester um. „Man muss doch diesen Leuten nicht jede Bitte erfüllen, wenn sie von sich aus schon keine Achtung haben vor Gott und geweihten Personen."

„Mag sein, dass ich früher anders argumentiert hätte. Aber ich bin es leid, nur wegen ein paar möglichen Kratzern an unserem Image alles zu verstecken. Die Meinung der Leute ist kein göttliches Gebot. Wir haben ihr viel zu viel geopfert in all den Jahren." Sie lehnte sich zurück und schloss die Augen. Ein paar Minuten war Stille im Wageninnern, bevor Leni tief atmete und hinzufügte: „Wir haben schließlich nichts Verbotenes getan."

****

Ilka rieb sich die verschlafenen Augen, griff zum Wecker und erschrak. Viel zu spät, dazu noch mit Kopfschmerzen. Sie war die halbe Nacht mit den Franzosen unterwegs gewesen und hatte doch tatsächlich mit viel Alkohol und Gelächter den gestrigen Tag fast vergessen können. Allerdings hatte sie doch noch einen Stuhl unter die Türklinke geklemmt, nachdem sie immer wieder kurz vor dem Einschlafen aufgeschreckt war. Sie sprang aus dem Bett und riss das Fenster auf. Gestern Abend hatte sie nicht gewagt, auch nur einen Spalt offenzulassen. Den Stuhl ließ sie nach kurzem Überlegen noch stehen. Wie sollte es weitergehen, wenn sie sich nicht einmal in ihrem Bett sicher fühlte?

Der neue Morgen brachte außer einem dicken Kater auch ihre Sorgen zurück. Auch mit einer Nacht Abstand konnte sie niemanden von dem Verdacht freisprechen, sie umbringen zu wollen. Nicht einmal Franz? Nach kurzem Nachdenken stellte sie fest: auch ihn nicht. Wer konnte schon mit letzter Gewissheit sagen, was in ihm vorging. Sie hatte hin und her überlegt, ob ihr Angreifer wirklich bis zum letzten gegangen wäre oder ihr doch erst einmal nur einen kräftigen Denkzettel verpassen wollte, und war zu keinem vernünftigen Ergebnis gekommen. Vielleicht konnte ihr Kommissar Holzgruber weiterhelfen.

Ohne Frühstück schlich sie durch die Hintertür zum Parkplatz, sie würde später erklären müssen, sie habe verschlafen. Es stimmte ja auch. Sie hielt den Schlüssel in Richtung Autotür und stoppte abrupt. Der Schlüssel fiel ihr vor Schreck aus der Hand. Und wenn jemand ihr Auto manipuliert hatte?

Ilka hob den Autoschlüssel auf und steckte ihn zurück in ihre Handtasche. Sie würde zu Fuß zum Rathaus gehen.

Ein strahlend schöner Herbsttag kündigte sich an, die kleinen Äpfel an den Bäumen am Wegesrand prangten in leuchtendem Rot, jedoch fehlte Ilka der Sinn, die Schönheit der Natur zu bewundern. Ohne einen Blick nach rechts und links ging sie zügig zum Rathaus.

„Ilka“, hörte sie plötzlich eine ihr bekannt vorkommende Stimme. Es war eine junge Frau, die ein breites Lächeln im Gesicht trug, ihr brauner Bob wippte bei jedem Schritt, den sie auf sie zuging, eine große Tasche hing an ihrer Schulter. „Sag mal, hast du auch so widerliche Kopfschmerzen?“

„Natalie! Dass ich dich gleich heute Morgen wiedertreffe – Danke übrigens, dass du mich heimgefahren hast.“ Sie hatte die junge Korrespondentin des Bayerischen Rundfunks beim Sektempfang im Grünen Saal des Regentenbaus kennengelernt, nachdem sie der französischen Gruppe den Rosengarten und das Gradierwerk gezeigt hatte, und sie auf Anhieb sympathisch gefunden.

„Sag mal, habe ich mich sehr danebenbenommen im Bratwurstglöckle? Ich fürchte, ich weiß nicht mehr alles ...“

„Nein“, Natalie lächelte ihr Sonnenstrahlenlächeln, das Ilka schon am Vorabend aufgefallen war, „nur deine Übersetzungsversuche deutscher Wirtinnenverse waren nicht ganz so gelungen.“

„Das war wohl vergebliche Liebesmüh‘, ich weiß.“

„Aber den Vogel abgeschossen hat Matthias Stelter – der Öffentlichkeitsmensch der Staatlichen Bäder- und Schlösserverwaltung, weißt du noch?“

„Ja, ich habe mich gewundert, dass er uns ins Bratwurstglöckle begleitet ...“

„... Und am späten Abend noch *Gentille Alouette* angestimmt hat, fand ich auch. Ich habe ihn bisher immer eher distanziert und professionell erlebt. Der gestrige Abend wird unsere Berufsbeziehung entscheidend verbessern." Natalie strich sich eine Haarsträhne aus der Stirn. „Jedenfalls ist er mit seiner Übersetzung deutscher Witze noch viel kläglicher gescheitert als du. Aber wo willst du denn schon hin in aller Frühe?"

„Ich muss ins Rathaus ..."

„Und ich zu einem Termin. Ciao, bis bald, und vergiss nicht zwei Ibuprofen einzuwerfen."

Ilka schmunzelte, der Tag war doch gleich nicht mehr ganz so grau. Sie ging ins Rathaus und lief geradewegs Katja in die Arme, die mit einer Unterschriftenmappe unter dem Arm die Eingangshalle durchquerte.

„Ilka!", sagte sie verwundert und auch ein bisschen verlegen. „Wir haben uns gar nicht richtig verabschiedet gestern Nachmittag ..."

„Ja, irgendetwas ist da wohl nicht so gut gelaufen. Tut mir leid, wenn ich dich oder Markus verletzt habe. Vielleicht sollten wir wieder einmal vernünftig reden." Ilka stockte. „Sag mal, der Kommissar ist doch jetzt öfter hier im Rathaus oder weißt du, wo ich ihn sonst finden kann?"

„Ja, der Bürgermeister hat ihm sogar ein Zimmer zur Verfügung gestellt, eine Art mobile Einsatzzentrale mit Computer, aber ich habe ihn heute noch nicht gesehen. Das heißt aber gar nichts. Ich habe heute Morgen kaum von meinem Computer aufgesehen. Der Oberbürgermeister wollte eine Pressemitteilung von der Ankunft der Franzosen." Katja zuckte mit den Schultern. „Da muss alles andere zurückstehen. Aber, klopf doch einfach mal." Sie zeigte auf eine Zimmertüre, vor der ein Stuhl stand. „Wenn er da ist, wird er sich schon Zeit nehmen. Entschuldige Ilka, ich muss das hier", sie hielt die Unterschriftenmappe hoch, „so schnell wie möglich im Sekretariat abliefern." Sie drehte sich um und ging zur Treppe, kam aber nach wenigen Schritten wieder zurück. „Treffen wir uns heute Mittag im L'Alternativa?

Als Ilka nickte, fügte sie hinzu: „um kurz nach 12" und ging zwei Stufen auf einmal nehmend die Treppe hinauf.

„Einen Augenblick noch, bitte", antwortete ein Mann in tiefem Bass, als Ilka klopfte. Sie setzte sich auf den Stuhl und versuchte, sich zu konzentrieren, zu ordnen, was sie dem Kommissar erzählen wollte, doch ihre Aufmerksamkeit wurde abgelenkt vom Lärm der Menschen draußen. Gesprächsfetzen, Gelächter drangen zu ihr und Ilka fühlte zunehmend, wie schwer es ihr fiel, ruhig sitzen zu bleiben. Unter ihrer Haut kribbelte es, und sie war versucht, aufzustehen und davonzulaufen. Das Gespräch mit Ulrike Redler fiel ihr ein. Ihre Behauptung, sie wäre ständig auf der Flucht, hatte sich wie ein Widerhaken in ihrem Kopf festgesetzt und ließ sich nicht abschütteln.

Langsam begann Ilka zu begreifen. Diese kurze Verschnaufpause hier vor dem Zimmer des Kommissars zwang sie zum ersten Mal seit Tagen zur Ruhe und schon konnte sie es kaum aushalten. Ständige Aktivität und Aufregung waren der beste Garant, unliebsamen Gedanken aus dem Weg zu gehen. Wenn sie diese Gedanken zuließ, wurde sie traurig. Und mit der Trauer kam das Gefühl, nirgendwo dazuzugehören, ausgeschlossen und anders zu sein. Natürlich tat sie alles, um dies zu vermeiden. Dieses Gefühl war jedoch nicht neu, sie kannte es aus ihrer frühesten Kindheit. Hatte sie schon immer geahnt, dass sie nicht das natürliche Kind ihrer Eltern war, oder hatte diese Empfindung andere Wurzeln? Vielleicht konnte es nicht schaden, Ulrike noch einmal danach zu fragen.

Die Tür knarrte, und Ilka sprang dankbar auf. Die hünenhafte Gestalt des Kommissars füllte den Türrahmen und in seinen hellen Augen blitzte ein Funken des Wiedererkennens.

„Holzgruber“, stellte er sich vor. „Wollen Sie zu mir?“ Er runzelte die Stirn. „Sind wir uns nicht schon einmal begegnet?“

„Ich bin Ilka Maurer.“ Sie ergriff die ausgestreckte Hand des Kommissars. „Ja, ich möchte zu Ihnen.“ Sie lächelte. „Wir haben uns an jenem unseligen Abend im Tattersall kennengelernt, als Frau Gerstmaier überfallen wurde.“

„Was kann ich für Sie tun?“ Er schloss die Tür und setzte sich hinter einen Schreibtisch, auf dem wie mit dem Lineal abgezirkelt einige Ordner und Mappen aufeinanderlagen. Genauso akkurat hatte er zwei Kugelschreiber und einen Schreibblock daneben angeordnet.

„Sie haben Glück, mich hier anzutreffen. Auch wenn mir der Oberbürgermeister freundlicherweise diesen Raum überlassen hat, kann ich ihn doch nur sehr sporadisch nutzen. Beim ständigen

Personalmangel der Polizei kann sich ein Kommissar leider nicht zu kontemplativer Einsamkeit zurückziehen und seinen Gedanken Raum geben." Er lachte kurz und abgehackt und etwas heiser. „Aber nehmen Sie doch erst einmal Platz." Holzgruber zog einen Stuhl aus einer Ecke und stellte ihn vor seinen Schreibtisch. „Was gibt's denn? Haben Sie etwa etwas zum aktuellen Kriminalfall hier in Bad Kissingen?" Er unterbrach sich selbst. „Wobei *aktuell* nicht die ganz korrekte Bezeichnung ist für einen Fall, der über Jahrzehnte zurückliegt."

„Ich fürchte, was ich Ihnen zu sagen habe, ist sehr aktuell." Ilka ließ den Kopf hängen, ihr fiel es schwer weiterzusprechen. Doch sie gab sich einen Rück und sagte mit fester Stimme: „Ich bin gestern überfallen worden. Man hat mir im Schuppen im Reiterhof eine alte Decke übergeworfen und mich dann gewürgt, bis ich das Bewusstsein verloren habe."

„Das ist eine schwere Anschuldigung. Am besten Sie erzählen einmal ganz von vorne. Sind Sie Urlaubsgast auf dem Reiterhof? Ich möchte gerne mehr über Sie erfahren."

„Ich komme aus Schweinfurt und eigentlich hat alles mit einem Unfall meines Vaters begonnen. Ich erfuhr nämlich in diesem Zusammenhang, dass er mich mein ganzes Leben lang belogen hat. Ich bin nie das Kind meiner Eltern gewesen. Sie haben mich adoptiert." Ilka hielt es nicht mehr auf ihrem Stuhl. Sie stand auf und ging ein paar Schritte. „Ich beschloss herauszufinden, wo ich herkomme, wer meine Eltern sind und was sie bewogen hat, mich zur Adoption freizugeben." Sie setzte sich wieder und schlug die Beine übereinander. „Ja – und die Spur führte nach Bad Kissingen."

Ilka berichtete dem Kommissar alles von der Urkunde im Banksafe bis zu ihren Erlebnissen in Bad Kissingen. Kommissar Holzgruber hörte aufmerksam zu und machte sich Notizen auf seinem Block. Als sie geendet hatte, schwieg er kurz und fragte dann: „Und Sie glauben, Ihre Adoption könnte mit dem jüngst aufgedeckten Verbrechen zusammenhängen? Ist es das, was Sie mir sagen wollen?"

„Ich weiß es nicht." Sie zuckte mit den Schultern. „Aber es ist doch sehr eigenartig, dass ausgerechnet die Seite meiner Geburt im Standesamtsregister fehlt, dass der Nachfolge-Notar mir seine Akten nicht aushändigen kann oder will, dass bei mir eingebrochen wurde und ich zum guten Schluss auch noch überfallen werde."

„Aber es ist Ihnen auch klar, dass diese Aufzählung nur eine Verkettung sehr eigentümlicher Umstände sein kann." Der Kommissar klopfte mit seinem Kugelschreiber auf die Schreibtischplatte. „Sie glauben nicht, wie oft der Zufall seine Hand im Spiel hat, wenn alles auf einen Zusammenhang hindeutet. Aber, dennoch", er stand auf, „ich werde Ihren Fall in unsere Ermittlungen einbeziehen.

„Und was soll ich jetzt tun?", fragte Ilka aufgebracht. „Ich habe Angst im Reiterhof."

„Am vernünftigsten wäre es wohl, Sie würden zurück nach Schweinfurt fahren und uns die Suche überlassen. Ich kann Ihnen allerdings nicht versprechen, dass die Polizei herausfindet, wer Ihre Eltern sind oder waren. Eine Adoption ist nichts Illegales. Es ist kein Straftatbestand, wenn sich die Eltern nicht zu erkennen geben wollen."

„Dann werde ich hierbleiben." Ilka schulterte entschlossen ihre Handtasche.

„Dazu kann ich Ihnen nach allem, was Sie mir erzählt haben, nicht raten. Es ist nicht ungefährlich, was Sie vorhaben."

„Ich bin kurz vor der Lösung, ich weiß es." Ilka reckte trotzig ihr Kinn. „Wenn ich jetzt aufgebe, werde ich nie wissen, wer ich bin." Ilka gab dem Kommissar die Hand. „Ich danke Ihnen, dass Sie mir zugehört haben."

****

Ohne einen Blick nach rechts oder links ging Ilka nach draußen. Viel weiter gekommen war sie nicht bei dem Gespräch mit dem Kommissar. Was hatte sie denn erwartet, dass die Polizei ihr eine Schutztruppe zur Seite stellte? Sie musste einfach vorsichtiger sein. Konnte sie wenigstens Ulrike Redler vertrauen? Nachdenklich lenkte sie ihre Schritte zum Café. Die kurze Zeitspanne, bis Katja kam, musste reichen, ihre Gedanken zu ordnen.

Offenbar kam sie heute zu einem günstigeren Zeitpunkt, Ilka fand sogar noch einen freien Tisch vor dem L'Alternativa. Die Bedienung kam diensteifrig mit Aschenbecher und Karte. Sie legte die Karte auf den Tisch und spannte über Ilka den Sonnenschirm auf.

„Die letzten Tage dieses Sommers müssen wir noch nutzen“, sagte sie und zückte bereits ihren Block.

„Ich werde später bestellen, ich warte noch auf jemanden“, bremste Ilka ihren Eifer. Ob dieser anhalten würde, wenn sich das Café erst gefüllt hätte? Ilka blätterte die Karte durch und spürte plötzlich, dass sie noch nicht gefrühstückt hatte. Sie entschied sich für ein Schinken-Omelette und klappte die Karte zu.

Sie dachte über den Rat des Kommissars nach und wägte ihre Möglichkeiten ab. Nach Schweinfurt zurück in ihre Wohnung zu fahren, war zum gegenwärtigen Zeitpunkt überhaupt keine Alternative. Zum einen erwarteten sie dort Auseinandersetzungen mit Ben, die sicher zur Auflösung ihrer gemeinsamen Wohnung führen würden, zum anderen würde sie damit ihr Scheitern zugeben müssen. Außerdem ... Dr. Lindwasser sah sie dann wohl nie mehr wieder.

War er der eigentliche Grund, dass sie bleiben wollte? Ihre Gefühle für ihn hatten zweifellos den Reiz des Neuen, dem sie ohnehin nur schwer widerstehen konnte, aber – nein – da war noch mehr. Er hatte sie tief in ihrem Innern berührt und eine Saite zum Klingen gebracht, die ihr bislang unbekannt war. Selbstkritisch und ehrlich dachte sie über die Anfänge ihrer Beziehung zu Ben nach und kam zu dem Schluss, dass sie für ihn zu keinem Zeitpunkt etwas Ähnliches gefühlt hatte. Auch Markus' Charme schmeichelte wohl mehr ihrer Eitelkeit. Eine Beziehung mit ihm konnte sie sich überhaupt nicht vorstellen.

Ilka ließ ihre Blicke über den belebten Platz wandern. Hier in der Öffentlichkeit war sie wenigstens einigermaßen sicher. Plötzlich stutzte sie. War das nicht Ulrike Redler auf der gegenüberliegenden Seite des Platzes? Sie schaute auf ihre Armbanduhr und schien auf jemanden zu warten. Ilka wollte ihr winken, doch Ulrike schaute nicht in ihre Richtung. Jetzt kam Stefan Vierneisel aus einem Geschäft und Ulrike ging ein paar Schritte auf ihn zu. Als sie Vierneisel erreichte, beugte er sich über ihre Hand und deutete einen Handkuss an. Was hatten die beiden miteinander zu schaffen?, fragte sich Ilka. Trafen sie sich etwa heimlich?

Blödsinn, sagte sie sich, sicher nicht auf dem belebtesten Platz Bad Kissingens. Sie unterhielten sich angeregt und Ulrike lachte. Sie griff in ihre Handtasche und gab Vierneisel etwas, das wie ein Katalog aussah und einen braunen Umschlag.

„Wartest du schon lange?", riss sie Katjas Stimme aus ihren Beobachtungen.

„Nein, nein. Ich habe noch nicht einmal bestellt. Es tat mir gut, mein Gespräch mit Holzgruber zu verdauen. Hier ...", sie gab Katja die Karte, „ich nehme ein Omelett." Als sie wieder zur Drogerie hinüberschaute, waren Stefan und Ulrike verschwunden. *Verflixt, ich hätte gerne gewusst, ob sie zusammen weggegangen sind.* Die Bedienung kam und sie bestellten. Ilka und Katja musterten sich vorsichtig, bevor beide zur gleichen Zeit zu sprechen begannen.

„Ich war gestern Nachmittag ziemlich ruppig, ich weiß", sagte Ilka und Katja fügte hinzu: „Das verstehe ich, der Oberbürgermeister scheint es aber auch darauf anzulegen, dich zu ärgern ..."

Das ist noch lange nicht alles, dachte Ilka, aber sie ließ Katjas Bemerkung stehen. Die Bedienung brachte ihr Essen und enthob sie beide der Aufgabe, das Thema zu vertiefen. Sie aßen in verlegenem Schweigen. Wo war nur das blinde Verständnis zwischen ihnen geblieben? Ilka wurde sich schmerzlich bewusst, dass sie selbst Katja nichts von dem Überfall berichten mochte.

Ein Schatten fiel über den Tisch. Ilka schaute auf und bemerkte Markus.

„Ist das ein konspiratives Treffen oder darf ich mich zu euch setzen?" Seine Miene zeigte den gleichen schmollenden Ausdruck, der Ilka schon gestern aufgefallen war, während er sich in die Speisekarte vergrub. Was für ein beleidigter Junge, dachte sie.

„Verbringst du neuerdings deine Mittagspausen lieber ohne mich?", wandte er sich an Katja.

Ilka hatte schon eine böse Bemerkung auf der Zunge, doch Katja legte begütigend ihre Hand auf seine. „Tut mir leid, Markus. Ich hatte heute Morgen einfach keine Zeit, dich anzurufen. Fast wäre ich zu spät zu dem Treffen mit Ilka gekommen."

So geduldig wäre ich nicht mit ihm, dachte Ilka. Mürrisch schaute Markus in die Karte und Ilka stellte fest, dass seine ganze Liebenswürdigkeit ihr gegenüber verflogen war. Ja, er schien sie nicht einmal zu beachten. Gab es dafür noch einen anderen Grund als die Abfuhr, die sie ihm gestern verpasst hatte?

„Stell dir vor, Markus", Katjas Augen leuchteten, während sie sich an ihn wandte, „nachdem der Stadtrat Monate gebraucht hat, sich überhaupt mit dem Thema zu beschäftigen, fiel gestern Abend eine Entscheidung."

Die Bedienung brachte Markus' Bohnensuppe und kurz blitzte sein altbekannter Charme auf, während er ihr zulächelte. Vorsichtig wagte er einen Blick in Ilkas Richtung, dann widmete er sich wieder konzentriert Katjas Ausführungen.

„Von welcher Entscheidung sprichst du?", fragte er ausgesucht höflich.

„Vom jüdischen Friedhof natürlich. Du weißt ja nicht, wie lange das schon geht ...", bezog sie Ilka ins Gespräch ein. „Und jetzt plötzlich wurden gestern die Bauarbeiten vergeben. Der Oberbürgermeister will den Herbstmarkt in zwei Wochen schon für den ‚ersten Spatenstich' zur Renovierung nutzen. Heute Morgen habe ich schon den Auftrag für eine Pressemitteilung gekriegt. Wobei ich noch einen vernünftigen Begriff suchen muss."

„Wie wäre es mit Startschuss?", warf Ilka ein. „Nein, den Beitrag ziehe ich zurück." Sie griff nach ihrem Glas. „Aber ein Polit-Fuchs ist euer Oberbürgermeister schon. Gerade noch rechtzeitig vor Abreise der Franzosen, elegant! Was für ein Showdown und welch ideale Möglichkeit, sich als Europäer zu präsentieren."

„Du magst Lutz von Hohenbach nicht, Ilka", antwortete sie, „und ich kann es dir nicht einmal verübeln. Aber du musst zugeben, manchmal sind persönliche Eitelkeiten auch der Sache dienlich."

„Und du sprichst ihn wegen jeder Kleinigkeit heilig", knurrte Markus. „Merkst du eigentlich nicht, wie er dich ausnutzt?"

„Was sind denn das für Töne?", fragte Katja stirnrunzelnd, doch ihre Augen strahlten.

„Lutz von Hohenbach hier, der Oberbürgermeister da", sagte Markus heftig. „Ich kann es schon fast nicht mehr hören." Danach ließ er den Kopf hängen. „Sag mal ..." Fast hörte er sich devot an und sein Blick hatte etwas Flehendes, als er sich Katja zuwandte. „Hältst du mich eigentlich auch für verantwortungslos?"

Was war denn das? In Ilkas Kopf begann ein Gedanke Gestalt anzunehmen. War Markus etwa in Katja verliebt und eifersüchtig auf ihren Chef? Hatte sie etwa eine aufkeimende Lovestory gestört? So vieles ergäbe dadurch einen Sinn. Oder waren Markus Gefühle einseitig und Katjas Zuneigung gehörte Dr. Lindwasser?

Sie würde es herausfinden, schwor sich Ilka.

****

Mit jedem Schritt, der sie dem Herrenhaus näherbrachte, wurde es Ilka ein wenig klammer zumute. Hatte sie den Mund zu voll genommen mit ihrer Aussage, bleiben zu wollen? Es brachte sie garantiert nicht weiter, wie ein Lockvogel auf die nächste Attacke zu warten, um den Täter zu entlarven. Als einziger hatte Lutz von Hohenbach sehr deutlich gezeigt, was er von ihr hielt. Also hatte er wohl am meisten zu verbergen, und sie war ihm schon sehr nahegerückt. Andererseits hätte er durch einen so dummdreisten Überfall auch am meisten zu verlieren.

Wäre Markus zu einer solchen Tat fähig gewesen? Oder Katja, Leni von Hohenbach, Rita, vielleicht Ulrike, Franz, möglicherweise Dr. Lindwasser? Noch vor wenigen Tagen hätte sie diese Frage kategorisch verneint. Jetzt wusste sie gar nichts mehr. Wusste sie denn, ob nicht irgendjemand, an den sie jetzt gar nicht dachte, Franz für seine Zwecke eingespannt hatte? Die Anwaltskanzlei zum Beispiel? Vielleicht waren Adoptionen ja ein lukratives Geschäft und die Nachfolger von Dr. Halbhuber führten es weiter? Und welche Rolle spielte Stefan Vierneisel? Immerhin schien er Ulrike besser zu kennen, als er vorgegeben hatte.

Ilkas Beine waren wie Blei, als sie den Reiterhof vor sich sah. Sie würde trotz allem hoch erhobenen Hauptes durch das Tor gehen. Es stand offen, und im Hof parkte ein olivgrüner MG, der Ilka sehr bekannt war. Sofort begann ihr Herz zu stolpern. Was sollte das? Dieser Mann hatte gestern nur allzu deutlich gezeigt, dass er mit ihr nichts zu schaffen haben wollte.

Außerdem war er sicher nicht ihretwegen gekommen.

Sie hatte schon den Finger auf der Klingel, als die Tür aufging und eben jener Dr. Paul Lindwasser vor ihr stand. Ein dèja vu, flog es Ilka durch den Kopf. Ihr schien es eine halbe Ewigkeit her, als sie genau an dieser Tür zum ersten Mal mit ihm gesprochen hatte. Er trug ein schwarzes Poloshirt und helle Jeans und sah verteufelt attraktiv aus.

„Ilka." Er stellte seine Arzttasche auf den Boden und ließ die Arme herunterhängen. „Es tut mir so leid, dass ich gestern so ausfallend geworden bin. Ich würde Ihnen gerne erklären warum, wenn Sie mir eine Chance dazu gäben." Sein Blick schien Löcher in ihre Organe in der Gegend rund um ihren Magen zu brennen. Ilka fühlte eine Hitze von dort ausgehen, die sogar ihre Zehenspitzen erreichte. „Sie sagen nichts, und ich kann es sogar verstehen." Er fasste sie an ihren Oberarmen und Ilka wunderte sich kurz, dass er sie nicht sofort zurückzog. Er musste sich doch an ihr verbrannt haben.

Im Obergeschoß wurde ein Fenster zugeschlagen, und Ilka war schlagartig wieder im Hier und Jetzt.

„Ich glaube, ich möchte auch gerne mit Ihnen reden, dringend sogar", hörte sie sich sagen und stellte verwundert fest, dass es stimmte. Wenn sie diesem Mann nicht vertrauen konnte, wäre es ohnehin besser, sie erführe es so schnell wie möglich, „aber ich fürchte, hier haben die Wände Ohren."

Er runzelte die Stirn, sein Blick war fragend.

„Doch", antwortete sie auf seine unausgesprochene Frage. „In diesem Haus geschehen Dinge, die ganz und gar nicht vertrauenerweckend sind."

„Wie meinen Sie das?", fragte er heftig.

„Genauso wie ich es sage. Hier möchte ich es nicht erläutern."

„Dann sollten wir doch gleich Nägel mit Köpfen machen." Er schaute prüfend auf seine Armbanduhr. „Ich muss noch einige Hausbesuche machen und abschließend noch einmal nach Leni von Hohenbach sehen. Ich weiß noch nicht, ob ich sie nicht in ein Krankenhaus einweisen muss. In etwa zwei Stunden bin ich wieder hier, dann nehme ich Sie am besten mit in meine Praxis. Dort können wir ungestört reden. Einverstanden?"

„Ja, gerne ... Aber was ist denn mit Leni von Hohenbach? Ist sie ernsthaft krank?"

„Das kann ich noch nicht genau sagen. Sie war aus irgendeinem Grund sehr aufgewühlt. Ich kann noch nicht sagen, ob ihr Schwächeanfall darauf zurückzuführen ist. Ich hoffe, dass sie jetzt etwas schlafen kann. Später werden wir weitersehen. Werden Sie – sagen wir gegen fünf – hier auf mich warten?" Er lächelte schief. „Oder muss ich befürchten, dass Sie mich versetzen? In diesem Falle nehme ich Sie nämlich gleich mit und binde Sie in meinem Sprechzimmer fest."

„Nein, nein. Ich werde hier sein." Ilka fühlte sich trotz all ihrer Sorgen auf einmal sehr beschwingt. „Aber wer sagt mir denn, dass Sie nicht bis dahin wieder Ihre Meinung ändern?"

„Ganz sicher nicht", in seinem Blick tanzten kleine Teufelchen, „es sei denn, ich treffe hier noch einmal auf Markus Götz. Dann kann ich nämlich für nichts garantieren. Aber während wir hier reden, läuft die Zeit davon, ich muss leider gehen." Er drückte ihre Hand. „Bis später."

Ilka sah ihm nach, wie er mit langen Schritten zu seinem MG ging. Bevor er einstieg, winkte er ihr noch einmal kurz und fuhr davon.

Es roch leicht muffig in Ilkas Zimmer, als sie eintrat, und sie öffnete das Fenster. Das kam davon, wenn man vor lauter Paranoia die frische Luft aussperrte. Ilka spürte noch immer Paul Lindwassers intensiven Blick und fühlte sich seit langem endlich wieder voller Hoffnung. Vielleicht wurde ja doch noch alles gut.

Sie schaltete ihren Laptop ein. Zwei Stunden unausgefüllter Zeit lagen vor ihr, die nur auszuhalten waren, wenn sie sich beschäftigte. Sie gewahrte die völlige Stille, die sie umgab, keinerlei Geräusche drangen zu ihr. Es war jedoch kein friedliches Schweigen, wie ihr schien, eher so, als hätte das Haus den Atem angehalten. Ob wohl alle auf Zehenspitzen gingen, weil die Hausherrin schlief? Wie viel hätte sie zu Hause für eine solche Ruhe gegeben, um vernünftig arbeiten zu können, doch hier empfand sie das Fehlen jeglicher Geräuschkulisse als drohend. Sie konnte sich nicht konzentrieren und räumte ihre Arbeit wieder beiseite. Die Minuten schlichen wie Stunden. Sie musste raus hier. Vielleicht fand sie ja Ulrike. Die Gespräche mit ihr trösteten sie immer.

Auf Zehenspitzen schlich sie ins Treppenhaus, zögerte jedoch, nach unten zu gehen und fand sich plötzlich auf der Treppe nach oben. Die Räume über Leni von Hohenbachs Wohnung schienen unbewohnt, obwohl Ilka nicht hätte sagen können, was sie auf diese Annahme brachte. Es war hier ebenso sauber, das Parkett glänzte, auf einem Tischchen stand ein Strauß Astern.

An einer Wand hing das Porträtfoto eines Mannes, von dem gerade noch zu erkennen war, dass er einen Anzug und ein Hemd mit Krawatte trug. Direkt unter dem Krawattenknoten endete der Bildausschnitt. Obwohl das Foto schwarz-weiß war, erkannte Ilka am Haarschnitt des Mannes und an der Gestaltung des Bildes, dass es noch nicht gar so alt schien, wie auf den ersten Blick anzunehmen war. Frühe siebziger Jahre des 20. Jahrhunderts, schätzte sie. Sie schaute sich den Mann genauer an und erkannte an der Familienähnlichkeit, dass es sich um Lutz von Hohenbachs Vater handeln musste – der gleiche dunkle Typ, der gleiche arrogante Gesichtsausdruck.

Warum hatte man ihn in ein so wenig frequentiertes Stockwerk verbannt?

Mehr aus Neugier als aus echtem Interesse drückte sie auf die Klinke einer Tür, natürlich verschlossen. Sie probierte die anderen Türklinken auch mit dem gleichen Ergebnis. Die letzte Tür am Ende des Flurs war ebenfalls verschlossen, doch als Ilka dagegen drückte, sprang sie auf. Offenbar war das Türschloss kaputt. Ilka schaute kurz nach rechts und links und ging in das Zimmer, das nach einem Mädchenzimmer aussah.

Unter einem Baldachin stand ein frisch bezogenes Bett. Das Blumenmuster des Baldachins wiederholte sich in der Bettwäsche. An einer Wand hing ein Poster von ABBA und an der anderen Wand das Foto eines etwa dreizehnjährigen Mädchens in Reitkleidung, das den Hals eines Pferdes tätschelte. Den Kopf wandte das Mädchen dem Fotografen zu, und ein glückliches Lächeln spielte um ihren Mund.

Ilka bemerkte einen Schreibtisch, auf dessen Unterlage sich noch alte Tintenflecken und gekritzelte Mathematik-Formeln befanden. Auf einem Tisch daneben stand ein Radiorekorder. An ein ähnliches Modell konnte sich Ilka noch gut erinnern, er hatte fast ihre gesamte Kindheit über in der Küche ihrer Eltern gestanden. Sie setzte sich auf den Stuhl vor den Tisch, drückte die Eject-Taste und eine selbstbeschriftete Kassette fiel heraus. *Schlager des Jahres 1978* las sie.

Ilka hatte das vage Gefühl, gerade eine Zeitreise unternommen zu haben, und erwartete halb, das Mädchen auf dem Foto gleich hereinkommen zu sehen. Ihr dämmerte, dass sie das Zimmer der verschwundenen Martina von Hohenbach entdeckt hatte. Wartete die Familie etwa darauf, dass sie wieder zurückkäme und nach all den Jahren ihr Mädchenzimmer wieder bezöge? Welch eine bizarre Vorstellung.

Sie konnte der Versuchung nicht widerstehen und öffnete die Schranktüre. An der Innenseite der Tür hing ein Spiegel und Ilka erschrak kurz, als sie ihr eigenes Spiegelbild anblickte. In den Fächern lagen Pullover, ordentlich gestapelt, und Mädchenunterwäsche. Blusen und Kleider hingen auf Bügeln und sie zog einen Bügel mit einer Schlaghose heraus. Nein – so weite Beine hatten die bell-bottom-Jeans heutiger Tage nicht.

Sie hängte die Hose wieder zurück und griff nach einem Bügel mit einem wadenlangen, dunkelgrünen Trägerrock. Ilka lächelte und dachte, dass Mode doch immer wiederkehrte. Dieser Rock könnte durchaus heute als gefragtes Vintage-Modell durchgehen. Obwohl – viel getragen sah er nicht aus. Sie hielt ihn vor sich hin und betrachtete sich im Spiegel. Ob sie ihn einmal probieren sollte?

Schnell schlüpfte sie aus den Jeans und zog den Rock über. Natürlich war er um die Taille zu eng. Was hatte sie denn gedacht? Der Rock hatte einem Schulmädchen gehört. Sie zog den Bauch ein und zerrte am Reißverschluss. Es ging nicht. Sie musste ihn wieder ausziehen, bevor sie irgendetwas beschädigte. Ilka drehte sich ein letztes Mal vor dem Spiegel. Dabei griff sie instinktiv in die großen Rocktaschen und fühlte ein Stück Papier. Sie faltete es auseinander und erkannte einen Brief.

Plötzlich hörte sie Stimmen und Schritte auf der Treppe, dann das Geräusch eines Staubsaugers direkt vor der Tür. Verzweifelt schaute sie nach einer Möglichkeit, sich zu verstecken. Es blieb nur der Schrank. Ilka quetschte sich zwischen die alten Kleider und sah gerade noch die Türklinke sich neigen, bevor sie die Schranktür zuziehen konnte. Die Kleider rochen staubig und Ilka spürte, wie es verdächtig in ihrer Nase kitzelte. Jetzt bloß nicht niesen. Der Staubsauger begann zu brummen und Ilkas Herz hämmerte. Von ferne hörte sie jemanden *Lisa* rufen. „Ja, ich komme." Die Antwort des Zimmermädchens klang laut wie eine Explosion in Ilkas Ohren. Der Staubsauger verstummte und das Klicken der sich schließenden Tür bewirkte ein hysterisches Lachen, das sie schnell unterdrückte. Puhhh! Das war knapp. Eilig zog sie den Rock aus und ihre Jeans wieder an. Sie schloss die Schranktüre, machte sie wieder auf und nahm mit einer raschen Bewegung den Brief aus der Rocktasche und steckte ihn in die Tasche ihrer Jeans. Leise stahl sie sich hinaus und lauschte, bis die Stimmen auf der Treppe verstummt waren, bevor sie hinunterging.

Sie erreichte den Hof und steuerte die Bank unter der Weide an, ein Platz, an dem sie hoffentlich ungestört den Brief lesen konnte. Die Einflüsterungen ihres schlechten Gewissens brachte sie mit dem Einwand zum Schweigen, dass sie es sich nicht leisten konnte, irgendeinen Hinweis auf die Vergangenheit, speziell hier in diesem Haus, zu ignorieren. Ein Blick auf die Uhr sagte ihr, dass sie nicht mehr viel Zeit hatte, bis Dr. Paul Lindwasser kommen würde. Wie schnell waren die zwei Stunden Wartezeit durch ihre Entdeckung verflogen.

Sie begegnete Luc Mossaz, der, einige seiner Schutzbefohlenen im Gefolge, von einem Ausritt zurückkam. Er hob die Hand zum Gruß und Ilka fragte: „Avez-vous passé une bonne journée?“

„Oui, c'était chouette.“

Er lächelte strahlend, also hatten zumindest die französischen Gäste einen zufriedenstellenden Tag verlebt.

Der Brief steckte in einem weißen Umschlag, adressiert an Martina von Hohenbach, Kloster St. Angela, Bad Kissingen. Ilka nahm den Briefbogen heraus und zögerte. Natürlich scheute sie sich, den Bogen auseinander zu falten. War dieser Übergriff auf die Privatsphäre eines fremden jungen Mädchens tatsächlich gerechtfertigt? Sie wischte ihre Zweifel beiseite und begann zu lesen.

06/20/1990

Irritiert sah sich Ilka das Datum an, bis sie begriff, dass sie die amerikanische Schreibweise des 20. Juni 1990 vor sich hatte – das Jahr ihrer Geburt. Plötzlich sehr interessiert, vertiefte sie sich in die Zeilen.

Meine liebste Martina,

es ist nicht schön, dass ich Dir schreiben muss, ich habe so viel zu reden. Ich versuche heute deutsch schreiben, soll ich es doch lernen. (English writing would be much easier, but I'll try German, but don't look at the spelling, please!)
Ich kann nicht vergessen Deinen Vorwurf (to accuse me – is that right?), ich habe dich belogen. Ich musste versprechen meiner Granny, niemand zu sagen, dass mein Besuch in Bad Kissingen war geplant. Sie wollte so gerne wissen, wie Friedrich von Hohenbach lebt. Aber, dass dein Vater hat herausgefunden, warum ich deutsche Sprache in Bad Kissingen lernen wollte, hat nichts zu tun mit meiner Liebe zu dir. Du bist schönstes und liebstes Mädchen der Welt und ich wünsche mir so sehr, dass du mit mir gehst nach Amerika.
Es ist so grausam von deine Vater, dass du nun bleiben musst in Kloster und ich soll abreisen. Du hast mir gesagt, du musst in dieses Kloster wegen jungem Pfarrer – aber ich kann es nicht verstehen. Du hast Angst vor ihm, warum gehst du nicht mit mir? In zwei Wochen hast du Geburtstag und bist 16 Jahre alt. Du kannst einfach fortgehen.
Liebste Martina, ich liebe dich so sehr und kann dich niemals vergessen. Kannst du mir Antwort schreiben und den Brief wieder in den Baumstamm im Klosterhof stecken, ich werde ihn abholen!

Ich küsse Dich tausendmal,
Dein Daniel

Ilka ließ den Briefbogen sinken. Der Brief hatte keine Antwort auf die vielen Fragen, die sie bedrängten. Soweit dies überhaupt möglich war, ließ er sie noch verwirrter zurück als vor der Lektüre. Was sollte der Hinweis auf die Großmutter Daniels? Von einem Gedanken konnte sie sich allerdings getrost verabschieden. Ein 15-jähriges Mädchen hatte bestimmt nichts mit ihrer Geburt zu tun. Sie stand wieder ganz am Anfang.

Nachdenklich ging sie zurück in den Innenhof, Dr. Lindwassers MG stand schon dort, und wie von selbst beschleunigte sich ihr Schritt. Mit deutlicher Willensanstrengung blieb sie vor einer offenen Stalltür stehen und betrachtete einen Schimmel, ohne ihn richtig zu sehen. Sie würde sich nicht mit sehnsüchtigen Augen neben dem Auto postieren. Das Zuschlagen der Haustür löste ihre selbstauferlegte Reglosigkeit, sie konnte nicht anders, als auf Paul

Lindwasser zuzugehen, der gerade seine Arzttasche im Kofferraum verstaute. Er schaute suchend um sich, und Ilka fühlte jähe Freude. Ein Leuchten glitt über sein Gesicht, als er sie näherkommen sah.

„Hallo Ilka", sagte er. „Ich beuge mich gerade der Tyrannei der modernen Technik. Wenn ich die Arzttasche auf den Beifahrersitz stelle, piept ständig der Warnton zum Anlegen des Sicherheitsgurtes. Haben Sie schon einmal davon gehört, dass man Arzttaschen anschnallen muss?" Er hielt die Beifahrertür des MG auf. „Sie allerdings sollten sich besser anschnallen."

Ilka lachte. Sie mochte seine Art von Humor. „Wie geht es Leni von Hohenbach?", fragte sie, mehr aus Verlegenheit als aus echtem Interesse.

„Deutlich besser, es war erfreulicherweise nur ein kleiner Schwächeanfall aus purer Anspannung. Haben Sie eine Ahnung, worüber sie sich so aufgeregt haben könnte?"

„Nicht die geringste, allerdings bin ich doch wohl die Person, die dem ganzen Familienclan am wenigsten nahesteht."

„Das würde ich so nicht sagen", sagte er zögernd, „sie hat nach Ihnen gefragt und klang dabei sehr eindringlich. Meine Versicherung, dass es Ihnen gut ginge, schien sie zu erleichtern. Sie nimmt offensichtlich an, dass wir beide irgendeinen Streit ausfechten, oder warum sonst hat sie gestern darauf bestanden, dass Sie sie in ihre Wohnung begleiten? Warum sollten wir eigentlich im Clinch liegen?" Er wandte seinen Blick von der Straße und schaute Ilka an. Prompt geriet er auf das Bankett und musste das Auto wieder fangen.

„Wir müssen das Gespräch vertagen", sagte er spöttisch, „ich fürchte, ich bin nicht bei der Sache, wenn Sie neben mir sitzen."

„Dafür reagieren Sie aber erstaunlich souverän", sagte Ilka.

„Ihr Vertrauen ehrt mich, aber ich kenne mich besser. Ich sollte meine Neugier zügeln, bis wir angekommen sind. Wir sind ohnehin gleich da."

Das Model-Mädchen saß am Empfang, als sie in die Praxis kamen. Sie hob den Kopf und hauchte: „Oh, Sie sind schon zurück, Herr Doktor." Dabei bedachte sie ihren Chef mit einem Blick, als seien sie und er allein auf der Welt. Ilka taxierte mit widerwilliger

Bewunderung den künstlerisch mit Mascara getrimmten Wimpernkranz um die blauen Augen.

„War irgendetwas, Kathrin?“, fragte Dr. Lindwasser, während er einige Rezepte unterschrieb, und fügte, nachdem die Helferin verneint hatte, hinzu: „Dann können Sie jetzt gehen.“

Er schob die unterschriebenen Rezepte zurück und sagte: „Wollen Sie im Wartezimmer auf mich warten, Ilka? Ich bin gleich zurück.“ Ilka fiel gerade noch ein leichtes Naserümpfen Kathrins auf, bevor sie sich umwandte.

Ilka setzte sich in das leere Wartezimmer und versuchte, ihre Gedanken zu ordnen. In ihre Überlegungen schob sich ein leises Triumphgefühl. Sie mochte vielleicht nicht ganz so perfekt sein wie diese Kathrin, aber aus dem kleinen, nonverbalen Schlagabtausch gerade, war sie als Siegerin hervorgegangen. Sie schüttelte den Kopf über ihre seltsamen Gedanken. Hatte sie denn keine anderen Sorgen? Sie war drauf und dran, Dr. Paul Lindwasser ihr gesamtes Innenleben auszubreiten, dabei war sie sich heute Morgen noch überhaupt nicht sicher gewesen, ob er nicht auch zu den Verdächtigen gehörte.

„Gehen wir vielleicht doch lieber in mein Sprechzimmer“, sagte Paul Lindwasser, als er zurückkam und winkte Ilka, ihm zu folgen.

Ein großer Schreibtisch, auf dem ein Computer stand, beherrschte das Zimmer. An der Wand dahinter hing zwischen einem Regal mit Fachbüchern ein Bild des noch unversehrten World-Trade-Centers. An den anderen Wänden sah sie Poster von der Anatomie des menschlichen Körpers. Das in vielen Ärzte-Sprechzimmern obligate Skelett fehlte hier. Gegenüber vom Schreibtisch stand eine Untersuchungs-Liege und in einer Ecke ein kleiner Tisch mit zwei Sesseln. Genau dorthin steuerte Dr. Lindwasser und forderte sie mit einer Handbewegung auf, sich zu setzen.

„Möchten Sie einen Cappuccino? Wir haben eine sündteure Hightech-Kaffeemaschine, die wirklich brauchbaren Kaffee ausspuckt, wenn man einmal davon absieht, dass sie offenbar Riesenmengen Wasser verbraucht, um sich ständig selbst zu reinigen.“

„Gerne.“ Ilka lachte ihn an fühlte sich zunehmend wohler. „Nachdem es kaum möglich sein wird, dass ich noch nervöser werde, kann ich auch Kaffee trinken.“

„Vor allem liefern Sie mir einen Grund, selbst einen trinken zu können", sagte er und verschwand nach nebenan. Während Ilka ihn mit Geschirr klappern hörte, fiel ihr Blick auf die Untersuchungs-Liege und aus irgendeinem unerklärlichen Grund, wurde ihr auf einmal heiß. *Was sind denn das für versaute Gedanken* – rief sie sich zur Ordnung, als er mit zwei gefüllten Cappuccino-Bechern zurückkam, einen vor sie hinstellte und sich in den Sessel setzte. Dabei legte er eines seiner langen Beine auf das Knie des anderen und Ilka dachte, dass sie genauso gut in einem Straßencafé irgendeiner Fußgänger-Zone hätten sitzen können.

„In einem Sprechzimmer habe ich bislang weder Kaffee getrunken noch dem Arzt in einem Sessel gegenübergesessen. Er lächelte bei Ilkas Worten, und das feine Netz kleiner Falten erschien um seine Augen. „Dann wird es höchste Zeit", langsam verschwand sein Lächeln. „Das freut mich sehr zu hören. Diese beiden Sessel sind nicht nur eine Laune. Die Anregung kam von Ulrike Redler. Sie war der Meinung, die Patienten würden hier lieber über ihre seelischen Probleme reden als in der hierarchischen Arzt-Patienten-Atmosphäre, die ein Schreibtisch mit einem Stuhl davor erzeugt. Und sie hat recht behalten." Er rührte in seinem Cappuccino, als zögere er fortzufahren. „Sie glauben nicht, wie viele körperliche Beschwerden seelische Ursachen haben."

Plötzlich hörte Ilka sich reden, die Worte strömten aus ihr heraus, als hätte eine unsichtbare Hand den Stöpsel aus einem übervollen Becken gezogen.

Sie berichtete von dem Schuppen, der Bücherkiste und dem Überfall. Bei der Erwähnung der Decke, die über sie geworfen wurde, sprang er auf. Er ging im Zimmer auf und ab und in seinem Gesicht arbeitete es. Ilka war dankbar, dass er sie nicht unterbrach. Sie wusste nicht, ob sie hätte weitererzählen können, wenn er den Vorfall kommentiert hätte. Stockend berichtete sie von dem seit Jahren unveränderten Mädchenzimmer und legte den Brief an Martina von Hohenbach auf den Tisch.

„Und ich muss zugeben, ich schäme mich nur ein bisschen dafür, dass ich spioniert habe. Jetzt weiß ich zumindest ..."

„Sie können nicht auf dem Reiterhof bleiben, Ilka!" Paul Lindwasser setzte sich wieder und umschlang Ilkas Hände mit den seinen. Seine Stimme war eindringlich. „Wie soll ich mich auf irgendetwas – meine alltägliche Arbeit beispielsweise – konzentrieren können, wenn ich Sie in Gefahr weiß?"

„Sie sind ein sehr mitfühlender Mensch." Ilkas Stimme zitterte.

„Heilige Einfalt!", stöhnte er. „Mitgefühl steht auf der Skala meiner Gefühle ziemlich weit unten. Sie ... Sie sind für mich ....." Sein Gesicht war Ilkas so nahe, dass sie ein winziges Zucken seines rechten Augenlides bemerkte.

„Was denn?"

„Wenn Sie das nicht selbst fühlen, wenn es nicht das geringste Echo in Ihnen auslöst", seine Stimme war drängend, „dann sollte ich jetzt besser still sein."

„Da gibt es ein Echo," sagte sie verhalten, „so laut, dass Ihnen die Ohren dröhnen müssten."

Und dann lag sie in seinen Armen. Seine Hände hielten sie fest, als wollten sie nie mehr loslassen. Sein Kuss war ein zartes Versprechen. Es war Ilka, deren Lippen forderten, bis er offenbar alle anderen Vorsätze vergaß und sie küsste, bis es in Ilkas Ohren sang. Irgendwann saß sie auf seinem Schoß, ohne zu wissen, wie sie dahin gekommen war.

„Ilka!" Ihr Name klang aus seinem Mund wie ein tiefes Seufzen. „Das wollte ich schon, als ich dich im Bratwurstglöckle zum ersten Mal gesehen habe."

„Hast du mich etwa auch bemerkt?", fragte sie kokett. Er gab keine Antwort, aber seine Augen waren dunkel und saugten sich in ihrem Blick fest.

„Fühlst du es auch so?", fragte er fast scheu, „ich fürchte, ich kann dich nie mehr loslassen." Ilka nickte nur, sie spürte ihn mit jeder Faser, seine Härte, die den Raum zwischen ihren Beinen in ein Feuchtbiotop verwandelt hatte. Ihr Blick fiel erneut auf die Untersuchungs-Liege, und sanft zog sie ihn dorthin.

„Es gibt nichts auf der Welt, was ich jetzt lieber täte", raunte er in ihr Haar, während seine Hand ihren Nacken festhielt und ihr wohlige Schauer über die Haut schickte, „aber", er schüttelte den Kopf, „nicht so, Ilka. Wir haben noch viel Zeit. Auch, wenn ich fast nicht glauben kann, dass ich das jetzt sage, aber im Augenblick gibt es Wichtigeres." Er lachte trocken auf. „Mein Körper befindet sich schon in diesem Aufruhr, seit ich dich kenne, er wird keinen irreversiblen Schaden nehmen, wenn er noch ein wenig warten muss."

Er hatte ja recht. Trotzdem fühlte sich Ilka ein wenig enttäuscht, als sie sich mit glühenden Wangen wieder an den Tisch setzte.

„Komm her!" Paul zog Ilka auf seinen Schoß. „Auch wenn's der pure Masochismus ist. Aber nun zur Sache: Wo fangen wir an? Ich schlage vor, du zeigst mir erst einmal Martinas Brief."

Zögernd griff er danach, Ilka nickte und wartete gespannt auf seine Reaktion, während seine Augen über die Zeilen flogen. Er rieb sich über die Nase und runzelte die Stirn, dann drehte er den Umschlag um und las den Absender.

„Das wusste ich nicht ..." Er stand auf, drehte sich um und schaute sekundenlang aus dem Fenster, bevor er sich wieder setzte.

„Ich verstehe nicht, was du meinst."

„Wie solltest du? Ich verstehe es ja selbst noch nicht ganz. Aber ich will es versuchen." Paul nahm Ilkas Hand und streichelte sanft über ihre Finger. „Du bist so schön, dass es mir immer wieder den Atem nimmt, Ilka. Ich muss etwas Abstand zwischen uns bringen, sonst geraten meine Gedanken durcheinander."

Er ließ Ilkas Hand los und setzte sich auf seinen Schreibtisch. *Wie ein Junge sieht er jetzt aus,* bemerkte Ilka verwundert. Irgendwie war sie trotz aller Küsse das Bild des honorigen Arztes noch nicht ganz los.

„Professor Daniel Klein", begann er, „war der Dozent, der mich während seiner Gastprofessur an der Uni Nürnberg wegen vieler Dinge, aber vor allem wegen seiner Menschlichkeit am meisten beeindruckt hat. Ich habe unter anderem zwei Semester Anglistik studiert."

„Während deiner Wartezeit aufs Medizinstudium?"

„Nein. Wenn du in einer Wartschleife auf einen Studienplatz für Medizin bist, darfst du nichts anderes studieren. Ich bin durch ein ausgefuchstes Losverfahren zu meinem Medizinstudienplatz gekommen." Er lachte. „Falls du also geglaubt hast, ich hätte ein lupenreines Numerus-clausus-Abitur, muss ich dich enttäuschen."

„Es erleichtert mich eher", warf Ilka ein.

„Professor Klein also erwähnte bei einem unserer gemeinsamen Kneipenbesuche, er war eben ein Dozent, der auch in der Freizeit gerne mit seinen Studenten diskutierte, dass er in seiner Jugend eine Sprachreise nach Bad Kissingen gemacht habe. Vielleicht war das der Grund, dass mir im Ärzteblatt auffiel, als dort eine Praxis ausgeschrieben stand. Als ich hierherkam und den Zustand des jüdischen Friedhofs sah, beschloss ich, etwas dagegen zu tun und setzte mich mit ihm in Verbindung. Er sicherte mir seine Unterstützung zu ... ach ..." Ein fragender Blick huschte über Pauls Züge. „Erwähnte ich eigentlich schon, dass Professor Klein Jude ist?"

„Nein – aber ich dachte es mir."

„Gut. Es gibt aber offenbar in seiner Familie eine leidvolle Vergangenheit, die in die Nazizeit zurückreicht. Ich konnte das aus verschiedenen Andeutungen entnehmen, allerdings sprach er nie darüber ..."

„Ist das der Grund für dein Engagement?", fragte Ilka leise.

„Nicht allein, aber darüber reden wir ein andermal, einverstanden?" Als Ilka nickte, fuhr er fort: „Absolut neu ist mir seine Verbindung zum Hause Hohenbach."

„Diese Verbindung hat der Maler Stefan Vierneisel mir gegenüber aber bereits angedeutet", antwortete Ilka, „er sprach davon, dass die verschwundene Martina möglicherweise mit ihm in die Staaten gegangen sei. Es wundert mich, dass dieses Gerücht noch nicht zu dir gedrungen ist ..."

„Das will nichts heißen, ich habe noch nicht so viele Menschen näher kennengelernt, ich bin jetzt erst ein knappes Jahr hier in Bad Kissingen. Außerdem vertraut man dem neuen Doktor nicht gerade die Sünden der Vergangenheit an."

Ilkas Stirn umwölkte sich. *Aber Katja scheinst du in der kurzen Zeit gut genug kennengelernt zu haben.* Sie verdrängte den Gedanken gleich wieder, zu erfüllt von ihrem neuen Glück.

„Hat denn Leni von Hohenbach nie über ihre verschwundene Tochter gesprochen?", fragte Ilka spontan und fügte, als sie seinen Gesichtsausdruck sah, hinzu: „Entschuldige, das gehört sicher zu der Sparte Arzt-Patienten-Geheimnis. Ich wollte nicht neugierig sein."

„Zumindest weiß ich nichts, was das Rätsel deiner Adoption erklären würde, Ilka. Bitte glaub mir."

Adoption – da war er wieder, dieser Begriff, der Ilka schaudern ließ. Wie würde sich Paul Lindwasser verhalten, wenn sich herausstellte, dass sie aus einem hässlichen Milieu stammte, schlimmer noch, aus verbrecherischen Umständen hervorgegangen war? Würde es ihn abschrecken und er sich abwenden? Zum ersten Mal, seit ihr Leben durcheinandergewirbelt war, zauderte Ilka. Musste sie denn wirklich wissen, was vor vielen Jahren geschehen war? Sie hatte noch nie für einen Menschen so gefühlt wie für diesen jungen Arzt. Sollte ihre Vergangenheit ihre Liebe zerstören?

Ihre Gedanken mussten ihr auf die Stirn geschrieben gewesen sein, denn er strich ihr sanft übers Haar und sagte: „Was wir auch finden mögen, Ilka, es wird nichts an meinen Gefühlen für dich ändern."

„Du liest in mir wie in einem offenen Buch, wie mir scheint", sie lachte verlegen, „ich weiß noch nicht, ob ich gerne aus Glas bin."

„Glas trifft es nicht ganz", er küsste zart ihre Augenlider, „eher sehr kostbares Kristall, sehr zerbrechlich."

Irgendwo klingelte ein Telefon und riss sie aus ihrer Verzauberung.

„Leider muss ich abnehmen." Er schaute sie abbittend an. „Ich bin Arzt, auch zu den ungelegensten Zeiten. Meinst du, du wirst damit leben können?" Er stand auf und ging in den Nebenraum. Ilkas Herz begann zu singen. Hatte er tatsächlich *‚damit leben können‘* gesagt?

„Das war Ulrike Redler", sagte er, als er zurückkam. „Sie macht sich Sorgen um dich und fragte, ob ich wisse, wo du steckst. Niemand im Reiterhof hat dich heute gesehen. Franz habe sie den ganzen Tag bedrängt, dich zu suchen, meinte sie. Ich konnte sie beruhigen. Franz hat dich anscheinend sehr ins Herz geschlossen."

„Er hat mir das Leben gerettet", sagte Ilka ernst, „das werde ich ihm nie vergessen. Sag mal, wie passt denn Franz eigentlich in diese hochherrschaftliche Familie?"

„Seine Mutter war Magd auf dem Hof des Vorbesitzers. Sie ist – soweit ich weiß – schon sehr früh gestorben und Franz ging sozusagen als lebendes Inventar auf die Familie Hohenbach über. Rita Gerstmaier kümmert sich seither um ihn wie um einen eigenen Sohn." Er nahm Ilka bei der Hand. „Aber jetzt komm! Wir sollten die Zeit nutzen, um einen Blick in die alten Krankenblätter zu werfen." Er fasste sie mit beiden Händen an den Oberarmen, sein Blick wurde eindringlich. „Du weißt, dass ich damit meine Zukunft in deine Hände lege. Krankenblätter fallen unter die Schweigepflicht eines Arztes."

„Ich weiß, was du tust, Paul", sie küsste ihn langsam, „ich werde dein Vertrauen nicht enttäuschen."

Ilka folgte Paul, der eine Metalltür öffnete, die über eine Treppe zu den Kellerräumen führte. Obwohl in dem weißgekalkten Raum ein Oberlicht offenstand, roch es feucht und muffig. Paul öffnete eine weitere Tür, und Ilka sah, dass sich dahinter eine Garage befand. Er drückte auf eine Fernbedienung und das Garagentor schwang auf.

„Hier unten brauche ich immer so viel frische Luft, wie nur irgend möglich", sagte er und ging zu einem der Aktenschränke, die an der Wand standen. „Ich muss gestehen, ich weiß selbst nicht, wo wir beginnen sollen", er zuckte mit den Schultern, bevor er eine der vielen Metallschubkästen herauszog. „Hoffentlich hatte Dr. Schwinghammer in seiner Ablage wenigstens ein bisschen System." Er drehte sich um und schaute ein wenig ratlos. „Mit welchem Jahrgang wollen wir beginnen? Ich vermute doch, dich interessiert erst einmal die Zeit kurz vor deiner Geburt."

Sie lächelte amüsiert, hatte er tatsächlich Schwierigkeiten damit, zu fragen, wie alt sie sei?

„Das Jahr 1990 ist das entscheidende. Ich bin im Dezember geboren und demzufolge 27 Jahre alt."

„Du liebe Zeit", er blinzelte, „was bin ich für ein alter Mann im Vergleich zu dir, ich werde in drei Wochen 35."

„Ich hoffe sehr, dass dieses biblische Alter noch nicht zu Ausfallerscheinungen führt", sagte Ilka, schlang ihm die Arme um den Hals, während sie sich an ihn drückte.

„Hör auf damit", seine Stimme klang heiser, „fühlst du nicht, was du schon wieder anrichtest?" Sanft schob er sie von sich. „Also 1990 ... Du nimmst den linken Stapel, ich den rechten." Er blätterte einige Blätter durch. „Noch einmal von vorne, ich habe die Eintragungen zwar angeschaut, aber nichts gesehen. Meine Konzentration leidet, wenn du hier neben mir stehst. Wonach suchen wir denn speziell?"

„Vorrangig nach Frauen, die schwanger gewesen sein könnten", sagte sie sanft.

„Rita Gerstmaier gehört in diese Gattung aber nur hypothetisch, oder? Ich habe hier gerade ihre Akte. Sie sich in irgendeiner Form sexuell vorzustellen, fällt schwer." Er lachte. „Außerdem war sie 1990 schon – warte mal", er schaute auf ihr Geburtsdatum, „54 Jahre alt."

„Sicher nicht primär", gab Ilka zu, „obwohl dank den Segnungen moderner Medizin Frauen auch sehr spät schwanger werden können."

„Wie war noch der überlieferte Spruch der Jungfrau Maria?" Seine Augen blitzten verschmitzt. „Wie soll dies geschehen, wenn ich keinen Mann erkenne?"

„Wir sind ziemlich böse", auch Ilka musste lachen, „das weißt du aber schon, nicht wahr?"

„Franz Reiser." Ilka hob fragend den Kopf. „Ist das unser Franz?" Sie zeigte mit dem Finger auf die Eintragung. „Richtig, ich sehe es, hier ist sein Down-Syndrom vermerkt. Fast 73 Jahre alt ist er schon? Das glaubt man nicht, so kindlich wie er wirkt."

„Ich habe Martina von Hohenbach gefunden", gab Paul zurück und Ilka fuhr wie elektrisiert auf.

„Was steht da?"

„Augenblick", er hob beschwichtigend die Hand, doch Ilka war längst aufgestanden und las über Pauls Schulter mit.

„Grippaler Infekt, eine Tetanusimpfung", las Paul halblaut. „Kein Hinweis auf eine Schwangerschaft. Lediglich Mastodynon hat ihr Dr. Schwinghammer einmal verordnet."

„Und was ist Mastodynon?"

„Ein damals sehr gebräuchliches, mildes pflanzliches Mittel gegen hormonelle Schwankungen, auch ohne Rezept in jeder Apotheke zu kaufen."

„Hieße das nicht ..."

„Ich fürchte, diesen Gedanken musst du begraben, Ilka – wie immer er auch ausgesehen hat. Das Mädchen war zu diesem Zeitpunkt 15 Jahre alt."

Er stockte. „Außerdem enden Dr. Schwinghammers Eintragungen im Frühjahr 1990."

„Aber wir wissen doch, dass sie in diesem Kloster war", beharrte Ilka. „Gehört das Kloster nicht zu dieser Praxis?"

„Leider nein, sie werden medizinisch vom Arzt der Nachbargemeinde versorgt, aber Vertretungen müssten hier auch vermerkt sein." Er ließ das Krankenblatt sinken.

„Vielleicht ist sie ja wirklich mit Daniel Klein in die Staaten gegangen?"

„Wenn ja, hat sie ihn zumindest nicht geheiratet. Sie wäre doch sicher ihrem Mann nach Deutschland gefolgt, wenn er schon in Nürnberg eine Gastprofessur hat." Paul legte seine Hand auf Ilkas Schulter. „Ich habe ihn nie eine Ehefrau erwähnen hören. Diese vermeintliche Spur führt ins Nichts, wie es fixe Ideen leider sehr oft an sich haben." Er klang bedauernd.

Schweigend blätterten sie weiter. Es stimmt, dachte Ilka ernüchtert, sich in etwas zu verrennen, verstellt nur den Blick. Die Namen auf den Krankenblättern zerrannen unter ihren Augen. Ihre Konzentration ließ doch sehr zu wünschen übrig. So würde sie nicht weiterkommen. Energisch blätterte sie zurück und wurde von einem Schriftzug, den sie gerade noch übersehen hatte, aufgerüttelt. Unwillkürlich hielt sie den Atem an, während sie das Blatt, das sie gerade in den Händen hielt, genauer anschaute.

Ulrike Gorski lautete der Name, der handschriftlich oben eingetragen war. Sie spürte, wie ihr Pulsschlag sich beschleunigte. Vielleicht bedeutete es gar nichts, viele Mädchen hießen schließlich Ulrike. Dennoch, sie errechnete fast automatisch das Alter dieser Ulrike Gorski, sie war 1989 genau 18 Jahre alt.

„Weißt du, ob Ulrike Redler verheiratet war, bevor sie Lutz von Hohenbach kennenlernte?", fragte sie Paul leise.

„Warum willst du das wissen?"

Wortlos schob Ilka ihm das Krankenblatt hin. Er schaute es sich genau an, bevor er stirnrunzelnd anmerkte: „Du meinst, Ulrike Redler hat irgendwann in den Siebzigern in Bad Kissingen gewohnt?" Sein Ton war ungläubig. „Das kann ich nicht glauben, man hätte sie doch wiedererkannt und darauf angesprochen. Und eine Schwangerschaft ist hier auch nicht vermerkt. Obwohl ..." Er runzelte die Stirn. „Dr. Schwinghammer hat sie immerhin an einen Gynäkologen überwiesen." Er räusperte sich. „Gib mir mal den ganzen Stapel, bitte."

Ilka reichte ihm die Blätter.

„Schau!", er zog ein Blatt heraus. „Hier gibt es noch eine Martha Gorski, 41 Jahre alt, die nur von 1988 bis 1989 bei Dr. Schwinghammer in Behandlung war. Das Krankenblatt schließt mit dem Vermerk: *Verzogen.*"

„Könnte die Mutter sein", folgerte Ilka. „Die Tochter muss ja gar nicht ständig in Bad Kissingen gewohnt haben, wenn sie etwa studierte? Das würde auch erklären, warum sie niemand kennt."

„Na ja, ein bisschen abenteuerlich ist deine Folgerung schon. Nur wegen eines Vornamens und des passenden Alters ..."

„Ich weiß", gab sie zu, „offensichtlich greife ich nach jedem Strohhalm. Aber, du musst zugeben, dass sie die Einzige ist, die passen könnte."

„Können wir morgen aus der Welt schaffen", sagte er bestimmt. „Wir fragen sie einfach."

Ilkas Miene musste ihre Befürchtungen verraten haben, denn Paul Lindwasser schwieg plötzlich. Sein Blick wurde nachdenklich.

„Du hast Angst davor", stellte er fest, „und wenn ich es mir recht überlege, ist diese Angst sogar begründet. Wenn Ulrike Redler tatsächlich die ehemalige Ulrike Gorski ist, hätte sie jeden Grund, dies nicht an die große Glocke zu hängen. Komm her!"

Er zog Ilka an sich, küsste ihr Haar, ihre Augenlider und so sachte, als streifte er eine Feder, ihren Mund. Ilkas Befürchtungen lösten sich auf und verschwanden wie Nebelschwaden in der Sonne. Sie erwiderte seine Küsse, die fordernder und leidenschaftlicher wurden.

„Ich weiß nicht, wie es dir geht", murmelte er dazwischen, „aber ich würde jetzt gerne die Suchaktion abbrechen. Ich kann nicht mehr klar denken. Komm mit hoch in meine Wohnung."

„Bist du sicher?"

„So sicher wie ein Mensch nur sein kann." Er löste sich widerstrebend von ihr und schaute sie ernst an. „Und versuche erst gar nicht, mich davon zu überzeugen, dass du in den Reiterhof zurückmusst. Ich werde dich nicht gehen lassen, und wenn ich dich fesseln müsste."

****

Die frühe Morgensonne des Herbsttages kämpfte sich durch die Nebelschwaden, als Ilka vor dem Tor zum Reiterhof dem davonfahrenden MG nachsah. Paul winkte noch einmal kurz, bevor er um die Kurve verschwand. Die überwältigende Szenerie der Natur beschrieb ihr Befinden so vollkommen, dass sie gar nicht anders konnte, als schauen und staunen. Die Sonne schmolz den Nebel weg, verwischte Konturen wurden langsam klarer wie ein Spiegelbild, das in einem beschlagenen Badspiegel erst nach und nach sichtbar wird.

Sie empfand ihren Körper nach dieser Nacht ein wenig wie eine formlose Masse, die sich erst jetzt langsam zu festigen begann. Sie strich über ihre geschwollenen Lippen und stellte fest, dass sie nicht mehr dieselbe war wie noch gestern, auch gar nicht mehr sein konnte. Der Sex mit Paul hatte die Dimension eines Naturereignisses, das alles andere beiseiteschob und mit rigoroser Entschlossenheit nur noch sich selbst gelten ließ. Sie schmunzelte, als ihr der wahre Grund aufging, warum Paul sie gestern auf keinen Fall zum Reiterhof zurücklassen wollte.

Raum für Zweifel irgendwelcher Art gab es nun nicht mehr, stellte Ilka fest, egal wohin sie dieses neue Wissen führen mochte. Der Reiterhof schien noch zu schlafen und Ilka hatte nicht das geringste Bedürfnis, ihn aufzuwecken, als sie barfuß, die Schuhe in der Hand, die Treppe zu ihrem Zimmer hinaufging.

Ben fiel ihr ein, als sie unter der Dusche stand. Sie musste dringend die nötige Aussprache hinter sich bringen. Das war sie ihm und sich schuldig. Er würde schon nicht daran zerbrechen, wenn sie ihm sagte, dass es vorbei war. Die Wohnung konnte er behalten. Vielleicht würde es ihm gut tun, ernsthaft zu arbeiten, um sie allein zu finanzieren.

Sie hatte nicht viel geschlafen in dieser Nacht, dennoch fühlte sie sich frisch und fast euphorisch, als sie ihren Laptop aufklappte. Es gelang ihr sogar zu arbeiten. Langsam erwachte das Haus und mit ihm ihre Sorgen. Paul würde sie wieder abholen, wenn sie ihre Sachen gepackt hätte, aber sie hatte den unwiderstehlichen Drang, noch einmal die Bücherkiste im Schuppen durchzusehen. Vielleicht fände sie ja Franz, so lange noch niemand wusste, dass sie wieder da war.

Wieder einmal schlich sie durch die Hintertür und warf einen Blick auf ihr Auto. Ein paar welke Blätter klebten auf der Windschutzscheibe und erinnerten sie daran, wie lange sie schon nicht mehr gefahren und was der Grund dafür war. Sie straffte ihre Schultern und machte sich auf die Suche nach Franz. Bald war der Spuk hier beendet, so oder so. Sie musste nicht mehr lange durchhalten, davon war sie überzeugt.

Sie ging an den Stalltüren vorbei, aber außer dem Schnauben der Pferde war alles still. Ilka drückte die Klinke an der Tür zum Schuppen nieder, aber natürlich war abgeschlossen. Sie ging weiter zur Scheune hinter dem Schuppen. Das Tor stand weit offen und dort hörte sie auch Geräusche.

Sie sah hinein. Jemand fluchte unterdrückt, bevor ihr ein Ballen Stroh von oben direkt vor die Füße fiel. Sie schrie auf und das Gesicht eines Arbeiters, der einen Filzhut auf dem Kopf trug, erschien hinter den Strohballen.

„Können Sie nicht aufpassen, verdammt", schrie der Mann, „das hier ist eine Scheune und keine Hotelhalle."

„Entschuldigung", stammelte Ilka, „ich habe Franz gesucht."

„Wissen Sie eigentlich, wie schwer so ein Strohballen ist?", zürnte der Arbeiter. „Sie hätten mausetot sein können." Er stieg eine Leiter herunter und stand mit blitzenden Augen vor ihr. „Sollen wir vielleicht *Betreten-verboten-Schilder* aufstellen?"

„Sie haben ja recht", beruhigte ihn Ilka. „Aber vielleicht können Sie mir dennoch sagen, wo ich Franz finde."

Er zog den Hut vom Kopf und wischte sich mit dem Hemdsärmel den Schweiß von der Stirn.

„Das wüsste ich selber gern. Eigentlich sollte er längst hier sein und mir helfen. Was wollen Sie denn von Franz?" Er verzog seinen Mund zu einem anzüglichen Lächeln. „Was kann er denn, was andere Männer nicht können?"

Auf eine derartige Unterhaltung hatte Ilka nicht die geringste Lust. Wortlos drehte sie sich um, ging ein paar Schritte und lief geradewegs Franz in die Arme.

„Ilka, Ilka", rief er und umklammerte sie mit einer Kraft, die sie ihm nicht zugetraut hätte. Warum nur sah sie Franz immer als Kind? Er war ein alter Mann.

„Wo warst du denn, ich habe dich immerzu gesucht?“ sagte er aufgewühlt und drückte sie noch fester.

„Lass mich los Franz!“ Sie versuchte sich zu befreien, aber ihre Worte schienen ihn nicht zu erreichen.

„Ich habe solche Angst gehabt, du warst nicht da.“

„Jetzt bin ich ja wieder da. Bitte, Franz ... Du tust mir weh.“ Er reagierte immer noch nicht. Panik erfasste sie und unwillkürlich dachte sie an den Überfall im Schuppen. Hatte sie Franz doch falsch eingeschätzt?

„Franz, nimm sofort deine Hände von mir“, schrie sie laut und er klappte zusammen wie ein Taschenmesser. „Es, es tut mir leid“, stotterte er, „ich wollte nicht ...“

„Ist ja schon gut“, beruhigte Ilka ihn. „Ich wollte dich eigentlich fragen, ob du ein paar Minuten Zeit für mich hast.“

„Franz hat jetzt für niemanden Zeit, Lady“, ließ sich der Arbeiter vernehmen, „außer für mich und das Stroh hier. Aber ich gebe Ihnen einen guten Rat. Schauen Sie sich die Leute erst an, bevor Sie etwas mit ihnen anfangen.“ Sein höhnisches Lachen war eindeutig. Ilka fühlte eine Welle roten Zorns in sich aufsteigen und hielt nur unter großer Anstrengung die Gemeinheiten zurück, die sie ihm gerne an den Kopf geworfen hätte.

„Darauf antworte ich lieber nicht“, sagte sie stattdessen und verließ so würdevoll, wie es unter diesen Umständen möglich war, die Scheune.

****

„Frau von Hohenbach darf ich jetzt abräumen?“ Leni erschrak, als sie Marias Stimme hörte. War sie doch tatsächlich mit der Tageszeitung in der Hand am Frühstückstisch eingeschlafen. Wie lange wartete Maria wohl schon? Sie wurde tatsächlich alt. „Es tut mir leid, ich störe Sie nur ungern ...“ Maria zögerte, „es ist nur, weil doch der Herr Oberbürgermeister mit seinen Gästen nach der Sitzung hier einen Umtrunk nehmen will.“

„Es ist schon in Ordnung, Maria, ich muss eingenickt sein. Tun Sie nur Ihre Arbeit, ich gehe kurz nach draußen, vielleicht brauche ich ein wenig frische Luft.“

Was hatte Lutz sich nur dabei gedacht, seine Besprechung über die Renovierung des Friedhofs nach Hause zu verlagern? Wollte er etwa protzen mit dem Haus und seinem Ambiente? Zutrauen würde sie es ihm, zumal sie gehört hatte, dass er offenbar Frieden schließen wollte mit Stefan Vierneisel, natürlich nur auf sanften Druck des Stadtrats, da machte sie sich keine Illusionen.

Sie öffnete die Tür und sah Ilka über den Hof kommen. Wo hatte dieses unselige Mädchen nur gestern gesteckt? Sie hasste es, die Kontrolle über die Vorgänge im Haus zu verlieren. Vielleicht war es Zeit für ein ernsthaftes Gespräch.

„Guten Morgen, Ilka. Sie schickt der Himmel! Würden Sie mich bitte in meine Wohnung begleiten? Ich fühle mich noch ein bisschen schwach, nachdem ich gestern den ganzen Tag liegen musste."

Ilka schluckte, nach einer trauten Runde mit der Hausherrin stand ihr nun überhaupt nicht der Sinn, doch eine Absage war unmöglich. Also reichte sie Leni ihren Arm und spürte, wie diese sich schwer auf sie stützte.

„Haben Sie überhaupt schon gefrühstückt? Ich habe Sie vermisst heute Morgen." Leni von Hohenbach schaute sie prüfend an, und Ilka spürte, wie sie errötete.

„Dachte ich es mir doch", antwortete Leni und nickte bestätigend mit dem Kopf. „Es ist der junge Doktor, nicht wahr?" Als Ilka nur den Kopf senkte, fügte sie hinzu: „Natürlich müssen Sie sich mir nicht anvertrauen." Sie seufzte. „Setzen Sie sich, ich koche uns einen Tee."

Ilka gehorchte und ärgerte sich über sich selbst. Warum brachte sie es nicht fertig, der alten Dame einfach zu sagen, *nein, ich habe keine Zeit heute Morgen, aber vielen Dank für die Einladung?* War es lediglich gute Erziehung? Offenbar zwang sie allein die Autorität Leni von Hohenbachs in die Knie, eine selbstverständliche, lebenslang erprobte Autorität, die nichts anderes gelten ließ, als die strikte Erfüllung ihrer Wünsche. Aber sie war nicht ihr Lakai. Sie würde ihr die Stirn bieten.

Lenis Teetablett schwankte gefährlich, als sie mit dem Ellbogen die Tür aufstieß und Ilka sprang auf, um es ihr abzunehmen. Sie stellte die Tassen auf den Tisch und Leni zündete das Teelicht im Stövchen an.

„Sie unterstützen also auch Dr. Lindwasser bei seinen Renovierungs-Aktivitäten für den Judenfriedhof?" Es war keine Frage, sondern eine Feststellung, aber irgendetwas an Lenis Ton reizte Ilka zum Widerspruch.

„Sie sind nicht der Meinung, dass dieses Vorgehen Unterstützung verdient?" Sie bemerkte selbst, dass ihre Erwiderung aufsässig klang, aber sie hatte genug von dieser despotischen Frau und ihrem Verhör.

Leni von Hohenbach lächelte fein, als hätte sie nichts anderes erwartet.

„Und wenn ich diese Ansicht verträte? Wäre ich für Sie dann eine gefährliche Antisemitin?"

„Sind Sie denn eine?"

Statt einer Antwort stand Leni auf, ging zum Fenster und zog den Vorhang zurück. Sie drehte sich zu Ilka um und winkte sie zu sich her – und jetzt hörte Ilka das Zuschlagen von Autotüren auf dem Hof, laute Stimmen und dazwischen Gelächter.

„Sehen Sie den Auftrieb da unten?"

Ilka warf einen Blick aus dem Fenster und sah den Oberbürgermeister, Ulrike Redler, Katja, den Pfarrer, einige Männer, die sie nicht kannte und – kaum wagte sie, ihren Augen zu trauen – Stefan Vierneisel. Sie gingen auf die Haustür zu und schienen bester Laune. Fragend schaute sie zu Leni von Hohenbach, die mit einer energischen Geste den Vorhang wieder zuzog, als wollte sie lediglich kraft ihrer Entscheidung die Szene ausblenden.

Sie setzte sich wieder und Ilka tat es ihr nach. „Ich kann diese Show kaum noch ertragen", setzte Leni an, „diese ganze Gutmenschen-Initiative kommt mir vor, als klebe man ein Pflaster auf ein Krebsgeschwür und hoffe auf Heilung."

„Ich verstehe nicht", sagte Ilka fragend.

„Das kann ich mir vorstellen." Lenis Tonfall war beißend. „Die heutige Generation wehrt ein leichtes kollektives Unbehagen dadurch ab, dass sie jüdische Friedhöfe restauriert, Museen baut, Synagogen und Holocaust-Mahnmale errichtet. Daneben gibt es dann rechtsradikale Übergriffe derer, die ein mögliches Schuldgefühl gar nicht erst aufkommen lassen wollen."

„Aber eben dagegen müssen wir doch Zeichen setzen."

„Wir müssen erst einmal erkennen, dass die Schuld unseres Volkes in der Geschichte dieser Erde ohne Beispiel ist. Und kommen Sie mir jetzt bitte nicht mit Nero oder den Hunnen. Noch nie hat ein Volk dem verkörperten Bösen so laut zugejubelt, wie wir Deutsche das im sogenannten Dritten Reich taten.“ Sie unterbrach sich, um Atem zu holen. „Zu keinem Zeitpunkt in der Vergangenheit hat ein Volk es gebilligt, dass ein anderes Volk durch zynische, kaltblütige Planung ausgerottet wurde. Ein Jahrhunderte alter Wahn der Intoleranz und Verachtung fand im abgelaufenen Jahrhundert sein logisches Ende.“

Ilka senkte den Kopf, still geworden durch diesen leidenschaftlichen Ausbruch, doch Leni fuhr fort.

„Verstehen Sie mich nicht falsch, auch ich habe kein Patentrezept gegen die verhängnisvollen psychologischen Auswirkungen diffuser Schuldgefühle, die von absoluter Verleugnung bis zu Pseudo-Aktivitäten wie unserer hier reichen“, Leni machte eine wegwerfende Handbewegung zum Fenster hin, „aber vielleicht wäre es für den Anfang erst einmal nicht schlecht, wenn jeder Einzelne seinen Teil der Verantwortung für das unaussprechliche Geschehen übernähme, statt sich herauszureden.“

Ilka fühlte sich beschämt, nie hätte sie solche Gedanken hinter der Hausherrin vermutet.

„Ich will Ihnen einmal etwas zeigen.“ Leni stand auf und ging zum Schrank. Sie entnahm ihm eine Klarsichtmappe, die einige alte Dokumente enthielt, nach dem vergilbten Zustand zu schließen, in dem sie sich befanden. Umständlich blätterte sie, bis sie ein Schriftstück fand, das wie ein Brief aussah. Sie löste die Klammer und nahm das Schreiben heraus.

„Können Sie deutsche Schrift lesen?“, fragte Leni und reichte Ilka das Blatt.

„Wenn Sie Sütterlin-Schrift meinen, nun, ich habe während meines Studiums zumindest Kontakt gehabt zu dieser alten Schrift. Ich will es versuchen.“

Hohenbach, im August 1936

An Klara von Hohenbach!

Ich wähle diesen Weg, Sie von meinen Absichten zu unterrichten, weil ich es mir ersparen möchte, mir erneut Ihre falschen Beteuerungen anzuhören, die das geringste Maß an Aufrichtigkeit und Mut vermissen lassen und darüber hinaus meine Intelligenz beleidigen. Gerne hätte ich hinzugefügt, dass sie Ihrer nicht würdig seien, allein Sie haben mich eines Besseren belehrt. Ihre Winseleien entsprechen sehr wohl einer triebgesteuerten Kreatur, die nicht nur ihre Erziehung beleidigt, sondern darüber hinaus die stolze Kultur unseres Volkes verhöhnt. Ihre Liaison mit einem jüdischen *Hauslehrer ist so weit indiskutabel, dass es sich für mich fortan von selbst verbietet, sie noch einmal in den Mund zu nehmen.*
Ihre Schwüre überzeugen mich nicht. Die Kassiber dieses Subjekts, dessen wahren Hintergrund Sie mir wohlweislich unterschlugen, sprechen für sich. Aber, wenn es denn eines Beweises bedurft hätte, allein Gesichtszüge und Statur Ihres jüngsten Sohnes, dessen Vaterschaft Sie für mich reklamieren, sprechen Ihren Worten Hohn.
Wenn ich dennoch bereit bin, Ihnen eine kleine monatliche Apanage zu gewähren und mich damit einverstanden zeige, dass Sie weiterhin meinen Namen tragen, geschieht dies ausschließlich aus Respekt vor Ihrem Vater, Klara, der Ihnen übrigens auf diesem Wege seinen Abscheu bestellen lässt.
Selbstverständlich ist es Ihnen künftig untersagt, mein Haus noch einmal zu betreten oder gar Ihren schädlichen Einfluss auf meine beiden Söhne geltend machen zu können. Sie werden die beiden nie mehr sehen. Ihren Bastard hingegen überlasse ich Ihnen gern.

Die Scheidungsurkunde geht Ihnen in den nächsten Tagen zu.

Heinrich von Hohenbach

Erschüttert ließ Ilka den Brief sinken. Sie begegnete Lenis Blick und erschrak vor der Kälte in ihren Augen.

„So sah die Wirklichkeit im ersten Drittel des vergangenen Jahrhunderts aus“, sagte Leni. „Wir wissen beide, wohin dies führte.“

„Klara von Hohenbach?“, fragte Ilka, „ist das etwa ...?“

„Die Mutter meines Mannes, Friedrich von Hohenbach", führte Leni ihren Satz zu Ende. „Können Sie sich vorstellen, welche Wirkung ein solches Handeln auf die Entwicklung eines Kindes hat? Ich kann es Ihnen gerne sagen. Es entwickelt einen brennenden Hass auf den vermeintlichen Verursacher seines Leids und Verachtung für seine Mutter." Aufgewühlt stand Leni auf und wandte Ilka den Rücken zu. Als sie sich wieder umdrehte, lagen eine solche Verbitterung und Unversöhnlichkeit in ihrem Blick, dass Ilka unwillkürlich fröstelte.

„Diese Haltung war kein fernes Drama", sagte sie schneidend. „Sie hat einen Mann und unsere ganze Familie vergiftet. Verstehen Sie jetzt?"

Ilka rührte in ihrem längst kalt gewordenen Tee. Plötzlich scheute sie sich, ihn zu trinken. Wieso kam sie auf einmal zu der Ehre solcher Enthüllungen? Bedeutete dies etwa, dass sie mit ihrem Wissen ohnehin niemandem mehr schaden konnte? Ilka schnürte es die Kehle zu. Womit mochte Leni ihren Tee versetzt haben? Panik drohte sie zu überwältigen. Sie musste raus hier, doch ihre Glieder waren wie Blei.

„Ich brauche frische Luft", stieß sie hervor, bevor ihre Beine endlich wieder gehorchten. An der Tür prallte sie mit Rita Gerstmaier zusammen. Hatte diese mustergültige moralische Instanz etwa gelauscht? Ilka stieß sie zur Seite und taumelte nach draußen.

****

„Lassen Sie uns noch einen Blick auf Ihre Neuerwerbung werfen, Herr Oberbürgermeister." Pfarrer Weigand hatte rosige Wangen von dem ungewohnten Champagner am Vormittag, stellte Ulrike Redler amüsiert fest, als sie ihre Gäste auf den Hof begleitete.

„Ich darf mich schon jetzt verabschieden." Stefan Vierneisel verbeugte sich kurz vor dem Oberbürgermeister und nickte in die Runde. „Es war ein außerordentlich anregender Vormittag. Ich darf mich herzlich für Ihr Vertrauen bedanken." Er machte eine Pause, bevor er versicherte: „Ich werde es nicht enttäuschen." Formvollendet deutete er einen Handkuss auf Ulrikes Hand an und ging zu seinem Auto.

Ulrike schaute der Gruppe nach, wie sie zu den Ställen ging, Katja Glasser immer in unmittelbarer Reichweite von Lutz. War mehr zwischen den beiden als die Schwärmerei einer jungen Frau für ihren Chef? Sie mochte nicht darüber nachdenken und stellte überrascht fest, dass sie dieser Gedanke nicht allzu sehr berührte. Es war eine für alle Beteiligten erfolgreiche Besprechung gewesen, die speziell für sie keine Wünsche offengelassen hatte. Das war alles, was heute zählte. Und dass sie Stefan Vierneisel auf Linie gebracht hatte mit ihrem privaten Bilderkauf, auch wenn dazu einige konspirative Treffen nötig gewesen waren.

Sie sah Markus mit einem nagelneuen, silbern glänzenden Peugeot in den Hof fahren. Hatte er sich etwa ein neues Auto zugelegt?

„Hallo Markus, einen schönen Wagen haben Sie sich da gekauft." Ulrike gab ihm die Hand und sah, wie er verlegen wurde.

„Er ist zwar neu, aber er gehört Katja. Ist die Besprechung zu Ende? Ich möchte sie nämlich abholen."

„Nicht Ilka?", fragte sie neckend und als sie sah, wie sich sein Gesicht verschloss, fügte sie hinzu: „Entschuldigung, das geht mich ja nun wirklich nichts an."

In diesem Augenblick hörte Ulrike das Zuschlagen der Haustür und sah Ilka, die unnatürlich blass davor stand und in einen leeren Raum zu starren schien. Sie blinzelte, strich sich über die Stirn, wankte zu einem der Gartenstühle und ließ sich darauf fallen.

Ulrike ließ Markus stehen und ging hinüber zu ihr. „Ist Ihnen nicht gut, Ilka?" Ulrike legte die Hand auf Ilkas Schulter und spürte, wie diese zurückwich und sie mit wirrem Blick ansah. „Sie haben sich aufgeregt, nicht wahr? Wollen Sie mir erzählen worüber?" Als Ilka nicht reagierte, versuchte es Ulrike anders. „Wir haben heute Morgen einen entscheidenden Durchbruch bei den Verhandlungen zu unserem Friedhof erreicht", sagte sie fröhlich. „Das interessiert Sie doch sicher. Ich werde Dr. Lindwasser vieles zu erzählen haben." Ilka hob den Kopf und Ulrike wusste, dass sie das Richtige gesagt hatte. „Auch wenn wir heute nicht darüber gesprochen haben, werden wir unseren Sponsor, Professor Klein, viel früher als geplant einladen können. Außerdem hat Stefan Vierneisel den Auftrag zu einem Gemälde erhalten, eine echte künstlerische Herausforderung für ihn."

Ein ganz banales, alltägliches Gespräch war die beste Medizin, um Ilka wieder in die Gegenwart zu bringen, allerdings fragte sich Ulrike ernsthaft, warum die junge Frau schon wieder hyperventilierte.

„Soll ich Ihnen etwas zu trinken holen?"

„Nein." Ilkas Antwort war ein Aufschrei, offenbar hatte sie aus welchem Grund auch immer, die falsche Frage gestellt.

„Vielleicht sollten wir ein paar Schritte gehen oder soll ich Dr. Lindwasser rufen?" Die Frage war eigentlich rhetorisch gewesen, aber als Ilka eifrig nickte, das Gesicht in den Händen verbarg und lautlos zu weinen begann, runzelte Ulrike die Stirn. Das Mädchen war kurz vor einem Zusammenbruch. Irgendetwas lief zur Zeit völlig aus dem Ruder. Sie brauchte Ilka hier auf dem Reiterhof, sie konnte sie einfach nicht in ein Krankenhaus einweisen lassen.

„Dazu müsste ich aber telefonieren. Wollen Sie mit ins Haus kommen?"

Ilka schüttelte heftig den Kopf. Was hatte sie bloß im Haus entdeckt? Sie benahm sich, als hätte sie einen Geist gesehen.

„Markus, haben Sie Ihr Handy dabei?", rief sie zu dem jungen Mann hinüber, der an der Autotür lehnte. „Würden Sie bitte Dr. Lindwasser anrufen? Bad Kissingen 543. Ilka geht es nicht gut."

Markus wählte und Ilka stieß einen tiefen Seufzer aus. Ulrike beobachtete sie eine Weile schweigend. Sie schien jetzt ruhiger zu werden. Vielleicht wäre es besser, sie nicht mehr zu bedrängen. Bis der Arzt käme, wäre sie ja möglicherweise wieder in Ordnung.

Ihr Blick fiel auf Lutz und seine Besucher, die in aufgeräumter Stimmung von den Ställen zurückkamen. Lutz berichtete offenbar etwas Bedeutungsvolles, denn sein rechter Zeigefinger gestikulierte wild und Pfarrer Weigand nickte und maß einen imaginären Gegenstand mit den Händen ab. Sogar Katja schien einen witzigen Gesprächsbeitrag zu wagen, denn die Männerrunde lachte, und Lutz' Augen ruhten wohlgefällig auf seiner Mitarbeiterin.

Langsam schlenderte Ulrike auf die Gruppe zu, hinter Katja und den Männern kam gerade Rita Gerstmaier aus dem Gästehaus und schleppte einen schweren Müllsack hinter sich her. Luc Mossaz folgte ihr und ergriff die beiden Zipfel des Sacks. Rita lächelte angetan, und ihr Gesichtsausdruck erhielt dadurch etwas fast Mädchenhaftes, wie Ulrike belustigt feststellte.

„Sie scheinen sich gut amüsiert zu haben“, sagte Ulrike, als sie den Kreis erreichte.

„Ja, stell dir vor, Pfarrer Weigand erzählte gerade ...“

Niemand sollte mehr erfahren, was Pfarrer Weigand gesagt hatte, denn aus der Scheune rannte ein Arbeiter aufgeregt auf sie zu und rief mit sich überschlagender Stimme: „Es hat einen Unfall gegeben, Herr von Hohenbach, einen Unfall! Kommen Sie schnell!“

Lutz drehte sich auf dem Absatz um und ging mit dem Arbeiter, während er versuchte, etwas Vernünftiges aus ihm herauszubekommen. Alle anderen folgten wie auf einen unausgesprochenen Befehl.

„Beruhige dich, Gustl! Was um Himmels willen ist denn los?“

„Franz ist von der Leiter gefallen ... Ich glaube, er ist tot.“

****

Ilka konnte sich keinen Reim darauf machen, warum alle in die Scheune rannten, sogar Markus hatte sich von seinem Posten entfernt und eilte ihnen nach. Ihre Augen wanderten immer wieder suchend zum Tor. Sie konnte kaum erwarten, Paul hereinfahren zu sehen. Sie wollte nur noch weg hier. Endlich sah sie seinen grünen MG. Sie sprang auf und wollte ihm entgegengehen, doch er fuhr an ihr vorbei und hielt vor der Scheune.

Er konnte sie nicht gesehen haben, auf dem Stuhl, im Schatten der Hauswand. Mit klopfendem Herzen lief sie ihm nach.

Ulrike kam aus der Scheune, sie hielt sich die Hände vor das Gesicht und weinte leise. Ilka ging hinein und sah als erstes Paul auf dem Boden knien, vor ihm lag ein Mann, den er mit seinem Körper verdeckte. Katja hockte daneben und reichte ihm aus seiner offenen Arzttasche einen Spatel. Der Oberbürgermeister und seine Gäste standen schweigend im Kreis. Der Arbeiter, den Ilka erst vor ein paar Stunden auf so unliebsame Weise kennengelernt hatte, schaute auf den Boden und drehte seinen Filzhut in der Hand.

Ilka drängte sich an Lutz von Hohenbach vorbei und erschrak, als sie erkannte, dass es Franz war, der auf dem Boden lag. Sie schlug sich die Hände vor den Mund. Paul hatte ihm das Hemd geöffnet und untersuchte Franz’ Brust. Behutsam knöpfte er es wieder zu und stand auf.

„Ich fürchte, wir können nichts mehr für ihn tun," sagte er. „Franz ist tot. Könnte jemand die Polizei rufen?"

Ilka hörte einen langgezogenen Schrei und erkannte erst, als sie auf Franz zustürzte, dass es ihr eigener war. Sie kniete sich auf den Boden und fühlte, wie sie wieder hochgezogen wurde.

Es war Paul, der sie mit energischem Griff an den Schultern fasste und sie an sich zog. Sie vergrub ihr Gesicht an seiner Brust und schluchzte. Wie von ferne drangen Pauls Worte zu ihr: „Komm Ilka, wir gehen hinaus! Ich denke nicht, dass du dir das noch länger anschauen solltest." Sie hob den Kopf, und ihr Blick fiel zufällig auf Katja. Sie erkannte jähes Verstehen in ihren Augen, und dann lächelte Katja.

Verwirrenderweise beschäftigte sie dieses Lächeln, als sie sich von Paul aus der Scheune führen ließ. Warum hatte Katja gelächelt und wieso war dies gerade jetzt so wichtig? Sie würde später darüber nachdenken müssen.

Sie setzte wie ein Roboter einen Fuß vor den anderen, während sie Pauls beruhigende Worte hörte, ohne ihren Sinn zu verstehen.

Ein wütender Schrei ließ sie zusammenzucken, als sie gerade den Hof erreicht hatten: „Sie ist schuld daran", rief der Arbeiter und zeigte auf Ilka, während sich alle zu ihr umdrehten. „Ich weiß es genau, sie hat ihn umgebracht."

Ilka erstarrte und suchte nach Worten auf diese empörende Anschuldigung, doch Paul zog sie mit sich fort.

„Lass ihn! Gustl braucht ein Ventil für seine Anspannung. Warum er dich dafür ausgesucht hat, ist mir unverständlich. Niemand wird ihn ernstnehmen." Paul streichelte über ihre Wange. „Setz dich in mein Auto, wir warten nur noch auf die Polizei, dann fahren wir heim."

Ilkas Beine zitterten, als sie in Pauls Auto saß. Sie fühlte eine bedrückende Enge in ihrem Innern, und immer wenn sie die Augen schloss, sah sie Franz auf der Tenne liegen, seine schreckhaft geweiteten Augen, die ins Leere starrten.

Das Kreischen von Polizeisirenen schreckte sie auf. Bald war der Hof voller Menschen. Die französischen Jugendlichen drängelten sich zusammen mit Arbeitern und Zimmermädchen, die Ilka noch nie gesehen hatte, zur Scheune hin. Polizisten in Uniform, in Zivil oder mit Schutzanzügen bekleidet vertrieben sie wieder, wie Ilka aus ihren Handbewegungen entnehmen konnte. Irgendwo dazwischen sah sie Kommissar Holzgruber mit dem Oberbürgermeister und seinen Gästen, die aufgeregt auf ihn einredeten. Um die Scheune wurde ein rot-weißes Absperrband gespannt, und Ilka sah zwei Männer, die einen Metallsarg zur Scheune trugen. Der Anblick traf sie mit der Wucht eines Keulenschlags, ihr Hals wurde eng.

Warum traf es einen so unschuldigen Menschen? Nie mehr würde Franz in seiner naiven Hingabe *Ilka* rufen. Sie hatte ihn nur so kurz gekannt und doch so liebgewonnen.

Sie sah Paul zum Wagen zurückkommen, die Arzttasche in der Hand. Er stoppte seinen Schritt und drehte sich um. Offenbar hatte ihn Kommissar Holzgruber noch einmal zurückgerufen. Ilka konnte nur hoffen, dass sich das Gespräch nicht hinzog und sie bald der bedrückenden Atmosphäre hier entkam.

„Lass uns schnell fahren, bevor dem Kommissar noch etwas einfällt."

Nach einer endlos lang erschienen Zeit, klappte Paul den Fahrersitz nach vorne und verstaute die Arzttasche, bevor er sich ans Steuer setzte.

„Sollen wir nicht noch deine Sachen holen?" Er schaute fragend und Ilka bemerkte blaue Schatten unter seinen Augen. Auch Paul musste dieser besondere Einsatz unter die Haut gegangen sein.

Ilka schüttelte den Kopf. „Ich möchte nicht mehr in dieses Haus gehen, wenn du eine Zahnbürste hast und vielleicht einen Schlafanzug?"

„Brauchst du den unbedingt?", fragte er beiläufig und sein schiefes Lächeln löste etwas in ihr. Er startete den Wagen und fuhr an, dass der Kies spritzte.

„Geht es dir denn einigermaßen gut, Ilka?", setzte er ernst hinzu.

„Ich fühle mich ganz brauchbar. Es ist schwer zu verstehen, dass es immer noch ein schrecklicheres Ereignis geben kann, das das vorherige nichtig macht", sagte sie nachdenklich, „welch ein Wechselbad der Gefühle war dieser Tag."

„Meinst du, du könntest damit leben, dass es immer wieder Situationen geben wird, in denen meine Liebe zu dir warten muss?" Er hörte sich zaghaft an. „Sag bitte nicht gleich ja, Ilka. Ich könnte es nicht ertragen, wenn du eines Tages feststellst, dass mein Beruf zu schwierig ist für dich. Ich habe es schließlich schon einmal erfahren müssen."

Ilka spürte einen Stich der Eifersucht, bevor sie sich klarmachte, dass sie selbst ja auch eine Vergangenheit hatte, sogar eine Gegenwart, wenn sie ehrlich war. Erwartete sie etwa von Paul, dass er nur auf sie gewartet hatte?

„Willst du darüber reden?"

„Sehr bald, Ilka – und gerne – aber vielleicht nicht gerade heute?"

„Natürlich nicht." Ilka seufzte „Ich weiß nicht, wie es dir geht, aber mir legt sich Franz' Tod wie Raureif auf meine Gedanken."

„Ich habe es bislang noch nicht wirklich an mich herangelassen."

Sie erreichten die Praxis und Paul zog den Wohnungsschlüssel vom Schlüsselbund. „Magst du schon mal noch oben gehen, ich werde noch kurz schauen, wie Dr. Schwinghammer mit dem Ansturm fertig geworden ist. Ich darf gar nicht daran denken, dass ich in wenigen Wochen alles allein bewältigen muss." Er hielt ihr die Haustüre auf und zog Ilka an sich, als sie ins Schloss gefallen war. „Nur ein kleiner Vorschuss", raunte er an ihrem Mund, „bis gleich."

Ilka ging in Pauls Wohnung und ließ sich von dem männlichen Ambiente, das trotz seiner puristischen Einrichtung nicht kühl wirkte, umfangen wie von starken Armen. Vergangene Nacht hatte sie die Einrichtung nur schemenhaft wahrgenommen, doch auch bei Tageslicht stellte sie fest, dass Paul zwar kein pedantischer Ordnungsfanatiker war, dass sich aber alles an dem Platz befand, an dem es hingehörte.

Der Kontrast zu Bens Lebensstil hätte nicht deutlicher sein können. Pauls Wohnzimmer hatte eine riesige Bücherwand, die auch seine CD-Sammlung enthielt, eine Stereoanlage und eine Sitzgruppe aus handschuhweichem, hellem Nappaleder. Die Küche war mit dunklen, gebeizten Möbeln ausgestattet, die ein mediterranes Flair verbreiteten. Auf den Fliesen lag ein Bastteppich.

Das Badezimmer war ein Raum, der mit seinen Ausmaßen die Bezeichnung Zimmer auch wirklich verdiente. Es war in schwarzweiß gehalten und wurde beherrscht von einer Badewanne, die dem Whirlpool eines mittleren Hotels entsprach und gab durch ein Fenster, das bis zum Boden reichte, den Blick frei auf den weiten

Himmel. Zwar gab es auch ein Rollo, aber es würde nur gebraucht werden, wenn etwa ein Hubschrauber Station machte, um einen Blick hineinzuwerfen.

Auf den schwarzen Bodenfliesen zwischen Dusche und Badewanne lag ein Eisbärenfell.

Ein kurzer Klingelton an der Wohnungstüre ließ Ilka in den Flur eilen.

„Du hast den Schlüssel, ich musste klingeln." Paul breitete in abbittender Gebärde die Hände aus. „Alles in Ordnung unten, ich habe mich für heute verabschiedet."

„Ich hätte uns gerne einen Tee gekocht", Ilka stellte sich auf die Zehenspitzen und gab Paul einen schnellen Kuss auf den Mund, „aber ich wollte nicht aufdringlich sein ..."

„Lass mal", er nahm sie bei der Hand und führte sie ins Wohnzimmer, „ich schenke uns ein Glas Rotwein ein, wenn du magst. Ein bisschen Spannungsabbau ist auch medizinisch zu vertreten."

„Was mich einfach nicht loslässt", Ilka schlenderte ihm nach in die Küche und sah zu, wie er eine Flasche Rioja entkorkte und die dunkle Flüssigkeit in zwei Gläser goss, „warum war man auf dem Reiterhof all die Jahre so verantwortungslos, Franz wie einen vollwertigen Arbeiter einzusetzen. Konnte man sich nicht vorstellen, dass ihm natürliche Grenzen gesetzt sind? Muss denn ein Mensch, der Schwierigkeiten hat, seine Bewegungsabläufe zu koordinieren, unbedingt eine Leiter hochsteigen und schwere Strohballen auf die Tenne werfen?" Ihre Stimme wurde lauter, sie spürte, wie sie zornig wurde. „Da war doch ein Unfall vorprogrammiert. Mich wundert eigentlich, dass diese Art Arbeit so lange gut ging."

Paul stellte vor Ilka ein Rotweinglas auf den Tisch und ließ sich in den Sessel ihr gegenüber fallen. Er schwieg lange und sie fragte sich bereits, ob ihn ihre Kritik am Reiterhof gestört hatte, als er sie ernst anschaute.

„Es war kein Unfall, Ilka."

Seine Worte wirkten wie ein Donnerschlag und sie fragte sich, ob sie richtig gehört hatte.

„Du meinst ..." Sie unterbrach sich nachdenklich, bevor sie fortfuhr, „es hat ihn absichtlich jemand runter gestoßen ...?"

„Sehr wahrscheinlich! Oben in der Scheune hat wohl ein Kampf stattgefunden. Der Gerichtsmediziner hat offenbar das gleiche gesehen wie ich, wenn ich den Blick richtig deute, den er mir zugeworfen hat." Paul schien mit sich zu kämpfen, ob er fortfahren solle und sagte dann: „Dieser Gustl hat sehr aufmerksam zugesehen bei meiner Untersuchung. Franz hatte am Hals Druckstellen. Seine Leiche wird noch heute obduziert."

„Also hat er mich ganz gezielt beschuldigt." Ilka hörte, wie ihre Stimme hysterisch klang. „Was beabsichtigt er damit, Paul?"

„Ich weiß nicht, was ich daraus folgern soll. Der Kommissar wird jedenfalls alle sehr genau befragen. Ihn interessiert ganz speziell, wo sich jeder an diesem Morgen aufgehalten hat. Er erwartet auch uns morgen Nachmittag im Reiterhof, da läge ihm dann auch schon das Ergebnis eines DNA-Tests vor, wenn ich ihn richtig verstanden habe."

„Hat er denn einen konkreten Verdacht?"

„Wenn er ihn hat, wird er wohl nichts darüber sagen, nicht wahr?"

Ilka ließ den Kopf sinken. Welch ein Albtraum! Der verhängnisvolle Unfall ihres Vaters hatte eine Kettenreaktion in Gang gesetzt, deren Ergebnis möglicherweise genau so vernichtend sein konnte, wie das aus der Physik hinlänglich bekannte.

„Komm her!" Pauls Stimme war weich. „Ich kann es kaum sehen, wie du dich grämst."

Ilka zog es mit allen Fasern zu ihm hin und wie ferngesteuert flog sie auf seinen Schoß und schlang die Arme um seinen Hals. Er murmelte törichte Worte in ihr Haar und Ilka fühlte sich getröstet.

„Weißt du was? Ich lasse dir ein heißes Bad ein und mache uns inzwischen eine Kleinigkeit zu essen. Es gibt nichts Hilfreicheres als warmes Wasser, wenn nichts mehr geht. Unsere Körperzellen scheinen sich gerade in der Not sehr genau zu erinnern, wo wir alle herkommen."

„Bevor die Welt feindlich wurde, meinst du?" Ilka nickte und in nachdenklicher Tonlage setzte hinzu: „Wenn sich mein Körper nur erinnern würde, aber bislang lässt mich die vielgerühmte *Stimme des Blutes* im Stich." Sie klang sarkastisch.

„Schscht!" Paul streichelte über ihr Haar. „Du sollst nicht schon wieder grübeln."

Später in der Wanne, als Ilka sich langsam zu entspannen begann und ihre Muskeln schwer wurden, forderte der Körper seinen Tribut. Der wenige Schlaf der vergangenen Nacht und die Aufregungen des Tages ließen ihre Lider schwer werden. Fast wäre sie eingeschlafen, doch ein Gedanke bohrte sich in ihren Kopf und ließ sie herzklopfend wieder aufschrecken.

Dieser Arbeiter, Gustl, hatte dem Kommissar sicher erzählt, dass Franz sie bedrängt und sie ihn weggestoßen hatte. Sie konnte sich seine Version der Geschichte nur allzu gut vorstellen, beinahe hörte sie seinen zweideutigen Kommentar. Die Konsequenz dieser Vorstellung ließ ihr das Blut in den Adern gefrieren.

Sie stand auf und prompt wurde ihr schwindlig, ihr Rotweinglas kreiste auf dem Wannenrand.

„Paul", rief sie, und ihre Stimme überschlug sich.

Er riss die Türe auf und fing sie auf, bevor sie fallen konnte.

„Dein Herz rast, Ilka. Und ich dachte, du entspannst dich ...?"

„Ich muss dir etwas erzählen", stammelte sie, während sie sich an ihn klammerte.

„Das hoffe ich, aber nachdem ich jetzt ohnehin nass bin, kann ich genauso gut mit in die Wanne kommen, vielleicht gelingt uns die Entspannung zusammen besser ... Augenblick!" Er streifte sich Hemd, Jeans und Unterwäsche ab und warf seine Kleidung achtlos vor die Türe. Dann war er bei ihr und Ilkas Herzschlag beruhigte sich.

Sanft rieb er ihre Hände, während sie ihm von ihrer Auseinandersetzung mit Franz berichtete. Aufmerksam hörte er zu und schüttelte den Kopf, als sie geendet hatte. „Ilka – auch wenn meine Konzentration gerade sehr leidet, habe ich doch noch so viel mitbekommen, dass der Kommissar ein kompletter Narr sein müsste, um aus diesem Auftritt einen Mordverdacht zu konstruieren."

„Meinst du?", fragte sie kläglich.

„Ja, und jetzt lass uns endlich etwas für deine Entspannung tun. Das sage ich als Mann und als Mediziner. Ich habe schließlich ein hohes Berufsethos." Er rutschte zu ihr hin und begann mit kreisenden Bewegungen ihre Brüste einzuseifen, während seine Lippen und seine Zunge ihren Hals erkundeten. Ilka spürte die Lust wie eine heiße Flamme in ihren Unterleib schießen und drängte sich ihm entgegen.

„Du hast sehr sperrige Körperteile, dafür ist selbst diese große Wanne zu eng", flüsterte sie und spürte seine Lippen auf ihren Brustwarzen. „Saug ein bisschen", bat sie ihn und als er ihren Wunsch erfüllte, zogen sich ihre Muskeln über ihm zusammen, bis es fast schmerzte. „Komm!", sagte sie und zog ihn aus der Wanne auf das Fell. „Ich mag den Boden, da spüre ich dich so hart, wie du gerade bist."

Als sie ihn in sich fühlte, hatte sie das Empfinden, zu flüssigem Wachs zu werden.

„Du bringst mich dazu, Dinge zu tun, die ich niemals gewagt hätte", sagte er fast erstaunt, als er ihr aufstehen half, und sie in ein Badetuch wickelte. „Habe ich schon erwähnt, dass ich dich liebe?" Er hielt sie auf Armeslänge von sich und tauchte seine Augen mitten auf den Grund ihrer Seele. „Ich möchte dich nie mehr verlieren."

„Schauen wir mal, was sich da machen lässt." Ilka grinste. „Und jetzt habe ich Hunger."

Er hatte in der Küche einen italienischen Salat mit Thunfisch zubereitet, in einem Brotkorb wartete frisches Baguette und Ilka griff herzhaft zu.

„Weißt du, dass ich dachte, du seist mit Katja liiert?", sagte sie zwischen zwei Bissen.

„Sie ist schon, solange ich sie kenne, in Markus verliebt. Seine unverhohlene Bewunderung für dich muss sie fast um den Verstand gebracht haben." Er lachte trocken auf. „Und ich muss gestehen, ich war auch nicht weit davon entfernt."

„Ich denke, er liebt sie auch ... Er weiß es nur noch nicht", antwortete Ilka.

Versonnen beobachtete sie Pauls Muskelspiel, wie er entspannt ihr gegenübersaß, nur mit einem Slip bekleidet und das Rotweinglas in seinen Fingern drehte. Eine geballte Ladung Mann mit unerwartet sensiblen Fingern. Seine Salz-und-Pfeffer-Haare waren zerzaust und seine Augen blickten zärtlich.

„Weißt du", sagte sie nachdenklich, „dass du nur einen großen Fehler hast, Paul?" Und als sich seine Stirn in Falten legte, fügte sie hinzu: „Du bist einfach zu perfekt. Ich muss mir noch überlegen, ob ich mich daran gewöhnen kann."

„Das gibt sich mit der Zeit", antwortete er lachend, doch Ilka hörte einen ernsten Unterton und sah, wie sich sein Blick trübte. „Nun gut", fügte er hinzu und legte beschützend seine Hand auf die ihre. „Der Zeitpunkt jetzt ist ebenso schlecht wie jeder zukünftige. Mit einem Kratzer in meinem ach so perfekten Lack kann ich dienen. Ich muss dir etwas gestehen, Ilka, und einfach darauf vertrauen, dass du mich immer noch liebst, wenn ich es dir erzählt habe."

„Wenn du nicht gerade heimlich auf kleine Mädchen stehst oder nachts in fremde Schlafzimmer schauen musst, mit allem anderen kann ich leben." Ilka lachte unsicher. „Das allerdings fände ich wirklich ekelhaft."

Er schüttelte den Kopf und ging nicht auf ihren leichten Ton ein. „Erinnerst du dich noch an unseren Besuch auf dem jüdischen Friedhof?", begann er.

„Wie könnte ich ihn je vergessen? Ich glaube, damals habe ich mich schon Hals über Kopf in dich verliebt. Dein Wissen, deine Leidenschaft für dieses Projekt ..."

„Und du hast mir eine Frage gestellt, die mir wie Strom durch den Körper fuhr", unterbrach er sie. „Ich habe dich auf einen späteren Zeitpunkt vertröstet, weil ich mich schlicht schämte, ehrlich zu antworten."

„Ich erinnere mich vage, ich fragte nach deiner persönlichen Betroffenheit, nicht wahr?"

Paul nickte kurz, richtete seinen Blick auf einen imaginären Punkt in der Ferne und begann zu erzählen: „Ich bin in Nürnberg aufgewachsen, meine Eltern starben bei einem Autounfall kurz nach meinem Abitur, danach lebte ich bei meinem Großvater ..."

Ilka öffnete den Mund und schloss ihn wieder. Etwas in Pauls Blick gebot, ihn nicht zu unterbrechen und Äußerungen des Mitgefühls auf später zu verschieben.

„Er sorgte für mich und ermutigte mich zu studieren. Frau Ankenbauer, eine ständig klagende Haushälterin, führte ihm den Haushalt. An meine Großmutter kann ich mich kaum erinnern, sie starb schon, als ich ein kleines Kind war. Mein Großvater war Elektriker und eröffnete kurz nach dem Krieg ein eigenes Elektrogeschäft mit einem Lehrling und einem Gesellen." Paul räusperte sich und fuhr fort: „Eigentlich ein lukratives Geschäft im zerbombten Nürnberg der Nachkriegszeit, aber offenbar hatte mein Großvater keinerlei Geschäftssinn, denn solange ich mich zurückerinnern kann, jammerte er über schlechte Geschäfte. Mein Vater, ein intellektueller, sensibler Mann, unterstützte ihn dabei und meine Mutter machte die Büroarbeiten. Mein Vater schien es nie verwunden zu haben, dass er nie die akademische Laufbahn einschlagen durfte, die er sich so gewünscht hatte. Meine Kindheit war geprägt von ständigen Auseinandersetzungen zwischen meinem Großvater und seinem Sohn. Es ging um verlorene Aufträge, um die sich die beiden stritten, aber auch um viel mehr. Kaum ein Tag verging, an dem es keinen Streit gab über die Rolle des deutschen Volkes während des Nazi-Regimes und ich habe die erbitterten Vorwürfe meines Vaters immer noch im Ohr. *Wo wart ihr denn alle, habt Ihr euer Hirn 1939 abgegeben? Wusste denn tatsächlich keiner von euch, was wirklich geschah?* Sätze, die mein Vater mit kaum nachlassender Penetranz wiederholte. Seltsamerweise schien sich mein Großvater kaum zu verteidigen, er beendete solche Diskussionen meist mit dem Hinweis, dass die junge Generation keine Ahnung hätte. Sie gehörten zu unserem Alltag wie die Klagen über verpasste Aufträge. Bis zu meines Vaters Tod gingen sie mir einfach nur auf die Nerven."

„Und ich kann mir vorstellen, dass du dir als Kind einfach nur mehr Harmonie gewünscht hättest", unterbrach ihn Ilka. „Hast du denn wenigstens bei deiner Mutter Liebe gefunden?"

„Meine Mutter war eine pragmatische Frau, der ein gutes Fernsehprogramm wichtiger war als politische Debatten. Sie hat sich zwar schon um meine kindlichen Sorgen und meinen Alltag gekümmert, mein kindliches Ideal war allerdings mein Vater. Er setzte auch durch, dass ich das Gymnasium besuchen konnte. Mit seinem Tod stürzte für mich eine Welt ein."

Paul schluckte und Ilka nahm seine Hand.

„Trotz Großvaters ständiger Vorwürfe schien er weit mehr Anstrengungen in dessen Geschäft investiert zu haben, als jemals offenkundig wurde, denn kurz darauf brach alles zusammen. Mein Großvater musste seinen Gesellen entlassen und sein Elektrogeschäft für ein Butterbrot an einen Konkurrenten verkaufen." Paul lachte trocken auf. „Sein Nachfolger hat sich zu einem der Potentaten des Nürnberger Baugewerbes entwickelt." Er unterbrach sich und trank einen Schluck Wein. „Kurz und gut, ich bereitete mich darauf vor, Bafög zu beantragen, doch seltsamerweise kam mein Großvater für mein Studium auf."

Paul stand auf und holte eine weitere Flasche Rotwein aus dem Kühlschrank. Er entkorkte sie und schenkte Ilka und sich selber ein Glas ein.

„Hoffentlich ist er nicht zu kalt, ich hätte den Wein früher herausnehmen sollen", sagte er und erzählte weiter. „Ich sollte noch etwas Wesentliches hinzufügen. Als meine Eltern verunglückt waren, begann ich, die Diskussionen meines Vaters fortzuführen, das heißt, auch ich begann meinem Großvater zuzusetzen, allerdings mit viel mehr Hintergrundwissen. Der Geschichtsunterricht des Gymnasiums trug immerhin Früchte. Ich fragte ihn nach seiner ureigensten Rolle während des Nazi-Regimes. ‚*Ich weiß, ich weiß*', sagte er, ‚*du musst mich nicht darauf hinweisen, ein Psychologe hätte seine helle Freude an meinem Verhalten*'. Allerdings schluckte mein Großvater meine Vorhaltungen mit viel weniger Gelassenheit als die meines Vaters und reagierte zunehmend gereizt. Eines Tages, ich war schon im letzten Semester meines Medizinstudiums, eskalierte unser Streit." Paul unterbrach sich, stützte seine Unterarme auf die Oberschenkel und schaute auf den Boden. „Es geschah nach einer Fernsehsendung über den Holocaust, als ich meinen Großvater heftig attackierte. Ich bemerkte es kaum, wie sich sein Gesichtsausdruck veränderte, und er blass wurde, bevor er hervorstieß: ‚*Nachdem du offenbar unversöhnlicher denn je bist und nichts, was ich zu meiner Verteidigung hervorbringe, deine Meinung jemals ändern wird, sollst du immerhin wissen, dass du selbst indirekt auch nicht unschuldig bist. Dein Studium habe ich aus dem Vermögen einer benachbarten jüdischen Familie, die mich kurz vor ihrer Deportation mit dessen Verwaltung beauftragte, bezahlt. Glaubst du denn allen Ernstes, unser Geschäft hätte so viel abgeworfen, dass ich es mir hätte leisten können, dich studieren zu lassen? Bis dahin habe ich noch geglaubt, ich könne das Geld irgendwelchen Nachkommen zurückzahlen. Du kannst es ja jetzt gerne tun. Der Jude hieß Aaron Hirsch und hatte einen Lederhandel.*'"

Wie nach einer großen Anstrengung stieß Paul seinen Atem aus und Ilka sah, dass er feuchte Augen hatte.

„Und hier beginnt meine Schuld, Ilka", redete er weiter, „ich habe es nicht getan. Schlimmer noch, ich habe es bis zum heutigen Tag recht gut verdrängen können. Ein paar Tage nach seiner Offenbarung erlitt mein Großvater einen Schlaganfall, an dessen Folgen er kurz darauf verstarb. Nicht genug, dass ich mich mit fremdem Vermögen saniert habe, ich muss mich auch noch schuldig fühlen am Tod meines Großvaters."

Schweigen senkte sich über den Raum, bis Ilka schließlich aufstand und Paul in die Arme nahm. „Das musst du nicht", murmelte sie an seinem Kinn. „Dein Großvater muss doch hochbetagt gewesen sein. Vielleicht war es ja auch für ihn eine Erleichterung, endlich über seine Schuld gesprochen zu haben."

„Also verachtest du mich nicht allzu sehr?" Pauls Stimme klang hoffnungsvoll.

„Niemand verachtet dich mehr als du dich selbst", gab sie zurück. „Wie wir alle heute wissen, gab es bestimmt keine Nachkommen. Was also hättest du tun können?"

„Zumindest nachforschen, das wäre meine verdammte Pflicht gewesen", grollte er.

„Kannst du immer noch, wenn es dein Gewissen erleichtert", antwortete Ilka und küsste ihn.

„Niemand soll künftig ein Wort gegen die katholische Beichte sagen." Paul lachte halbherzig. „Ich fühle mich um viele Kilos erleichtert jetzt. Du hast recht, Ilka, ich werde ernsthafte Nachforschungen betreiben."

„Könntest du damit vielleicht nicht gerade jetzt beginnen?" Ilka spürte ihre Augen schwer werden und ihr Lächeln geriet etwas schief.

Paul sah sie betroffen an, bevor er feststellte: „Was es auch noch zu bereden gibt, wird warten müssen. Du gehörst ins Bett Liebste." Unwillkürlich zog er sie hoch und trug sie, als wäre sie leicht wie eine Feder, ins Schlafzimmer. Er öffnete die Schranktür und gab ihr ein Pyjama-Oberteil, in dem sie fast verschwand. Nachdenklich musterte er sie, bevor er lächelnd sagte: „Die Hose dazu verweigere ich dir einfach. Und jetzt schlaf gut, Kleines, ich komme sehr bald auch."

****

Zaghaft glomm das erste Rosa der Morgensonne am Horizont, als Ulrike über den Hof lief, die Laufschuhe nass vom Tau. Sie wunderte sich, dass die Zeitung bereits im Rohr steckte, bevor sie ihre Dehnübungen machte. So früh war sie lange nicht mehr unterwegs gewesen. Ihr Keuchen verriet ihr zudem, dass sie ziemlich außer Form war. Sie beschloss, wieder regelmäßig zu laufen, Familienfrühstück hin oder her. Wehmütig erinnerte sie sich an die Zeit, als Lutz sie noch beim Laufen begleitet hatte. Viel zu sehr hatte sie sich seinem Tagesrhythmus angepasst. Sie sahen sich fast nur noch zum Frühstück.

Sie nahm die Zeitung unter den Arm und begutachtete ihr gerötetes Gesicht in der Spiegelung des Fensters. Das Wasser plätscherte in der Dusche und Ulrike fühlte leises Bedauern, als sie ihr verschwitztes Laufdress in die Badewanne stopfte und sich in ein Badetuch wickelte. Also würde sie warten müssen auf die ersehnte Dusche. Sollte sie zu ihm hineingehen? Sie zögerte, unterließ es dann. Was machte es schon, einmal mehr warten, brachte sie auch nicht um.

Irgendetwas Widersprüchliches regte sich in ihrem Innern. Wo stand denn geschrieben, dass sie ihr Leben nur nach Lutz ausrichten musste?

„Brauchst du noch lange?“ Sie lachte, um ihrer Frage den Vorwurf zu nehmen. „Lass ein bisschen heißes Wasser für mich übrig.“

„Komm doch rein zu mir.“ Er öffnete die Duschtür und lächelte lockend, bis sein Blick auf die Zeitung auf dem Wäschekorb fiel. „Oh, danke dir, du hast schon die Zeitung mitgebracht.“ Er schlang sich ein Handtuch um die Taille.

„Du machst mich an, Lutz“, sagte Ulrike und schlang die Arme um ihn, aber er griff nach der Zeitung. Damit wären die Prioritäten gesetzt, dachte sie und ging unter die Dusche. Sie hielt das Gesicht unter das warme Wasser und ließ sich die wenigen Tränen der Enttäuschung abwaschen.

Sie wusch und frottierte ihre Haare, cremte sich ein und schlüpfte in einen Bademantel. Lustlos suchte sie im Kleiderschrank nach einem passenden Outfit für den Tag und zog den Gürtel des Bademantels enger. Sie würde sich später anziehen. In einer Aufwallung von Trotz ging sie zum Frühstücksraum. Es sollte doch einmal möglich sein, auch im Bademantel zu frühstücken.

Sie waren noch alleine, offenbar waren Leni und Rita noch nicht aufgestanden, welch seltenes Glück. Lutz runzelte die Stirn, als er sie sah.

„Willst du dich nicht anziehen?“ Er selbst trug bereits ein weißes Hemd mit Krawatte.

„Ich kann mich an Zeiten erinnern, als du von mir im Bademantel nicht genug bekommen konntest – auch beim Frühstück“, gab sie spitz zurück.

„Aber doch nicht hier“, er wandte den Kopf, „meine Mutter wird gleich unten sein.“

„Jetzt, wo du es sagst, fällt es mir auch auf. Das war noch in meiner Wohnung, nicht?“ Ulrike goss sich eine Tasse Kaffee ein und ignorierte Lutz' missbilligenden Blick.

„Willst du dich heute Morgen streiten, meine Liebe?“

„Bin ich das denn noch, *deine Liebe?*“

„Jetzt sag mir bitte, wohin die Diskussion führen soll?“ Demonstrativ faltete er die Zeitung zusammen und schaute sie an. „Ich habe nicht die leiseste Ahnung, warum du so schlechte Laune hast.“

„Hattest du denn schon jemals irgendeine Ahnung von meinen Gefühlen?“

„Was soll denn das, Ulrike? Eigentlich hätte ich gerne den Bericht über die Stadtratssitzung mit dir diskutiert. Dieser neue Redakteur, Kauffmann oder so, wird leider auch immer impertinenter.“ Er schlug die Zeitung wieder auf und zeigte ihr den Bericht. „Hier lies mal den Kommentar!“

Ulrike warf nur einen kurzen Blick darauf und fragte: „Warum bist du so ärgerlich, Lutz? Neulich hast du ihn noch über den grünen Klee gelobt. Hat er dich kritisiert?“

„Darum geht es doch gar nicht, ich bin der Letzte, der nicht mit Kritik umgehen kann. Das solltest du eigentlich wissen.“

Ulrike überflog den Bericht und ihre Gedanken rasten. Es wäre so leicht, den brüchigen Frieden ihrer Beziehung wiederherzustellen. Sie brauchte nur Lutz' Ansicht zu bestätigen, ihm ein bisschen zu schmeicheln und dem Redakteur zu bescheinigen, dass er die komplexe Materie einer Stadtratssitzung einfach nicht verstanden hätte. Aber sie war es so leid, immer nur Beifall zu spenden. Claqueure hatte Lutz weiß Gott genug und sie hatte nur ein Leben.

„Ich weiß es nicht“, antwortete sie ernst, „wobei ich natürlich zugeben muss, dass ich daran selbst schuld bin. Ich habe viel zu oft die Auseinandersetzung gescheut. Und dezent verpackte Wahrheit registrierst du einfach nicht.“

„Jetzt sag bloß nicht, ich wäre nicht auf dich eingegangen in all den Jahren. Ich weiß nicht, was in dich gefahren ist heute Morgen. Haben wir nicht ein schönes Leben zusammen? Außerdem ... du weißt doch, dass ich dich liebe.“

„Du hast es gesagt, ja, mehrfach sogar. Worte sind deine große Stärke. Und ich habe dir gerne geglaubt. Aber leider muss ich mehr und mehr erkennen, dass du gar nicht weißt, wie echte Gefühle für den anderen aussehen. Ich verstehe sogar warum. Du hast selbst immer zu wenig davon bekommen. Deine Mutter lebte in einer anderen Welt, als deine Schwester verschwunden war, und dein Vater war ganz und gar unfähig zu lieben. Und Rita, sie hat dich einfach nur verwöhnt, ohne dir jemals eine Grenze zu setzen.“

„Lass bitte meine Eltern aus dem Spiel, Ulrike. Ich habe kein bisschen Lust auf eine Therapiesitzung. Ich bin dein Partner und keiner deiner Patienten.“

„Du siehst den anderen immer nur als Spiegel für deine Bedürfnisse, Lutz“, fuhr Ulrike fort, „und wenn der Spiegel blind wird, tauschst du ihn aus. Dabei könntest du nicht einmal sagen, ob er in Holz gerahmt oder in Gold gefasst war. Der Spiegel selbst ist nämlich ganz und gar unwichtig.“

„Deine kryptischen Metaphern sind mir zu hoch – und jetzt lass uns bitte in Ruhe frühstücken. Der Tag wird hart genug.“ Lutz griff wieder nach der Zeitung. „Ich verstehe beim besten Willen nicht, was du von mir willst.“

„Das ist Teil des Problems, fürchte ich.“ Ulrike klang resigniert. „Ich werde mich jetzt doch anziehen, entschuldige mich bei deiner Mutter, falls ich zu spät komme.“

****

„Da siehst du, was Stress mit mir macht", bemerkte Ilka, als sie sich am Morgen in Pauls Badspiegel begutachtete, „ich bekomme Pickel wie eine Pubertierende."

„Mmmhhhh", grunzte er, während er von hinten die Arme um sie gelegt hatte und an ihrem Ohrläppchen knabberte, „eine ganz normale Folge aufgewühlter Hormone." Er richtete seinen Blick auf ihr Spiegelbild. „Ich kann außerdem keinen Schönheitsfehler an dir finden."

„Es ehrt dich, dass du mich auch mit Pickeln magst. Bist du sicher, dass du mich zum Reiterhof fahren willst? Ein Morgenspaziergang würde mir guttun."

„Keine weiteren Diskussionen, ich fahre dich." Er seufzte. „Auch wenn ich nicht die geringste Lust dazu habe. Am liebsten würde ich jetzt ..."

„Ich weiß, was du am liebsten möchtest", sagte sie lächelnd, „aber wir haben zuvor noch ein paar Verpflichtungen. Ich muss packen und du in deine Praxis. Gehen wir!"

Nachdenklich ging sie die Treppe hinunter. Sie hatte trotz der Erschöpfung des gestrigen Tages schlecht geschlafen. Ihre Beziehung zu Paul hatte sie beschäftigt. Hatte seine Beichte ihre Gefühle verändert? Eigenartigerweise nicht, gestand sie sich ein, auch wenn sie ihn jetzt nicht mehr idealisieren konnte. Sie würden die Altlasten ihrer Vergangenheit eben gemeinsam bewältigen. Außerdem musste sie ihm noch von dem Gespräch mit Leni berichten. Irgendwie hatte sie den Zeitpunkt dafür gestern verpasst. Vielleicht wollte sie auch Paul nicht noch mehr belasten. Sein Geständnis war ihm schwer genug gefallen.

„Ich komme mir vor wie eine jener uralten Ehefrauen, die immer von ihrem Mann gefahren werden, weil sie sein geheiligtes Auto nicht fahren dürfen," flachste sie, als sie den Sicherheitsgurt anlegte.

„Ja, ich weiß noch nicht, ob ich dir das künftig gestatten kann."

„Du brauchst gar nicht erst zu versuchen, den Macho herauszukehren, moderne Frauen haben ein eigenes Auto ..." Sie unterbrach sich und wurde still.

„So gut es mir gefällt, dass wir herumalbern", Paul räusperte sich, „aber wir sollten aufhören, wie zwei Katzen um den heißen

Brei zu schleichen. So vieles ist unausgesprochen geblieben gestern Abend."

„Ich muss dir auch etwas sagen", begann sie.

„Gleich, Liebes. Lass mich erst sagen, was noch gesagt werden muss. Ich weiß nicht, ob ich es später noch schaffe. Falls du", er zögerte, „also wenn du es dir noch überlegen möchtest, bei mir zu bleiben, ich könnte es verstehen. Aber es geht nur mit der Wahrheit. Ich hätte sonst immer gezweifelt, ob du den wahren Paul auch lieben könntest. Eine Lüge kann nicht die Basis einer Beziehung sein."

„Auch ich möchte ehrlich sein. Ich habe mich schon gefragt, warum du nicht nachgeforscht hast. Angst vor den finanziellen Folgen kann es doch nicht gewesen sein. Hast du dich deshalb in Wiedergutmachungs-Aktivitäten wie die Restaurierung des jüdischen Friedhofs geflüchtet? Ein Musterbeispiel an Verdrängung übrigens."

„Ich weiß es nicht, Ilka. Es war so bequem."

„Es ist doch noch nicht zu spät, Paul. Wir sollten diesen Grund für deine Schuldgefühle aus der Welt schaffen. Es gibt leistungsfähige Detekteien, die es bestimmt herausfinden, wenn es noch Nachkommen dieser Familie Hirsch gibt." Ilka legte ihre Hand auf sein Knie. „Wie auch immer, dein Verhalten ändert nichts an meinen Gefühlen."

„Ich danke dir", sagte er heiser. „Erst jetzt kann ich wieder durchatmen ... Du wolltest aber auch noch etwas sagen?"

„Paul", begann sie zögernd, „ich habe Angst in mein Auto zu steigen, ich fürchte mich sogar, diesen Reiterhof noch einmal betreten zu müssen. Gestern habe ich sogar Leni von Hohenbach verdächtigt, meinen Tee vergiftet zu haben. Deshalb habe ich so hyperventiliert, dass Ulrike Redler dich anrufen ließ."

„Was ist denn vorgefallen?", fragte er knapp.

„Leni von Hohenbach hat mir einen Brief zu lesen gegeben. Sie war plötzlich so mitteilsam, dass ich nicht mehr wusste, was sie beabsichtigt. Wusstest du, dass ihre Schwiegermutter mit ihrem kleinen Sohn von ihrem Mann vor die Tür gesetzt wurde?" Ilka holte Luft. „Nur auf den lächerlichen Verdacht hin, eine Affäre mit dem jüdischen Hauslehrer gehabt zu haben?"

„Wusste ich nicht. Ich habe nur munkeln gehört, dass Friedrich von Hohenbach ziemlich ärmlich aufgewachsen sein muss und erst zu Reichtum kam, als er Leni geheiratet hat, die das Vermögen mit in die Ehe brachte."

„Was hältst du eigentlich von der alten Dame?"

„Ich schätze sie als aufrechten Charakter ein, die allerdings alles tun würde, um ihre Familie zu schützen. Ich denke, dann könnte auch sie sehr rigoros werden."

„Würde sie so weit gehen, eine unliebsame Schnüfflerin aus dem Weg zu räumen?"

„Niemand kann sagen, wozu ein Mensch in einer Ausnahmesituation fähig ist, Ilka. Es kommt darauf an, wie wichtig ihm das ist, was er verbergen will. Ich fühle mich auf jeden Fall wohler, wenn du erst deine Sachen gepackt hast und bei mir wohnst."

„Ich muss aber sehr bald noch einmal zurück nach Schweinfurt, ich habe dort noch etwas zu klären."

„Klingt geheimnisvoll".

„Ich werde es dir irgendwann erzählen, Paul. Vertrau mir einfach, ja?"

„Gut, aber was ist mit deinem Auto? Warum hast du Angst zu fahren?"

„Ich denke, es könnte in die Luft fliegen." Sie lachte halbherzig. „Vielleicht habe ich zu viele James-Bond-Filme gesehen."

„Ich rufe gleich meine Werkstatt an, die sollen es sich ansehen. Beruhigt?"

„Wahrscheinlich wäre ich beruhigter, wenn du mich ausgelacht hättest", sagte sie kleinlaut.

****

Vor der Scheune im Reiterhof stand wieder ein Polizeiwagen, als sie ankamen, und Ilka vermied, in diese Richtung zu schauen. Paul legte den Arm um ihre Schultern, als er klingelte und flüsterte ihr zu: „Damit hier keine Missverständnisse aufkommen."

Leni von Hohenbach öffnete und ihr Blick offenbarte, dass sie Pauls Geste genauso wahrgenommen hatte, wie er sie beabsichtigt hatte. Ihre Augen flogen prüfend von Ilka zu Paul, bevor sie fast widerstrebend den Eingang freigab.

„Schön, dass wir Sie auch wieder einmal sehen Ilka." Ihr Ton war missbilligend. „Vielleicht könnten Sie künftig sagen, wenn Sie nicht hier sind. Wir machen uns ungern Sorgen um unsere Gäste."

„Das wird wohl nicht mehr nötig sein", antwortete Ilka.

„Rufst du mich an, wenn du deine Sachen gepackt hast?" Paul wandte sich zum Gehen, drehte sich aber noch einmal um und drückte sie an sich. Sein Kuss war so leicht wie Schmetterlingsflügel und Ilka ging beschwingt hinauf in ihr Zimmer, um zu packen.

Als erstes zog sie die Kleider aus, die sie jetzt schon viel zu lange trug, und packte ihr angeschmuddeltes T-Shirt und die Jeans unten in den Koffer. Sie ging unter die Dusche, vor allem um ihre Haare zu waschen, und es gelang ihr doch tatsächlich die Frisur zu föhnen, die der Friseur geschnitten hatte. Ilka schminkte sich dezent, wählte eine Bluse und ihren Minirock aus und genoss im Geiste Pauls schnelle Blicke, während er sich gleichzeitig aufs Fahren konzentrieren musste. Sie konnte auch anders als den Gammellook der vergangenen Tage. Der Koffer war schnell gepackt, jetzt brauchte sie nur noch ihre Toilettensachen und den Fön zu verstauen.

Ilka schaute im Schrank nach der Kulturtasche, bis ihr siedeheiß einfiel, dass diese ja noch im Auto lag. Ein schneller Blick aus dem Fenster zeigte ihr, dass es noch dastand. Entweder hatte Paul noch nicht angerufen oder seine Werkstatt war nicht ganz so schnell, wie sie stillschweigend angenommen hatte.

Sie setzte sich auf das Bett und dachte nach. Wenn sie das Auto entriegelte, konnte es sofort explodieren. Oder hatte sie zu viele Krimis geschaut? Alles wegen einer Kulturtasche, seufzte sie. Das Risiko war ihr zu hoch. Eine Plastiktüte musste es auch tun, auch wenn ihr der Gedanke, mit Tüten auszuziehen, nicht gefiel. Sie würde Maria fragen, in jeder Küche gab es Einkaufstüten. Sie klopfte an die Küchentür und öffnete sie einen Spalt. Es lag Gemüse auf dem Tisch und ein Schneidbrett mit gehackten Zwiebeln daneben. Maria musste kurz hinausgegangen sein. Ilka ging wieder zurück auf den Flur und bemerkte, dass die Haustüre offenstand. Sie ging nach vorne, auf der Suche nach Maria und sah, dass Pauls MG im Hof stand.

War er schon wieder zurückgekommen und warum? Hatte sie ihm denn den Wohnungsschlüssel wieder zurückgegeben? Sie meinte sich zu erinnern, dass sie ihn auf das Sideboard im Flur gelegt und er ihn eingesteckt hatte.

Sie schaute sich suchend um. Wo war er?

Ilka hörte das Klappern von Geschirr in der Küche und ging wieder zurück. Maria war offenbar wieder da. Sie hörte Stimmen im Frühstückszimmer und blieb überrascht stehen. Das war doch Leni von Hohenbach im Gespräch mit Paul. Sie würde seinen klangvollen Bariton unter Tausenden erkennen. Hatte die Hausherrin wieder einen Schwächeanfall? Ilka wollte gerade weitergehen, als sie ihren Namen hörte.

„Ich gebe Ilka nicht die *Schuld* an der Katastrophe“, hörte sie Leni von Hohenbach sagen und Paul murmelte eine Antwort, die sie nicht verstand. Wie gebannt blieb sie stehen, dachte kurz an ihren Verhaltenskodex und warf alle Skrupel über Bord. Nun gut, dann würde sie eben jetzt lauschen.

„Aber“, Lenis Stimme klang aufgebracht, „Sie müssen doch zugeben, dass sie eine Lawine losgetreten hat, die jetzt keiner mehr aufhalten kann.“ Sie strengte sich an, konnte aber wieder nicht verstehen, was Paul sagte.

„Ihr gutes Recht“, sagte Leni verächtlich, „diesen Begriff wollen wir doch nun überhaupt nicht bemühen. Sie hat weder das Recht, noch ...“ In diesem Augenblick schaltete Maria in der Küche das Radio an und der Rest des Satzes ging unter. Ilka spitzte die Ohren und sie hörte nur noch den Wortfetzen „... sie gefährdet.“

Zorn brandete in Ilka hoch. Was sollte das, sie hatte niemanden gefährdet, das Gegenteil war der Fall. Sie musste sich zusammennehmen, um nicht die Türe aufzureißen und sich einzumischen. Warum hörte sich Paul das alles an?

„Machen Sie Ihren Einfluss auf sie geltend“, hörte sie jetzt wieder Lenis Stimme ganz klar. Was bildete diese Frau sich eigentlich ein? „Ich habe Ihnen doch ziemlich einleuchtend erläutert, warum dies unerlässlich ist. Ich bitte Sie nur darum, Ilka von ihrer Schnüffelei abzuhalten, sonst ...“ Verflixte Maria! Musste sie auch noch sämtliche Wasserhähne in der Küche aufdrehen, wieder war der letzte Teil von Lenis Satz untergegangen. „Ich kann mich doch auf Sie verlassen, Herr Doktor?“, hörte Ilka jetzt. „Und es versteht sich, denke ich, von selbst, dass dieses Gespräch unter uns bleiben muss.“

Pauls Antwort allerdings zertrümmerte in einem Augenblick alles, woran sie geglaubt hatte, und sie spürte, wie sie buchstäblich zu Eis gefror.

„Ich verspreche es Ihnen, Frau von Hohenbach, auch wenn es mir schwerfällt."

Ilka verharrte einige Sekunden und fühlte sich wie zu Eis erstarrt, paralysiert. Als sie nach einer kleinen Ewigkeit endlich wieder Leben in ihren Gliedern spürte, hastete sie die Treppe hoch und ließ sich auf das Bett in ihrem Zimmer fallen. Keine Lügen in der Beziehung hatte er versprochen. Soviel also zu seiner Wahrheitsliebe.

Sie starrte eine Zeit lang auf die Wand gegenüber, ohne etwas fühlen zu können. So konnte man sich doch nicht in einem Menschen täuschen! Irgendetwas war gründlich schief gelaufen, war der erste klare Gedanke in dem kreisenden Karussell, aus dem ihr Kopf bestand.

Natürlich konnte man sich täuschen. Sie war nicht die Erste und würde nicht die Letzte auf der Welt sein, die sich an der Nase herumführen ließ. Mit dieser Erkenntnis kam der Schmerz und mit ihm die Tränen. Ilka bedeckte ihr Gesicht mit den Händen und schluchzte, bis sie einen Schluckauf bekam.

Wie konnte Paul sich nur mit Leni von Hohenbach verbünden? Er wusste doch, wie sehr sie diese Frau ängstigte. Was hatte sie ihm wohl versprochen und was glaubte er denn, wie es jetzt weiterginge? Sie würde kein Wort mehr mit ihm sprechen.

Ihr Handy klingelte, und Ilka war versucht, nicht abzunehmen und einfach auszuschalten. Wollte Paul sie abholen? Sie würde ihm schon sagen, was er tun könnte. Ilka besann sich einen Augenblick. Er würde ihr vorwerfen, gelauscht zu haben. Damit würde sie leben können. Es war ja tatsächlich reiner Zufall, dass sie vorbeigekommen war.

Sie drückte auf die Hörertaste ihres Handys und meldete sich. Am anderen Ende war Ben und Ilkas Herz wurde schwer. Auch Ben war kein Trost mehr, nach allem, was sie erlebt hatte. Ihre Gefühle für ihn waren längst erloschen.

„Wie lange willst du denn noch in Bad Kissingen bleiben", sprudelte er los. „Das Krankenhaus hat angerufen, sie glauben, dass dein Vater bald zu sich kommen könnte. Du musst unbedingt heimkommen."

„Ben", begann sie vorsichtig, „ich komme in den nächsten Tagen. Ich muss dringend mit dir reden. Es muss sich etwas ändern in unserem Leben."

„Du musst morgen kommen, es ist schon die zweite Mahnung unseres Vermieters gekommen wegen der Heizungskosten. Er schreibt darin, dass er uns die Heizung abstellt, wenn wir nicht sofort bezahlen. Und du weißt doch, ich muss erst den großen Auftrag bekommen, bevor ich wieder Geld habe. Ich habe auch schon lange nicht mehr richtig eingekauft, ich lebe praktisch nur noch von Nutellabrot."

„Und da ist dir doch glatt eingefallen, dass es mich noch gibt, nicht wahr? Wenn Ilka wieder da wäre, gäbe es sehr schnell wieder mal ein richtiges Essen."

„Du verstehst mich falsch, ich vermisse dich."

Ilka spürte, wie sie wütend wurde. Sie hatte das Gespräch mit Ben anders geplant, aber wenn er die Dinge gleich auf den Punkt brachte, sie hatte gerade heute nichts dagegen.

„Ich verstehe dich absolut richtig, Ben, aber ich glaube nicht, dass du mich vermisst, allenfalls den Service, den du durch mich hast. Du hast viel zu lange in jeder Hinsicht auf meine Kosten gelebt. Wie wäre es denn, wenn du dir eine richtige Arbeit suchtest, bis du endlich den sogenannten großen Auftrag bekommst, auf den du schon wartest, solange ich dich kenne?"

„Ich arbeite, Ilka, auch wenn du das nie so gesehen hast. Ich bin Informatiker."

„Das mag ja sein, aber ich rede von Arbeit, die Geld ins Haus bringt, Ben. Auch wenn das unter deiner Würde sein mag, andere Leute haben auch gekellnert, wenn sie ihren Lebensunterhalt selbst verdienen mussten. Ich jedenfalls stehe dafür nicht mehr zur Verfügung."

„Was sind denn das für Anschuldigungen?"

„Es ist nichts als die Wahrheit, für die ich die ganze Zeit blind war. Ben, wenn du ehrlich bist, weißt du es doch auch. Unsere Beziehung ist am Ende und ich habe weder die Lust noch die Kraft sie wiederzubeleben. Wenn ich zurückkomme, ziehe ich aus. Du kannst die Wohnung gerne behalten."

„Das kannst du doch nicht machen, ich kann die Miete niemals allein bezahlen. Der Vermieter wirft mich doch jetzt schon raus, wenn ich den Heizkostenzuschuss nicht bezahle."

„Ich, ich, ich! Du fragst schon lange nicht mehr, wie es *mir* bei diesem Arrangement geht. Aber das ist jetzt auch nicht mehr wichtig."

„Hast du einen Anderen? ... Es muss so sein, sonst würdest du nicht so reden."

„Ein typisches männliches Totschlags-Argument, um nicht nachdenken zu müssen, Ben, merkst du es nicht?"

„Du hast aber dennoch meine Frage nicht beantwortet."

„Nein", sagte sie und spürte, wie sie alle Kraft verließ, als sie es aussprach, „nein, es gibt keinen Anderen. Aber du solltest dich besser darauf einstellen, dass ich alles bitter ernst meine. Such dir irgendeine Arbeit und am besten auch gleich eine Wohnung, wenn dir unsere zu teuer ist. Ich werde meine Sachen holen, wenn ich nach Schweinfurt komme."

„Wir müssen darüber reden!" Ben klang verzweifelt und fast tat er Ilka leid.

„Das werden wir auch, Ben, aber es wird nichts an meiner Entscheidung ändern. Und jetzt muss ich aufhören." Ilka legte auf, bevor Ben noch etwas erwidern konnte.

****

Nach dem Telefongespräch atmete Ilka tief durch. Jetzt war sie ganz allein. Stand sie jetzt endgültig vor den Trümmern ihres Lebens? Sie hatte keinen einzigen Menschen mehr, dem sie vertrauen, ja mit dem sie überhaupt noch ein unbelastetes Gespräch führen konnte. Wenn ihr etwas zustieße, kein Mensch würde sie vermissen.

Vielleicht wäre es besser gewesen, ihr Angreifer hätte sein Ziel erreicht. Wofür lohnte es sich denn zu leben, wenn sogar ein so tiefes Gefühl, wie sie es zu Paul Lindwasser erlebt hatte, nur auf einem Trugschluss beruhte? Sie wusste ja noch nicht einmal, wo sie heute Nacht schlafen sollte. In das „Münchner Kindl" gehen? Ihr Schmerz würde in der Tristesse dieses Hotels nur noch bohrender werden. Aber vielleicht gehörte sie ja dahin, in die Anonymität genau dieser Herberge. Sie entsprach voll und ganz ihrem Leben. Ilkas Tränen begannen erneut zu fließen. Sie wischte sich die Tränen ab und verschmierte ihre Wimperntusche. Dabei wollte sie ursprünglich heute wirklich schön sein.

Es klopfte und Ilka hastete zum Spiegel, um die schlimmsten Spuren zu entfernen, bevor sie öffnete. Vor der Tür stand Ulrike Redler.

„Ilka, es tut mir leid, dass ich Sie stören muss." Mit einem Blick hatte sie ihren Zustand erfasst, und ihr mitleidiger Blick war kaum auszuhalten. „Paul Lindwasser wartet unten auf Sie, aber erst möchte Sie der Kommissar sprechen. Er hat uns alle schon verhört. Kommen Sie mit?"

Ilka ging mit wackligen Beinen hinter Ulrike die Treppe hinunter und sah Paul am Treppenabsatz warten. Ohne ihm einen Blick zu schenken, ging sie weiter. Die Tür zum Frühstückszimmer stand offen und sie hörte dahinter erregte Stimmen. Paul erreichte sie kurz vor der Tür und griff nach ihrem Arm.

„Ich werde warten, bis der Kommissar seine Fragen gestellt hat, Ilka, dann fahren wir heim."

Ilka wägte kurz ab, ob sie seine Hand einfach abschütteln oder ihm vor aller Augen die Abfuhr erteilen sollte, die er verdiente. Gut, er hatte es nicht anders gewollt.

„Warum sollten wir zusammen irgendwohin fahren, Paul?", sagte sie schneidend. „Du hast doch schließlich befunden, dass das alles hier", sie machte eine raumgreifende Handbewegung, „so total vertrauenswürdig ist."

„Ich verstehe nicht ..."

Ilka sah in sein bestürztes Gesicht und fühlte sich plötzlich sehr stark. „Du solltest deinen *Einfluss* auf mich," sie spuckte das Wort aus, „nicht überschätzen."

Sie sah seiner Miene an, dass er plötzlich zu begreifen schien. Aber warum konnte sie die Trauer, die sie in seinen Zügen sah, nicht als Triumph genießen?

„Wir müssen darüber reden, Ilka. Es ist nicht so, wie du glaubst. Du sitzt einem Missverständnis auf."

„Wie willst du es mir denn erklären, dieses Missverständnis? Du bist doch nicht der Mann, der seine Versprechen bricht." Ilka lachte bitter auf. „Und jetzt lass mich gehen."

Als er sich wortlos abwandte und zur Türe ging, wäre sie ihm am liebsten nachgelaufen, doch sie drehte sich um und ging ins Frühstückszimmer. Dort saßen Lutz von Hohenbach und seine Mutter am Tisch. Rita Gerstmaier stand daneben und schenkte sich ein Glas Orangensaft ein. Ulrike setzte sich auf den Platz neben ihrem Lebensgefährten.

„Krach unter Liebenden?“, fragte Lutz anzüglich und Rita Gerstmaier fügte hinzu: „Davon geht die Welt nicht unter, morgen sieht sie wieder ganz anders aus.“

Ilka ging nicht darauf ein und fragte stattdessen: „Wo ist denn der Kommissar? Ich denke, er wollte mich sprechen.“

„Er kommt gleich wieder“, sagte Leni von Hohenbach und ihre Stimme klang müde, „er ist kurz nach draußen gerufen worden.“

In diesem Augenblick stand er schon in der Tür. Sein Gesicht sah eingefallen aus und seine Lippen waren zusammengepresst.

„Da sind Sie ja Frau Maurer. Sie fehlen noch auf meiner Liste.“ Er schaute suchend um sich. „Ich hätte Sie gerne alleine gesprochen.“

„Sollen wir gehen?“, fragte Leni und machte Anstalten aufzustehen.

„Nein“, wehrte Ilka ab und wandte sich an Kommissar Holzgruber.

„Wenn es Ihnen nichts ausmacht, gehen wir hoch in mein Zimmer.“

Holzgruber schaute prüfend um sich, als sie einige Minuten später angekommen waren, setzte sich zögerlich in den zierlichen Sessel und zog ein Notizbuch aus seinem Jackett. Ilka setzte sich auf das Bett.

„Sie hatten einen Streit mit Franz Reiser, an dem Tag, an dem er starb“, begann er übergangslos.

Will er mich schocken? Ilka ignorierte ihr rasendes Herz und antwortete so ruhig, wie es ihr möglich war.

„Einen Streit würde ich das nicht nennen. Franz hat überreagiert, weil er mich vermisst hatte.“

„Erzählen Sie mir den Vorfall bitte genauer. Was meinen Sie mit überreagiert?“

„Er hatte mich lange nicht gesehen und mich an sich gepresst – aus Angst oder Erleichterung, dass mir nichts passiert war, nehme ich an. Er hat mich schließlich bei dem Überfall im Schuppen gerettet."

„Ist er vorher auch schon zudringlich geworden?" Die Miene des Kommissars war unbewegt.

„Er ist nicht zudringlich geworden – weder an dem Tag in der Scheune, noch jemals vorher." Ilka bemerkte, dass sie heftig geantwortet hatte und zähmte sich. „Vielleicht hat er seine Emotionen nicht unter Kontrolle wie ein sogenannter normaler Mensch." Erst jetzt fiel ihr auf, dass sie in der Gegenwart gesprochen hatte und berichtigte sich: „er hatte, natürlich."

„Was dann ja hieße, dass man sich nachdrücklicher gegen ihn wehren muss, nicht wahr, Frau Maurer? Vielleicht so sehr, dass er von der Scheune fiel. Haben Sie ihm im Stroh geholfen? Sie hatten doch sicher Mitleid mit ihm, weil er so schwer arbeiten musste."

„So war es überhaupt nicht, Herr Kommissar." Ilka hörte selbst, wie lahm ihre Antwort sich anhörte und fügte hinzu. „Diese Beschuldigung entspringt doch nur der schmutzigen Fantasie dieses Arbeiters, Gustl, nehme ich an."

„Die Fragen stelle ich hier, Frau Maurer." Der Kommissar klopfte nachdrücklich mit dem Kugelschreiber auf sein Notizbuch. „Und ich wüsste gern, wo Sie sich gestern in den frühen Morgenstunden aufgehalten haben?"

„Ich war in der Praxis von Dr. Lindwasser bis sechs Uhr morgens. Dann hat er mich hierhergefahren und ich habe in meinem Zimmer gearbeitet bis etwa 10 Uhr."

„Kann jemand bezeugen, dass Sie hier in Ihrem Zimmer waren?"

„Nein, ich war allein."

„Das ist schade." Holzgruber stand auf. „Für heute wäre das alles." Er ließ seinen Blick über ihren Koffer gleiten. „Ich sehe, Sie haben gepackt. Wo wollen Sie denn hin, Frau Maurer? Ich kann Ihnen nämlich nicht erlauben wegzufahren. Sie sollten sich zur Verfügung der Polizei halten."

„Ich ziehe in das ‚Münchner Kindl'", sagte Ilka deprimiert, „hier in Bad Kissingen."

„Das beruhigt mich", er hob die Hand zum Gruß, „ich darf mich verabschieden, aber wir werden uns wohl noch einmal unterhalten müssen." Die Tür fiel hinter ihm ins Schloss.

Niedergeschmettert blieb Ilka auf dem Bett sitzen. Es sah doch tatsächlich so aus, als ob die Polizei sie verdächtigte, Franz umgebracht zu haben. Wie konnte sie nur jemals diesen Verdacht entkräften? Sie sehnte sich nach Paul, nach seiner ruhigen Vernunft und seiner Sicherheit. Aber, den Paul, den sie noch gestern wahrgenommen hatte, gab es offensichtlich nicht. Sie fühlte sich völlig ausgelaugt und nicht mehr fähig zu irgendeiner vernünftigen Meinung. Ilka spürte, wie ihr die Augen zufielen. Neben ihrem offenen Koffer schlief sie ein.

Sie träumte wirr und sah Franz, der gerade in irgendeinem Moor versank und ihr zuwinkte, sie solle ihm folgen. Etwas stimmte nicht mit seiner Miene und als Ilka bemerkte, dass er nicht verzweifelt, sondern glücklich aussah, drehte sie sich um und versuchte zu fliehen. Allerdings schienen auch ihre Beine bereits im Moor versunken, denn sie kam nicht vorwärts.

Als sie aufwachte, fröstelte sie. Die Fetzen des Traums klebten noch in ihrem Bewusstsein wie feuchte Spinnweben. Sie schaute auf die Uhr und erschrak. Sie musste fast zwei Stunden geschlafen haben, es war bereits Spätnachmittag.

Was sollte sie nur tun? Verstört lief sie auf und ab. Zunächst musste sie sehen, dass sie in der Pension noch ein Zimmer bekam. Sie ging in die Dusche und räumte geistesabwesend Fön, Haarbürsten und Zahnputzsachen in den Koffer. Ihre Schminksachen mussten in die Handtasche passen. Ilka presste den Deckel auf den Koffer, als ihr einfiel, dass sie Duschgel und Shampoo vergessen hatte. Sie ging zurück in die Dusche und schob die Falttür zur Duschkabine zur Seite.

Als sie sich nach dem Duschgel bückte, spürte sie einen starken Arm und ein Knie im Rücken. Ein stechender Geruch drang in ihre Nase, während ihr Mund mit einem Tuch zugehalten wurde. Sie wollte sich wehren, doch ihre Glieder wurden schlaff.

„Du willst doch nicht mehr leben", raunte eine Stimme in ihr Ohr. „Ein Selbstmord ist doch ganz logisch in deiner Lage, nicht wahr? Du darfst auch sterben wie deine Mama. Sie hat gewusst, dass es gar nicht weh tut, wenn man sich die Pulsadern aufschneidet ..."

Diese Stimme kenne ich, konnte Ilka noch denken, bevor alles dunkel wurde.

****

Paul Lindwasser verabschiedete den letzten Patienten dieses Nachmittags mit einem flauen Gefühl im Magen. Sebastian Geiger war aufgebracht und Paul konnte es ihm nicht einmal verdenken. Er hatte ihn verärgert. Hoffentlich hatte er ihn und seine ganze Familie nicht verloren. Mein Gott, er hatte nun einmal die Konstitution zu hohem Blutdruck, er vertrug seine Medikamente und sie schlugen auch an, sein Blutdruck war jetzt im Normbereich. Fünfmaliges Blutdruckmessen täglich war die pure Hypochondrie.

Er hatte ihm dies heute zum ersten Mal unmissverständlich klargemacht. Bei der Jammerei Geigers: „Was soll ich denn noch tun, Herr Doktor, ich hatte heute Morgen eine Auseinandersetzung mit meinem Sohn und sehen Sie, wie stark erhöht mein Blutdruck schon wieder ist", war ihm der Geduldsfaden gerissen und er hatte ihn heftiger, als es einem Arzt zusteht, angeraunzt. Glaubte der Mann, er wäre der einzige Mensch dieser Erde, der sich aufregte?

Dass Paul genau wusste, warum er so reizbar war, machte die Sache nicht besser. Seine Helferinnen gingen auch schon auf Zehenspitzen, als wollten sie ihn als Monster brandmarken. Paul ging zum Empfangstresen und unterschrieb noch einige Rezepte, als das Telefon klingelte. Er schaute es an, als wäre es ein giftiges Reptil. Nur keinen Notfall mehr, flehte er im Stillen. Ich will Schluss machen und nach oben gehen.

Monika legte den Hörer auf, als bestünde das Telefon aus Porzellan der Ming-Dynastie und hauchte: „Das war nur Frau Astheimer wegen ihres Quick-Werts. Sie kommt morgen früh in die Sprechstunde." Das Gehabe seiner Helferin machte ihn noch aggressiver und er warf den Kugelschreiber hin.

„Bitte stellen Sie das Telefon auf die Praxis Dr. Bornhold um, bevor Sie gehen", fuhr er sie an, wandte sich aber an der Tür noch einmal um und milderte seinen Ton mit einem freundlichen: „Ich wünsche einen guten Abend."

In seiner Wohnung angekommen, mixte er sich erst einmal eine sehr starke Margarita. Es war nicht mehr genug Eis im Kühlschrank und Paul warf die Kühlschranktür zu, dass der Kühlschrank ächzte. In der Spüle standen noch die Teller des Abendessens mit Ilka und er verließ auf schnellstem Wege die Küche. Er streckte sich im Sessel aus und nahm dankbar einen Schluck.

Der Alkohol wärmte seinen verknoteten Magen und Paul beschloss, dass der Margarita nicht der einzige Drink des Abends bleiben würde. Die Stille in der Wohnung zerrte an seinen Nerven und er stand auf und schaltete den CD-Player ein. *E'il sol dell'Anima* sangen Luciano Pavarotti und Joan Sutherland und Paul schaltete reflexartig wieder aus. Das gefühlvolle Liebesduett aus Rigoletto war nun wirklich das Letzte, was er heute brauchte.

Im Schlafzimmer war das Bett nicht gemacht, die Kissen lagen noch genauso zerwühlt da, wie er und Ilka sie heute Morgen zurückgelassen hatten. Er öffnete das Fenster und schüttelte das Bettzeug auf. Das Kissen roch nach Ilka und jäh überfiel ihn sein ganzes Elend.

Welcher Teufel hatte ihn nur geritten, mit Leni von Hohenbach über ihre Familien-Malaise zu diskutieren und sich von ihr einspannen zu lassen? Und warum musste Ilka auch noch lauschen? Verdammte Frauen! Konnte sie denn nicht ein bisschen Vertrauen zu ihm haben?

Er knallte das Fenster wieder zu. Er brachte Ilka einfach nicht aus seinem Kopf und hatte plötzlich das ganz starke Gefühl, zum Reiterhof fahren und sie dort wegholen zu müssen. Notfalls sogar mit Gewalt. Danach konnte man immer noch diskutieren. Es war dort eindeutig zu gefährlich im Augenblick, da hatte Leni von Hohenbach schon recht. Warum musste Ilka denn nur einen derart sturen Schädel haben? Andererseits – in ein Schaf hätte er sich sicher nicht verliebt.

Paul ging in den Flur, zog seine Lederjacke an und steckte die Autoschlüssel ein. Er musste zum Reiterhof, sonst würde er die ganze Nacht kein Auge zutun. Kurz vor der Türe stoppte er. Nein, Ilka hatte kein ernsthaftes Interesse an ihm, sonst hätte sie wenigstens zugehört und lächerlich machen würde er sich definitiv nicht. Er hängte die Jacke wieder auf den Bügel und setzte seine Wanderung durch die Wohnung fort.

Es klingelte und ihn durchfuhr ein freudiger Schreck. Ilka! Nur sie konnte es jetzt noch sein. War sie also doch zur Vernunft gekommen. Aber leicht machen würde er es ihr nicht. Mit zwei großen Schritten war er an der Tür.

Vor ihm stand Kommissar Holzgruber.

„Ist Ilka Maurer bei Ihnen?"

„Nein, ist sie denn nicht im Reiterhof?"

„Das wäre der letzte Ort, wo sie sich im Moment befinden sollte", sagte Holzgruber in einem Ton, der Paul aufs äußerste alarmierte. „Sie hatte gepackt, als ich ging und wollte sich im ‚Münchner Kindl' ein Zimmer suchen." Er hielt inne. „Aber da ist sie nicht angekommen. Los, kommen Sie Doktor, schauen wir nach dem Rechten, ich habe ein ganz eigenartiges Gefühl."

„Wollen Sie mir nicht erklären, was Sie darauf bringt?", fragte Paul, als sie in seinem Wagen saßen.

„Später, Herr Doktor, später. Ich fürchte, ich war völlig falsch gelegen mit meiner Vermutung. Franz ist nicht wegen eines Streits mit Ilka Maurer die Scheune hinabgestürzt."

„Haben Sie das wirklich ernsthaft geglaubt?"

„War nicht ganz abwegig, dass Franz zudringlich geworden wäre und sie sich gewehrt hätte. Aber ich habe erst vor einer halben Stunde das Ergebnis der DNA-Analyse bekommen. Es ist sehr aufschlussreich und deckt sich mit meinen Recherchen." Er nahm sein Handy aus der Jackentasche und rief Verstärkung.

Paul hätte später nicht mehr sagen können, wie er es geschafft hatte, in weniger als drei Sekunden aus dem Auto zu springen und zu klingeln, als sie den Reiterhof erreicht hatten. Atemlos folgte ihm Kommissar Holzgruber.

Maria öffnete und Paul stieß sie zur Seite. „Halt, Doktor, warten Sie, das sollten wir nicht allein ..." Aber Paul hörte nicht auf den Kommissar und sprang mit wenigen Sätzen die Treppe hinauf. Die Tür zu Ilkas Zimmer war abgeschlossen, aber Paul war nicht gewillt, dieses Hindernis gelten zu lassen, warf sich mit der Kraft der Verzweiflung gegen die Tür und hörte Holz splittern. Nach einem zweiten Anlauf sprang sie auf.

Paul sah den offenen Koffer, Ilka sah er nicht. Er riss die Tür zur Dusche auf und erstarrte.

Vor ihm stand Rita Gerstmaier mit einem Teppichmesser in der Hand, in der Duschkabine lag Ilka besinnungslos. Ihr Kopf war nach hinten gesunken, die Arme hingen ihr leblos herab.

„Ilka!" Sein Schrei war markerschütternd.

„Halt!", rief der Kommissar. „Das ist zu gefährlich."

Paul spürte, wie ihn zwei uniformierte Polizisten von hinten packten und ihm die Arme auf den Rücken drehten.

Der Kommissar hielt eine Pistole auf Rita Gerstmaier gerichtet. „Werfen Sie das Messer weg, Frau Gerstmaier. Ich habe nicht die geringsten Skrupel zu schießen."

Langsam ließ Rita das Messer fallen. Der Kommissar trat es zur Seite und legte Rita Handschellen an. „Ich verhafte Sie wegen zweifachen Mordes und Mordversuchs. Kommen Sie mit!"

****

Von weit her hörte Ilka Stimmen und sie hatte das Gefühl, als müsste sie sich mühsam durch einen dunklen Schacht nach oben kämpfen. Dabei rutschten ihre Füße immer wieder ab, nur oben war ein kleines Licht, das sie unbedingt erreichen musste. Das Licht wurde langsam heller und das erste, was sie sah, als sie ihre Augen öffnete, war Pauls besorgter Blick.

Sie lag auf dem Bett, der Koffer stand auf dem Boden.

„Wo ist Rita?", fragte sie panisch. „Sie hat mich betäubt."

„Ja, ich kann es riechen", sagte Paul. „Aber sei unbesorgt, Ilka. Es ist vorbei. Der Kommissar hat Rita gerade mitgenommen."

„Sie hat gesagt, ich muss sterben wie meine Mama." Ilkas Stimme überschlug sich, sie setzte sich auf. „Ich muss es dem Kommissar sagen."

Sie sprang auf. Paul konnte sie nicht stoppen. Sie rannte zur Tür, musste sich am Türrahmen abstützen. „Ich glaube, mir ist schlecht", sagte sie, eilte zur Toilette und übergab sich.

Mit wackeligen Beinen kam sie zurück und lehnte sich an Paul.

„Du solltest dich hinlegen, Ilka." Als er sie zurück auf das Bett legen wollte, klammerte sie sich an ihm fest.

„Nein, hörst du es nicht? Sie sind noch unten." Sie riss die Tür auf und stolperte nach draußen. Paul blieb nichts Anderes übrig, als ihr zu folgen. Er schlang seinen Arm fest um ihre Taille. „Geh wenigstens langsam, du stürzt sonst."

Unten im Flur hatte sich die ganze Familie versammelt. Rita stand zwischen den beiden uniformierten Polizisten und Kommissar Holzgruber stand Auge in Auge mit Leni von Hohenbach.

„Bitte seien Sie vernünftig, gnädige Frau“, versuchte er die aufgebrachte Leni zu beruhigen, „Frau Gerstmaier muss mitkommen. Sie kann allerdings einen Anwalt anrufen, ich habe sie gerade über ihre Rechte aufgeklärt.“

„Sie werden nirgends hingehen, bevor ich nicht weiß, was geschehen ist. Das alles kann nur ein fürchterliches Missverständnis sein.“

In diesem Augenblick begann Rita zu kreischen: „Ich werde es euch allen sagen, das Böse ist besiegt! Der Menschensohn wird seine Engel aussenden und sie werden aus seinem Reich alle zusammenholen, die andere verführt und Gottes Gesetz übertreten haben.“

„Um Himmels willen, Rita – sei still!“, donnerte Leni mit einer Stimme, die sich anhörte wie die Trompeten des Jüngsten Gerichts. Leiser setzte sie hinzu: „Kommen Sie herein, Herr Kommissar, meine Herren.“ Sie öffnete die Tür zum Frühstückszimmer. „Ich habe das Recht zu erfahren, was Sie meiner Schwester vorwerfen.“

Sie schaute in die Runde, auf ihren Sohn Lutz und Ulrike, die mit blassen Gesichtern in der Ecke standen, auf Ilka und Paul, die Polizisten und Rita. Wortlos zog sie die Stühle unter dem Tisch vor und gebot mit einer Handbewegung, Platz zu nehmen. Sie selbst setzte sich an die Stirnseite des Tisches.

Ilka, die sich an Pauls Arm klammerte, hatte kurz das Gefühl, bei der Schlussszene eines Romans von Agatha Christie mitzuspielen, doch sie unterdrückte ihren Drang, hysterisch zu lachen. Auch die Polizei fügte sich offenbar Lenis autoritärer Persönlichkeit.

„Was werfen Sie meiner Tante vor, Herr Kommissar?“ Lutz von Hohenbach klang beherrscht und doch hörte Ilka seine unterdrückte Wut.

„Es ist eigentlich nicht meine Absicht, hier ein Tribunal zu halten“, sagte Kommissar Holzgruber. „Wenn allerdings Frau Gerstmaier vor ihrer Familie ein Geständnis ablegen will ...“ Er winkte einem der Polizisten und flüsterte ihm etwas zu, worauf er aus dem Zimmer ging. „Sie kann es genauso gut hier tun wie in meinem Büro.“ Er wandte sich an Rita: „Wollen Sie das, Frau Gerstmaier?“

Rita nickte. Der Polizist kam zurück und legte ein kleines Aufnahmegerät vor den Kommissar. „Dann haben Sie doch sicher nichts dagegen, wenn ich unser Gespräch aufzeichne." Wieder nickte Rita.

„Sie geben also zu, Franz Reiser von der Scheune gestoßen und vor mehr als dreißig Jahren ihr neugeborenes Kind ermordet und vergraben zu haben?"

Als Rita wieder nickte, sagte der Kommissar: „Sagen Sie laut und deutlich *ja* auf meine Frage."

„Was sagen Sie da – Rita hat ein Kind geboren?" Lenis Stimme überschlug sich, und sie fasste sich ans Herz.

„Es wäre längst verwest, und sie müsste mit ihrer Schuld vor ihren Schöpfer treten, wenn der Untergrund dort nicht so feucht und das Neugeborene zur Wachsleiche geworden wäre. Und selbst dann wäre ihr Verbrechen verborgen geblieben, wenn in Bad Kissingen nicht ein Thermalbad gebaut werden würde", sagte er erklärend, bevor er Rita direkt ansprach. „Das war ausgesprochenes Pech für Sie, nicht wahr, Frau Gerstmaier?"

Offenbar hatte der Kommissar die richtigen Worte gefunden, um Rita aus der Reserve zu locken, denn sie antwortete: „Wenn dich dein Auge ärgert, reiß es aus, sagt unser Herr."

„Sprechen Sie eigentlich immer in Bibelzitaten, oder können Sie uns auch ganz normal berichten, was geschehen ist? Wie kommt denn Franz Reiser ins Spiel, warum musste er sterben? Sagen Sie es uns!"

„Er hat damals das Grab ausgehoben und Sie wollten ihn verhören."

„Das konnten Sie natürlich nicht riskieren. Was ist eigentlich in Ihnen vorgegangen, ihn auf die Tenne zu stoßen? Er hat sich doch gewehrt, er wusste, was auf ihn zukam."

Rita schwieg, und der Kommissar fuhr fort: „Es war Ihre Haut unter seinen Fingernägeln, Frau Gerstmaier. Er hat Sie gekratzt bei seinem Todeskampf und die DNA ist der des Säuglings auf fatale Weise ähnlich. Die Ergebnisse der Analyse habe ich heute Nachmittag erhalten." Er schaute Ilka an und sagte: „Verzeihen Sie Frau Maurer, aber wir mussten allen Spuren nachgehen." Er räusperte sich und wandte sich wieder an Rita. „Wussten Sie, dass Ihre Schwester, Oberin Regina, ein ganz privates Dossier angelegt hat über die Vorgänge im Kloster damals? Sehr verschlüsselt allerdings. Sie sprach nur von einer sündigen Schwangerschaft und ich dachte lange Zeit, sie meint die Mutter von Ilka Maurer, die ja auch ihre Schwangerschaft im Kloster verbergen musste." Er sprach wieder Ilka an: „Ich danke Ihnen übrigens für Ihr Vertrauen. Ohne Ihr Gespräch hätte ich sicher noch länger im Dunkeln getappt."

„Dann bin ich also", warf Ilka ein und Leni unterbrach sie: „Meine Enkelin. Ich hätte es dir in Kürze gesagt." Lenis Gesicht wurde aschfahl. Paul sprang auf und zu ihr hin. „Das ist alles zu viel für Sie, Frau von Hohenbach. Wollen Sie sich nicht hinlegen?"

„Ich kann das schon aushalten, junger Mann", beschied sie ihn barsch, „ich musste schon mehr ertragen in meinem Leben."

„Wieso wurde ich denn zur Adoption freigegeben?" Ilkas Stimme war brüchig vor unterdrückten Tränen.

„Dazu kommen wir später", warf der Kommissar ein und richtete einen strengen Blick auf Rita. „Erst möchte ich gerne erfahren, wieso Sie Ihre Schwangerschaft verheimlicht haben und Ihr Kind umbrachten. Ich möchte es gerne von Ihnen hören. Wer war der Vater?"

„Kaplan Baunach", sagte Rita leise. „Es war Sünde, er war eine geweihte Person und sein Fleisch war schwach. Ich habe ihm – wie Eva – die Sünde gebracht und wurde aus dem Paradies vertrieben. Ich habe lange dafür gebüßt."

Leni von Hohenbach war zusammengesunken und hielt die Hände vor das Gesicht. Nur ein Wimmern kam aus ihrer Kehle, bevor sie an ihre Schwester gerichtet die Worte fand: „Daher kommt also dein Religionswahn, Rita! Aber warum hast du nicht mit mir gesprochen? Warum durfte ich es nicht wissen? Ich hätte dir doch geholfen. Hast du deshalb so lange im Kloster gelebt und Tracht getragen? Weil sie eine Schwangerschaft verbirgt?"

„Dazu hat mir Regina geraten. Er durfte nicht ins Gerede kommen, er war ein Mann der Kirche."

„Und Ilka Maurer wollten Sie deshalb umbringen, weil sie zu neugierig war, Frau Gerstmaier, war es so? Sie hat viel zu viele Fragen gestellt und Franz hat ihr vertraut." Als Rita schwieg, setzte Holzgruber hinzu. „Sie brauchen es nicht zu bestätigen. Ich habe es schließlich selbst gesehen." Der Kommissar schaltete das Aufnahmegerät aus und sagte zu Rita: „Ich danke Ihnen, Frau

Gerstmaier. Ihr Geständnis wird vor Gericht positiv gewertet werden. Aber jetzt müssen Sie mitkommen."

„Halt", rief Ilka laut, „warten Sie Herr Kommissar. Ich weiß nicht weshalb und was genau vorgefallen ist. Aber Rita Gerstmaier hat auch meine Mutter ermordet. Sie hat es mir gesagt, bevor ich ohnmächtig wurde. Ich solle genauso sterben wie meine Mama. Geben Sie es zu!" Sie deutete aufgeregt auf Rita. „Sagen Sie allen hier, wovon Sie gesprochen haben!"

„Deine Mutter hat Selbstmord begangen, Ilka." Lenis Stimme war dunkel vor Schmerz. „Sie ist nicht darüber hinweggekommen, dass du zur Adoption freigegeben wurdest. Sie hat sich die Pulsadern aufgeschnitten, als sie und Rita bei meinen Eltern zur Erholung in Freisach waren. Dort liegt sie auch begraben."

Ohne auf die Bemerkung ihrer Schwester zu achten, erwiderte Rita: „Sie war so depressiv, die arme Martina. Sie wollte nicht mehr leben, ich habe ihr nur ein wenig geholfen." Sie verfiel in einen monotonen Singsang, der Ilka schaudern ließ.

„Sie hatte die gleichen Wundmale wie unser Herr Jesus, als sie tot war. Ich konnte doch nicht zulassen, dass die Sünde weitergeht. Kaplan Baunach hat auch meine Nichte geschwängert, ich kenne seinen Blick, wenn ihn die Fleischeslust übermannt. Er hat Martina genauso angesehen."

„Rita!" Lenis Aufschrei ging durch Mark und Bein. „Du bist krank! Ilkas Vater war Daniel Klein, nicht Kaplan Baunach. Martina hat es mir erzählt."

Sie brach schluchzend zusammen, brachte noch einige Worte zu Kommissar Holzgruber über die Lippen: „Nehmen Sie dieses Monster mit, das meine Schwester war. Ich will sie nie mehr sehen!"

****

Schweigen senkte sich über den Raum, als Rita abgeführt war. Leni saß zusammengesunken am Tisch, Lutz von Hohenbach starrte mit versteinerter Miene ins Leere und Ulrike Redler hatte Tränen in den Augen.

Paul stand auf und versuchte Leni von Hohenbach von ihrem Stuhl hochzuziehen. „Kommen Sie Frau von Hohenbach. Legen

Sie sich bitte hin. Ich werde Ihnen etwas zur Beruhigung spritzen.“ Leni wischte seinen Arm weg und richtete ihre Aufmerksamkeit auf Ilka. „Bevor du mich und unsere ganze Familie verdammst, Ilka, solltest du mich anhören“, sagte sie, doch Lutz unterbrach ihre Rede: „Hör auf damit, Mutter! Dr. Lindwasser hat recht, du mutest dir zu viel zu.“

„Sei still, Lutz!“ Ihr Blick sprühte Feuer. „Das ist nicht deine Sache. Glaubst du, ich wüsste nicht, dass es dir am liebsten wäre, wenn Ilka stillschweigend wieder aus unserem Leben verschwände? Du willst natürlich keinen Skandal. Aber das ist es nicht allein. Solange ich denken kann, warst du eifersüchtig auf deine kleine Schwester – und jetzt bist du es auf ihre Tochter.“

Leni von Hohenbach setzte sich kerzengerade hin und sprach weiter. „Ich habe mein ganzes Leben damit verbracht zu verbergen und zuzudecken. Meine Schuldgefühle hat mir dennoch niemand abgenommen. Damit ist jetzt Schluss.“

Lutz von Hohenbach hatte überhaupt nichts mehr von dem eitlen Oberbürgermeister an sich, als er sich – trotzig wie ein gemaßregelter Schuljunge – abwandte, und Leni fuhr fort: „Meinst du eine Mutter kennt ihren Sohn nicht, Lutz? Ich liebe dich, wie man nur sein Kind lieben kann, aber ich bin nicht blind für deine Fehler. Ich habe all die Jahre gesehen, wie deine heimliche Bewunderung für deinen Vater und seine Ansichten im Streit lagen mit der politischen Korrektheit, die man für das Amt eines Oberbürgermeisters braucht.“ Sie beugte sich zu ihm hin. „Erinnerst du dich noch an unsere Diskussion über Bushs Irak-Krieg und deine Verachtung für seine jüdischen Einflüsterer?“ Sie wandte sich wieder Ilka zu: „Ich schulde dir eine Erklärung, Ilka. Und mir ist sehr bewusst, dass sie nichts entschuldigt. Wenn du dich von den Hohenbachs abwendest, dann muss ich es akzeptieren.“

Ilka griff unwillkürlich nach Pauls Hand, sie hatte Angst vor dem, was sie jetzt hören würde. Als er ihre Hand aufmunternd drückte, wusste sie, dass er verstanden hatte.

„Ich habe dich mit voller Absicht diesen verhängnisvollen Brief lesen lassen, mit dem alles seinen Anfang nahm“, begann Leni. „Mein Mann hat seiner Mutter nie geglaubt, wenn sie beteuerte, dass nichts außer Freundschaft zwischen ihr und Michael Weissmann gewesen sei. Wir werden es nie mehr erfahren, ob es die

Wahrheit war oder ob sie ihren letzten verbliebenen Sohn nur schützen wollte. Ich neige dazu, ihr zu glauben. Sie war keine flatterhafte Frau."

„Warum haben Sie mir nicht schon alles gesagt, als ich den Brief las?" Aus Ilkas Worten sprach Unverständnis.

„Vielleicht gelingt es dir eines Tages zu deiner Großmutter *Du* zu sagen, Ilka, ich werde nicht aufhören, dies zu hoffen. Aber zu deiner Frage: Ich dachte, wenn du ganz langsam in die Hintergründe eingeweiht würdest, könntest du verstehen. Es war ein Trugschluss, das weiß ich jetzt." Leni seufzte müde. „Deshalb habe ich auch Dr. Lindwasser gebeten, dich von dem ganzen Geschehen hier fernzuhalten. Ich wollte dir die Wahrheit auf meine Art nahebringen. Eine alte Frau sollte eben doch nicht Schicksal spielen wollen."

Ihr Blick suchte Ulrike, in deren Gesicht es arbeitete. Abscheu wechselte mit Mitleid, bemerkte Ilka.

„Kannst du mir bitte ein Glas Wasser bringen, Ulrike. Ich bin schon ganz heiser.

Als Ulrike aufstand, setzte sie ihren Bericht fort. „Friedrich hat immer eine männliche Leitfigur gesucht und nie gefunden. Die musische Weiblichkeit seiner Mutter muss ihm ein Gräuel gewesen sein. Er hat einen Klavierdeckel nie auch nur angehoben. Allein Martina hat die Begabung ihrer Großmutter geerbt. Seit sie tot ist", Leni schnäuzte sich, „hat niemand mehr auf unserem Flügel gespielt." Als wäre dieser Gefühlsausbruch zu viel gewesen, berichtete sie mit gleichförmiger Stimme weiter: „Mein Mann hat immer mit den Ideen der Nazis sympathisiert. Er war schon mit 10 Jahren leidenschaftlicher Hitlerjunge, auch wenn 1944 schon das Ende des tausendjährigen Reiches abzusehen war. Kannst du dir nicht vorstellen, was er mit seiner Tochter gemacht hätte, wenn er denn erfahren hätte, dass sie mit gerade mal 16 Jahren von einem jüdischen amerikanischen Studenten schwanger war?"

Sie machte eine Pause, um ihre Worte wirken zu lassen. „Ich will es dir sagen, Ilka. Er hätte seine Tochter totgeprügelt. Deshalb habe ich Martina bis zu deiner Geburt im Kloster versteckt und dich zur Adoption freigegeben. Friedrich war einverstanden, sie ins Kloster zu stecken, weil sie dadurch aus dem Einflussbereich Daniel Kleins kam. Von der Schwangerschaft seiner Tochter jedoch hat er nie etwas erfahren. Ich habe allerdings all die Jahre deine Eltern finanziell unterstützt, Ilka. Hast du dich niemals gefragt, wie sie dir ein Studium ermöglichen konnten? Im Übrigen habe ich einen Fonds in der Schweiz für dich angelegt. Du dürftest inzwischen eine reiche junge Frau sein.“ Erschöpft lehnte sich Leni zurück und schloss die Augen. „Jetzt magst du über mich richten.“ Es vergingen einige Augenblicke, in denen niemand sprach, dann bat Leni: „Bringst du mich bitte nach oben, Ulrike? Ich fürchte, jetzt muss ich mich wirklich hinlegen.“

Paul drückte Ilka an sich, bevor er aufstand. „Lassen Sie mich mitkommen, Frau von Hohenbach. Ein Beruhigungsmittel wird Ihnen jetzt gut tun, glauben Sie mir.“

Ilka blieb allein mit Lutz von Hohenbach, der sie aufreizend musterte.

„Wenn Sie versuchen sollten, die Schuldgefühle einer alten Frau auszunutzen“, sagte er kalt, „sollten Sie mit mir rechnen. Ich werde nicht dulden, dass Sie alles zerstören, was ich mir aufgebaut habe.“

„Haben Sie deshalb die Seite meiner Geburt aus dem Standesamtsregister entfernt? Eine ziemlich freizügige Interpretation von political correctness, finden Sie nicht? Was wohl die Öffentlichkeit davon halten wird?“

Ilka sah, wie sein Gesicht rot anlief, als er zurückgab. „Ich lasse mir nicht drohen von Ihnen, wagen Sie es nicht. Das würden Sie bereuen.“

Sie sparte sich eine Antwort und stand auf, als sie Pauls Schritte auf der Treppe hörte. Seine Arme umschlossen sie fest, als sie bei ihm war. Und Ilka wusste, dass sie in Sicherheit war.

Epilog

Eine ungewöhnlich warme Maisonne beleuchtete die liebevoll instandgesetzten Grabsteine und ließ die kleine Versammlung, die sich zum Abschluss der Renovierungsarbeiten am jüdischen Friedhof eingefunden hatte, in ihrer festlichen Garderobe schwitzen. Oberbürgermeister Lutz von Hohenbach griff bereits nach einem Taschentuch und wischte sich die Stirn ab.

„Kannst du denn noch stehen?", flüsterte Paul besorgt und beugte sich zu Ilka, um ihren Arm zu nehmen.

„Ich bin erst seit drei Wochen schwanger, Paul, und nicht im neunten Monat", gab Ilka zurück, während sie lächelnd den Kopf schüttelte.

Sie musste sich vorsehen, dass sie Paul nicht neun Monate lang im Rollstuhl spazieren fahren würde. Ihr Blick fiel auf ihren Vater, der von seiner Pflegerin im Rollstuhl gefahren wurde, und ihr Herz wurde schwer. Sie würde sich an einen pflegebedürftigen Vater erst noch gewöhnen müssen, dennoch war sie dankbar, dass wenigstens sein Geist nach dem langen Koma keinen Schaden genommen hatte.

Die Bläser des weit über die Grenzen Bad Kissingens hinaus bekannten Jugendmusikkorps in ihrer blau-weiß-roten Tracht hoben ihre Instrumente und warteten auf das Zeichen ihres Dirigenten. Natalie hielt bereits ihr Mikrophon in der Hand, kurz winkte sie. Ilka warf einen Blick auf ihr Programm, als ihr Spiel begann. *Mache dich auf, werde Licht* aus dem Oratorium Paulus von Felix Mendelssohn-Bartholdy erklang in meisterlicher Klarheit und Ilka fragte sich, ob der Choral eines konvertierten Juden tatsächlich der Jahrhunderte alten Tradition des jüdischen Volkes gerecht wurde oder ob er nicht vielmehr gerade den Finger auf eine wohl für immer blutende Wunde legte.

Sie suchte die Augen von Professor Daniel Klein und bemerkte, dass sich kein Muskel in seinem Gesicht regte. Ob er ähnliche Gedanken hatte? Er war ein stattlicher Mann, ihr neu entdeckter Vater, schlank und sehr groß mit einer dichten Mähne grauer Haare. Neben ihm standen Ulrike Redler, Kommissar Holzgruber und

Luc Mossaz, der für den Festakt eigens aus Frankreich angereist war.

Es war nur recht und billig, ihn einzuladen, dachte Ilka. Schließlich hatten er und seine Schüler einen wesentlichen Beitrag zum finanziellen Erfolg des *Bad Kissinger Nachsommers* und gleichzeitigem Spatenstich geleistet.

Der Oberbürgermeister wartete den letzten Ton des Chorals ab, warf noch einen Blick auf sein Manuskript, bevor er es in der Innentasche seines Jacketts verschwinden ließ. Er dankte allen an der Renovierung Beteiligten und Ilka musste sich wieder einmal zwingen zuzuhören. Ihre Gedanken schweiften ab.

„An der Erhaltung und Pflege des jüdischen Friedhofes besteht aus allgemeingeschichtlichen und geistesgeschichtlichen Gründen sowie zur Förderung des geschichtlichen Bewusstseins der Bevölkerung ein öffentliches Interesse“, sagte er gerade und fügte hinzu: „Es war für den Bad Kissinger Stadtrat deshalb eine ehrenvolle Verpflichtung, die Renovierung anzugehen.

Der Gang über den jüdischen Friedhof dient nicht nur der Betrachtung und Besinnung, sondern ist zugleich auch ein Gang durch die Kunstgeschichte und die verschiedenen Architekturstile. Die Steine des frühen 19. Jahrhunderts im alten oberen Teil sind noch ganz der Tradition einer einfachen und schlichten Grabsteingestaltung verhaftet. Wir finden aber auch hervorragende Steinmetzarbeiten in biedermeierlicher, klassizistischer oder neoorientalischer Ausprägung. Ein Besuch des jüdischen Friedhofs ist nicht nur für Schulklassen und Jugendgruppen, sondern in erster Linie für Erwachsene eine gute Möglichkeit, den tabuisierten Teil unserer Geschichte aufzuarbeiten“, hörte Ilka.

Sie stupste Paul in die Seite und flüsterte, als er den Kopf drehte: „Weißt du, was ich könnte ...“

„Sag es nicht! Es wäre absolut undamenhaft“, flüsterte er zurück.

„Der Gedenkstein mit siebenarmigem Leuchter und Davidstern, den die jüdische Kultusgemeinde Bad Kissingen ihren im Weltkriege 1914-18 gefallenen Söhnen errichtet hat“, Lutz von Hohenbach machte eine raumgreifende Gebärde, „wurde besonders sensibel wieder hergerichtet.“ Verbeugte sich hin zu dem Handwerksmeister. „Ich danke Ihnen.“ Räusperte sich. „Und auch Ihnen, Herr Vierneisel, danke ich sehr. Ihnen ist mit dem Gemälde, das jetzt im Rathaus hängt, ein wunderbares Beispiel ehrfurchtsvollen Gedenkens gelungen."

Er machte eine Kunstpause und fuhr fort, während ein strahlendes Lächeln sein Gesicht erhellte: „Ganz besonders aber danke ich Ihnen, Herr Professor Klein, für Ihre engagierte Unterstützung unseres Vorhabens. Es ist mir eine besondere Ehre erwähnen zu dürfen, dass Sie ja jetzt nicht nur im weitesten Sinne zu unserer Familie gehören."

Ilka beschloss, jetzt einfach nicht mehr hinzuhören. Manches war einfach zu viel und irgendwann registrierte sie, dass der Oberbürgermeister seine Rede beendet hatte. Der Männergesangverein Bad Kissingen sang noch *Brüder reicht die Hand zum Bunde,* ohne das offenbar keine Feierstunde zu Ende gehen durfte. Dann war die Heuchelei vorbei.

Sie hakte sich bei Paul ein und wandte sich zum Gehen, als sie Katja und Markus sah, die Hand in Hand auf sie zukamen.

„Wo habt ihr beiden denn gesteckt?"

„Oh, wir waren nur ein bisschen abseits, aber wir konnten alles hören", sagte Katja, während sie Markus anhimmelte.

„Das werde ich besser nicht nachprüfen. Ich fürchte, da gäbe es schon ein paar Lücken", sagte Paul grinsend und Ilka fügte hinzu: „Kommt ihr mit ins Café Kaiser? Wir wollen alle dort Kaffee trinken. Leni von Hohenbach", sie verbesserte sich, „Großmutter sitzt schon dort und wartet auf uns. Sie behauptete zwar, sie könne nicht mehr so lange stehen, aber ich vermute, dass dies ihre Art ist, sich der Zeremonie zu entziehen."

Es hatte lange gedauert, erinnerte sie sich, bis sie dieses Wort über die Lippen gebracht hatte. Daran hatte auch die wochenlange Krankheit Lenis nichts geändert. Erst eine gemeinsame Fahrt zum Grab ihrer Mutter hatte ihr die resolute Matriarchin der Hohenbachs nähergebracht. Auch die Tatsache, dass Rita Gerstmaier von einem Gutachter eine wahnhafte Persönlichkeit bescheinigt wurde, sodass sie den Rest ihrer Tage wohl in der geschlossenen Abteilung der Psychiatrie anstatt im Gefängnis verbringen würde, hatte dazu beigetragen, dass Leni von Hohenbach sich wieder dem Leben zuwenden konnte. Allerdings konnte ihr niemand abnehmen, dass sie an ihrer Tochter schuldig geworden war.

Ilka schaute zurück und sah, dass ihnen Daniel Klein und Ulrike Redler folgten, in ein angeregtes Gespräch vertieft. Noch kurz vor dem Festakt hatte ihr Ulrike erzählt, dass ihr Professor Klein eine interessante Tätigkeit an seinem Institut in Berkeley angeboten hätte und sie diese annehmen werde. Während Ilka die beiden beobachtete, fragte sie sich, ob nicht mehr hinter diesem Angebot steckte. Sie würde es herausfinden, wenn sie ihren frischgebackenen Vater in den Staaten besuchte.

Sie wartete und bemerkte, dass Daniel Klein seinen Schritt beschleunigte und auf sie zukam.

„Es ist eine Augenweide, dich zu sehen, sagt man so?", fragte er und Ilka wunderte sich, wie sich Daniel Kleins Deutsch verbessert hatte seit jenem Brief an Martina. „Ich bin sehr stolz auf meine Tochter, nicht viele Männer werden in meinem Alter Vater einer so schönen jungen Frau", fügte er hinzu.

„Ich bin beeindruckt von deinem Deutsch, wo hast du es nur so gut gelernt?", fragte Ilka.

„Du darfst nur nicht meinen Akzent hören", lachte er, „aber ich glaube unsere Familie hat Talent für Sprache. Man sieht es an dir, Sprache ist dein Beruf." Er drückte liebevoll ihre Hand. „Im Ernst, meine Granny hat immer mit mir Deutsch gesprochen, sie konnte nie ihre Heimat vergessen." Sein Gesicht wurde ernst. „Du weißt, dass er in Dachau gestorben ist?" Und als Ilka nickte, fuhr er fort: „Sie war sehr unglücklich, dass ich mich in die Enkelin Heinrichs von Hohenbach verliebt habe, der Michael Weissmanns Deportation bewirkt hat. Aber ich weiß, Martina hätte ihr Herz erobert."

Als Ilka den Kopf hängen ließ, streichelte er sanft über ihren Arm. „Nicht traurig sein. Wir alle müssen lernen, mit der Vergangenheit zu leben."

Später, als das Kaffeegeschirr abgeräumt war und Paul eine Flasche Champagner bestellt hatte, spürte Ilka dieselbe Trauer wieder, die sie seit sie erfahren hatte, wie ihre Mutter sterben musste, nie mehr ganz verließ.

„Woran denkst du?", fragte Paul, der jede ihrer Stimmungen bemerkte.

„An meine Mutter", gab sie zurück, „ich wünschte, sie könnte jetzt hier sein."

„Manche Wunden verheilen nie ganz, Ilka. Ich weiß das, man kann den Schmerz, den sie verursachen, nur lindern. Aber ich werde dir dabei helfen."

Ilka schaute ihn nicht an, aber sie tastete nach seiner Hand, und als sie sie fand, hielt sie sie an ihre Wange. Er fühlte ihre Tränen und wusste, warum sie weinte.

Paul stand auf, klopfte an sein Glas und verkündete: „Ich denke, es ist an der Zeit, dass wir es euch sagen. Ilka und ich werden heiraten."

Als alle Glückwünsche verebbt waren, fügte er hinzu. „Leider muss ich eure Erwartungen enttäuschen. Es wird kein großes Fest geben. Wir werden in aller Stille heiraten und in die Staaten auf Hochzeitsreise gehen."

Er setzte sich und stand kurze Zeit später wieder auf.

„Eine Ausnahme machen wir aber gern." Er wandte sich an Katja und Markus. „Euch beide brauchen wir natürlich. Wollt ihr unsere Trauzeugen sein?"

Anmerkungen der Autorin

Der Brunnen ist ein vielseitiges Motiv in der Mythologie, der Kunst und der Literatur. Er steht gemeinhin für das Leben. Der Analytischen Psychologie in der Tradition Carl Gustav Jungs gilt der Brunnen als Ausprägung des sogenannten Mutterarchetyps. In „Brunnenkind" gräbt die Protagonistin tief, um einen verschütteten Brunnen wieder fließen zu lassen.

Bad Kissingen – vielleicht das renommierteste deutsche Kurbad mit seiner glanzvollen Vergangenheit (die Liste seiner prominenten Kurgäste von 1501 bis heute würde den Rahmen meiner Anmerkungen sprengen) – ist ein Juwel meiner fränkischen Heimat und nennt eine Vielzahl heilkräftiger Brunnen sein eigen. Der Versuchung, „Brunnenkind" gerade dort anzusiedeln, konnte ich buchstäblich nicht widerstehen. Bad Kissingen bietet eine einzigartige Kulisse.

Doch auch wenn ich mich gerne der historischen Bauten, der herrlichen Gärten und des besonderen Flairs dieser Stadt bediente, so ist die Story doch absolut fiktiv. Keiner der genannten Mitspieler entspricht in irgendeiner Form der Realität, insbesondere ist mein Oberbürgermeister Lutz von Hohenbach von dem verdienstvollen tatsächlichen Oberbürgermeister Bad Kissingens, Kay Blankenburg, so weit entfernt wie der Mars von der Erde.

Auch einige Schauplätze gibt es so nicht in Bad Kissingen. Die Feriensiedlung am Stationsberg gibt es ebenso nur in meiner Fantasie wie eine Rechtsanwaltskanzlei Schmitt und Langer oder ein Kloster mit einem Mädchenstift. Der jüdische Friedhof in Bad Kissingen ist dankenswerterweise sehr gepflegt und entspricht nicht dem in meinem Roman. Es existiert auch kein Herrenhaus, wie von mir beschrieben, auch wenn ich mir das Bismarckmuseum mit seinem Reitstall gleich daneben durchaus als ein solches vorstellen könnte.

Echt sind hingegen die Tourist-Information im Arkadenbau (auch wenn ich nicht über den Stellenplan dort informiert bin) und das

prächtige Rathaus mit seinen aufgeschlossenen und zugewandten Mitarbeitern. Herzlichen Dank an dieser Stelle Mario Selzer. Sie sind ein wahrer PR-Experte für Ihre Stadt! Ein Dankeschön auch Birgit Büchner für ihre Geduld.
Wenn mein Buch bei dem einen oder anderen Interesse geweckt hat, Bad Kissingen zu besuchen, würde es mich sehr freuen.
Die Entstehung eines Buches beginnt mit einer Idee, alles Weitere ist dann sehr viel Disziplin, Einsamkeit und Herzflattern. Wohl der Schriftstellerin, die dann doch einige Freunde hat, die sie bei diesem Prozess unterstützen. Ihnen allen gilt mein herzlicher Dank. Allen voran meiner Freundin Luise Adamek, einer so kompetenten und ehrlichen Testleserin, dass ich mir gar nicht mehr vorstellen kann, ohne sie ein Buch zu schreiben. Danken möchte ich auch Dr. Julia Treiber und Dr. Niko Treiber, eure Ideen haben immer meine Fantasie beflügelt. Ich habe diesen Roman meiner Tochter Kerstin gewidmet und danke ihr für ihre Ehrlichkeit, ihren Sachverstand und ihre kluge Unterstützung. Danke auch dir, liebe Anneliese Zöttlein, für deine Beherbergung. Ohne dich würde ich wohl immer noch schreiben und mich von zu viel Candy-Crush verführen lassen.
Ein ganz besonderer Dank gilt auch Professor Dr. Itzhak Markus, der meine stümperhaften Kenntnisse über Judentum und jüdische Friedhöfe erheblich „liftete" und seiner Frau Barbara. Den Tod von Professor Markus werden alle, die ihm verbunden waren, noch lange bedauern. Er war so ein weiser und charismatischer Mann.
Danken möchte ich auch meinem Verleger Gerd Fischer für sein Vertrauen in mich, sein versiertes Lektorat. Danke Gerd, dass du auch immer wieder mein lädiertes Selbstvertrauen aufbaust.
Last – but absolut nicht least – danke ich Nathalie Bachmann für ihre genaue Korrektur meines ersten Entwurfs und ihre Ortskenntnis von Bad Kissingen. Es war eine sehr aufwendige Arbeit! Liebe Nathalie, du hast verdammt viel gut bei mir!

Renate Eckert